初克堡／著

带着乡愁进北京

作家出版社

1990年夏天，三十多岁的我考上北京广播学院新闻系研究生。著名书法家、堂舅沈延毅先生由衷为晚辈的进步而高兴，在我入学前夕欣然命笔，书赠此条幅予以勉励。为给本书插图，在下于2019年5月特意与该赠言合影，以纪念逝去的堂舅，并追忆自己求学的青葱岁月。

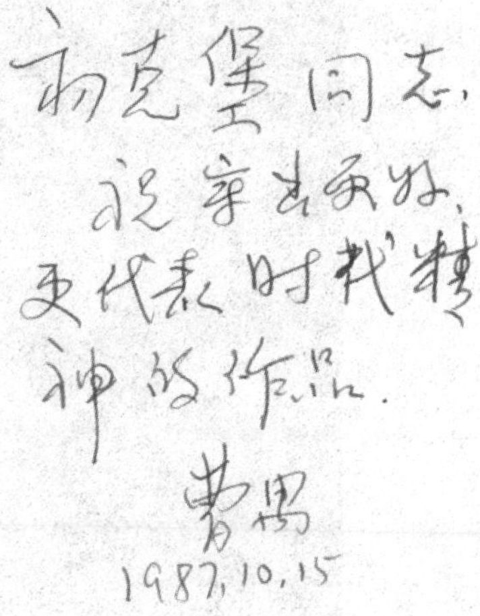

作者青年时读书照。二十啷当岁儿，业余码点字儿。二十世纪八十年代青年一心向学的社会风气由此可见一斑。

作者采访中国工程院院士、北京儿童医院院长胡亚美女士。

作者在解放军边防部队驻广西某团采访。

作者在中国人民武装警察内蒙古边防部队某边防派出所采访。

按下快门，这里便成为妈妈人生道路上的重要驿站。

1992年我读研时暑假回到乡下老家，一天我在院中这棵老梨树下读书写论文，妈妈对我说：**你一天到晚总是看别人写的书，你怎么不能写本书给别人看呢？**大字不识的妈妈这段话浅白而又有哲理，成为鞭策我勤奋写作的永恒动力。

妈妈花的倩影。

天安门前留个影——二十世纪七十年代有一首老歌就叫这个名字。

枯萎后重新焕发生机的妈妈花二度盛开。

与以上照片有关的内容参见第3页《妈妈花》。

八十七岁仍在果园里辛勤劳作的爸爸。

在自己壮年主持建造的老宅前留影，九十多岁的爸爸别有一番感慨在心头。

营口日报

市二轻安排优势满足社会需求

加强联合　向专科专病方向发展

要善于利用信息指导工作

失火以后

一家有难众人帮

为群众排忧解难

为了一个病危青年的嘱托

画廊

加强与乘客的感情　提高服务质量

把营口建设成美丽的海滨城市

刊载有爸爸事迹的《营口日报》。

欢度九十六岁生日的爸爸。

与以上照片有关的内容参见第209页《乡贤老爸》。

目　录

纪实篇

诗歌篇

序言：自说自话

刚入行的文学新手出本集子，通常都爱请个文坛名家大腕写篇序，以壮声色。这个套路古今中外皆有，当下中国更是时髦。不才在文坛也认识几个国家级的作家评论家，舍皮搭脸求篇序也能办到。可总觉得码字的最终还要靠作品说话——当然是靠自己的作品，而不是靠写序者的作品。这样想来心气就平和淡然，不沾名家的光也罢了。傻小子睡凉炕，全靠自个儿火力旺。锵锵锵，急急风，末将登场，这厢有礼了。

养生界有句名言：自己是自己最好的保健医生。仿此，似乎也可以说作者是自己最好的读者。循着这一思路，在此引导读者先读心后读文。

读者从书名中“乡愁”两个字就可以猜到作者出身农家，虽然当下乡愁一词含义宽泛，可以做多种解读，但终归离不开它的底色——乡村。本人生长在塞外小山村，1977年恢复高考才跳出农门，是个原生态的凤凰男。

凤凰男乃网络语言，特指从山村通过高考进入城市工作生活的乡下小子，取山沟里飞出金凤凰之意。在网络语境里，对凤凰男褒贬杂糅，充满善意的揶揄和调侃的意味。尽管如此，在下仍不避这些冷嘲热讽，勇敢地主动戴上这顶荆冠。因为本人实实在在就是从辽南山村考进首都，并在北京扎根落户，货真价实的凤凰男。至于社会上对凤凰男的种种议论，我均付之一笑：芸芸众生各有各的活法，优劣功过只能任人评说。

凤凰男们最崇敬的人生导师首推毛泽东。当年毛泽东从韶山那个湖南山村飞出，一飞冲天，奔向全国，冲出亚洲，走向世界。有他老人家在前面引路，咱这个山沟野孩子从乡间小路进县城、到市里、闯省会、住首都，真的是一路趔趄，连滚带爬，总算没被时代的列车甩下。瞻前望后，左顾右盼，千百万凤凰男正笑傲江湖、纵横神州。

“文革”后恢复高考以来，考进城市的乡下小子——所谓凤凰男成千上万，但作为“文革”后恢复高考的首届大学生之一，本人的经历还是颇有特色的。在此摘录团中央刊物《中国青年科技》杂志1992年阳春号对我的介绍：

考试之最——初克堡

从乡下到县城，从省会到首都，南起武汉，北至哈尔滨，许多地方都留下他转战考场的足迹。

1977年12月（“文革”后首次高考）至1992年12月的15年间，他一共参加了274次考试，平均每20天进出一次考场。

这里所说的考试，是指教育部门举办的合格后发给文凭或承认资格的正式文化考试，在校读书时的音、体、美考试及工作后的普法考试、知识竞赛等均未计算在内。

他通过这些考试，共获得十个不同专业大专以上文凭。他叫初克堡，现在是北京广播学院新闻系研究生。

本人在《青春纪录》一文中这样写道：

当我抱着厚厚一摞毕业证书、结业证书之类的材料，踏进《中国青年科技》编辑部的门槛时，心里真有点不好意思，但我还是鼓足勇气说：“我创造了一项纪录！”

考试次数最多，很难说清它是开拓创新还是困境奋争，很难把它归为一项业绩还是一种追求。

然而，不论怎么说，它是一个客观存在的“之最”。我认为，世界上所有的“之最”都值得研究与思考。

我从穷乡僻壤一步步考进繁华都市，我的考试之最集中反映了城乡差别；我是带着十年动乱的底子，经过拨乱反正，一直考到改革开放硕果累累的，我考试之最中更体现出历史的曲折和时代的步伐。

有一段时间，我简直被考“煳”了。大脑长期超负荷运转。这不但是对我知识水平的测试，也是对我体力与意志的考验。今后，我还想参加更多的考试。也许在我人生的道路上，就要靠着考试这根杠杆的支撑，越过一个又一个障碍，不断超越。

有人说，你这不是鼓吹文凭热吗？可我说，尽管中国从来就没有真正出现过文凭热，热的只是种种冒牌文凭，我仍然认为，不怕文凭热，只怕热不起来，文凭热即使有一百种毛病，也比麻将热、跳舞热好一万倍！

我曾向吉尼斯世界纪录认证机构申报过参加考试次数之最，该机构回复说，由于我参加过的一些考试的组织者不是国际承认学历的高校，因此他们不能认可我的“考试之最”。

实际生活中，我研究生毕业后，还在社会上参加过一次北京市和两次中央机关的公务员录用考试（首次报考中央机关，原单位因我服务期未满不放行），两次律师资格考试、一次企业法律顾问资格考试、一次国家质量审核员资格考试、一次高级职称外语考试、二十二次招考领导干部考试、一次最高人民法院选拔高级法官考试。其中几次资格考试均合格；招干考试则因政审或身高问题而落选。

在下参加1990年全国研究生考试，以412.7分（满分500分。当年全国文科研究生录取分数线为往届生280分、应届生300分）的全国最高成绩被国家教委从成都某高校调剂到北京某重点大学就读。那年全国招收研究生才三万人，是20世纪80年代以来最少的一年，可见竞争之惨烈。

这些经历足以证明自己勇于进取，自强不息，不负父母家人和山乡父老的期望，对得起自己的青春年华。回顾半生，唯一感到欣慰的是，自己活得堂堂正正，没有一丝奴颜和媚骨，没有在任何权贵面前折辱过尊严，真正做到了靠本事吃饭。

鄙人罗列这些绝无炫耀之意，而是在年过半百之时愿以自己成功的心得和蹉跎的经历，给更多后来的凤凰男提供成长的借鉴。读好课堂上的书只要十几年的光阴，而读透社会这部大书却需要一生的岁月。

在社会阶层日益固化的这几十年间，我这个无所凭借的乡下小子靠着考试这副登山杖，在人生的山路上艰难攀爬，虽未取得骄人的业绩，但总算对得起改革开放给我们这代人提供的历史机遇。我抓住了青春的尾巴，劈波斩浪，逆流而上，在一路拼搏中送走了青春岁月，没有虚度大好年华。进入人生的后半场，回首往事，我们“五〇后”知识分子大多都会想起尼·奥斯特洛夫斯基的那句名言，我作为普通人没那么高大上的境界，只想借用一句吉卜赛人的格言来勉励自己：我们所有的努力，都只是为了有一天当我们老了、死了，我们的后代路过我们坟头的时候，是来为我们献上一束花，而不是来吐口唾沫。因为我们，为他们的自由和幸福努力过。倘若能实现这一渺小的人生追求，对我而言，也算是对得起列祖列宗了。

这部文集就是我蹒跚前行的点滴记录，也是我攀登身姿的剪影，还是我所处时代的折射，更是自己水平能力阅历品性的间接反映。借助这本小书，整理过往，把自己经历过的印象深刻的人和事打包存放于记忆的保管箱，以此纪念曲折跋涉的青壮年岁月，更以此纪念陪伴我度过数十载苦乐年华的爸爸妈妈。

古人有以文会友之说，诚愿借助这本小书结识更多的朋友。

但愿您读后嘟哝一句：这小子有几篇写得还行，一盒烟钱没白花。

是为自序。

2018年12月8日

散文篇

似乎会写学生作文就会写散文，其实真正达到文学层次的散文，必须是学识功底深厚、人生阅历丰富、文字功夫扎实者才可企及。小说和纪实可以生动曲折的故事、个性鲜明的人物吸引人，诗歌可以精巧的构思和奇谲的警句惊煞人，人们能够容忍其文字的粗陋。散文没有这个优势，只能凭借作者的真实才情征服读者。二十世纪五六十年代出现了一些工农兵小说家和诗人，却没有工农兵散文家。究其原因，盖在于此吧？散文是最难藏拙的文体，最容易显示作者的综合功力，也最容易暴露作者的纤毫欠缺。在下自信，这里选录的几篇对得起读者的眼睛。

妈妈花

我们家乡有句俗语：小子稀罕花，管老婆叫妈。在大男子主义盛行的东北乡下，怕老婆是被人笑话的。可能潜移默化中受了这种风俗的影响，我从小就不喜欢花 。十六岁参加工作以来，从未在办公室里养过花，结婚成家之后，家里也从未摆过盆花。常见的花卉，除了在乡下认识的海棠 、月季之外，再也叫不出其他花的名字。在我脑海深处潜伏的农民意识中，总觉得养花养鸟都是游手好闲之徒的玩意儿。

我不养花的习惯于一九九六年冬被打破了，而这个被打破的原因说起来很是心酸。

一九九六年十一月妈妈被确诊为甲状腺癌，我把妈妈接到北京诊治，从此走上了三年的求医问药之路。懂些中医的朋友告知，芦荟可辅助治疗癌症，便四处寻觅。正值冬季，北京的花卉市场都关张了——当时还没有莱太那样的室内花卉市场。一天晚上，我陪女儿去王府井外文书店买英语书，看见对面的绿屋商场里卖花卉，进去询问，竟然有芦荟。那时我根本不认识芦荟，经售货员指点才得识它的真面目：半尺来高的植株，几个肉质的叶瓣，栽在一个比茶杯大不了多少的砖红色塑料钵里。别看它其貌不扬，要价却高达十元，但为了给妈妈治病，我毫未还价就买了下来。我捧着花盆和女儿乐颠颠地赶回家。为了防止幼小的嫩芽受冻，我把自己的帽子盖在花盆上，小心翼翼地盯着。心里默默祈祷：绿色代表生命，愿这青翠的植物能给妈妈以健康、给妈妈以生命。此刻我在心里给它起了个充满希冀的名字——救命草！

邻居赵大哥岳父是钓鱼台国宾馆里花工，他得其真传，是养花高手。回去向他请教，他告诉我芦荟品种很多，这株幼苗是中华芦荟。赵大哥不但教我栽花方法，还指点浇水诀窍——干透湿透，干扎根，水长叶，勤养鱼懒养花；又特意讲了芦荟的习性和栽培要领。他还送我一个装有花土的精致陶瓷花盆，我把这棵芦荟移植到新盆里。按赵大哥的指点每隔一周浇一次水，幼苗期浇水太频繁不利于扎根。我精心莳弄，它很快缓苗复壮，叶片肥厚翠绿。

幼苗长得再快，也是远水解不了给妈妈治病的近渴。赵大哥告诉我机场路辅路天竺附近有个花房，那里也许有长成的芦荟。星期天我骑行二十五公里到那个花房。室外滴水成冰，温室里春意盎然。我对花房的马师傅说明妈妈的病情，他很是同情，还夸我：这大冷天你骑五十多里来给老妈买芦荟治病，这样的年轻人现在可不多。他卖给我五株一尺多高的芦荟，每株都有十来个肥厚的叶片。为了奖励我的孝心，他只收了二十五元——绿屋一株幼苗就十元哪！他还热情给我讲起芦荟的分类和药用价值。他说常见芦荟有库拉索芦荟、中华芦荟、木立芦荟和开普芦荟几种，他卖给我的是库拉索芦荟，叶片肥大，是理想的药用和食用品种。

买回库拉索芦荟后，每天给妈妈榨汁喝，尽管不知是否有效，但在吃中西药的同时，也把它当作营养品服用。转年春天妈妈病情稳定了，送妈妈回老家养病时，最早买的中华芦荟小苗已经长大分蘖，我把新分蘖的中华芦荟幼苗带回去，栽在自家园子里繁殖，源源不断地供妈妈服用。直到三年后妈妈去世，仍有十几株没用完。而在我北京的家中，分栽长大的中华芦荟还有三盆。虽然妈妈不在了，当初为妈妈治病而买下的芦荟，我却要永远培植下去。

那时我住东单附近的平房，屋前有块一平方米的土地，每到春天我就把芦荟移栽到这里，同时还栽上丝瓜、西红柿。植物扎根在真正的土地里，长得自然茂盛，待到夏秋季节，小园里红绿相间，地苍架青，也算院中一景。芦荟陪伴我走过春花、夏风、秋月、冬雪，就觉得妈妈仍在这间平房中陪伴我度过一个个清贫庸常的日子。

那些芦荟长得一片茂盛，邻居看了都喜欢，听说芦荟有美容作用，纷纷来要枝芽分栽，我都有求必应。这蕴含着我对妈妈一片深情的芦荟，走进左邻右舍，造福大家，我想妈妈也乐见这个场面。妈妈四次来京治病，和院子里的邻居都很熟悉。但愿他们看见这芦荟也能想起妈妈。

我住的平房没有暖气，二〇〇二年冬天是我在北京生活十二年来最冷的一个冬季，三九时最低气温到零下十四度，厨房的水管都冻住了。晚上躺在被窝里，只能靠电热毯取暖，为了不冻脑袋，睡觉也得戴上帽子。我知道芦荟怕冻，只好不惜电费，整宿开着电暖气，把花盆放在暖气旁。大杂院住户多，电线老化，负荷小，大家都开电暖气导致电闸烧坏断了电。没有了电暖气，我能忍受，芦荟可受不了，我只好半夜起来生炉子，给它供暖保驾。我不会封煤炉，为防止煤气中毒，一般晚上睡前都让炉子烧灭。

枯坐床边，看到寒气肃杀中的芦荟，就想起妈妈在这小平房里和我熬过的那些愁苦压抑的漫漫冬夜。芦荟是妈妈的化身，呵护芦荟就是爱护妈妈。看着在暖流中复苏的芦荟，我深深为自己的无能而自责：快到四十了，连套暖气楼都买不起，当年让妈妈受罪，现在让芦荟受冻。唉，每念及此，不禁暗自掉泪。

二〇〇五年，我终于搬进了楼房。为了防止搬家公司碰坏花盆，折损枝叶，在正式搬家之前，我就自己打的把两盆芦荟搬到新居，在朝阳的窗台给它们安排好位置。同时，也把妈妈的遗像放在我床头的书架上。芦荟搬进了新居，可是妈妈却永远不能住进这楼房了。我把芦荟摆在妈妈的遗像前，跪在水泥地上，含泪给妈妈也给芦荟磕了三个响头。

楼房暖气充足，芦荟也对得起这优越的环境，长得欢实，一个冬季就长高半尺多。更令人高兴的是，春节期间一株最健壮的芦荟竟开花了！花串有十厘米，黄中带红，远看粉白，花期长达两个多月。当年花房马师傅告诉过我，芦荟是叶类观赏植物，很少开花，即使开花一般也都在夏季。它用自己的怒放来报答我对它的关爱，我分明感到这是妈妈对我长久怀念的回应，是回家陪我过年。为了纪念这难得的缘分，我从不同角度给芦荟拍照，留下它多角度风姿绰约的倩影。

这株芦荟从一九九六年冬来到我家，繁育出众多子孙，从北京传种到辽南家乡，陪伴我走过了二十多年的岁月，见证了我及我家的点点滴滴。它还将继续和我相互陪伴，走过漫长的人生之路。它因给妈妈治病来到我家，陪伴这株芦荟就是陪伴妈妈，每天看见窗台上绿叶葳蕤的它宛如看见妈妈，因此我管它叫妈妈花。

农历二〇一五年腊月二十六日，爸爸心脏病复发住进家乡县城中心医院，我即刻赶回家乡护理。到春节前夕，医院已报病危，姐姐和妹妹将爸爸的装老衣服都拿到了病房，随时准备后事。爸爸谵妄三天两夜，医院用了最高级的镇静药也毫无效果，甚至请来精神病院院长也束手无策。急中生智，我胆大妄为，让外甥女从北京过来时买上几盒同仁堂的安宫牛黄丸。给爸爸服用半丸，一小时四十分钟即见效，爸爸安静入睡。老字号的精品真个是名不虚传！经过全力抢救，爸爸转危为安，一大家子在医院过了个忧喜参半的春节。正月十四爸爸出院回家，兄弟姐妹陪爸爸过了个团团圆圆的元宵节。

爸爸病危时我们全家都从北京赶回故乡，住宅只能空闲，无人照看。待爸爸出院后我们回到北京，屋里养的几盆花二十多天没浇水，加上暖气蒸烤，全都枯干了。别的花我不太心疼，最心疼两盆妈妈花，即使再去买一棵芦荟，已经不是原株了，纪念意义大打折扣。好在芦荟属于多肉植物，相对耐旱，花心里还有几根嫩芽没有完全枯萎。我按照从网上学来的知识，将几根嫩芽和几条须根精心栽到花盆里，科学照料。此后几天我不时观察，注意水肥光照的综合调理；同时在心里默默祈祷，但愿妈妈花能重新焕发生机。

我的诚心感动了花神女夷，十多天后，有两片新芽果然钻出土层，由嫩黄日渐转青。我百般呵护，终于伸枝长叶，一年后根须就串满了花盆。我再次繁育，分栽了五盆。我将其中一盆搬到单位办公室，以防再次出现家中长时间无人状况好有个备份。在办公室的这盆两年多就长得葱绿盈盆，二〇一八年三月再次开花，花期长达三个月，到六月初才凋谢。真正是花开二度，好事成双。

可见我和妈妈花的缘分很真挚，也很曲折。人间常见好事多磨，我和妈妈的骨肉亲情也在艰难岁月中磨砺得更加纯真深沉。

刊载于《中国花卉园艺》2015年第3期

2018年7月12日修改

偷来的西瓜最甜

又到西瓜大喷上市的季节，遍地的西瓜压破了街。虽说网上有句段子说大棚把季节搞乱了——如今不论大江南北，一年四季随时随地可以在县城以上的城镇买到西瓜，可是我仍偏执地认为，只有伏景天儿的应季西瓜才算得上真正的西瓜。

我之所以有这种偏执的念头，是因为我三伏天里在西瓜地里偷过西瓜。那沁入心底的甜味至今仍储存在记忆的芯片里，现在我的血糖有点高，不知是不是那时坐下了病根儿。

那真是说来话长。1973年我读高中，暑假的一天我和舅家大我一岁的表哥、三姨家的表弟——同岁，生日小我两个月，一起去营口市和盖县交界处的辽东湾海滩割碱蓬菜。

那个年代全国农业学大寨，整天喊着“以粮为纲”，令人不解的是庄稼人竟吃不饱饭！农民自己种着粮食却填不饱肚子，半年瓜菜半年粮，那时乡下人从没听说过“三高”和减肥。粮食对人都不能满足供应，当然更轮不上鸡鸭猪狗，给猪能喂上泔水就算是最好的营养品了。乡下孩子从春到秋，都要给猪采野菜、捋树叶，作为猪的补充饲料。这其中最好的就属碱蓬菜，算得上猪的精饲料。

碱蓬菜主要生长在营口市（那时盘锦还没有升格为地级市，其所辖的两个县都属营口市管辖）沿海滩涂上。绵延近百公里的滩涂全是盐碱地，有水的地段长芦苇，没水的地段长碱蓬菜，其他植物无法生长。碱蓬菜生长在盐碱地里，比别的植物营养丰富，口感更佳，因此成了喂猪的好饲料。碱蓬菜长在滩涂，自生自灭，无人管理，百姓可以自由割取。可是滩涂一般距离旱地一二十里地，并且大多泥泞，进入艰难，连吃苦耐劳的庄稼人也视为畏途，很少有人去割取。偶尔有吃苦下力的，也都要趁最热的三伏天去海滩。一年之中只有这时节海滩上泥泞最少，人们才能走进大片的碱蓬菜茂密区，短时间就能割上几麻袋。如果耗得时间长了，十有八九是要中暑的。

穷则思变。看到妈妈整天为全家几口人的嚼物犯愁，也为没有饲料喂猪上火，穷人的孩子从小就懂事，知道为父母分忧。趁着暑假，咱们哥仨决定闯一次辽东湾，去距离我们最近的二道沟割碱蓬菜。

说是最近，其实足有40公里。凌晨三点我们哥仨就出发了，越晚进海滩越热呀！山沟的孩子从小登山爬岭，扛着百八十斤的柴火走山路都健步如飞，个个练就了飞毛腿，现在走平道更是不在话下。哥仨推着手推车，一路说笑着赶路，一个半钟头就走到了县城东郊的白果农场。

这工夫表哥突然一拍大腿："坏了，咱们忘带水了！"表哥和别人去割过一次碱蓬菜，他知道三伏天的晌午前后，海滩上面晒、下面烤，连片树阴都没有，后脊梁都能晒出油，方圆二三十里以内没有淡水，要是不带水，简直就是找死！现在折回去带水已经来不及，那年头不像现在随时随地可以找个塑料桶装水。

面对困境，万般无奈，表哥见路边有片西瓜地，于是临阵决策：偷瓜！表弟在路边看着手推车和杂物，我和二哥冲上"前线"。西瓜地边是一片加拿大杨树，生产队选了四棵间距呈长方形的杨树，在距离地面5米左右处用8号铁线摽上四根横杆，在横杆上搭起一座窝棚，看瓜人晚上就住在里面。为了便于看瓜人上下，窝棚南口下面立着一架梯子。咱们乡下孩子一看就明戏，我和表哥蹑手蹑脚凑到窝棚下面，各把一侧，把梯子挪开放倒，保证看瓜人无法下来抓我们。表哥让我在窝棚下面"打瞟"（放哨），万一看瓜老头发觉了，让我警告他不要下来，梯子撤了，以免摔伤。

表哥拎着麻袋溜进瓜地，不管生熟，逮着个头大的就往下摘，几分钟一条麻袋装七八个就满了。他背着麻袋回到路边，把战利品装上手推车；我也随即撤哨，咱们立刻溜之乎也。山里有句俗语：瓜果梨枣，谁见谁咬。山沟孩子从小就登房爬树，摘果偷瓜，个个身手矫健，天生侦察兵的材料。咱们都得手了，睡梦中的看瓜人仍浑然不觉。

表哥让我和表弟先走一步，待咱俩走出一里多地，他才叫醒看瓜人，告诉他梯子已经撤了，今晚就不要下来拉屎撒尿了，免得摔坏了。他个大腿长，很快就撵上了咱俩。表哥边走边解释："咱们偷几个瓜不算大事。可是不告诉一声，万一看瓜人三更半夜下来，一脚踩空摔坏了，咱们就对不起良心了。"表哥只比咱俩大一岁，可是比咱们懂事多了。不过表哥也说了，看瓜老头在窝棚里大骂一通。表弟逗他好心不得好报。表哥说，白拿人家七八个大西瓜，骂几句也值了。

咱们九点多就走进了二道沟海滩，近处的碱蓬菜都被人割光了，再往里走就有泥泞，手推车推不动。咱们只好把手推车用铁链子锁好放在原地，咱们往海滩深处去。表哥说里面的碱蓬菜厚，很快每人就能割满两麻袋，足能省出多走几里地的时间。到里面一看，果然有一片比学校操场还大的碱蓬菜，哥仨立马撒欢抡起了镰刀。公鸡拉屎头一节硬，没干上一个点，我和表弟都打蔫了。

盛夏的辽东湾海滩就是个大蒸笼，阳光像针灸大夫手里的银针，成千上万地往肉皮里扎，又像一把大熨斗在人的后背上烙来烙去。刚开始身上还出汗，衣服上结出一层白碱，到后来已经无汗可出，手臂上开始爆皮了。表弟热得难耐，干脆脱光了膀子，表哥叫他立马穿上布衫，警告他，后脊梁晒上一个钟头就会起泡的。

渴到这个节骨眼，表哥才允许我们吃西瓜。这工夫的西瓜都晒热了。咱仨每人捧起一个，一拳砸开，不管生熟，像猪抢食一样狂啃起来。

我和表弟一边吃一边称赞表哥临时偷瓜的英明决策，感叹道："今儿个要不是有这几个西瓜救驾，咱哥仨早就渴得跑回去了，还割什么碱蓬菜！"表弟天生一副好嗓子，吃得高兴，手舞足蹈唱起了《战地新歌》上的《一壶水》：

六月骄阳红似火，我们行军又爬坡。

口干舌燥心里甜，一路行军一路歌，
一路行军一路歌！
连长问大伙，同志们渴不渴？
嘿！你一言我一语，都把那话来说：
要说是渴，真是有点渴，嗓子冒烟脸冒火。
我能喝下一条江，我能喝下一条河。
说不渴，也不渴，这点儿困难算什么！
祖国江河胸中装，我的心里荡清波，
我的心里荡清波。

表弟一唱歌不要紧，歌声竟然招来一对母女。妈妈有三十来岁，小姑娘有七八岁。妈妈头上包着白毛巾，小姑娘把带补丁的花布衫盖在脑袋上，用双手在头上支起个凉篷，上身只穿了件带窟窿的破背心。妈妈满脸通红地告诉我们，她是十多里外西海农场的朝鲜族人，丈夫年前在水库工地上炸石头时被飞起的石头砸死了，扔下她们寡妇孤女两个，只好自己来割碱蓬菜。她头一回来，没有经验，也没带水，现在孩子渴得厉害，请我们给她半个西瓜。

从她半生不熟的汉语口音就可以断定确实是朝鲜族人，任谁也不会诅咒自己的丈夫横死了。看着这娘俩确实可怜，表哥就给了她一个熟西瓜。眼瞅小姑娘贪婪地吞着西瓜，妈妈在一旁眼馋，我于心不忍，把自己手中的半个西瓜递给那个朝鲜族母亲。咱们也算是盗亦有道了吧？

咱们从小就打柴割草，都会钐割，那么茂密的碱蓬菜在咱们的刀下很快就倒下一片。我和表哥分工割，表弟跟在后面只管往麻袋里装。中间吃西瓜歇憩一会儿，到晌午时，六个麻袋就被撑满了。

咱仨各自的妈妈不约而同地给我们带了高粱米饭，是从粥里用笊篱特意捞的，带的菜却各不相同：表哥的是焖芸豆，表弟的是炖茄子，我的是青椒炒土豆片。三个人互相交换各自的菜，高粱米饭都已经干得回生了，咬开饭粒都带白茬。可是又累又饿的咱们吃得十分香甜，再就上几口西瓜，简直比吃八大碗席还解馋。

吃得小肚溜圆，每人撒了一泡尿，然后就分别扛起近百斤的麻袋往放手推车的地方走去。来回两趟，用时一个多点，六袋碱蓬菜就装到了手推车上。我们正要启程，看见那个朝鲜族大嫂扛着多半袋碱蓬菜蹒跚着也往海滩外面走，那个小姑娘还扤着个装着碱蓬菜的团篓跟在妈妈身后的阴影里。表哥看这娘俩挺可怜，就让大嫂放下麻袋，答应用手推车给她捎上。见她的麻袋没装满，表哥把小姑娘的团篓腾空，让我带上棉花兜子和他返回海滩深处，很快咱俩就割了一堆碱蓬菜，带回来把大嫂的麻袋装满。

表哥驾辕，我和表弟拉套，大嫂在后面推，负重七八百斤的手推车在暄腾滚热的海滩上艰难行进。挣扎了一个多钟头才爬上公路，上了公路就轻省多了。这时候真的是又渴又饿，公路旁就是稻田地，稻池里有灌溉后还没渗净的水，咱们哥几个放下推车，不约而同趴在地边捧水痛饮。大嫂赶忙阻拦，说地里有化肥，再坚持一会儿就到她家了，给我们烧水喝。经她提醒才咂摸出水里确实有股肥料味，可是渴得实在难挨，也顾不上那些讲究了。这时我才体会到为什么会有饮鸩止渴这种现象。

很快就到崔大嫂家了——路上她告诉我们她叫崔贤淑。我们帮她把麻袋抬进院子，她极力让我们进屋喝点水。她在把暖瓶里的温开水端给我们之前，还往碗里点了几粒糖精。碗里的水溶进了糖精，更溶入大嫂甜美的心意。

现在没人再割碱蓬菜做猪饲料了，辽东湾百里滩涂上的碱蓬菜越长越茂密，成了绿色野蔬摆上餐桌，也成了观赏植物。盘锦的红海滩成为著名的旅游景点，在央视上做广告，吸引着八方游客。如今的西瓜已经有几十个品种，不分季节随时应市。我曾到北京的西瓜之乡大兴区庞各庄采访过瓜王老宋，吃过那里的航天品种，也在西藏吃过架结西瓜，可是哪种西瓜都没有我当年偷来的西瓜甜。

艰苦岁月留给人们的记忆最深；贫困时偷来的西瓜吃了才最甜。

2017年8月18—23日

一支难忘的“黄色歌曲”

第一次听到“黄色歌曲”这个名称是在我读小学三年级的那年冬天。那天公社革委会召开全社批斗大会。公社中学的操场上聚集着各大队的男女社员和知青，社办企业工人，供销社、粮站、信用社等各单位干部职工，共三千多人。因为我们大队是公社所在地，占据地利，为了显示声势浩大，让公社中学和我们大队小学的学生也都停课参加。于是我才有幸经了这次阶级斗争的风雨，见了大批判的世面。

这次批斗会上，批斗的对象是“地富反坏右”“品种”齐全，共有十来位，其中给我留下最深刻印象的是“坏分子”沈素莲。之所以印象深刻原因有三：其一，她是咱们大队的，平时就认识，而且她和妈妈是远房堂姐妹，我管她叫姨。其二，她是十来个被批斗者中唯一的姑娘，并且是个衣着整洁的漂亮姑娘，其余的都是年过四十的老爷们。其三，她的罪名很特殊——用美人计拉拢腐蚀解放军。她拉拢腐蚀的手段之一，就是和解放军唱“黄色歌曲”《九九艳阳天》。

对于一个幼稚蒙昧的山村少年说来，歌曲就是声音，声音怎么能有颜色呢？因此我对“黄色歌曲”一词百思不得其解。至于《九九艳阳天》是首什么样的歌，一首歌为什么就能腐蚀人的灵魂，那更是茫然懵懂。

通过后来逐步的了解，随着年龄的增长、阅历的丰富、人生体悟的加深，今天我可以大致还原出沈素莲当初那个“黄色歌曲事件”的来龙去脉。

1965年6月26日，毛主席发表了把医疗卫生工作的重点放到农村去的指示，简称“6·26指示”。为了响应毛主席的号召，城市许多大医院都组织“6·26医疗队”到农村送医送药。本着拥政爱民的宗旨，许多部队医院也同样派出医疗队到驻地附近农村巡回诊疗。正是在这种时代背景下，驻旅大地区海军某部医院的一支“6·26医疗队”于1969年春天来到了我们公社。

医疗队除了到各大队巡诊外，遇到重病号就让生产队用马车拉到公社卫生院诊治或手术。就在这时，沈素莲突发急性阑尾炎，被送到公社卫生院，由医疗队的大夫给做了手术，并且分文不收——那时医疗队都是义务巡诊。为了贯彻“6·26指示”，各地农村都实行了合作医疗制度，开始大批培养“赤脚医生”。对于这一点，直到今天，许多老年农民仍念毛主席的好。

给沈素莲做手术的是位年轻的军医，叫庄则明。沈素莲在住院期间，他作为主刀医生术前术后都少不了要常和她接触，尤其在术后调养期间，每逢下班，两人更是常在一起聊天，自然加深了了解。庄则明老家江苏省宝应县，生于1942年，1959年初中毕业后参军到旅大海军陆战队，在部队先是当卫生员，后来被选送到部队卫校学习，毕业后分配到医院。

说起家乡，庄则明告诉沈素莲，宝应是水乡泽国，河网纵横交错，水乡的孩子都会游泳，所以海军都爱到他们那里征兵。为了增加她的直观印象，他说：“前些年很流行的一个反映农村阶级斗争的戏剧《夺印》描写的就是我的家乡，剧本上交代的地点是苏北里下河地区。因为里运河简称里河，串场河简称下河，我们家乡这片平原夹在这两条河中间，因此叫里下河地区。”

“我知道这个戏，剧种叫扬剧，我们在学校时还排演过其中的主要唱段‘水乡三月风光好’。”说完她不由自主哼唱起来：

水乡三月风光好，
风车吱吱把臂摇，
沿途庄稼长得好，

风吹麦浪涌波涛。

“你们的扬剧戏曲味不浓，倒有点像歌曲。”

“你还真是多才多艺啊。也很有艺术见解。”

“后来剧作家胡沙把它改编成评剧，在北方很流行。咱们大队的业余剧团还排演过呢。”说到这里，她突然话题一转，“那么说你的家乡也是电影《柳堡的故事》的诞生地了。”

“是啊、是啊！你怎么知道的？”庄则明刚才本来想说这个电影，但“文化大革命”后这部电影受了批判，说是里面的插曲是靡靡之音，涣散革命军人的斗志。他作为一名军人不敢轻易提起，怕被人抓小辫子。现在见沈素莲主动提起，估计她不会打小报告，他便不刻意回避了。

沈素莲笑着说：“秀才不出门，全知天下事。我早在刚进城读初中时就在《大众电影》上看过这部电影的背景介绍，知道故事的发生地就在苏北里下河地区。高中地理课本上讲的洪泽湖、高邮湖都离你们那里不远，大运河也流经那里。”

“你真是个女秀才，这么冷僻的知识都知道。”庄医生由衷地赞叹。这时他才知道，沈素莲是本县高中的六六届毕业生，因为“文革”停止了高考，只好回乡务农。

提起大学梦的破灭，沈素莲就十分沮丧：“我最爱看两本书，一本是新华字典，一本是地图册。每当看到地图，想到中国这么大、世界这么大，而我们的生活天地却如此狭小，心里就有一股莫名的悲哀，真是枉活一生啊！

“‘文革’初期大串联，我和同学只去一些革命圣地——北京、延安、井冈山、韶山、遵义，没去过江浙一带，那里自古就是文化繁盛之地，也不知道这辈子还有没有机会去了！”

“会有机会的，将来你上我家里做客不就可以去了吗？”

“好模样儿的（方言，平白无故之意）我干吗上你家去？”

说到这里两个人都意识到失言失态，不禁脸红，但两颗年轻的心却不由得贴近了。

于是两个人只好转移话题，说起电影《柳堡的故事》。庄则明给她讲起这部电影的诞生始末。

柳堡是宝应的一个村子，原来叫留宝垛。传说古时一个状元乘船南下赴任，为躲避运河上的土匪，改走东荡。途经此地突遇风雨，他把宝剑插在岸边地里拴住缆绳，雨停临行时解开缆绳，忘记取走宝剑。百姓认为状元是有意给人们留下宝剑做纪念，因此就将村庄改名叫“留宝垛”。到新中国成立前夕，这里已改称刘坝头。

“垛是我们那里的特殊地貌，就是在水中人工垫出的高地，因为我们那里水多地少，许多村庄和农田都是经过历代人工围堰垫出来的。水乡的典型景观是千里荷塘、万垛黄花。”

“黄花就是油菜花了？”沈素莲以肯定的语气反问道，接着说，“一想到油菜花，脑海里总是充满诗情画意。”

“你倒是有点文学天赋，具有革命浪漫主义。”庄则明接着讲电影的故事蓝本。

1943年冬，新四军一师三旅七团在宝应开展抗日游击战，小说作者胡石言当时在团里编《战斗报》。他常下连队，和一营二连通信组长、19岁的副班长徐金成很熟悉。一天徐向他汇报：“首长，我很想开小差。”“为什么？”他十分惊讶，但也欣赏他的坦诚。徐金成告诉他：“我爱上了房东家的姑娘二妹子，她也很爱我，我不想跟部队走了，我想留下当民兵。”胡石言说：“军人不能和老百姓谈恋爱。你们约定没有？”徐回答道：“没有，我怕哪天吃颗花生米，牺牲了，害她白等。”经过胡石言的开导，徐金成最终用理智战胜了自己的感情，随部队南下。1945年9月在宜兴丁蜀山战斗中，这位侠骨柔肠的小战士不幸牺牲。在临死前嘱托战友将来有机会向他的心上人转告这个消息，不能让二妹子再等了。

直到1949年大军再次南下时，战友才有机会特意绕道到刘坝头找到二妹子，告诉她徐金成牺牲的消息。姑娘真的恪守自己的诺言，一直在等他归来，不料等来的却是这样一个凄婉的结局！听到徐金成牺牲的噩耗，她立刻哭得晕厥。度过失去心上人的阵痛期后，正好部队渡江需要船工，她二话没说就随部队南下了。听说她以后就生活在安徽芜湖一带，没有回到让她伤心的故乡，再后来就没有她的消息了。电影《柳堡的故事》风靡全国后，宝应县政府也曾找过她几次，但都没能找到。

新中国成立后，胡石言仍然在南京部队搞宣传。每想起这件事，他就不能平静。我们的战士为了人民的解放，不仅献出了自己的生命，也牺牲了他们的爱情。他决心用文艺的形式表现出来，便于1950年创作了小说《柳堡的故事》，发表在《南京文艺》上。生活的真实是一个爱情悲剧，但为了鼓舞士气，顺应时代需要，作者安排了个有情人终成眷属的圆满结局。

他酝酿构思时认为，这个故事的风格与标题应该既是战争的，又是抒情的。“刘”便改为“柳”，“柳”字多情，但“坝”字没有兵味，所以改写成“柳堡”——军事上有碉堡嘛。这就是柳堡地名的来历。

小说发表后被八一电影制片厂导演王苹看中，请原作者胡石言和精通电影编剧的黄宗江共同改编成电影剧本，于1958年搬上银幕。这部电影赶上了毛主席刚刚提出“百花齐放，百家争鸣”方针的时候，因此才能问世。尽管如此，在公映前也是几经波折。

1958年初影片《柳堡的故事》正式公映，看惯了充满血与火和炮火硝烟的广大观众，第一次在战争影片中见到这么温婉动人的爱情故事，顿感耳目一新，因而倍受欢迎。尤其是插曲《九九艳阳天》，更是不胫而走，很快在各地传唱开来，甚至出现了比影片更加出名、更加流行的现象。今天许多观众可能都记不住影片的情节了，却永远记住了那通俗的歌词和优美的旋律。

因为故事发生在刘坝头，所以摄制组来这里拍了两个月的外景。我还去看过热闹呢！这部电影从某种意义上说，是我们江苏人的杰作和骄傲。编剧胡石言是浙江人，但长期在江苏战斗生活；导演王苹是新中国的第一位女导演，回族，江苏江宁人；影片中的女主角二妹子是由胡石言推荐的南京军区前线话剧团的陶玉玲扮演，从此她成了千百万观众心里永远的“二妹子”。另外几位主演：廖有梁（扮演李进）、徐林格（扮演指导员），也都来自南京军区前线话剧团。而八年后，他们再度聚集在王苹麾下合作，创作了另一部不朽的经典影片《霓虹灯下的哨兵》。

随着《柳堡的故事》的热播，柳堡的地名远扬海内外，于是刘坝头就真的改名为柳堡，现在叫柳堡公社。一部文艺作品的名字，后来成为正式的永久性地名，这在全世界也不多见。

柳堡还成立了“二妹子女子民兵班”，成为全国的先进典型。陶玉玲是这个班的名誉班长。

听了庄医生的讲述，沈素莲不禁感叹：“你讲的这个《柳堡的故事》幕后的故事也十分生动感人。可见文学作品一定要源于生活又要高于生活。同时也说明你们江苏文化底蕴丰厚，所以才能写出、演出这样细腻、委婉、含蓄的战斗爱情故事。这种故事只能发生在江南的新四军中，在北方的八路军里就很难出现。这也算是一方水土出一方故事吧。”庄则明听了，连说沈素莲分析得透彻精辟。因而他对这个乡下姑娘更加刮目相看，心生爱慕。

说到电影，自然不能不提其中的插曲，对此沈素莲发表了自己的看法：“《九九艳阳天》这首歌不但曲调优美，而且歌词和故事情节十分贴切，随着故事的发展而不断变化，成为故事不可分割的组成部分。在影片中四次出现的不同歌词，与画面紧密结合，始终贯穿全剧，每当主人公的情感产生波动时，就通过不同的对象唱出，起到抒发人物内心情感、推进情节向前发展的作用，其意义已经超越一般的插曲，而成为纯朴、真挚、缠绵爱情的象征。而不像有些电影插曲，真的是硬插上去的，游离在故事情节之外，有也可，无也行，有的甚至是画蛇添足，为插曲而插曲。”说着她不禁悄声吟唱起来：

九九那个艳阳天来哟，
十八岁的哥哥呀坐在河边，
东风呀吹得那个风车儿转哪，

蚕豆花儿香啊麦苗儿鲜。

随着她的歌声，庄医生也伴唱起来，遇到过门的地方，还唱起简谱。由此沈素莲断定他识谱，庄医生说，他会拉二胡，当然要识谱。

沈素莲高兴地说："我家里现在还有《九九艳阳天》的歌片，就像四寸照片那么大，夹在《晋阳秋》书里。等我回去找出来，哪天找个僻静地方咱俩好好唱一唱。我会唱好多歌，可惜不识谱，你得教我。"

"好的，等你出院吧。"

庄则明还说到他家乡的特产是莲藕，于是回到宿舍给她拿来家里邮来的藕粉，让她冲饮，补养身体。

这次长谈拉开了这对青年男女恋爱的序幕。随着两人关系的日益密切，庄则明管沈素莲叫"女秀才"；沈素莲管他叫"二名人"——因为庄则明和庄则栋只差一个字，她戏称他是乒乓名将的弟弟。

庄则明27岁，沈素莲22岁，男未娶女未嫁，条件般配，是天造地设的一对。可是在那极"左"横行的"文革"时期，在以阶级斗争为纲的年代里，他们的爱情却受到政治的强硬阻挠。

庄则明和沈素莲经过大半年的相处，已是水到渠成。庄则明当时已经是副连级，按规定可以结婚。根据以上条件，在年底医疗队即将离开时，他向领导提出了结婚申请，不料却遭到反对。领导首先说，部队有规定，不许在驻地搞对象。庄则明说我们在这儿只是短暂的巡回医疗，并不是驻地，况且马上就要回旅大了。领导见这个理由不太充分，又说要调查女方的政治状况和社会关系。一调查不要紧，发现沈素莲的姥爷当年是东北军的团长，在直奉战役中身亡，算是"历史反革命"。解放军军官怎能和反动军官的外孙女结婚呢？于是医院政治处坚决不予批准，反而向公社反映沈素莲拉拢腐蚀解放军军官。极"左"的大棒打散了这对鸳鸯，沈素莲还被打成坏分子，成为阶级斗争的新动向，遭到批斗——我那天看到的只是其中的一次。

一个年轻的姑娘，被打成坏分子，在大庭广众之下被批斗，又是因为男女作风问题，立刻成为不齿于人类的狗屎堆。她的处境之艰难是完全可以想见的。她实在无法忍受这些屈辱，在庄则明离开的前夜喝了农药“1059”。好在发现及时，又幸亏庄则明没走，他亲自主持抢救，终于把她从死亡线拉回来。军令如山，趁着沈素莲昏睡之时，他一步三回头地登上了返回部队的汽车，手里紧紧攥着沈素莲送他的《九九艳阳天》的歌片。

战争都不能够阻断李进和二妹子的爱情，想不到和平年代的阶级斗争却能拆散庄则明和沈素莲这对恋人！

据说庄则明归队就受了处分，不久转业回到了家乡。沈素莲由于“作风不好”，婚事高不成低不就，一直拖成了30多岁的老姑娘。幸遇1977年底恢复高考，她奋力一搏，考上著名的协和医科大学——她之所以学医，很可能是受初恋情人庄医生的影响。她在协和取得硕士学位，又到美国读博士，毕业后就留在了美国，嫁了个美国律师。

听家乡人说，学校曾动员她回国，她只是苦笑着哼了两声。“文革”中批斗的利剑，深深刺伤了她那颗爱国心。

新中国成立后到1979年以前，中国只有两部法律：《宪法》和《婚姻法》。这两部法律都规定婚姻自由，现实生活中却有那么多阻碍婚姻自由的条条框框。可能正因为婚姻自由不容易实现，所以人们对美好的爱情才那么向往，才能够诞生《九九艳阳天》这样讴歌美好爱情的动人歌曲。

经过三十多年改革开放的洗礼，中国人已进入理智生活的时代，婚姻自由已基本可以实现了。在这种时代背景下，再唱起《九九艳阳天》这支当年的“黄色歌曲”，我这个过来人真是别有一番滋味在心头。

但愿各种扼杀爱情的人间悲剧永远不要重演！

但愿中国大地上永远都是春光明媚的艳阳天！

2012年7月9日初稿

刊载于《中国边防警察》2012年第8期

动物二题

我家的猫

大黄猫

我家乡历来有狗是忠臣，猫是奸臣的说法。那意思是说不论家里怎么贫穷，狗也不会离家出走，而猫则嫌贫爱富，如果主人家里吃得不好就投奔别人家去了。不知这种说法有何依据，至少在我的经历中没遇到过这样的情形，相反我倒是遇到两只堪称忠臣的猫。

读初二（那时叫七年级，“文革”中从小学到高中实行九年一贯制）的那年春天，我家的大黄猫把刚抱出的鸡崽咬死一只。妈妈抓住这惹祸的猫，在那鸡崽的遗体前，用掸子把把它打了一顿，边打边叱骂：“混账东西！你和它都是亲戚，怎么能咬它呢？”大黄猫知道犯了严重错误，“喵呜”地直叫，做真诚认罪深刻反省状。

可妈妈一农村妇女，不懂惩前毖后治病救人的政策，根本不给大黄猫改过自新的机会，命令我第二天上学时，把它带到十二里地之外的大清河西岸，扔到野地里——没判徒刑，可是流放了。

我虽然对大黄猫有点不舍，但妈妈的话不敢违抗，况且它也确实罪行严重。第二天上学时，用一个苕条编的团篓把猫装上，又拿干农活用的围裙片把团篓盖上，把团篓绑在自行车货架上。捉猫时我心里嘀咕：你个傻瓜，怎么不跑呢？捉时生怕它咬我挠我，可是它很配合，既没挣扎，更没反抗，乖乖束手就擒。妈妈见了，让我改用茧丝口袋装猫。妈说："团篓有缝，猫能看见道，就能找回来。"我说："十多里路，当间还隔着一条河，它怎么能找回来？"

"你懂什么，哑巴牲口可记道了。"虽然对妈妈的话半信半疑，我还是按照她的要求，把猫装进了茧丝口袋。

大清河艄口（渡口）处水流平缓，河面有十多丈宽，相对不深。我扛着自行车蹚过叉裆深的河水，来到对岸。骑出一里多地，眼前是片杨树林，我决定把大黄猫在这里发落。

初春时节，杨树刚绽出嫩叶，地上青草也拱出地皮，婆婆丁、羊奶子、紫花菜、毛骨朵都迫不及待地展示自己的花朵，林中散发着嫩草和潮土混合的清香。在这样一个美好的时节，我却要驱逐一个家中的生灵，心中有点不忍，但母命不可违，只好硬起心肠，将大黄猫从口袋里倒到地上，不敢和它对视，撒腿就往林子外面跑。树梢的鸦雀呱呱直叫，好像嘲笑我的胆怯。跑出好远，我仍能听见大黄猫悠长的"喵呜"声。

放学回家，向妈妈汇报了发落大黄猫的过程。妈妈说："没办法，它是自找的，要不然这一窝鸡崽都得叫它祸害了！唉——耗子也是个事儿，赶明儿个还得要个猫崽。"

可是没等妈妈选好大黄猫的接班人，它却于十多天后主动返乡重新就职了！那天早晨，我还在蒙眬中，就听见外面有低沉的猫叫声，隔着窗玻璃一看，大黄猫就趴在外面窗台上。"'大黄'回来了！"我一骨碌翻身下地，跑到屋外把它抱进来。十多天不见，它瘦多了，瘪肚戗毛，左耳上还有一道伤口。猫食碗还在，我忙给它拌点残汤剩饭，它也毫不认生，香甜地大快朵颐。妈妈见状，抽着烟袋啧啧连声："这个小东西，怎么找回来的？真难为是的！"看来妈妈也不想赶尽杀绝，要对它实行给出路的政策。在劳动中改造，以观后效。

事实证明，大黄猫确实洗心革面、悔过自新了，以后再也没犯过错误，保持晚节到寿终正寝。对它的后事，我们家也给予它很高的礼遇——将它埋在院子西南角上的大梨树下。这棵树已有三百多年，至今每年仍硕果累累。我想这和大黄猫的养分有点关系。

如今我已年过半百，经历过许多事，读过许多书，生活阅历算是比较丰富，可是至今仍没弄明白，大黄猫是怎么找回家的。

《太平广记》中有“一人得道，鸡犬升天，唯猫弃而未去”的记载。钱钟书在《管锥编》中对此话的来源列举了种种解说，引用动物学观点认为“猫恋地胜过恋人”。这证明猫热爱家园是有悠久历史传统的。验证了“猫认屋狗认人”的民谚。为什么我的眼里常含泪水？因为我对这土地爱得深沉。想不到猫对故土的眷恋一点也不亚于人类。这段逸闻也从一个侧面解释了猫善于记道的原因。

看来还是妈妈有先见之明，她老人家事先就提醒过我：哑巴牲口可记道了。俗语说，老驴老马忘不了家乡。看来动物和人一样，也有恋乡情结。

狸花猫

我家在故乡的老房子建于1962年，虽已年近半百，自家盖房绝对没有回扣一说，当然就出不了豆腐渣工程，至今仍很牢固，再住个百八十年没问题——村里仍有两处百年老宅。现在叫人发愁的不是房子能住多久，而是有房子没人住！计生国策抓得紧，农民中独生子女已不算少数，两个孩子就最多了。年轻人本来就少，升学、当兵、打工，三条吸管把乡下的新鲜血液全抽到城里去了，乡下只有99-38-61部队留守。城里是有人没房住，乡下是有房没人住。不是我不明白，真是这世界变化快。这一城乡差别也算中国特色吧？

这不，咱家那老房子，随着爸爸搬到弟弟家，春节后就空闲了。房子怕闲不怕住，姐姐在村里问了几家，想让邻居白来住，竟然没有人应承。有屁股还愁没人打了。

人去屋空，但还有个活物不肯走，就是养了八年的狸花猫。住在本村的姐姐几次把它抱到自己家，但它就是不肯留下，待一会儿就自己溜回家。姐姐笑着说：“它知道自己是来串门的，吃完饭就离开。”它去意坚定，姐姐也不好勉强。好在乡下房门都留有猫洞，虽然锁着门，它倒是来去自由。屋里没人，耗子立刻猖獗起来。尽管主人不在，狸花猫仍忠于职守，甘做无名英雄，每天不时回家中巡视弹压。耗子面对这高压态势，只好偃旗息鼓，流窜到外地“作案”。

为了表彰狸花猫的敬业精神，姐姐三天两头给它送吃送喝，还隔三岔五开开荤。由于保障有力，极大鼓舞了狸花猫的斗志，越发积极工作，守主人家园，保一方平安。

在电话里听了姐姐介绍狸花猫爱岗敬业的事迹，我打心底深受感动。千里之外的我仿佛看见，在空旷的院子里，狸花猫在认真地逡巡；在漫漫长夜，五间空屋里，它那炯炯有神的双眼，警惕地监视着耗子家族的一举一动，不容许任何影响安定的苗头出现。狸花猫不搞形象工程，不干面子活，主人不在时仍一如既往，甚至自加压力，真是办实事、求实效的好帮手。我决定五一回去慰问这个劳模，不但要带上高级猫粮，更要为它找个伴侣，以免它孤独抑郁，千万别得自闭症——至少目前宠物医院还没有心理咨询门诊。

家乡的羊

到武警内蒙古边防部队采访，来到靠近中蒙边境的一个边防派出所。为了了解军民团结互助的事迹，所领导带我走访附近一户牧民旺庆家。

不到内蒙古草原，你就不知道什么叫地广人稀，视线所及的方圆十几里内只有旺庆一户人家。相对高度300多米的巴音温都尔山挡住了漠北的寒风，山脚下是一片沙枣林。据女主人瑙木其其格说，这片沙枣是当年插队的知青栽的。树林旁是一个有篮球场大小的人工湖。旺庆家的小院就坐落在沙枣林北面的高坡上。三间楼座式平房窗明几净，风力发电机和电视天线在院子里高高耸立，屋前一口压水井在干旱的荒漠上告诉人们，这里是生命的绿洲。

旺庆家有8000亩草场，养了638只羊、46条牛、42峰骆驼、18头毛驴。派出所祁教导员告诉我，这些家底值100多万元。他们夫妇不会说汉语，我们之间交流全靠祁教导员翻译。唠完军民互助情况，我们出去看旺庆的羊。冬季羊都圈养，有的羊正在产羔。我们走进羊栏，几只山羊毫不认生地围拢过来，我伸出手抚摩一只一年生小羊的角，它竟亲切地舔我的手。

我小时候在家乡放过羊，对羊至今有亲近感，便向旺庆询问："在我印象中，内蒙古绵羊多，现在怎么全是山羊了？"旺庆告诉我，现在养羊主要是卖羊绒，而绵羊羊绒质量不如山羊的。现在这里养的山羊都是全国著名的优良山羊品种——辽宁盖县绒山羊。他曾到盖州买过种羊，甚至到过我老家的村子！

旺庆很平淡地介绍着这群羊的来历，却不知他的话像一块巨石在我心海里激起澎湃的波涛——他怎么会想到，我的家乡恰是盖县！盖县现在虽然已改称盖州市，由于这个山羊品种已注册了地理标志，因此人们仍习惯叫作"盖县绒山羊"。而盖县绒山羊只在我家附近的三个乡培育，辽宁省绒山羊原种繁育基地就在我们村地界里。怪不得小羊见到我这么亲近，原来我们是乡亲啊！

你好！家乡的羊！

我把小羊搂在怀里，用手梳理着它的绒毛。它乖乖地依偎在我的怀中，咩咩地叫着，我能感到它的体温，甚至能感到它的心跳。我突然想到背包里还有个苹果，是春节探亲从家乡带回北京的，出差时装了几个在包里。我赶忙从包里掏出苹果，掰成四瓣，一边喂给小羊一边告诉它：吃吧，这可是家乡的苹果啊！它似乎听懂了我的意思，每吃完一瓣就把嘴巴在我手上蹭蹭。它吃苹果的同时，眼角竟沁出泪花。小时在家乡看见，羊每逢同伴被杀时会流泪，想不到它吃了家乡的苹果也会流泪！莫非它真的有通灵感应的功能？我的心中竟有几分酸楚。怕旁边的人笑我婆婆妈妈，我只好强作轻松，让随行的宣传干事为我和小羊合影。

告别旺庆家羊栏时，小羊竟对我紧跟不舍，几次赶它回去，它都是挪几步又折回来，看那意思，大有和我重返故乡的劲头。我当然无法满足它的愿望，旺庆生怕它走失，于是抱住它。我们上了吉普车，开出挺远，回望时它仍站在高坡上，向我远去的方向眺望。虽然距离越来越远，但我听见它“咩咩”的叫声清晰地传来，仿佛是对遥远故乡的呼唤。此刻，我脑海中突然闪现“昭君出塞”的故事——昨天在呼市参观了著名的昭君墓。为了“温暖全世界”，我家乡的羊也演绎了21世纪出塞的故事，其境界也不可不谓高。

在人们自我意识普遍觉醒的今天，“愿做革命一块砖，东西南北任党搬”的情形已成往事，人们在读书、就业、结婚等方面的选择自主性大为增强。动物们却远没享受到这种待遇，它们的一切都要任凭人的摆布，鸡鸭鹅、马牛羊等家禽家畜如此，野生动物也难逃人类的掌控，任凭人类宰割，许多已经灭绝。人类自恃为高等动物，可以任意支配其他动物的命运，从未想过要征求动物的意见，并且认为这种做法天然合理，无可置疑。就像这只小羊，它原来的主人为了获利，把它从温暖富饶的辽南山乡卖到寒冷荒凉的漠北荒原，生活质量大为下降，它却无法抗拒。也从来没人认为这么做有什么不合理。在全球都大力倡导人权的今天，是否也应该尊重一点“兽权”，甚至“植物权”？人类无休止的杂交、克隆、转基因等科学实验，其实就是对“兽权”和“植物权”的粗暴践踏，对人类也未必是福音。物极必反，科学也是如此，人们切不可盲从。

当然有人会说笔者此乃迂腐之见，但历史经验告诉我们，许多迂腐之见往往是真知灼见。从汽车、塑料、原子弹、转基因等高精尖的发明，到引进麝鼠、水葫芦、微甘菊、豚草等外来有害动植物的低端科技活动，莫不如此。有的科学家不必带着神圣的光环招摇，科技在某些人手里也不过是博取功名利禄的工具而已，许多科技人员为了自己的利益，是不顾及科技伦理的。人类在大自然面前过于逞能，迟早要遭报应，现在已初露端倪，塑料肆虐，全球变暖就是最初步的警告！

感谢你，家乡的羊！你用自己扎根边疆的奉献，给了我这么多深刻的启迪。

2010年4月9—10日

情缘深深忆泰州

我到过国内许多城市，都是趁工作之便或自费去的，唯有泰州是市政府出钱请我去。人家请我去，并非因为在下是什么大人物，能给小城带来名或利，而是因为去参加一次由市财政承包来往路费和食宿的人才招聘会。

1998年末，我在中央某机关任处级干部，在工作中和一位常委级大领导发生争论，被打入另册，开始了漫长的政治上的蹉跎岁月。数次参加局级领导干部招聘考试，最后都因这“犯上”的“前科”过不了政审关而告吹。虽然领着基本工资不至于饿死，但一连几年待分配，空耗生命，着实叫人苦闷，无奈之中产生了离开京城到外地谋生的念头。

2001年春节前夕，在报上看到泰州市面向全国招聘人才的广告，广告承诺，硕士及以上学历人才去该市参加招聘会，往返车费（硬卧）和食宿全部由对方负担。招聘广告见多了，但出手如此大方的咱还头一遭碰上。这既可显示泰州求贤的诚意，也可见人家财政的实力。单冲这一点，洒家也要往泰州走上一遭。

敝人好歹是北京广播学院新闻专业的研究生，又评了正高职称，还有个律师资格，1999年考最高人民法院高级法官时曾被央视专题报道。沾这两点的光，在2001年2月2日于泰州职业技术学院举行的招聘会上，市电视台和市中级法院都有意接纳，我也诚心想来此落脚。但回到家中和妻女商量，她们都不同意。女儿即将初中升高中，处于人生冲刺阶段，如果老爸在家指点，她考上市重点高中的把握就更大些。在下未能免俗，为了女儿的前程，只好放弃自己的事业。中国父母为子女牺牲再多也无怨无悔，只是辜负了泰州的一片诚意，至今愧疚。

我虽然最终没有成为泰州人，但泰州在我心目中留下永久的美好印象。这美好的印象不仅仅来自它那绮丽的自然风光——千垄垛田，万顷湿地；也不仅仅缘于它那丰厚的人文底蕴——名人辈出，古迹繁多；不仅仅因为早在700多年前该城就载入《马可·波罗游记》；也不仅仅因为这里是中共中央总书记的故里……而是因为泰州市政府求真务实的作风吸引了我。

2月1日参观完梅兰芳纪念馆（看了那里的介绍才知道梅先生曾在北京无量大人胡同住过，和我是同街近邻，目睹照片上他故居熟悉的门楼，平添了几分亲切）后，信步走进市政府办公大楼。新建的大楼很是气派，自忖会严格把关，出乎意料，我和门卫打了个招呼，他就热情放行。在办公楼里逡巡数次也没人来盘查，到市政府办公室说明来意，工作人员还主动送我一本《今日泰州》。在我到过的各级党政机关中，对出入办公楼的人管理如此宽松的只有深圳和泰州。其政府亲民作风由此可见一斑。鄙人无缘出国考察，只是听说过美国白宫可以参观，其象征的民主开放意义是美国一直引以为自豪的。按当下处处和国际惯例接轨的时髦，泰州市政府也应以此为荣。如今各级党政机关皆戒备森严、军警伫立，似乎只有这样才能显示中国军力的强盛、政府的威严。两相对照，良莠自明。

更给我留下特别深刻印象的是办公楼大厅的宣传栏。我见过的省、市、县办公楼里的宣传栏，不是新华社统一编发的新闻图片，就是本级党政有关会议或活动的剪影，再不就是当地风光、政治口号。而这里展示的却是该市一些企业2000年销售冠军披红戴花的大幅彩照和销售业绩介绍，有十多位。这种宣传方式至少对孤陋寡闻的在下而言是闻所未闻！什么叫执政为民？什么叫政府为企业服务？透过宣传栏这扇窗口，似乎能找到点答案。为什么在这个默默无闻的小城中会崛起誉满神州的春兰集团？为什么会成长出全国闻名的模范公务员张云泉？我坚信这和泰州市政府的执政理念有着必然的内在联系，而这种执政理念从销售冠军照片中也可窥见端倪。这也正是咱看中泰州这方热土的根本理由。只可惜由于前面说过的原因，我与它失之交臂，但泰州留在我记忆中的美好印象将永难磨灭，历久弥新。

美术上有品红、黄、青三原色之说，窃以为任何自然奇观都是山水和植物三要素的不同组合；一个城市的形象应以政治昌明、经济繁荣、文化发达作为三原色，否则再瑰丽的风光都将减色许多，甚至成为反讽，给人带来更强烈的痛苦。张学良当年被囚禁的雪窦寺、阳明洞都是名胜，可是对他说来有什么美景可言呢？西藏如今已成为旅游圣地，可是对于50多年前的百万农奴说来，他们哪有闲情逸致欣赏青藏高原的壮丽景象呢？正是从这个角度，毛泽东才有“绿水青山枉自多”的慨叹。也正是从这个角度看，泰州给我留下深刻而美好记忆的不是那里别具特色的风光名胜，而是作为这自然风光底色的“三原色”。无论何时何地，百姓的生存状况都是最能给人以深刻印象的风景。没有人就没有风景！见物不见人的风景只不过是权贵眼中的玩偶。因此，每当在地图上看到泰州这个地名，想起生活在这方水土上比较幸福的父老乡亲，我就默默地由衷祝福她国泰民安、康泰和谐。

2009年3月16日草，19日毕，23日改，29日定稿

刊载于《美在这方》人民文学出版社2010年11月第1版

那兵　那树　那歌

——军旅歌曲《小白杨》幕后佳话散记

在中国当代音乐史上，因一首歌而使一个地方蜚声中外的例证屡见不鲜，诸如《逛新城》之于拉萨，《蝴蝶泉边》之于大理，《太阳岛上》之于哈尔滨，《牧羊曲》之于少林寺……每当人们唱起这些歌曲或听到那熟悉的旋律，自然想起歌中描绘的地方，甚至引起人们到那里探访的兴趣。与此异曲同工的是，军旅歌曲《小白杨》也使远处西北边疆的一个默默无闻的边防哨所声名远播，如今已成为著名旅游景点和爱国主义教育基地，被新疆塔城军分区正式命名为“小白杨哨所”，更成为祖国万里边陲一道独特而亮丽的风景线。

说起歌曲《小白杨》的诞生，就不能不提到那个亲手栽下这棵白杨树的边防战士程富胜。他是出生于新疆察布查尔锡伯自治县的锡伯族青年，1980年入伍来到位于塔城地区裕民县的塔斯提边防哨所。这个哨所建于1962年，地处中苏边境前沿。20世纪60年代中苏关系紧张，边境上更是剑拔弩张。这里发生过几次边境冲突，影响最大的当属1969年6月10日的“孙龙珍事件”。

那天，一群苏军从哨所出发沿塔斯提河侵入中方领土，并强行驱赶我牧民的羊群。这时，我哨所执勤人员在指导员魏道平的组织下，派排长李永强带领10人前往出事地点与苏军交涉。苏方边防站派出10名骑兵和苏西哨所的20多名步兵，一齐向我军包抄过来，排长李永强立即下令撤退，抢占50米处的一座高地，同时派一名新战士回哨所报告。当地兵团群众得知消息后，操起各种劳动工具主动前来支援。入侵苏军乘我后撤时，首先向我开枪射击，并将我牧工张成山强行绑架，打死我女民兵孙龙珍。孙龙珍是江苏泰县支边青年，当时29岁，正怀孕，本来可以不参加这次行动，但强烈的爱国情怀促使她义无反顾地奔向前线，竟不幸倒在苏军的枪口下！目睹惨烈的现场，我边防战士果断处置，英勇自卫反击。边防战士与兵团人并肩战斗，保卫了牧民的生命财产安全，用鲜血捍卫了祖国的尊严。后来孙龙珍被授予革命烈士称号，她的墓地就在小白杨哨所附近。

程富胜来到塔斯提哨所，这里光荣的革命传统深深地教育了他，领导和战友们的关心帮助使他进步很快，服役期满时转成了志愿兵。战斗的岁月紧张而匆忙。转眼入伍已满三年，程富胜按规定休探亲假，回到阔别三年的故乡。乡亲热情款待小程，争相听他讲的军旅故事。

锡伯族是一个具有爱国传统的民族。清乾隆二十九年（1764年），沈阳锡伯营奉命西迁戍边。农历四月十八日，1018名锡伯族官兵携2257名家眷踏上西去征途，历时一年半，路上出生了350名婴儿。后来这一天被定为“西迁节”。他们历经千辛万苦，横穿漠北高原，来到伊犁河畔的察布查尔定居戍边。在此后到民国100多年的动乱中，锡伯人为维护祖国统一、捍卫国土做出了重大牺牲。崇军尚武，为国戍边，代代相传。新中国成立后，当解放军更是锡伯人的骄傲。小战士程富胜自然成为家家欢迎的贵客，他的军旅故事引起亲人们啧啧赞叹。

小程的母亲富金梅被孙龙珍为国捐躯、塔斯提哨所官兵英勇战斗的一系列事迹深深感动。随着儿子返回部队的日子临近，她夜不能寐：我能为战士们做点什么呢？子弟兵远离城市，没有电视，书报很少，生活单调枯燥，尤其是夏天烈日下连一点阴凉也没有。孩子临走时，母亲精心挑选了20株自家培育的白杨树苗，让儿子带回哨所，郑重叮嘱：“锡伯人有卫国戍边的光荣传统，你要像先辈一样，在部队好好干。一定要栽活这些小白杨，陪伴你们守好边防。”

栽树那天，哨所官兵像过节一样喜悦。“带着它，亲人嘱托记心上，栽下它，就当故乡在身旁。”山头土质盐碱重，战士们从10

多公里外背来黑土；哨所方圆2公里无水源，战士们从远处布尔干河背水浇树。20棵树苗整整齐齐排列营房前后。为了节水浇树苗，战士们洗脸不用香皂，洗衣不用洗衣粉，用过后浇灌树苗。

可是，塔斯提自古以来只长草不长树，一棵棵小树苗发芽不久就渐渐干枯了。小程想起母亲的嘱托，悄悄抚着干枯的树苗暗自垂泪。一棵树最困难的是度过炎热的夏季，塔斯提缺水，而哨所执勤的官兵每人每天用水量在10公斤左右，取水必须到3公里外的布尔干河，所以，官兵们决定把生活用水省下来给小白杨。一个星期后，他们发现，由于夏季蒸发量太大，这种办法真正是杯水车薪。于是，官兵们决定背水上山，每天，除了站哨的两名官兵外，其余的官兵下河背水。不久，团里给哨所配了一头牛驮水上山。精诚所至，感动天地。终于有三棵小白杨成活了，迎风吐绿，茁壮成长！

程富胜和战友们怎么也想不到，这三棵普通的小树，竟会引来一连串动人的故事，乃至成为中国音乐史和边防史上的传奇。

物质上的小白杨的主人程富胜出场了，精神上的《小白杨》的创造者梁上泉也该登台了。

梁上泉出生在四川达县大巴山里一个农民家庭，在极端艰苦的环境中，在恩师李冰如的资助下读到了高中。李冰如在当时的川北地区是一个思想进步、很有影响的诗人，见梁上泉聪敏好学，因此课外教他古诗词。梁上泉于是开始写诗填词，练习写作。有一天，李冰如拿了本进步刊物《现代农民》给梁上泉看，梁上泉看后对这本杂志产生了浓厚的兴趣，试着写了首诗投寄，1948年底，诗歌发表了，这首处女作成为他文学道路的起点。

读高二时，达县解放了，1950年梁上泉报名参军，走进了这座培养了无数人才的大学校。到部队后，梁上泉继续学习文化知识，由于生活阅历的丰富、文化水平的不断提高，很快有了第一本诗文集《喧闹的高原》。梁上泉先后在西南军区公安部队文工团、中央军委公安部队文工团任创作员。在军队的哺育下，梁上泉佳作频出，成长为一名军旅诗人。

1982年，已经转业到四川省作协的梁上泉受战友之邀，到新疆军区部队体验生活。新疆多白杨，看到公路边一排排的参天白杨，翠绿威风，笔直挺立，有过多年军旅生涯的梁上泉立刻联想到英姿挺拔的战士们。刚到新疆，恰逢建军节，部队大检阅，梁上泉在观礼台上看到一个方阵又一个方阵，一条直线又一条直线，绿色的军装，挺拔的战士，这不就是一排排的白杨树吗？有了这个形象，梁上泉挥笔写了一首《林带阅兵曲》，这首诗为梁上泉后来创作出唱红军内外的《小白杨》，做了感情的铺垫、艺术的积累。

梁上泉在南疆看到，有些边防战士从帕米尔高原轮休下来，看到一棵白杨树，就抱着树大哭，战士们激动地说："帕米尔高原一片单调的白色，刚下山就见绿叶，怎能不激动？这是生命的绿色呀！"种种感情的沉淀，触动了诗人的心灵，于是他急迫地想要写一首诗来赞扬这些守卫祖国边疆的战士，但是迟迟找不到合适的表达方式。

他又应新疆生产建设兵团的邀请，到那里体验生活，定的时间本来是一个月，梁上泉要求再多一个月，后来又要求延长到三个月。部队同志笑着说：延长一个月可以，但你必须为部队写一首歌词。但直到他离开新疆，这首歌词还没写出来。离开新疆之际，军区为梁上泉举行欢送仪式，感谢他为讴歌边防部队不辞辛劳，万里跋涉，真诚地欢迎他以后再次来新疆。梁上泉表示，返回后一定不负厚望，写出力作。

从新疆返回重庆的次年，梁上泉又参加了由中国音乐家协会组织的访问团，赴内蒙古呼伦贝尔大草原和大兴安岭林区体验生活。在绵延起伏的中苏边境线上，座座哨所高高耸立。值岗的战士白杨树一样挺拔，挺立在边防。一天梁上泉在满洲里附近的一个哨所营区漫步，看到下哨的战士在读书、写家信。一位战士深情地弹吉他，梁上泉问弹的什么曲子，战士回答是家乡的民歌。一个拿军用水壶给树苗浇水的战士，吸引了梁上泉，他走了过去。哨所位于干旱地区，每个战士每天擦脸、饮用、漱口等日常用水，只有一军用水壶。水在边防哨所十分紧缺，战士们舍不得饮用，只有在极度干渴时才抿上一小口，而这个战士却用水浇树苗！梁上泉问：“树苗哪来的?”“妈妈让我从家乡带来的小白杨。”梁上泉望望青春朴实的战士，瞅瞅风中摇曳的小白杨树苗。陡然间，他全身像电流通过一样地颤抖，脑海里映现出在新疆见到的白杨，仿佛所有的参天白杨一起涌现，连排成行，铺天盖地列队而来。储藏在心间想写的那首歌，如同瀑布奔涌而出：万里边防线上站着一个又一个这样年轻的战士，长着一棵又一棵这样的小白杨。

电光石火，点燃了梁上泉的灵感和激情，西北新疆的小白杨和东北边陲的小白杨叠加在一起，生活积累和艺术积累终于厚积薄发，喷涌而出。他一下子找到了切入点，笔尖在记事本上不停地划动、删改。忘记了周围的一切，忘记了时间空间，大概只用半小时，就写出了名扬天下的歌词《小白杨》。文章本天成，妙手偶得之。这句名言正是《小白杨》创作过程的生动写照。为了记下这难忘的情节，他特意在文稿上注明：1983年7月16日，呼伦贝尔盟。这就是《小白杨》的诞生时间和地点。

词与曲对一首歌来说，犹如车之两轮，缺一不可，相辅相成，相得益彰。

同行的采访慰问团里有著名的作曲家声茂同志，他看到这首歌词后产生了创作欲望，为它谱了曲。但这支曲子刚健有余，柔美不足，没有体现出20世纪80年代边关军人的情怀，因此没有传唱流行开来。不久，梁上泉把这首歌词发表在《解放军歌曲》上，被总政歌舞团作曲家士心看到了，他读后深受感动，于是下了一番功夫，为其谱曲。他的曲子既有军人的阳刚之气，又有对家乡和亲人的眷恋之情，刚柔相济，旋律优美，拨动每个战士的心弦，很快在军营广为传唱，并且迅速流行全社会。

其实，此前这对词曲作者已有过一次合作——尽管他们还不相识。1982年梁上泉去伊犁途经石河子时，遇到一个四川人在此开了“峨眉酒家”小吃店。在荒僻的北疆，川人艰苦创业，梁上泉对这位敢于闯天下的同乡很敬佩，于是写下诗歌《峨眉酒家》。该诗登载在《人民文学》上，被郁钧剑看见，他将该诗稍加修改，推荐给士心作曲。这首歌很快在社会上广为传唱，阎维文还凭借这首歌获得全国青年歌手大奖赛民族唱法一等奖。由于有过这段缘分，所以士心一看到《小白杨》歌词便爱不释手，尚未谋面的二人再度携手。

说起士心，知名度可能不是很高，这并不是他的业绩不突出，而是因为他38岁即英年早逝，没有达到艺术巅峰，至今提起仍令人扼腕叹息。他本名刘志，出身天津艺术世家，父亲刘明源是著名的二胡和板胡演奏家。他从小深受艺术熏陶，少年就被选到三十八军宣传队，由于他业务突出，几经奋斗，又被选入总政歌舞团。他在团里是多面手：山东快书师承高元钧，相声师承马季，二胡、板胡则得父亲真传。尽管他样样拿得起放得下，但最钟情的还是作曲。在从事曲艺演出的同时，他还搞些小乐队的配器，即兴编些新歌曲。

刘志写的歌旋律优美，质朴大气，充分显示了他深厚的民族音乐功底，深得队友郁钧剑喜欢，因此，郁便是他创作上和他的作品演唱方面最早的合作者之一。当时李双江对他也很扶持，1981年郁钧剑写了一首《没有强大的祖国，哪有幸福的家》的歌词，就是李双江拿去与刘志合作谱曲的。后来有许多歌手在一些重大晚会上唱过这首歌，彭丽媛还在中央电视台青年歌手大奖赛上，以这首歌参赛而获得了那届大奖赛的金奖。因此，这首歌也成为刘志最早的有影响的作品之一。

从那以后，刘志名声渐起。有一次，郁钧剑与他聊天，说："你叫刘志，而那位写过《我的祖国》的老作曲家叫刘炽，被听众搞混了怎么办？"过了几天，刘志就起了个笔名，叫士心。乍一看"士心"就是"志"字的拆分，但实际上他取这个名字，还寄托着要一辈子为战士写歌、写出战士心声的理想追求。正是由于丰厚的艺术修养和深厚的部队生活体验，加之对军人怀有真挚的感情，

《小白杨》朴实的歌词引发了士心的共鸣，于是谱出了既有民族风格又有时代感的动人乐曲。

这对词曲作者虽然两度合作，但此前从未谋面。《小白杨》唱红全国后，有一次梁上泉老师到北京，经阎维文的引见，才和士心初次相见，从此结下真挚的情谊。士心病逝时，为了纪念二人的友谊，梁上泉曾在天津《歌词月报》上撰文悼念，文中有一首诗：“士心有志惜早亡，演奏飞声曲远扬。合作遍传歌两首，《峨眉酒家》《小白杨》。”他们用亲密无间的合作，谱写了新时代文人相亲的赞歌。

随着《小白杨》的广泛传唱，又生发出一系列动人的佳话。

梁上泉是第七届全国人大代表，那年梁上泉到北京参加全国人代会，散会后他随湖北代表团的专车去武汉。梁上泉的软卧包厢里，还有一位解放军首长，看那肩上的金星是位将军。首长问梁上泉是干什么工作的，梁回答搞写作。首长问写过些什么东西，梁报了自己出版的几部诗集的名字，又报了几部电视剧的名字，都没有引起这位首长的重视。这时车厢广播里播放的歌曲正是《小白杨》，梁上泉随口说：“这支歌也是我写的。”首长和梁上泉交谈时，已摘下军帽，正解军衣扣子准备休息，听了梁上泉的话，立即系上军装扣子，戴好军帽，在包厢里立正站好，“啪”地向梁上泉敬了一个军礼，说：“谢谢你为我们军人写了一支好歌!”

这首歌使梁上泉与部队结下了不解之缘。2001年夏天，梁上泉受中国作协邀请到北戴河创作之家避暑。一天，他和文友一起上北戴河联峰山公园游览。联峰山公园由三座松林覆盖的山峰串连而成，虽不高，却险峻。由于林密人多，梁上泉的侄孙浦磊跑丢了。梁上泉夫妇急得傻了眼，在山间四处跑着喊着，大家也帮着寻找，孩子却不见踪影。这时梁上泉夫人见一机关围墙外有解放军站岗，立即向解放军求助。梁夫人说，梁上泉1950年就参军，在部队干了多年才转业，是个老兵；他写过许多歌词，《小白杨》就是他写的。站岗的是武警河北总队北戴河支队的战士，立即用报话机报告首长。听说是《小白杨》的作者梁上泉的侄孙丢了，部队立即派出战士、干部漫山寻找，终于找到了浦磊。采访中梁老师幽默地说，借了《小白杨》的光，我这个20世纪50年代的老兵走遍全国军营都广受欢迎，吃饭不用花钱。

也是由于这首歌，词作者梁上泉和首唱者阎维文也创造出几件趣闻。阎维文因唱《峨眉酒家》而获大奖，崭露头角，因唱《小白杨》而名震歌坛，自然对梁上泉心存感念。也是梁赴京开第七届人代会之时，阎维文盛情邀请梁老师登门做客，正赶上阎夫人生病，阎维文就亲自下厨，为梁老师端出一桌丰盛的家宴。以阎的经济条件，请梁到任何高档的餐厅宴饮都不在话下，阎却偏偏以家宴招待，足见两人亲如一家的情谊。阎的厨艺可能不如演技高超，但蕴含于饮食中的深情厚意怎一个心字了得?

2002年四川巴中市举行巴人艺术节，阎维文到场献唱。时值梁上泉在该地采风，作为特邀嘉宾出席。阎维文在台上深情地演唱《小白杨》。台下有人给主持人递上条子，称阎维文演唱的《小白杨》词作者就在台下。主持人向阎维文和观众说明："《小白杨》的词作者梁上泉老师就在现场。"阎维文赶紧张望，在几万名观众中寻找，其实梁上泉就在台下前排。阎维文走下台来，再次致谢。梁上泉谦逊地说："不必感谢我，是你的歌唱得好!"阎维文将观众送给他的多簇鲜花，真诚而又恭敬地送给对方，梁上泉接过，向黑压压的观众高声道："应该感谢为老区做出巨大贡献的乡亲们!"梁上泉奋臂挥扬，鲜花从空中飘落，观众欢声雷动。

2008年4月25日，梁上泉与夫人再度入疆。到了裕民县，县领导盛情款待梁上泉夫妇，专程陪同梁上泉夫妇前往小白杨哨所。踏进哨所，全体边防战士一齐向着梁上泉夫妇敬礼，梁上泉夫妇回礼并一一问候握手。哨所领导敬请梁上泉题词、合影留念，梁上泉一概应允。程富胜当年栽的那棵小白杨，如今已是参天大树，枝繁叶茂，树身写着"小白杨，守边防"的醒目词语。梁上泉走到树下，伸手抚摸树身，心头涌上暖流。风吹叶摇，沙沙作响。白杨树向《小白杨》的作者致敬问候。哨所周边的人们得知《小白杨》的作者来到了小白杨哨所，纷纷赶来看望。哨所附近几十名新疆生产建设兵团老战士和青年，翻过山梁，唱着《小白杨》赶来。那场面，让梁上泉感动非常，这无疑是给作者最高、最好的奖赏。

在塔城军分区，梁上泉老师特意向在场人员说明，他1982年到新疆体验生活时，虽然看到挺拔的白杨而产生了边防战士就是白杨树的意念，但当时他并没有到过塔斯提哨所，也不知道程富胜栽白杨树苗的事。真正触发他创作灵感的是在满洲里附近的边防哨所。《小白杨》和程富胜受妈妈嘱托栽树的情节如此契合，只能说明这首歌反映了边防战士生活的真实，达到了生活真实和艺术真实的完美结合。是他多年的军旅生活，尤其是对边防军人生活的厚积薄发。就像歌剧《白毛女》的创作过程一样，贺敬之等人是根据流传在晋察冀边区的关于"白毛仙姑"的民间传说创作的，当时他并不知道四川真有个白毛女罗昌秀。但罗昌秀的遭遇和喜儿竟如此相似，这足以证明只有将生活真实和艺术真实完美结合的作品才会广受欢迎，具有长久的生命力。

2004年7月，中央电视台"心连心"艺术团赴疆参加新疆生产建设兵团成立50年庆祝活动，25日专程赶到小白杨哨所慰问演出。阎维文来到小白杨哨所，心潮澎湃，引吭高歌："小白杨，小白杨，也穿绿军装，同我一起守边防！"哨所官兵和兵团职工们报以热烈掌声。演出结束接受采访时，这位著名歌唱家动情地说："带着这首歌，我走南闯北唱了整整20年，这首歌给我带来许多荣誉。我感谢小白杨哨所的战士、感谢那位送树苗的妈妈、感谢这首歌的词曲作家，是他们给了我享用一生的精神财富。所以，我一直希望有一天能站在这棵小白杨旁边为小白杨哨所的官兵演唱，今天，我终于实现了多年的夙愿。"艺术团的成员还采访了孙龙珍的女儿于明秀，向为保卫边疆英勇献身的先烈致以崇高敬意。

阎维文在哨所期间，向老兵们询问白杨树的来历，战士讲了富金梅程富胜母子当年送幼苗、栽小树的故事。事后战友把阎维文来哨所慰问演出的消息告诉了已于1997年复员回乡的程富胜，他才知道唱遍大江南北的《小白杨》中的那棵白杨树，和自己当年栽下的幼苗有着微妙神奇的联系。他把这一消息告诉全家和乡亲，同时萌发了重访故地的念头。两年后，实现这一愿望的一天终于来到了。2006年5月10日，察布查尔锡伯自治县组织的“小白杨”采访慰问团一行，专访慰问小白杨哨所官兵，在塔城军分区、地委宣传部等有关同志的陪同下来到了这片英雄的土地上。采访慰问团一行中，有个重要的成员，就是曾在小白杨哨所战斗生活了18个年头，并在23年前亲手栽下小白杨的程富胜，同行的还有他68岁的老妈妈富金梅以及15岁的女儿程安妮。

听说程富胜和他的母亲、女儿随采访慰问团来到小白杨哨所，他当年的战友甘明阳、孙世为等从塔城、裕民赶到了这里，驻地的农九师一六一团十一连职工也不约而同来到路口，都要见一下当年的战友程富胜和家人。一下车，人们一眼便认出了他，热情地拥抱，紧紧地握手，饱含着20多年的战友情、朋友情，这一军爱民民拥军的真情，令在场者无不动容 。

一踏上小白杨哨所，采访慰问团一行就受到塔斯提边防连官兵的热烈欢迎。在那棵具有传奇色彩的白杨树下，官兵们和采访慰问团成员聚在一起，听程富胜讲述着当年的故事。这次活动最感人的场面是，采访慰问团一行代表察布查尔锡伯自治县15万人民，向哨所官兵敬献了一面写有“小白杨，铸军魂”字样的锦旗。采访慰问团成员同边防官兵共同联欢，合唱《小白杨》，歌声在哨所上空久久回荡，也把此次采访慰问活动推向了高潮。

察布查尔锡伯自治县的“小白杨”采访慰问团，这次从遥远的锡伯之乡带来的不仅是该县人民对边防官兵的深情，也圆了程富胜和他母亲、女儿的一个愿望：23年后到哨所再亲手栽上一棵小松树。富金梅对小白杨哨所的官兵们说：“我们栽下这棵小松树，是表示我们的心永远和小白杨哨所官兵们在一起，愿小松树也和小白杨一样挺拔茁壮，一起陪伴着边防官兵继续扎根边防、守好边防，为边疆的稳定繁荣和发展做出更大的贡献。”打这以后，2007年和

2009年程富胜两次重访故地（2008年因北京奥运会而没成行）。他表示，今后只要条件允许，他每年都要走访第二故乡——小白杨哨所。

长久以来，小白杨的故事时时激励着广大边防官兵安心戍边，激励着新一代戍边官兵用自己的行动践行着小白杨精神。小白杨成了戍边军人的象征，小白杨哨所成了边关军人的精神家园。在小白杨哨所戍边的边防官兵，每当看到小白杨，就会更加牢记远方妈妈的嘱托和亲人的期盼，就更加热爱边防、安心边防。如今，每年新兵入伍，连队干部就会带他们到哨所宣誓、授衔，讲述小白杨的故事。老兵复员，连队都要在小白杨哨所搞军旗告别仪式，并把仪式连同小白杨哨所生活点滴刻录成光盘，发到老兵手里，成为他们记忆深处的珍藏。

“何言风餐露宿苦，只图报国为民甜”，这就是小白杨哨所的座右铭。为改变工作和生活环境，一茬茬的戍边官兵与恶劣的自然环境抗争，年复一年地在哨所周围种活了几百棵白杨树，过去恶劣的自然环境早已改善，昔日的戈壁荒滩也已郁郁葱葱、生机盎然。连队还建起了篮球场、羽毛球场、图书室、阅览室等设施。连队先后被评为“边防执勤先进单位”“政治工作先进单位”“全军绿化优秀单位”等荣誉称号。

20多年来，小白杨哨所官兵发扬小白杨精神，扎根边疆无私奉献，苦干不苦熬，苦中有作为，连队连续多年无事故、无案件、无边境涉外事件，用钢铁精神铸就了祖国的西部长城。

那兵——永远是新时代最可爱的人；

那树——坚韧挺立在万里边防线上；

那歌——久久回荡在亿万军民心中……

2009年11月2—4日初稿，10日修改，20日再改

刊载于《中国边防警察》2010年第3期

《毛主席语录》——人生的教科书

自识字以来读过的书足有万册，曾在10家图书馆当过读者，20世纪80年代中期曾读完了一个中等城市图书馆的全部数千册社科和少量自然科学图书。曾被评为首都图书馆优秀读者，在中国图书馆学会举办的全国征文中获过奖。读过的这些书丰富了我的知识，帮我拿下10个大专以上文凭和3个职业资格证书，以5门412.7分的全国最高分考取研究生。书读得多了，对书也有了一定的鉴赏能力。在已过不惑之年的今天，在有了读万卷书行万里路的阅历的2006年，在毛泽东著作不甚走红的时候，反刍读过的所有图书，窃以为印象最深、获益最多、我最喜爱的一本书当属《毛主席语录》！

说起《毛主席语录》，凡是出生于20世纪60年代以前的中国人个个耳熟能详，许多人甚至烂熟于胸，在下至今尚能背诵许多段落。真可谓镌刻在脑海里，融化在血液中。《毛主席语录》民间俗称为"小红书"，编印于"文革"前夕，兴盛于"文革"初期，曾以50多种文字、500多种版本向世界发行了50多亿册，是20世纪全球印数最多、影响最大的一本书。

由于爸爸是位基层党务工作者，所以我有幸在"文革"前的1965年就看见过当时只限内部发行的《毛主席语录》。第一次看见64开本镀蜡封皮（那时不懂压膜的概念），打开扉页，毛主席像前面还衬着一张起保护作用的透明玻璃纸（那时还没有再版前言）。不用看内容，单是这不同凡响的装帧设计立刻就把我稚嫩的好奇心给抓住了！在儿童虚荣心的驱使下，我背着爸爸把这本宝书（不是后来“文革”中流行的红宝书那个意义）拿到耕读小学（当时农村的学前班），在全班同学面前显摆了一下。这下可不得了，不但本班同学争相传观，其他班的同学闻讯也来瞻仰，最后竟惊动了老师。她郑重其事地提醒我：“这是内部书籍，要注意保密，不能这么随便外传！”我立马意识到犯了严重错误，偷偷把宝书放回原处。几天后见平安无事，一颗悬着的心才放回肚子里。

转年“文革”开始了，“小红书”日渐走近百姓、走进我们的生活，最后形成了红海洋。我们红小兵天天上学时用红布兜背着它，早请示晚汇报时拿着它，跳忠字舞时举着它。不久它竟取代了语文课本，每天课堂上学几段；放学后在路口值勤，拦住过往行人，也让他们背诵毛主席语录。那时外出办事、购物，都要事先互相说一句语录，像部队哨兵对口令一样；至于讲话写文章，语录更是不可或缺。人们对它也由新奇、敬仰而日渐熟悉、麻木，后来对它竟有了一丝彼此心照不宣的反感。

兴起一阵风，去时如吹灯。随着“九一三事件”的突现，红海洋也立刻退潮，《毛主席语录》也从人们的生活中淡出；随着“文革”的结束，《毛主席语录》则从人们生活中消失。当年全国人均5册的“小红书”如今变为珍稀文物，成为收藏家搜罗的对象。40年风云变幻，恍若隔世！

拂去历史蒙在“小红书”上的尘埃，透过当年“小红书”上闪烁的灵光，在中国人可以睁开双眼看世界的今天，在实事求是思想路线日渐恢复的今天，在提倡以人为本和人们自主意识不断觉醒的今天，在对国际共运史和中国革命史有了比较清醒认识的今天，我以有了一定政治修养、知识积累、工作经验、人生阅历的中年人的眼光回头审视《毛主席语录》，依然不得不由衷承认，对自己影响最大、至今仍最喜爱的一本书仍非《毛主席语录》莫属。

纵观人类发展史，成为一国最高领导人的何止万千！但留下自己系统的政治理论著作者则不多。尤其在军事英雄时代，文武兼备的君主实属凤毛麟角，他们几乎都是靠马上得天下，而借助别人的政治理论治国：秦始皇、刘邦、曹操、李世民，恺撒、俾斯麦、拿破仑、彼得大帝，概莫能外。因此毛泽东青年时代就说过，帝王，一代之帝王；圣贤，百代之帝王。到了政治英雄时代，政治家掌权的才多起来，有些领导人开始凭借自己的政治理论治国。外国的如列宁，中国的如孙中山。列宁的理论和中国国情毕竟有距离，读起来终究不那么亲切；孙中山的三民主义在实施的路线、政策上略显空泛粗浅，终究难以全面推行。相比之下毛泽东思想就显得更符合中国革命实际：既有宏观层面的哲学思想和政治理论，也有微观层面的路线、方针，还有可操作性的政策、策略，表达得也更加深刻、简洁、生动、通俗，因而具有不可抗拒的征服思想的魅力。

毛泽东通过自己的理论掌握了群众，群众通过毛泽东思想理解了革命，最终改变了中国和亿万人民的命运。毛泽东思想集20世纪之前的古今中外政治理论精华之大成，是中共第一代领导人和著名笔杆子们集体智慧的结晶，是认识20世纪中国和解决其出路问题的钥匙，是当时中国精英分子对中国革命问题能够给出的最好的答卷。对此，今天任何人都无法否认。

而《毛主席语录》则囊括了毛泽东思想的精华，尤其对中国国情透辟的认识，对中国文化传统精微的把握，对中国各阶层人物深入的剖析，对政策和策略化境的掌控，对今天的中国人仍具有不可替代的世界观和方法论意义。

哲学是任何人都离不开的实用之学。中国当今上自政治家下至老百姓，除了极少数哲学家外，人们所掌握的哲学思想仍未超出毛泽东的“两论”，从中学到大学甚至研究生的哲学教材，仍无出其右者。李瑞环日前出了本《学哲学用哲学》，其阐述的都是毛主席的哲学思想和基本原理，只是加点自己学习运用的体会。

毛泽东作为没带过枪的军事家，其在世界军事史上占有不可替代的位置。他的军事思想既不同于中国传统的《孙子兵法》，也有别于西方克劳塞维茨的《战争论》，结合时代特点和中国国情，有继承有发展，独树一帜。党指挥枪的原则，支部建在连上的军队政治工作规范，人民战争思想，不打无准备之仗的慎战观念，集中优势兵力歼灭敌人的战略，等等，无不闪耀着东方式的智慧之光。毛泽东军事思想至少在常规武器时代的中国是行之有效的。而这些谋略在今天被一些中外企业家运用于经营之中，发挥出切实的作用。

进入新时期以来，领导科学大行其道，各种专著连篇累牍。但究其内核，仍难脱毛泽东“出主意，用干部”“十个指头弹钢琴”“没有调查研究就没有发言权”“当好班长”“抓两头带中间”“典型引路”等范式，无非是这些命题的展开式和系统化。可见毛泽东领导思想持久的生命力。

以上是从治党治国治军的层面对毛泽东思想稍加点评，再从现实实用角度来看，《毛主席语录》对我们的工作、生活也仍有指导作用。

现如今阶级和阶级斗争这两个概念几乎无人提起，但它们并不因你天天讲就存在，也不因你天天都不讲就消失。当然，今天它们的表现形式更为复杂曲折，更多地表现为不同群体各种利益的博弈。尽管蒙着多重遮羞布，但实质不变。不承认这一点，不是政治上的糊涂虫，就是别有用心的自欺欺人。重温毛泽东关于“在阶级社会中，每一个人都在一定的阶级地位中生活，各种思想无不打上阶级的烙印”的论断，我们对现实生活中发生的诸如贫富两极分化、官员傍大款、“三农”问题、房价畸高，甚至出租车费涨价之争等种种复杂纷纭的社会现象，都会廓清迷雾、看清本质。在阶级社会中，阶级分析方法至今仍是分析各种社会问题最锐利的解剖刀。梁晓声前几年写了本《中国社会各阶层分析》，从形式到内容都是拾毛泽东《中国社会各阶级的分析》的牙慧。

“谁是我们的敌人？谁是我们的朋友？这个问题是革命的首要问题。”在以经济建设为中心的今天，难道这不仍是我们党和政府以及每个单位和个人安身立命、为人处世的首要问题吗？只不过今天朋友和敌人的内涵有所变化，其现实表现形式多了一层温情脉脉的面纱而已。再如政策和策略的原则，统一战线思想，等等，对每个人的生活和工作都不无启示。

知识分子走与工农相结合的道路，是毛泽东20世纪30年代提出的命题，今天现实意义则更显著。随着高等教育日益普及，知识分子工农化、工农群众知识化已现端倪。白领蓝领界限的日益模糊，知识分子的优越感日趋式微，陈景润式的书呆子渐成珍稀动物，大批“知本家”的涌现……这些活生生的现象充分说明，知识分子走与工农相结合的愿景，今天已成为广泛的现实，而且由当年外在的政治号召变成如今内在的利益驱动。但无论如何，证明了毛泽东关于知识分子必须与工农相结合才能有所作为思想的远见卓识。自己作为一个新时期的知识分子，对此有深切的体会和感受。

《毛主席语录》中关于文艺的论述占一定比例，由于他自己有文学创作实践，所以对文艺的许多问题，都有独到而精辟的见解。作为一名文学工作者，在下从中获益颇多。尤其毛泽东言之有物、中国气派、生动活泼、融古萃洋的文风本身，就是每一个写作者学习的典范。

今天，站在事后诸葛亮的角度看《毛主席语录》，不能不坦率地说，它也有一些不完善的地方，其中最突出的缺憾就是通篇没有一段关于法治的论述（第五卷《毛选》中也没有这方面的文章）。从新中国成立到“文革”结束，是中国法治很不完备的时代，新中国成立以来近30年间，只制定了《宪法》和《婚姻法》，在没有《刑法》和《刑事诉讼法》的情况下，竟给成千上万的公民判刑甚至判死刑，今天看来简直匪夷所思。但是令人不解的是，今天法律法规比那时确实健全多了，但社会治安状况反而比那时差了，贪赃枉法的案件反而比那时多了，这很让中国法学家郁闷和迷惘。

无论从政治和国家的大处着眼，还是从修身和处世的小事说起，《毛主席语录》在许多时候、许多场合、许多情况下都对我——也对他人——继续产生着影响。只是有时你自觉地认识到，有时没意识到而已。以在下之愚见，如今中国虽然思想活跃、学说蜂起，但透过纷繁的现象看实质，在意识形态领域毛泽东思想（绝大多数中国人了解的马克思主义其实就是中国化了的马克思主义——毛泽东思想）仍居于指导地位。因此，即使生活在21世纪的今天，《毛主席语录》仍是值得每个中国人认真一读的好书——至少在女儿考研复习政治时，我就让她读过毛泽东的“两论”，接到录取通知后她承认从中受益不小。

2006年4月26日

注：此文参加中直机关工委举办的“我最喜爱的一本书”征文，获一等奖。

我的第一个借书证

我从识字起就喜欢看书，小学三年级时已能看“大书”（长篇小说）了，然而那时无书可读。家乡是个小山村，庄户人家本来就没什么书，加上“破四旧”的扫荡，全村的小说杂书总共剩下不过一二十本。这几本书不到半年，就被我囫囵吞枣地看完了。那时书店里不卖文艺书，再说，即使卖，我也买不起。为填补知识欲壑，我便四处找书。正好村里来了知青和下放干部，这些人都或多或少有几本书。我就常帮他们跑腿干活，有了点交情后，就向人家借书，两年就把他们的书借个遍。我借书绝对不损坏，按时归还，信誉很好。因此，几位本村知青竟到邻村的青年点去帮我借书。

提起四处找书看，有两件事至今记忆犹新。寒假里，我去附近的暖泉村油坊用黄豆换豆油，见门前自行车货架上夹着一本《朝阳花》，踌躇再三，硬着头皮向车主开口借书。互通姓名住址后，我主动提出以十斤黄豆做抵押。那人见我挺诚实，便爽快地把书借给了我——当然没要我的黄豆。下雪天没农活，我半宿加一天就把书看完了，第三天冒雪把书还给了主人。

一天从公社中学放学后，路过前松屯，发现一家大门外放着根从老房上拆下的梁柁，上面糊满了旧报纸。我见后喜出望外，骑在梁柁上就读了起来。朝上这面看完了，找根木棒撬转梁柁，接着看另一面。全部看完，天已经黑了。其间房柁主人和过路者几次上前看稀罕，见这学生确实无歹意，这才没撵我。一位大婶边走边说：“这孩子不是魔怔了吧？啧啧！”

骑柁读报，颇多受益，两点知识，至今铭记。一是关于乐曲

《花儿与少年》：我过去一直认为“花儿”暗喻女孩，“少年”指男孩，其内容是描写少男少女爱情。读了这报上文章才知道，“花儿”与“少年”是流行于甘宁青地区的一种民间歌唱形式！二是关于阿炳的《二泉映月》：此前总把“二泉”理解为相邻的两眼泉，读了报上的介绍才晓得是指无锡惠山的天下第二泉！而这两点知识，在我1980年投考中国音乐学院时恰恰都用上了！处处留心皆学问，信然。

尽管千方百计地搜罗书籍，但文化贫乏的山村根本无法满足我对书的渴求。1974年中学毕业不久，我就带着大队介绍信去县图书馆联系借书。一询问才知道，图书馆不给农民办借书证！面对这种规定，我便向工作人员诉说找书的艰难历程，并说明自己在市报上发表过文章，为了提高写作水平，亟须补充知识。我的笃学感动了管理员李雅娟老师，她经请示馆长特批，终于给我办了个借书证！拿到这来之不易的小本本，比今天中了万元大奖都兴奋。从此，我每两周去一次县城，还书借书，风雨无阻。

经过二十多年苦读，我共获十个大专以上文凭、一个硕士学位、三个职业资格证书、两个高级职称——我第一个中级职称就是图书馆馆员，《中国青年科技》杂志曾介绍我十几年如一日苦学不辍的事迹；发表文学、新闻作品和论文共三百多篇；获得全国性征文和知识竞赛奖六次。这些微小的长进，每一步都离不开图书馆的帮助；这些获奖证书，每一件都蕴含着管理员老师的心血。知识永远是宝贵的，苦难中获取的知识则更加宝贵——因为它给我以德智体的多重砥砺，多次改变了我的命运！

功夫不负苦心人。“文革”内乱中的多年自学，打下了坚实的知识功底，使我在1977年以全县文科第二名（第一名是位下乡知青）的成绩考上大学。1990年考研以五门412.7分夺得全国状元，国家教委将我从成都调到北京就读。1978年以来，我就读过许多高校，生活过几个城市，每到新单位必先找图书馆。1992年10月到新疆伊宁搞中央人民广播电台听众调查，停留仅五天，我还到市图书馆办了个借书证，借了二十多本关于新疆少数民族和“三区革命”的书，根据这些资料写出探讨苏联解体的民族原因的论文。这些年共办过二十多个借书证，而从家乡图书馆取得第一个借书证的经过，则给我留下了永难磨灭的记忆，成为我走进知识殿堂的正式入场券。

永难忘，忧乐参半的苦读岁月；永相伴，我的知识加油站——图书馆。

刊载于《百年情怀——天堂，图书馆的模样》
科学出版社 2004 年 7 月第 1 版

难忘一曲

近几年，一些创作于二十世纪五六十年代的老歌再度走红，广播里、荧屏上，不时传出那些激越悠扬的旋律，使许多中年以上的共和国公民，不禁追忆起自己初次听到或唱起这些歌曲的情景。在这些老歌中，最能牵动我的情思和震撼心灵的当属《革命人永远是年轻》。

吴伯箫先生在散文名篇《歌声》中写道："感人的歌声留给人的记忆是长远的。"我第一次听到《革命人永远是年轻》的情景，时隔二十多年，今天追忆起来仍历历在目。那是"文革"后期的1974年，我正在辽南山乡一所中学读书。一天放学后，我在教室里写黑板报，沉寂的窗外传来一阵歌声：

革命人永远是年轻，
他好比大松树冬夏常青，
他不怕风吹雨打，
他不怕天寒地冻……

男中音浑厚低沉，本是昂扬向上的旋律听起来却有几分悲凉压抑。我走出教室一看，唱歌的是张老师！

提起张老师，在咱们这个山乡中学可是个人物哩。据说他是个高干子弟，"文革"初正在南开大学中文系读书。高干子弟都知道点官场秘闻，他私下里曾讲过江青的一些陈年旧事被举报而打成反革命分子，劳改几年后，下放到咱们这所偏僻的山村中学当教师。

初秋的夕阳给校园抹上一层惨淡的橘黄色调，张老师正在用水泥抹的乒乓球台上缝一床棉被，边缝边信口吟唱。张老师见我朝他走来，歌声戛然而止，脸上呈现紧张之色，连忙主动向我解释："这歌不是封资修，主题是积极向上的，表现了革命乐观主义精神。"显然他是被小报告吓破了胆了，担心我给他捅上去。一见老师生疑，我倒不好意思了，也赶忙红着脸解释："我没别的意思，只是觉得挺好听的，跟现在唱的歌不大一样。"见我没有恶意，张老师表情才松弛下来："歌倒是好歌，只是我唱不出那个激昂的气势。唉，我唱这歌是反其意而用之啊！你看过毛主席的《卜算子·咏梅》吧？那就是读陆游的词后，反其意而写的。"

对我这个尚不知人生滋味的山村少年说来，当时根本不理解张老师"反其意而用之"的深刻含义。今天，当我也步入中年，备尝人生艰辛之时，才能体味到张老师那时的愁苦心境。你想想，人过三十，政治上戴着"反革命分子"的帽子；事业上一无所成；生活上是光棍一条——连被子也要自己缝。蛰居塞外山乡，瞻念前途，一片茫然。忍看年华付水流，自己却回天无力，只好用"革命人永远是年轻"聊以自慰。在这种心境下唱出的歌声怎能不带有苦涩味道？

劫夫先生当初创作这首歌曲时，说什么也不会想到，他的作品竟会在这种情境下被歌唱者加以理解和演绎。一百个读者心目中，就有一百个哈姆雷特。同样的《革命人永远是年轻》，在"文革"的历史背景下，在张老师的声音里，也被涂上了悲怆苍凉的色调。在人们可以用异彩纷呈的歌曲尽情地表达自己思想情感的今天，已经平反返回首都的张老师再听到这支歌，不知是否会想起当年的这一场景？

但愿心灵和歌声一起被扭曲的年代永远成为历史！

刊载于1999年11月12日《临沂日报》

车过小站忆面包

暑假携女儿返乡。

列车驶进位于沈阳和大连中间的大石桥站。车刚停稳，站台上卖食品的商贩便拥近窗口，把盒饭、糕点、饮料、水果举到我们面前。

女儿说饿了，我要给她买个豆沙面包。可她却说面包不好吃，非要八宝粥不可。看到女儿撒娇的神情，我不由想起十七年前在这里买面包的情景。

1978年我在大学读书，暑假乘火车回乡，也是路过大石桥火车站。那时候副食供应十分紧张，县城商店卖的是掺玉米面的饼干、甜菜渣子做的糖块。附近唯独大石桥火车站出售白面包，这是铁路为了方便乘客在此设立的销售点，乘客可凭车票购买，还不要粮票。附近群众为了买到罕见的面包，有的特意坐上一站火车到站里抢购。

这次我也想顺路抢购。大石桥站有机务段，列车在此检修，故停车8分钟。车快到站，过道里已挤满了跃跃欲试的乘客。由于停车时间很短，大家挤成了一锅粥，竟挤碎了售货亭的玻璃，划伤了两位顾客。好在我那时年轻力壮，经过激烈拼搏总算挤到前面，买了十个面包——每张车票卖五个，我向邻座一位乘客借了张车票。这十个面包成为我第一次远离家门后带给父母的礼物。

听我讲完这段往事，八岁的女儿摇着头说："爸爸瞎编——面包还不有的是吗？用得着那么争抢吗？"看着女儿纯真的笑脸，我在心中默念：孩子，但愿这种事对你永远只是一个传说。

刊载于1995年9月22日《人民日报》

在黄山上过年

天下到过黄山的人很多，在黄山上度过春节的却极少——而我竟有幸成为这少数人中的一员。我在黄山过年并不是追求新奇的刻意安排，而是因赴皖公干直到腊月二十八才完成使命，回辽宁过年买不到车票，所以顺路来黄山一游。这一偶然的机遇，却使我在黄山度过了一个别有情趣、终生难忘的春节。

春节的黄山之晨恬静而空旷，我从桃源宾馆走到慈光阁竟没遇见一个旅伴。今天的黄山只属于我一个人，这种殊荣可能连国家元首也享受不到吧？我正尽情畅想，冷不丁听见身后传来脚步声，回头一瞥：哟，上来位男同胞。大年初一邂逅同行者，正可谓“出门见喜”，互相都流露出分外亲切的神情，一声“春节好”顿时缩短了彼此心灵的距离。

他姓赵，在黄山气象站工作二十来年，是个黄山通，今天春节值班。一路上承他指点，眼前的一松、一亭、一石、一峰、一瀑、一泉顿生新意，手中的导游图因而变成了一座立体沙盘，使我增长了许多关于黄山的知识。

老赵告诉我，春夏秋游黄山的成群结队，冬天则日益减少。许多人以为黄山冬景不如另外三季，这纯属误解，其实冬日的黄山别有特色。徐霞客、周恩来都曾冬季游过黄山，足见黄山之冬确有值得观赏之处。他称道我能打破俗见，冬日来黄山寻幽览胜，而且在黄山上过年，更是独领风骚。

漫步闲话，情长路短，很快来到立马峰前。仰望陡峭平阔的崖壁，十个大字闯入眼帘：“立马空东海，登高望太平。”据峰下亭子里的说明牌介绍，这字刻于一九三九年。看到这个充满血与火的年代，我的眼前便浮现出一个跃马持枪的将军形象。他睥睨东海岛国中的倭寇，盼望早日光复祖国河山。“太平”二字一语双关，表面指附近的太平县，寓意是盼望驱逐日寇，迎来天下太平。我这番即兴的歪批杜撰竟博得老赵连夸“精辟”。

路转峰回，一嶂兀立。老赵遥指：“前面就是天都峰。”啊，这就是因《游天都》而名扬天下的黄山第三高峰！与莲花峰、光明顶并称黄山三大主峰。仰望这座巨大的花岗岩石雕，看着它那经鬼斧神工而成的奇姿异态，大脑屏幕上立刻显现出嶙峋、峥嵘、巍峨、崔巍等一串带山字部首的形容词，推敲再三又觉得哪个词描述天都峰都不尽贴切，难以传出它的雄姿神韵。眼前的天都峰像一个瘦骨嶙峋的老汉，袒露出浑身的铮铮铁骨向人们显示他的刚健强壮。天公生怕他在腊月的寒风中感冒，便给他披上一身羊毛毡衣。如果不是冬日游黄山，怎能亲睹这白雪覆天都的壮观景象？

雪，对我这个东北人说来早已司空见惯，但北方的雪与黄山的雪给人以不同的感受：北方的雪凛冽肃杀，黄山的雪明丽温柔。流连峰下，略带寒意的南风从初萌新绿的田野送来阵阵清香。沐浴这醉人的熏风，观赏皑皑白雪与满山苍翠交相映衬的奇景，使人身置冬日黄山却感受到盎然的春意。黄山把冬与春完美有机地融于一身，这正是黄山之冬的奇特绝妙之处。

谢绝了老赵的劝阻，我不顾雪滑路险，沿着崎岖的山路登上了天都峰。独立极顶，举目环眺，此刻我才体味到“一览众山小”的意境。俯瞰云霭缭绕的群峰，披银缀玉的翠林，结冰凝脂的瀑布，疏枝掩映的亭阁……我恨不得双眼变成照相机的镜头，将这一幅幅浑然天成的美景永久地印在记忆的底片上。与黄山的奇伟壮丽相比，任何诗人的想象都显得贫乏，任何作家的笔墨都显得苍白，任何画家的油彩都显得逊色。黄山是造物主的神手在皖南大地上精心雕琢出的一组巧夺天工的盆景。

凭栏谛听，耳边松涛澎湃，林中鸟啼婉转，寺庙钟声悠扬。若不是空山寂静，怎能亲聆这仙境天籁？仙境天籁正不绝于耳，远处又传来尘世人声。鞭炮作响，锣鼓喧闹，唢呐高奏。尘世之声把我从凝思遐想中唤回现实，这才记起今天正是春节，思乡之情油然而生。遥望北方心驰神往，此刻家人正在团聚，他们可曾想到我正在天都峰上过一个别具一格的春节？身边的铁链上密密麻麻地挂着铁锁，它寄托着登山人的美好祝福。我无铁锁寄情，只好献上一瓣心香，在这一元复始之日，在这被人视为圣地的天都峰上，为父母和家人虔诚地祝福。

独立天都，远眺皖南的山山水水，遥想当年牺牲在这里的新四军将士，感慨良多：那么多生龙活虎的小伙子，生前曾在这一带多年转战，但是他们可否游览过黄山？如今来黄山游玩的红男绿女，有几个可曾把自己享受的幸福与当年血洒皖南的先烈们联系起来呢？蓦地，我眼前闪过立马峰上的十个大字，这题词不正是当年的抗日健儿——新四军的生动写照吗！黄山，有人说你是五彩的山，有人说你是神奇的山，而我说：黄山，你是英雄的山！

告别天都，造访玉屏。远远望去已见迎客松俊秀婀娜的倩影。今天的迎客松像黄山姑娘过年换新装一样，在葱绿的礼服外面又罩上了洁白的纱裙，宛如盛装待嫁的新娘。摄下这可遇而不可求的画面，我顿有心得：青松与白雪是天生的姐妹，二者必须相伴才能相互媲美、倍增风采。而青松白雪恰是英烈与哀思的象征。正是烈士鲜血的滋润才使黄山松倔强葱茂；节日里黄山松身披白纱向英烈致以悼念。迎客松作为黄山的杰出代表，独钟山川灵气，寄托壮士豪情，因而才具有如此博大的胸怀、雍容高贵的风度，笑迎四海游人，喜接八方嘉宾——迎客松正是热情好客的黄山人的化身。

我和老赵在迎客松前合影留念。刚拍完就见山下有些游人直奔玉屏楼来。老赵见此情景说："你幸亏抢先一步，要不然就当不上今年黄山第一游客了。"我接着说："这正所谓'东方欲晓，莫道君行早'啊。"

“踏遍青山人未老，风景这边独好。”老赵念罢，我俩相视而笑。

说话间山下的游人已到迎客松前，看来想上黄山过年的大有人在。迎客松对这些新年首批游客也格外热情，在微风中婆娑摇曳，向人们频频招手致意……

1986年2月

小说篇

小说是在下着力最多的文体，长中短篇均有涉猎，十五岁时写的第一部小说竟是长篇。这里的作品大多写于二十世纪八九十年代，从内容到形式都带有那个时代的痕迹。进入二十一世纪以来，小说的样式、写法日新月异，网络文学黑马的杀入更是搅得文坛七荤八素。质而言之，这些变化多是形式上的花样翻新，真正耐人咀嚼者极少。无论哪种体裁和题材，虽然都有过各领风骚三五年的起起落落，但内容为王的原理亘古不变。通常把文学作品比喻为精神食粮，那么营养就是最重要的，当然色香味俱佳更好。窃以为这里的几篇小说营养还是可以的。

岁月如歌

一个相距三十八年的电话立刻搅乱了梁永诚的平静生活。

上午开庭，按法庭纪律必须关机。十一点二十走出法院大门，梁永诚刚打开手机，一个未接手机号赫然跳跃在屏幕上，看着很陌生；接着两条内容相同的短信也闯入眼帘：我是凌波，请回电话！短信手机号和未接电话号相同。

“凌波！”梁永诚自语着，记忆的潮水像打开瓶塞的香槟喷涌而出。

高挑细溜的身材，白嫩的瓜子脸，细眯的丹凤眼，薄而红的嘴唇，细密的两排糯米牙，两根垂到腰部的长辫子；红黑交织大方格暗绿底色上衣，棕色筒裤，黑色半勒夹棉皮鞋，外罩米色风衣……尽管时隔近四十年，这个形象永远清晰地定格在梁永诚记忆的底片上——这就是凌波留给梁永诚的第一印象。

一

1975年11月1日，辽南大地天寒地冻，天宝屯公社农田基本建设大会战正式开始。全公社十五个大队两千多青壮年社员集中到柞树峪大队修梯田，梁永诚也成为这支战天斗地大军中的一员。

开工动员誓师大会上午八点开始，公社革委会的主要领导和各大队的头头全员出动。在即将要修成梯田的山坡地的山脚下河滩上，搭起席棚，席棚上方的横额用方块粉色彩纸写着：动员誓师大会。左右两侧的条幅则是：天宝人民学大寨，誓把山河重安排 。席棚两边彩旗招展，广播喇叭连续不断播放一首首与农业学大寨有关的歌曲：

太行山呀么红旗迎风展，
革命歌声震山川震山川，
太行儿女学大寨，
劈山引水造平原。
走一山过一岭，
山山岭岭哎嘿，
换呀么换新颜，
哎换呀么换新颜。

永诚一听就知道这首歌叫《太行儿女学大寨》，带有山西民歌风味。按照常理，这种大会一开始就应该放《学大寨赶大寨》，可是这首歌太直白，简直就是喊叫而不像唱歌。广播员选了这首《太行儿女学大寨》，既符合大会的主题，曲调也较那首优美，更何况大寨就在山西，太行儿女也可以包括他们呀。可见这个广播员还是很动了点脑筋的。也许人家就是随便选了这张唱片，是我自作内行，把简单问题想复杂了。

永诚正在胡思乱想，一首《小高陵人民多壮志》又传入耳畔：

青海高原风光好，
日月山下红旗飘，
人如海歌如潮，
挥银锄志气豪，
劳动开创新天地，
高山低头河改道。
小高陵人民多奇志哟，
荒山秃岭换新貌换新貌。

这首歌唱的是青海的内容，可是青海民歌风味并不浓，远不如下面这支《陇原儿女学大寨》，西北花儿的曲风扑面而来，歌词也婉转多姿。

红旗那个哗啦啦地飘吔，
深山里扎营盘，
抡起那铁锤火花飞吔，
劈山引水牵龙泉，
抡起那铁锤火花飞吔，
劈山引水牵龙泉。
清溜溜的河水呀上呀么上了山。
虎头山战歌唱遍了千里陇原，
虎头山战歌唱遍了千里陇原。
嗨哎……
大寨道路宽又广，
大寨精神代代传，
大寨道路宽又广，
大寨精神代代传。
陇原儿女学大寨，
继续革命永向前，
继续革命永向前。

这首歌梁永诚耳熟能详，禁不住随之哼唱。

“文革”以来古今中外的文艺作品都被视为毒草，全部查封销毁。林彪倒台后，文艺政策略有松动，新创作的文艺作品开始陆续出版，但都是遵命文艺，粗陋生硬，让人难以卒读。这期间唯有音乐还稍有可观，国务院文化组革命歌曲征集小组编的《战地新歌》一至四集中的一些歌曲优美动听，得到各行各业人员的喜爱，有些歌曲直到改革开放时代仍不时在央视舞台上演出，在KTV歌厅里更是天天唱响，是“五〇后”和“六〇后”的必选曲目。

永诚天性喜欢音乐，靠着一本《怎样识简谱》，加上七年级班主任王淑敏老师的指点，学会了识简谱。“文革”中按毛泽东的要求学制缩短，从小学到高中共计九年，称为九年一贯制，一至五年为小学，六至七年为初中，八至九年为高中。他从王老师那里借来《战地新歌》一至四集，从中挑选自己喜欢的歌连词带谱全部抄录下来，有八十多首，订成厚厚一本，用牛皮纸做了封皮，至今保存完好。

沙石峪山连山，
当代愚公换新天，换新天。
万里千担一亩田，
青石板上创高产，
青石板上创高产。
胸怀朝阳学大寨，
九岭山水重安排。
英雄战山山低头，
双手引水上山来。

永诚也知道这首歌是纪录片《沙石峪》的插曲，而下一首是纪录片《红旗渠》的主题歌：

劈开太行山漳河穿山来，
林县人民多壮志誓把山河重安排。
心中升起红太阳千军万马战太行，
毛泽东思想来统率定叫山河换新装。

每当一段唱完，永诚脑海里就闪现出间奏的旋律，不由自主地低声哼起谱子。

广播里播放的歌曲都是永诚喜欢的，也都包括在他的手抄歌本里，他立刻对那个不知名的广播员有了好感：可见她的欣赏口味和我很相同呢。

梁永诚正暗自陶醉，不料喇叭里却放出了一支他不熟悉的歌：

江南塞北哪儿最美？
大寨的山呀大寨的水，
高粱染红了虎头山，
麦苗映绿松溪水。
大干促大变，
不怕苦和累，
自力更生创大业，
社会主义大路上展翅飞。
哎……
大寨一天更比一天美，
更比一天美。

江南塞北哪儿最美？
大寨的山呀大寨的水，
火红的太阳照大寨，
毛泽东思想放光辉。
团结如钢铁经住狂风吹，
革命路线记心间，
继续革命的精神最宝贵。
哎……
大寨人胸怀更比山水美，
更比山水美。

江南塞北处处美，

到处都有大寨的山和水，
大寨精神传天下，
社社队队凯歌飞。
农业学大寨山河重描绘，
毛主席指路我们走，
人民公社尽朝晖尽朝晖。
哎……
祖国江山到处都这样美，
到处都这样美。

这首歌动听入耳，只是陌生，以前没听过，可能是最近新创作出来的。永诚要把它抄录下来。他自信只要听上三五遍，就可以学会并记下歌词。

他在听歌的同时，特意往主席台上瞭望，只见主席台东北角放着一张办公桌，桌上放着一台扩音机、一台电唱机和一个裹着红布的话筒，这就是工地广播站的全部家当。广播员是个杨柳细腰甩着两条长辫的姑娘，不时替换唱片。虽看不清她的面容，但轮廓显示身材很俏丽。永诚觉得这姑娘选的唱片都比较好听，二人的欣赏口味很一致，不由得感到几分亲切。

他还想继续往下听，可是大会已经开始，暂停放歌。只见女广播员给领导调整话筒音量，随着几声试音的电啸杂音，公社书记开始讲话了。

各大队社员以民兵连的编制参加会战，永诚所在的苏堡大队民兵连的旁边是卢店大队民兵连。主席台上的大广播没谁认真听，而台下的小广播却很热闹。汇集卢店大队民兵们的闲谈杂论，永诚经过综合推测，大致获得以下信息：主席台上那个女广播员叫凌波，是辽滨市锻压机床厂中学的应届毕业生，夏天才插队到卢店大队。在学校时就是校红代会和团委干部，兼着广播员，也是文艺骨干，能歌善舞，还会拉手风琴。听着这些，永诚脑海中立刻蹦出四个字

“天之骄子”。一个乡下土小子，对此人除了艳羡外没有其他想法。更重要的是，永诚从未想过这个遥不可及的女孩和他会有什么关系。

可是人算不如天算，想不到两天之后他就和凌波有了面对面的接触。

工地既然设了广播站，不能一天到晚老放歌曲和样板戏，也不能总念《人民日报》社论，自然需要广播稿，宣传一下工地上的好人好事——这才是办广播站的根本理由。公社领导给各大队头头开会，要求每个大队每天至少要送两篇稿子。苏堡大队带队的是革委会副主任兼民兵连连长韩长顺，他在脑袋里把全大队在工地上的一百来号人从头到尾捋了一遍，认定能写稿子的还数梁永诚，因为村里人都知道他在《辽滨日报》上发表过文章。虽说这小子平时对自己不太恭敬，不像另两个回乡知识青年韩兆宽和朱尚忠那么懂事，常帮他家干活，隔三岔五进点贡。尽管心里有点膈应他，可写稿子这活儿不是什么人都能干的，况且这代表大队的门面，稿子写得不好，他这个带队的脸上也无光；反之，苏堡的稿子如果能常上广播，他这个带队的就可在公社领导面前露脸。

说起韩长顺，苏堡至今传扬着他的一段关于“大寨红旗”的趣闻。前年他随县里参观团去大寨，回来跟大伙讲：“咱们成天老叨咕大寨红旗，我到大寨转圈看了，大寨堡子四周哪疙瘩也没有立一面红旗，报纸广播上说的都是瞎编。”社员听了哄堂大笑。可他竟杵在人群里发愣：这有什么好笑的呢？

永诚当然无从知道韩连长内心深处的这些利害权衡，他只知道当韩连长派他当本大队的通讯员时心里还是暗自高兴，他知道这是个俏活儿，至少可以少出半天挥镐抡锹的苦力，也记全天的工分。可见人不论什么时候有点特长总有好处。

梁永诚头一回往广播站送稿子时，虽然和凌波打了照面，可并没聊闲篇，只说明：“我是苏堡大队的，这是我写的稿子。”把稿子放在桌子上，不等凌波回话就转身离去。说实话，他心里确实想和凌波聊几句，但一想到人家城市人、自己农村人的身份，一看人家高挑的身材、俏丽的容貌、整洁的服装，立刻自惭形秽，生怕自讨没趣，所以只是例行公事地交了稿子就走人。

梁永诚和凌波正式深入交谈是在第三次送稿的时候。那天正赶上公社广播站站长侯殿礼来工地，算是以分管业务的领导身份检查工地广播站的工作。他接过梁永诚的稿子，看到署名，立刻面带笑容地说："你就是小梁啊！"说着让他在旁面的长凳上坐下，"刚才我还和小凌叨咕你呢，你的稿子质量比其他通讯员明显高出一截。"说着侯站长给梁和凌做了介绍，两个人站起身互相点了点头，算是正式认识了。凌波直截了当问他："我在《辽滨日报》上看过一篇小评论，文艺副刊《山花烂漫》上看过一篇散文《山乡晨曲》，署名都是梁永诚，是你吗？"

"是我。念书时我作文比较好，九年时班主任高老师有个大学同学在《辽滨日报》，他最早把我的一篇作文邮给他的同学，想不到就在文艺副刊《山花烂漫》上刊登出来了。他那位同学叫任实，以后任老师常给我寄《通讯员学习材料》，鼓励我多写稿。从那以后我就常写点东西。"

听到这里侯站长惊喜地说："你的名字我也在报上看过，没想到你就在咱们公社！——好像上期的《辽宁文艺》上还有你的一篇小说吧？"

"是的。编辑部给我寄来两本杂志，还有几本辅导材料。有陆柱国谈《闪闪的红星》从小说改编成电影的创作体会。他说电影剧本的描写部分不能写得太细致，要给导演的二度创作留下余地。这个观点使我很受启发。"一说到自己熟悉擅长的话题，永诚就不再腼腆自卑，话头也流畅了。

"你都在省级刊物上发表作品了，不简单啊！又能写报道，又能写小说，多面手啊。"凌波重新打量了眼前的梁永诚，发出由衷的赞叹。

侯站长说："看来小梁确实有写作天分——尽管老批林彪的天才论，但人的天分有差别这是不容否认的客观事实。"说着他站起身，拍了拍永诚的肩膀，鼓励他坚持写作，注意观察生活。

侯站长叹了口气："可惜如今取消稿费了，要不然小梁靠写作还能挣点小钱。可现在你写稿子闹不好还得倒贴钱。好处是能积累点资本。"

"现在不用倒贴钱了。任老师知道我生活困难，邮学习材料的时候还给我带些稿纸和信封，好在投稿不用贴信号（方言，邮票），只要把信封铰掉一角就行了。至于打草稿那就得着什么用什么，烧纸、旧账本、报纸边、烟盒纸，就这样破纸还得反正面用两遍。"

"投稿不花邮费，还有这规矩？"凌波露出惊讶的神色。

永诚告诉她："这也是任老师教我的，叫邮资总付。给所有报刊投稿都不用作者花邮费。"

"这个规定倒是挺合情合理。不给稿费还让作者倒贴，也太说不过去了。"凌波感叹着，"你写点东西太不容易了！等我回家让我爸给你找些稿纸和圆珠笔。"

"眼下你先从指挥部拿点稿纸，以后我再帮你想办法。这是个小问题，只要你有水平就行。"侯站长先帮永诚解决燃眉之急。

从交谈中永诚了解到侯站长今年二十八岁，家住公社所在地的吴屯大队，是县里高中六六届毕业生。因为"文革"停止了高考回乡务农，不久当上民办教师，因为擅长写作，后来调到公社广播站当了报道员，现在已经是广播站站长了。

凌波得知永诚发表了小说，让他把那期《辽宁文艺》借她看看。永诚爽快同意，但杂志放在家里，他答应下次回家带来。作为回报，她主动要借给永成几本大书，她念叨了一串书名，大多永诚都看过，从中选出两本陌生的：高云览的《小城春秋》和司马文森的《风雨桐江》。

自从传达了《"571工程"纪要》后，老百姓都觉得林彪的那些话像臭豆腐，闻着臭，可吃起来香；人们对"文革"中极"左"的那一套普遍有了反感，只是心照不宣而已。眼下邓小平又站起来了，形势活泛了一些，如今看"文革"前的书已不太担惊受怕了，亲近者之间也可以私下谈论一些犯忌讳的话题，尤其在农村，政治环境比城市更宽松。

两天后的下午，永诚去工地广播站送稿时，带去了特意回家取来的《辽宁文艺》；凌波也按约定递给他那两本小说。会战指挥部借住在靠近工地的一户社员家的东下屋，南头那间是指挥部，北头那间是广播站和医务室。中间堂屋是伙房。找了柞树峪一个社员当伙夫，给指挥部的人做饭。这工夫指挥部的几位公社干部都下工地了，医务室的赤脚医生也到工地巡诊。伙夫在南屋歇息眯觉，北屋只有凌波。难得这样清静的时候，一股看不见的向心力拉动两个人不由自主聊起来。

凌波坐在放着扩音机和电唱机的办公桌旁的椅子上翻看《辽宁文艺》，永诚坐在靠炕头的炕沿上，背倚着炕墙。他翻看刚拿到手的两本小说，见每本书的扉页上都盖着椭圆形“辽滨市少年宫图书馆藏书专用章”，于是问：“你家有人在少年宫工作吧？”

“我妈在那里上班。”

交谈中永诚得知，凌波父亲是20世纪50年代初的东北工学院毕业生，现任辽滨市锻压机床厂的总工程师；她母亲是辽滨师范学校毕业的，先在小学当老师，后来转到市少年宫图书馆当管理员。她从刚懂事时就跟妈妈到图书馆去玩，在小人书和画报中度过了童年，学会了识字。“文革”初期“破四旧”，图书馆的图书大多被烧毁或送造纸厂化纸浆。她妈趁这个混乱之际拿回家一些书，因此凌波家里有许多书，从小学起就坐在书堆里，真的是博览群书了。下乡时她也带来一些喜爱的书籍，好打发寂寞无聊的乡村夜晚。知识青年嘛，身边没有几本书怎能算知识青年？

“你这看书的条件太好了，不像咱们在山沟里，找本书太难了。堡子里本来就没有几个念书人，最高的文化人就是一个老高中——他爸伪满当过税捐局长，高考没被录取，还有两个初中生。我从他们手里借的《苦菜花》《林海雪原》《高玉宝》没有一本带皮儿的。除了年轻的，老年人手里有的都是唱本，线装软纸的，有《施公案》《彭公案》《金钗记》《二度梅》《大八义》《小八义》《儿女英雄传》《江湖奇侠传》《雍正剑侠图》《飞剑奇侠传》……还有一些都记不住书名了。我也看过《西游记》《水浒传》《三国演义》《红楼梦》……还有算命的书，最神奇的是还有本书叫《推背图》，是预测天下大势的。”

“大事?”

“也可以说是大事，我觉得说大势——形势大好的势，更准确。”

“这种宣传迷信的书，还有宣扬封建思想的书，‘破四旧’时怎么没收走?”

“农村乡情厚，不像城里人那么较真，什么运动也不如城里严格。尤其家庭成分好的，更没人去清查，咱们家的家谱还保存着呢，都有一两百年了。”永诚说到这里，话题转了个弯，“古人就有‘山高皇帝远，王法也不管’的说法嘛。”

“还有这些事情?”凌波瞪大眼睛看着永诚，让他千万为自己借来唱本看看，并叮嘱一定要借那本《推背图》开开眼界。“不怪毛主席说，群众是真正的英雄，而我们自己则往往是幼稚可笑的。不了解这一点，就得不到起码的知识。”

“你这么活学活用毛主席的教导也算是一种创造。可是毛主席不一定喜欢你看《推背图》啊!”

“从孔夫子到孙中山我们都要继承啊——这可是毛主席的观点。”

“可是，至于继承什么却可以见仁见智，你这样引用毛主席的话，人家也可以说你诡辩。”

谈论中，不知不觉两人的关系就拉近了，甚至敢说一些政治上敏感犯忌的话，这说明彼此是信任的。感情融洽了，神情也自然了。

永诚告诉她，从1968年秋天起，堡子里陆续来了不少知青和“五·七大军”，还有一些下放户，他从这些人手中借到不少书。为了借书，他都是主动帮人家干活，赢得好感，再向人家借书。他跟别人借书，从来都按时归还，不弄破损，有时还给包上书皮。诚信行为赢得信任，有的知青甚至到邻村的知青点帮他借书。

“你家里虽然没有书，但你看的书并不少，你的知识面很宽。”

“自己有书就不急着看了，借书看才珍惜。像我借本书最长三天就看完了。当然最重要的是把书记在脑子里。人不是为了看书而看书，而是要学以致用。”

他告诉凌波，自己不但看文学书也看其他书，历史的、政治的、法律的、医学的……“在农村找本书太难了，只能逮着什么看什么，只要带字的我都看。咱们堡子那个老高中的课本我都翻过好几遍了，数理化难题就请教他，这样我在学校念书简直像玩一样。有些方程老师做不上来，我都能解开——有的民办教师就是门路货。小学五年级我就把化学元素周期表背得滚瓜烂熟。我二哥是赤脚医生，我从他那还看过一些医书。《新华字典》我通读过好几遍。”

“你读书可真是如饥似渴呀！我也算是爱看书的，跟你比可差远了。”凌波发自内心感叹。

“我从认识字就爱看书，可能是天生的。我下晚看书点灯熬油，我妈还老说我费钱。从念中学起，我每天中午都去老师办公室去看报纸和《红旗》杂志、《共产党员》，虽然大都是些套话，终究能得到点知识和新闻，特别是《参考消息》。”

“开卷有益嘛。”

“我头一回看《参考消息》竟把它认作“参放消息”，后来问一个老师才弄明白那是真笔字。中国的大报报头都是毛主席写的，不知这“参考消息”是谁写的。——我看笔体不像毛主席的字。”

“听我妈说是集鲁迅的字——就是从他的手稿中找到这四个字，拼凑到一起。”

“长见识，我是第一次知道这件事，也头一回知道集字这种方法。城市人就是见多识广啊。”

“你知道的也不少啊，我们许多同学都没你知道的多。”

提起四处找书看，有两件事至今记忆犹新。永诚当她讲起来龙去脉：“八年级寒假里，我去暖泉大队油坊用黄豆换豆油，见门前自行车货架上夹着一本马忆湘的《朝阳花》，立刻就有了钩钩心。我本来脸皮薄，从来不爱求人，但为了看书可是经常舍皮搭脸，硬着头皮向车主开口借书。那个老爷们是三道沟大队的，叫沈延明，我主动提出以十斤黄豆做抵押。沈大叔见我挺实诚，就爽快地把书借给了我——当然没要我的黄豆。下雪没农活，我半宿加一天就把书看完了，第三天冒雪骑车子把书还给了沈大叔。从那以后他还借给我好几本书，《暴风骤雨》《三里湾》《创业史》，都是写农村的，读起来特别亲切。有一回还书时，正赶上咱家院里的南果梨下来了，给他带了一筐。”

“是啊，我也看了《暴风骤雨》，那书写咱东北农村的生活活灵活现，东北方言更是纯熟地道，我猜想作者周立波一定是个东北人，可我爸说他是湖南人。可见人家观察体验生活的本事真是厉害！”

“念九年级的一天，从公社中学放学后，路过前松屯，我看见一家大门外放着根从老房上扒下的梁柁，上面糊满了旧报纸。我见后喜出望外，骑在梁柁上就读了起来。朝上这面看完了，找根木棒撬转梁柁，接着看另一面。全部看完，天已经黑了。这中间房柁主人和过路的几次上前看稀罕，见我这个学生确实不像干坏事，这才没撵我。一位大婶边走边说：‘这孩子不是魔怔了吧？啧啧！’

“趴在梁柁上读报，真有点收获，两点知识，至今铭记。一是关于乐曲《花儿与少年》。我过去一直认为‘花儿’暗喻女孩，‘少年’指男孩，那内容是描写少男少女爱情。读了这报上文章才知道，‘花儿’与‘少年’是流行于甘宁青地区的一种民间歌唱形式！二是关于阿炳的《二泉映月》。此前我总把‘二泉’理解为相邻的两眼泉，读了报上的介绍才知道是指无锡惠山的天下第二泉！”

凌波接着话茬指点永诚：“其实你最初的理解也不是毫无道理，《花儿与少年》确实有赞美爱情的含义。这个题目最早是歌曲，后来编成舞蹈，又改编成乐曲。这首歌曲的诞生流传和王洛宾是分不开的。”接着就她所知介绍了王洛宾的情况。永诚听了甚是神往。他们哪里知道此时的王洛宾正因为这些黑歌在蹲监狱呢。

凌波又讲解《二泉映月》：“天下第一泉一般指北京玉泉山的玉泉，因为比重最轻，被乾隆命名为天下第一泉。另外还有好多处泉水也有天下第一泉的美誉，比如济南的趵突泉、庐山的谷帘泉等。”

“看来北京玉泉是沾了皇帝的光才争得冠军。可见什么时候挨着领导都有好处。”

“真是处处留心皆学问啊！”凌波对梁永诚的刻苦好学由衷敬佩。她怎么也想不到，乡下孩子为了看点书报竟这么艰难。“可见城乡差别不仅体现在经济方面，也体现在文化方面。”

“你能认识到这一点就好。我最讨厌城里人瞧不起庄稼人。从这个角度看，你们城里年轻人到农村真是很有必要。咱们大队青年点有鞍山的也有你们辽滨的，我和他们接触过，说是知识青年，其实都没什么很高的修养，更没有什么很高的见识。有一个男的小提琴拉得不错，有个鞍山的女知青会画油画。”

“看来你对知青有成见。”凌波理解他由自卑转自傲的心态，诚恳地说，“人的聪明与否、知识的多少和户口身份毫无关系，城里也有笨蛋，农村也有天才，只不过是比例不同而已。我们到农村确实有些在城市里永远也得不到的收获，不单是学会了干农活，懂得了些农业知识，更重要的是了解了农村，对农民的感情也发生了很大变化。中国毕竟是农业大国，城里人往上数三代也几乎都是农民，不了解农村和农民，就不能真正了解中国。”

“因此毛主席尽管是农村出身，可是他读书时还是特意到农村考察。他就是了解了农民，掌握了农民的心理，才发动农民闹革命，最后夺取了政权。中国革命其实就是农民革命，革命队伍里真正的工人极少。

“谁都知道你们城里知青都是强拧鼻子来农村的。毛主席让你们下乡，虽然不敢公开反对，但心里都是老大的不情愿。可是你们想过没有，谁给你们永远住在城市里的特权？恰恰也是毛主席。中国几千年都是迁居自由，只有实行统购统销这二十来年城乡之间才开始形成不可逾越的鸿沟。新社会给你们城里人那么多好处，你们认为理所当然，让你们刚尝点苦头就怨气冲天。李庆霖给毛主席写信就是站在城里人的角度为知青喊冤叫屈。庄稼人在乡下生活了几千年，谁可怜同情了？可见人都是自私，都是从自身利益评判国家的政策。”

“你的这番高论是不是站在农村还乡知青立场上的喊冤叫屈呢?”凌波以略带讥讽玩笑的口吻说，“你的观点确实很精辟深刻。绝大多数人都是从自身利益出发评判国家政策，这完全符合存在决定意识的唯物主义原理。我自身感觉知青下乡是件利弊参半的事情。”

永诚见两人唠嗑的政治色彩越来越浓，生怕交浅言深惹出麻烦，立刻转换话题，又回到读书上来。

“我前年买了本竺可桢写的《物候学》。这本书不但通俗地讲述了物候学的基本知识，文笔也非常优美古雅。物候学和农业联系密切，我很感兴趣，按照作者的建议，我坚持做咱们家乡的物候记录，有两年多了，记了挺厚一本。我还写了篇文章，叫《苏堡物候特点与农业生产的关系》。可惜联系不上竺教授，真想当面好好请教。”

“你还真能学以致用。这本书我在妈妈图书馆也翻过，不太感兴趣，就没细看。就记得引用了不少古书上关于动植物物候的记录，尤其引用《诗经》的材料比较多。”

“你没有农村生活的环境和经历，当然对这种书就不会感兴趣了。”

“我除了爱看书，还爱看地图。中国的外国的我都爱看。我下乡还带了本《知识青年地图册》。”

“这点爱好咱俩倒相同，咱家墙上不贴年画，只贴了两张地图，中国的、世界的。我没事就站它们前面看，现在这两幅地图基本印我脑子里了。中国的铁路线，长江黄河流经的省份，地级市以上的地名，相邻的国家，主要国家的首都，我都能记个不大离。”说到这里，永诚把话题一转，“每当我站在地图前心中就充满悲凉。地球浩茫无际，中国就有960万平方公里，可是对我而言，对绝大多数中国人而言，我们的天地却只有巴掌大，不要说出国，就是在国内旅行也很少有人有这种机会。中国的老百姓太不自由了。一则是没有这笔闲钱——连饭都吃不饱，哪有条件出去逛？二则没有时间，不论干哪行的都要天天上班，城里人每个礼拜还能休一天，庄稼人只有过年能歇三五天。更要命的是，老百姓出门还受限制，要去北京得有县团级介绍信，坐飞机也要县团级介绍信，住旅馆也要介绍信。中国人在自己国家里连旅行的自由都没有，这是什么世道!”

“你有点愤世嫉俗，在外面不能说这种偏激的话，容易惹事的!”

经凌波提醒永诚才意识到自己太感情用事了，立刻长叹一声，便不再言声了。这时候医务室的赤脚医生回来了，永诚借机告辞。

永诚正在抡着镐头刨冻土，棉袄挂在旁面插在土里的铁锹把上，虽然只穿着棉秋衣，却浑身冒汗。他正干得起劲，二柱子叫他，说有人找。他用秋衣袖擦着汗，顺着二柱子指的方向一看，见凌波在十米开外的地方向他招手。他穿上棉袄，边系纽襻边朝她走去，心里琢磨不知她找自己有什么事。工地上的公主来找自己，永诚既感到十分有面子，又有点不好意思。他特意和凌波保持四五米的距离，朝工地广播站走去。尽管他小心翼翼，可身后仍传来本村和外村小伙子们别有意味的嬉笑声，眼睛余光甚至瞥见二柱子挤眉弄眼的鬼脸。一个脸上有刀疤、外号叫“猪头”的卢店知青还吹起了尖厉的口哨。

到了广播站永诚才知道是侯站长来了，找他有事。侯站长主要任务是负责为公社广播站供稿，编辑所有来稿，同时为上级电台报社供稿，时不时地还要为公社党委写配合中心工作的宣传材料。这些任务本来够他忙的，现在又多出工地广播站这一摊子，他也要负责对稿件把关。宣传无小事，播好一篇稿子没人注意，倘若播出一篇有问题的稿子那可是政治事件！这阵子他闹得两头忙，数九寒天的老从公社往工地跑，十分辛苦。这阵子稿件基本都是凌波编辑把关，拿不准的地方随时电话请教，但他总有点不放心。

经过半个多月的实践考验，侯站长认为永诚从政治素质到写作水平都不错，完全可以胜任为工地稿件把关的任务。经过请示公社党委政工组长同意，决定把永诚抽调到工地指挥部，代替侯站长负责工地广播站的稿件编辑把关。这样永诚就可以全脱产了，由生产队记全日工分。除了不用出苦力之外，还有一个好处是跟工地指挥部的人一起吃饭，不用花钱，吃得还比队里的大食堂好些。从工作角度看，侯站长算是发现人才，培养接班人；从私人角度讲，老侯算是永诚的贵人，帮了他个大忙。侯站长几次说过他是个爱才的人，看来还真不是假话。

这可是个天上掉下来的好事，永诚喜出望外，打心眼里感谢侯站长。侯站长说："要说感谢你还得感谢小凌，是她最早向我提这个建议的。"永诚不好意思向她说感谢，只是用深情的目光看了她一眼。凌波背靠办公桌站着，右手插在裤兜里，左手捻着辫梢，抿着嘴微笑，右脚尖在地上蹍着说："有才的人总是喜欢有才的人，侯站长爱才啊！"

"是啊，惺惺相惜嘛。"侯站长倒不否认自己的举荐之功。

工作的事情谈完了，永诚想起自己的爱好，向凌波借出录有《大寨的山啊大寨的水》的那张唱片，封套上印有歌词，他照着抄了下来。凌波看到他的手抄歌本，感叹道："想不到你这么喜欢音乐，也挺有欣赏品位，还识简谱，不简单啊！"

永诚想我就是从音乐开始对你有好感的呢，可是嘴上却说："我这爱好比你差远了，你会拉手风琴，请多指教啊。" 他建议凌波以后尽量从他的歌本里选播那些曲调相对优美的歌曲：郭兰英的《敢叫日月换新天》、马玉涛的《看见你们格外亲》和《老房东查铺》，还有《我为伟大祖国站岗》，等等，凌波都高兴采纳。

永诚到工地广播站上班，还要为苏堡大队写稿。从此不用出力冒汗了，叫他最高兴的是天天都可以和凌波在一起，更方便了解交流。

这几年提倡过革命化的春节，陈永贵副总理到辽宁视察时更是提出东北要大破"猫冬"陋习，今年又是大人过年（农历腊月三十天称为大人过年，二十九天则称为小人过年），这样工地到腊月二十八才歇工，正月初六就上工。尽管时间很短，凌波还是要回市里过年。她临走前一天，永诚回家用自行车带来一纸箱苹果——生产队分的自留果，一纸箱南果梨——自家院里梨树结的，在菜窖里才储存到冬天。凌波当初向侯站长提议自己来广播站，永诚用这点东西表达一下谢意。凌波见永诚真心实意，也没太推辞就收下了。

等正月初六凌波回来时，给永诚父母带回两盒蛋糕两盒饼干，还带来两套工人劳保工作服和五双劳保皮手套、五双劳保帆布手套。她在乡下看到庄稼人光着手去割酸枣刺和洋槐，往往把手扎得皮破流血。于是便让爸爸给找来这些东西。凌波当然忘不了早就答应的稿纸和圆珠笔，都是从爸妈哥姐单位搜罗来的，虽说是占公家便宜，可她却觉得理直气壮——扶植人才啊！她把这些东西装在一个日本进口尿素袋子里，趁工地指挥部没人时交给永诚。她感慨道："城乡差别就是不合理，仅在劳保方面就体现得很明显：农民的劳动最是苦脏累，却没有任何劳动保护；工人相对干净安全，却有多种劳保。"

"最大的差别是工人有退休金，看病报销；农民这两样一样也没有。所以都爱当工人，不爱当农民。你要知道，将工人和农民身份固定化，在城乡之间挖出不可逾越的鸿沟，利用剪刀差盘剥农民，这些恰恰都是新社会才开始的，反过来却喊着缩小三大差别，这明显是伪善！与其伪善不如凶恶！"

"你的观点很深刻，也很正确。但如果在大庭广众之下这么说必然惹祸。"

"中国就是这样盛行说假话，溜须人人喜，耿直讨人嫌。不怪林彪说不说假话办不成大事，他是把中国人的国民性吃透了。"

"听我爸说，1957年好多知识分子就是因为说了几句真话就被打成右派了。作为老百姓，无力改变现实，只能顺应现实。适者生存，这一原理古今中外都适用。中国的古书老是鼓励读书人真诚正直，但真正能做到的极少，并且真的这么做的人往往没有好下场。如果意识不到这一点就成为书呆子了。"凌波见永诚用异样的目光看了自己一眼而没说话，接着说，"青年时代是人生的转折点，柳青在《创业史》里对人生的那段论述你不会忘记吧？面对现实，你必须考虑自己的前途。

"城里好过农村，这个事实不管合理与否，你都无力改变，当务之急是你要想办法进到城里。现在城乡之间是有条鸿沟，但也不是绝对不能跨越。一桥飞架南北，天堑变通途嘛。按照毛主席的观点，要过河就要解决船与桥的问题。”

“但跨越的路子很有限，一是当兵，我去年报名了，体检头一关就下来了——近视；再是推荐上大学和招工，每个大队好几年才能摊上个指标，狼多肉少，大队干部的子女亲属们还分不过来呢。”

“那也不是绝对的。今年咱们大队那个给还乡知识青年的招工指标就让一个普通社员子女走了。”

“我知道，罗明章在中学比我高一届，那小子就会溜须拍马，老去大队书记家干活，书记家的自留地都让他包了。去年年根儿地震他撂下自己家不管，去帮书记家搭地震棚。”

“这说明人家把刘少奇提倡的吃小亏占大便宜的理论用活了，最后人家到底还是占了大便宜。”

“听说他妈和大队书记不清不浑的。”

“不管怎么说，至少这件事证明什么事情都不是绝对的，都有办法可想。不能光怨天尤人，要切切实实想办法。古代许多念书人老以怀才不遇抱恨终生，书上老是指责社会制度不合理，其实他们自身也有问题，不能适应社会环境的人就算不上聪明人，就是地地道道的书呆子。鲁迅就讥讽过含愤而死的书呆子。”

永诚瞪大眼睛看着她：“你这个观点确实也很深刻、很独到。你不简单啊！城里人就是会来事，不像咱屯佬趴那么死榆木脑袋不开窍。”他指着凌波说，“你都赶上阿庆嫂了，四面溜光，八面玲珑。”说着他唱起“摆上八仙桌，招待十六方。相逢开口笑，过后不思量”。凌波想不到看来有点木讷的永诚还有这么幽默的一面，嗓音也还不错，不由得咯咯笑了起来。

“这不是我的独到见解，是爷爷讲给我的。爷爷鼓励我们念书，但一再告诫我们不要读成书呆子。爷爷的观点是，如果不把书读透了，就不如不读书了。他一再强调适者生存，无论在什么条件下首先必须学会自保，生命不存在了，一切都无从谈起。”

“你爷是干什么的？”

“他是解放前东北大学法律系毕业的，当过辽滨市法院院长。”

“那他解放后没受管制吗？”

“他解放后就没参加工作，一直住在黑龙江兴安岭林区叔叔家，没有单位管他，那里相对说来运动不严酷，所以爷爷没受过什么触动。从爷爷历经各种运动、几十年平安无事的自保中，就可以证明爷爷的这套理论很实用。我中学寒暑假去过叔叔家，爷爷常给我讲处世为人的经验。他说光有书本知识是远远不够的，而处世为人的核心经验，不是亲人是不会传授给你的。”

“是啊，干部子女相对来说在同龄人中确实更成熟些，因为在人生的赛场上，他们有父母做场外指导，可以少走弯路——且不说还有权势可关照。”他结合自己的经验说，“但是性格还是更重要，那些溜须拍马的事即使认识到了，但我还是做不来。我不做不是不懂，关键是拉不下来脸。”

“性格确实和命运有密切的联系，算命从某种意义上来说，就是通过察言观色来辨别求卦者的性格，进而结合社会和自然环境，推测你的命运。

“你之所以拉不下来脸，还是因为你没受过太大的打击，没有迫切的生存压力。比如你在监狱里，面对虐待你的狱警，你敢不讨好他吗？或者还没有认识到诱惑的巨大，比如说让你跟在市委书记身边，你把他拍好了就能当上县委书记，你能不干吗？”

“你说的都是极端的情况，所谓性格是指一个人在日常生活中的自然表现。”永诚阐述着自己的人生观，“人生一世，草木一秋，我绝不甘心这么辛苦平庸地在这小山沟里了此一生。连靰鞡草春天还要开朵花呢，何况一个活生生的人？你说的这些我不是没想过，但我的爹妈亲戚没有一个有门路的，我一点光也借不上。靠自己投机钻营我又做不来，只好另想出路。”

“你能想出什么出路？”

“你说我们个人无力改变社会现状，确实如此。但是千百万人人心所向的事，就会成为历史趋势，就有可能改变现状。我感觉中国已经走到了转折点，再这样继续下去很难维持了。种粮食的庄稼人都吃不饱饭，城里人生活也不是很高——我老姨家就在鞍山，我去过她家。人们各方面的自由太少了，虚假盛行，社会矛盾很多，早晚会爆发。”

“你这可是有点反动言论的味道呢。”

“动不动就说别人反动的人，是最大的反动。凭什么你可以反对别人，别人就不能反对你？完全是法西斯和封建专制那一套！

“我感觉最近一两年中国必然有大变化，所以我再忍一段，所谓苟全性命于乱世。如果以后长期还是这个样子，我就去当盲流！这么大的中国总还是有空子可钻。法网法网，是网总有漏洞可钻，否则就是法袋了。

“毛主席在《中国的红色政权为什么能够存在》和《星星之火，可以燎原》中阐述了当时国民党政权对全国统治的不平衡，总有薄弱环节可以利用。这个原理今天仍然适用。”

“你这有点以其人之道……的意味哦！可真是活学活用啊。”凌波见永诚神色紧张，又故作轻松地说，“不怪你老爱看地图，看来早就为当盲流做准备了。”

“我看过一些马恩列斯经典著作，毛选四卷通读了两遍，诗词、语录更是常温常新。我觉得即使从处世为人角度学毛选也大有帮助。尤其他关于青年运动的方向等观点，对咱们青年人大有启发。”

“虽说毛主席英明伟大，不过我估计他老人家说啥也想不到辽南山沟里有个小伙子竟这么理解运用他的思想。”

“毛主席也是从山沟里出来的呀。王明讽刺他山沟里出不了马列主义，可是最后还是成了毛的手下败将。”

“这么说你这个北方山沟也要出点马列主义了？”

“出马列主义那是连想都不敢想的事儿，但是从伟人身上借鉴经验确实很有必要。伟人之所以成为伟人，肯定有过人之处——咱们扔远说近的：咱们辽宁有陈三两这个马屁精主政，再加上毛远新狂妄弄权，跟中央特别紧，和北京上海差不多，老出经验和典型，从李素文到柴春泽，从吴献忠到张铁生，真是层出不穷。正事不干，净扯哩哏儿愣，整得老百姓日子都过不上溜。跟前的吉林和黑龙江都比咱们这里活软点，特别那些深山老林的林区更好混些。”

“是的。至少我叔叔在加格达奇林区就比辽宁好些，我爷爷尽管有历史问题，在那里几十年都平安无事——你怎么知道这些情况?”

“咱们跟前三里五村有几个投机倒把分子，常挨批斗，可是屡教不改。我有意和他们都接触过，听他们介绍外面的情况。‘私孩子’是1962年从沈阳下放的，原来是变魔术的，他就三天两头‘跑车板’。他说跑一趟车板，顶上十个社员干一年。

“‘跳蚤’大叔讲过，加格达奇到大连的火车票五天内到达都有效，他买一次票能跑两个来回。跑常了交下两个列车员，就不用买票了，打张站台票就上车了，列车员在厕所上的天棚里帮他藏货。两头带货：往那边带药品和日用品，往这边背山货、牛羊肉。

“他去内蒙古一个叫吐列毛都的农场，那里现在林彪的画像还和毛主席像并排挂着。可见多么山高皇帝远，也说明老百姓对假门假式那一套打心眼里腻歪。”

“是的，林彪出事后，许多人都有所觉醒。无休止的运动把老百姓都搞疲沓了，也觉景（方言，警觉）了。”

“大兴安岭林区的牙克石，那里有鄂伦春人，借少数民族的光，听说那里也好混些。就是太冷了。不过，再冷也冷不过咱这边冷酷的现状。”

“生活真是丰富多彩啊。可见无论什么时代都有个地下社会。我叔叔家在加格达奇，我去过两回，可从来没想到打一趟票跑两个来回。民间有高人啊!”

“就是啊，卑贱者最聪明嘛。”永诚转过话题，“从他们冒险跑车板可以看出，过上好日子是古今中外的人共同愿望，人们为了过上好日子什么风险都敢冒，吃苦受累更不在话下。”

“无怪乎马克思说利润越大人的胆子越大，有三倍以上利润人就敢犯罪。”

“中国的老话叫作人为财死鸟为食亡。可见不论中外本同一理。

中共当年闹革命就是以让穷人翻身解放过上好日子为号召，可是中国现在搞的一切恰恰与此相反，所以就共同贫穷。我可不想这么熬一辈子。”

“可见你是蓄谋已久了。想不到你还有些这样新奇的想法！挺有主意啊。”凌波说着笑了起来。

永诚苦笑着说：“我这也算胸怀祖国放眼世界吧。我想全中国有我这样想法的年轻人肯定不止我一个。不论什么时代，青年都要力争自己最好的前途，这是普遍的人性。

“就说我身边吧。咱们大队这几年毕业回乡的高中生有六个，一个当兵了，一个托他在公社当革委会副主任的姑夫关系去社办厂上班了，一个在大队当会计，一个女的当民办教师——他们都各尽所能为自个挣了个好前途。就剩两个干苦大力：一个因为他爸是“历史反革命”，伪满时当过警察；一个是我，可我是根正苗红啊。”

“可见你是姥娘不亲舅舅不爱，性格太倔强了，早晚要吃亏。”

“不是要吃亏，而是已经吃亏了。刚才说的不是已经说明了这一点吗？实话告诉你吧，我出去跟包工队当过力工，被队长找回来了；去年腊月去昌图背过猪肉——咱们这边过年连猪肉都买不着。我背了五十斤，卖了三十斤，白吃二十斤。咱堡子耿老六姨家在昌图，他说那里比咱们辽南政策宽松。我通过去昌图背肉这件事就看出，社会上总有机会，人切不可老在土里刨食。我这大半年就不参加队里的劳动了，生产队长找我，我就骂他，急眼了就要打他。”

“投机倒把可是犯法的事啊！”

“一个男人不敢犯法能有什么出息？梁山好汉扯旗造反犯不犯法？孙中山反清，毛泽东反国民党，当初不都是掉脑袋的犯法事吗？法律都是给老百姓戴的笼头，安分守己的人永远不会有出息。”

“不怪有句格言说是矮子专想出人头地，想不到你脑子里竟有这些危险的怪念头。”说到这里，凌波意识到自己犯了“当矬子不说短话”的忌讳，立刻红着脸向他道歉。

永诚坦言：“我个子矮是事实，你用不着解释。”

“你是想不能流芳千古就遗臭万年了。西方有句名言，有些鸟儿天生是关不住的。看来你就是只关不住的鸟了。”

“是有点。我想了，对身边的小干部拍不明白就把他打明白。不是软的就是硬的，鬼都怕恶人。无欲则刚。我不指望大队保送我上大学和招工，害怕他们什么？我又根正苗红，想整我也找不到机会。从夏天我就不参加生产队的劳动了——干一天才挣九分钱，我可不干。”

“那干什么？你总不能让爹妈养你吧？”凌波担心他成了游手好闲的二流子。

“我养兔子、刨草药。比挣工分合算多了，还省劲，更自由。”

“你成了年轻的‘钱广’了。”

“是啊，我一看《青松岭》就满肚子是气，钱广进城卖点山货都不行，这是他妈什么世道！”话一出口，永诚意识到在姑娘面前说粗话不礼貌，立刻止住话头。凌波看了他窘迫的神情，宽容地笑了一笑，似乎鼓励他继续说下去。永诚于是说：“实话告诉你，这是到冬天了，不能刨药，养兔子也不好弄饲料，队长又答应我到工地上来当测量员，就是管拉线，按壮劳力记工分——要不然我才不来呢。”

“你是破罐子破摔了，要当刺儿头滚刀肉了。看来队长对你是有点头疼。”

“恨得要死，怕得要命。”

“哈哈！你成了地痞流氓了。”

“没办法，逼的。我不会像你说的那样拍当官的，只好玩横的。梁山吴用不也是念书人吗？没有出路也只好造反。”

“前面你说的当兵招工都是可遇不可求的官方渠道，除此之外，还可以去厂里当临时工，有机会可以转正。”

“咱家没有可托靠的关系，进不了工厂。”

“如果你愿意可以让我爸帮帮忙，他在锻压机床厂是技术大拿，要是找厂长办个事还是有点面子的。”

“那得先谢谢你和你爸。先有到这里，到时候再说吧。”

“说不定这还真是个机会呢。”

“你了解了我的这些情况，似乎认为我不同流俗，有理想、有抱负，其实就是被逼无奈的垂死挣扎。”

“千万可别铤而走险。”凌波真替他担心，“你的心性别说和农村青年比，就是和咱们城市知青比，也超出了好多人。”

“你千万别在心里诩我心比天高命比纸薄就好了。”

“我认为你不是胡思乱想，你的学识和能力配得上这些想法，只是如今的社会环境限制了你的发展。”

“我经常处于矛盾之中，有时候很骄傲，觉得论水平很多人都不比我强；有时候又很自卑，整天为衣食奔波、为前途担忧。真的像毛主席说的那样瞻念前途不寒而栗。

“我现在十七岁了，还在社会最底层挣扎。可是毛主席、周总理他们二十来岁时已经很有成就了，他们已经不为自己的温饱发愁了，而是追求更远大的人生目标。用时髦的话说，就是为解放全中国而奋斗了。许多红军将领十七八岁就当师团长了！可咱们现在垄沟里刨食还混不饱，活得真是可怜啊！”

“解放前中国军阀混战几十年，社会动荡，可是有个好处就是社会自由度大、流动性强，人才冒尖的机会就多，国共两党和各行各业的杰出青年才能不断涌现。胡传魁不是说乱世英雄起四方吗？现在中国社会控制得太严密，像罐头盒一样，青年人出息的路子太窄了。”

“这样的社会看起来很稳定，其实毫无活力，长此以往日益僵化，于国于民都不利。”

“没有实力的愤懑牢骚毫无用处。没能力改变社会只能适应社会，你眼下唯一的出息路子就是追求政治进步。”

“可这恰恰就是我的弱项。”

“所以我多次提醒你不要任性，要克制自己的天性。往高尚说是改造自己的世界观，往低俗了说就是林彪的克己复礼。不吃苦中苦，难做人上人。吃小亏才能占大便宜。”

“江山易改，禀性难移啊！”

“毛主席说改造世界观是个痛苦的过程，理由就在于此啊！”

“真心感谢你的提醒，我今后要管住自己，尽量随大流。”

“不是尽量，而是必须！”

凌波送的礼物放在工地宿舍不安全，吃过晚饭永诚骑车连夜把它送回家。爹妈喜出望外，连声夸这个城里姑娘心眼好，瞧得起咱庄稼人。永诚半夜赶回工地，青春和友谊给了他使不完的力气。

春节过后，转眼就到了春三月，春耕开始前夕，这次农田基本建设大会战结束了，永诚就和凌波分手了。告别那天，凌波送给永诚一个印着杨子荣披着白斗篷、手握驳壳枪形象的塑料皮日记本，她在扉页上写道：

文学作品中的人物，个性越鲜明越受欢迎；而在现实生活中，则完全相反。

与梁永诚同志共勉！

凌波

1976年3月12日于会战工地

永诚没有思想准备，那个日记本已经写上了他的名字，想拒绝不可能，也不近人情，他接过后，无礼物回赠，急忙中只好摘下左边上衣口袋里的友联牌钢笔递给她说：“这是我上六年时我爸给我买的，笔尖都磨秃了，你留下做个纪念吧。”

“这是哈尔滨产的。嗬，上面还有字呢。”

“我怕丢了，特意用破钢锯条在笔帽上刻上了名字。”

“这是最珍贵的礼物了！你用它写出不少文章吧？”

“那几篇发表的文章都是用它写的，还写了几本日记。”

“你还写日记？”

“从小学五年级开始写，一直到现在。”

“那么说也写到我了？怎么写的？能让我看看吗？”

永诚立马闹了个鸡冠子脸，窘得说不出话来。

“好了好了，闹着玩呢。日记是和自己心灵的对话，不能给别人看的，我连这还不懂吗?”凌波为了缓解尴尬的气氛，转而问，“这回回村还继续当‘钱广’吗?”

“没有别的出路啊!”

永诚在故作轻松的神情里和凌波在工地告别。

二

公社电影放映队今晚在卢店大队放电影，据说是《侦察兵》和《智取威虎山》，永诚自然要和伙伴们去凑热闹。

看电影在那时的乡下就是一次盛大的节日，每个大队两三个月能轮上一次就不错了，虽说放的都是看过多次的“老三战”和样板戏，可是大伙仍乐此不疲，只要十里地之内的村庄，各村的青少年男女都要交叉看个遍。1973年冬天公社放映《卖花姑娘》，由于拷贝紧俏，一个公社只放一场，全村一多半人都冒着严寒步行二十多里地去观看，回到家时都后半夜了。许多人长时间站在雪地里把脚都冻坏了。

在几乎没有文化生活的乡下，看电影只不过是个由头，大伙更主要的是借这个机会聚一下，顺带走亲访友。青年男女则借这机会打情骂俏，往往就成全了好事，在这方面知青发挥了示范作用。自从知青来了以后，看电影还多了个功能，就是借机寻衅打架，借这个大庭广众的场合扬名立棍儿。

永诚也常跟本村的小青年们走村串屯看电影，他的着眼点不在那些早已倒背如流的老掉牙的电影上，而是在每次都不重复的《新闻简报》上。在没有电视又不能远行的年代，《新闻简报》带他走遍了神州大地，使他对外界有了相对直观的认知。而今晚他去卢店，当然是为了看新近公映的《侦察兵》，更主要是想看看凌波，顺便把跟她借的几本欧美文学名著还了。一晃半年不见了，心里真有点想念。

放电影在小学操场，外村的进院后开始还聚在一块，可有人不断碰见亲戚熟人和中小学同学，就三三五五地分别扎堆唠嗑，永诚借这机会走向后院的大队部。不出他的预料，凌波果然守在东下屋的广播室。凌波看见他，也毫不惊讶。“我约莫你会来。”说着站起身，拉过椅子让他坐下，转身拉开办公桌抽屉，抓出一把大白兔奶糖，“我爸去上海出差带回来的。”永诚剥开一块放进嘴里，在桌上将糖纸展平，囫囵着声音感叹：“我还是头一回吃奶糖呢。老百姓活得太可怜了！特别是庄稼人！”

“你这个人太爱思考，太敏感，任何一件小事，都能引发你一番感慨。活得太清醒，往往痛苦多。”

“难道你希望我浑浑噩噩混日子？”

“当然不是。希望你思考，但要掌握分寸，更不能乱发牢骚。牢骚太盛防肠断啊。”

“那是当然。我才懒得跟那些四六不懂的人发这种牢骚。有饭送给饥人，有话说给知音——这是我奶说的。如今发牢骚不单是防肠断，更要防头断。你看那些‘现行反革命’，多数是嘴巴惹的祸。”

“是啊，病从口入祸从口出啊。你可要管住自己的嘴巴。”

永诚听见远处操场喇叭里传来放映员的开场白，忙问：“开演了，你怎么不去看？”

“你没听见正转播省电台新闻节目吗？可不能脱岗。”凌波郑重其事地说，“咱们学校有个女同学，在盘龙县插队，也在大队当广播员。转播中央台节目时，她回点里办事，一个小孩进到广播室，好奇地去拧播放器上的旋钮，正巧拨到了莫斯科台，一下子就播出去了。结果呢，她给打成‘现行反革命’，关在盘锦劳改农场。”

“你这个活儿看着轻巧，责任可不小呢。”

“那是啊！舆论阵地，责任重于泰山啊。”凌波夸张地撇着嘴。

永诚说：“说是说，笑是笑。舆论阵地什么的大话暂且不论，不管干什么，至少要对得起这份报酬。”

“是啊，这就叫敬业精神。现在叫革命责任心。就拿这会儿说吧，今晚放电影，基本没人听广播，可是我还得按时转播上级台的新闻节目，不转播就是政治事故，上面追查下来就得吃不了兜着走。”

“在这方面你比我成熟。我天性散漫，从小就长在农村，最受不了管束。”

“你这就是毛主席指出的农民的弱点。咱是工人阶级出身，天生具有革命性和纪律性。”凌波以玩笑的口吻和永诚逗趣，“严重的问题是教育农民啊。”

“知识青年到农村去，接受贫下中农再教育很有必要。我可是根正苗红的贫农后代，有教育你的权利和责任啊。”

两人斗着嘴，哈哈大笑。

唠嗑不觉时间快，说话间中央人民广播电台的《各地人民广播电台联播节目》转播完了，凌波对着话筒报出：“卢店大队广播站，今天全天播音到现在结束。”关机、锁门，二人向电影放映场走去。

他们俩在银幕背面，踅摸了一个周边都是邻村姑娘、没有熟人的角落站住。

夏季里八点多才黑天，夜色不黑露天没法放电影，待他俩到场时，正好才放映。今天第一个片子是《新闻简报》1972年第36号，记录了周恩来陪同毛主席接见日本内阁总理大臣田中角荣一行的简要过程。看了这个片子，永诚感叹：“看《地雷战》《地道战》这些电影时，谁能想到中国和日本还能握手言欢？不怪老人说三十年河东，三十年河西。”

“所以我说你也不要一条道走到黑，认为生活就绝对没有转机，只要想办法说不定就会有成果。”

“我说过国家这几年就会有大变化，至于我个人命运如何只能因势利导，见机行事了——刚才看着飞机场，看着北京，看着天安门、大会堂，我就恨不得飞过去亲眼看看！可惜啊！唉……”

“有志者事竟成，你还不到二十岁，今后一定有机会。我也没去过北京，真想去看看。”

“这辈子说死也要去趟北京，要不然就白活了，对不起自个儿!”

“到时候咱俩一块去。”凌波不由自主说出这句话，少顷才意识到有点失言，脸腾地红得发烧，好在背黑地看不出来，永诚正沉浸在自己的遐想中，也没体味出凌波的潜台词。

两人悄声地嘀咕着，不知不觉间《新闻简报》早放完了，抬头看时，这工夫银幕上少剑波正面对李勇奇唱道：

我们是工农子弟兵来到深山，
要消灭反动派改地换天。
几十年闹革命南北转战，
共产党、毛主席指引我们向前。
一颗红星头上戴，革命红旗挂两边。
红旗指处乌云散，解放区人民斗倒地主把身翻。
人民的军队与人民共患难，
到这里为的是扫平威虎山！

凌波边听边感叹："样板戏唱腔比起老京剧确实好听多了。那些老京剧太程式化，唱腔对白都太咬嘴，大多数听不懂。对京剧进行改革确实很有必要。"

凌波爸爸喜爱京剧，家里有许多老唱片，她从小就跟着电唱机听过，对京剧常识略知一二。什么板式、唱腔，垛板、原板、西皮流水、二黄摇板，梅程荀尚四大流派，小声给永诚讲解。

永诚对这些不懂，对唱词却很敏感。等凌波说完，他就针对少剑波的唱段发了一通议论："这剧中解放军的服装不符合当时的情况，我表舅当年就是解放军，咱家镜框里镶着他的相片，根本没有红帽徽和红领章。现在这么装扮，和红军的军装有点相似，可能是为了体现毛主席是解放军缔造者的丰功伟绩吧？"

"以前我还真没注意，经你这么一提醒，还真是这么回事。我在妈妈图书馆看过许多'文革'前的画报，那上面有解放战争时期的解放军的照片，当时的军装确实不是少剑波这样的。电影小人书《战上海》《渡江侦察记》里解放军的服装都不是这样。"

"历史是个任人打扮的小姑娘。现在很多胡编乱造，林彪在台上时，不是还说是他和毛主席在井冈山上会师吗？这军装张冠李戴也就算了，更离谱的是，少剑波竟当着李勇奇唱道‘一颗红星头上戴，革命红旗挂两边’。那时解放军不是这样的军装，他怎么能说出这样的话呢？严重违反生活真实。细节失真是创作大忌。可见那些编写样板戏的人也是智者千虑必有一失。”

“寸有所长，尺有所短。百密一疏，在所难免——哎，这千琢万磨的样板戏你也能挑出毛病，你眼睛可够毒的啊！”

听到姑娘的夸奖，永诚自负地哼了几声。他乘着兴头接着说：“都是妈生爹养的，谁也不比谁高明多少。我要是有他们的环境条件，说不定比他们强呢。”

凌波见状忙提醒他：“这种观点你可不要乱说，小心给你一个污蔑样板戏的罪名。”

“是啊，现在说假话得利，说真话吃亏。中国人都是只长耳朵不长脑子，人家说什么就信什么，极少有人怀疑。”

“我可从来没想过这个问题。你这个疑问可太有震撼力了！”凌波愣了半天，长叹了一声，“就为这句话，认识你就值了。”接着她话题一转，用右手食指点着永诚脑门，“你这个小脑袋瓜怎么装了这么多的怪念头呢？这可太危险了。你千万要管住自己的嘴，不要忘了祸从口出的古训！”从神色可以看出，她是真心替永诚担忧。永诚见状，往四周撒目了一圈，立刻闭口不言了。

这时候开始放映《侦察兵》了，凌波目不转睛地盯着银幕上侦察参谋郭锐骑马驰骋的英武形象，永诚看了也十分神往，巴不得自己去冲锋陷阵。这个男演员别说姑娘看了心动，就是作为小伙子的永诚也由衷承认人家确实帅。可惜这部电影故事编得太拙劣了，糟蹋了这么好的演员。换片的间隙凌波告诉他，这个男主角扮演者叫王心刚，是咱们附近的大连人。

永诚说：“我看书爱记作者的姓名和家乡，可是对演员不感兴趣，不知道他的情况。这么说大连还真出人才，高玉宝也是大连市下面的复县人。”接着他告诉凌波，芭蕾舞剧《红色娘子军》中演洪常青的就是咱们县的人，叫刘庆棠，现在当上文化部副部长了。

他还给凌波讲了一段关于刘庆棠他爹的趣闻。刘成了名人和大官，他父母还都是普通庄稼人，住在县城南六里的村子里。儿子多年回不了家看望父母，父母想他也没钱去北京看儿子，再说侯门深似海，当爹的也不能随便去。快到年根了，爹进城买年货，走到新华书店门口，看见门外挂着许多年画，其中就有洪常青背着大刀、手握驳壳枪，站在红棉树下的大幅画像。他爹一看眼睛就直了，赶忙让售货员给拿三张。售货员姑娘好奇地问："大爷，你干吗一样的画买三张?"老头说："这是我大小子，妈拉巴子七八年都没回来看我了，只好买张画回去看看了。他兄弟分家另过了，给他带一张，还给他姥娘捎一张，这不就得三张吗?不怕你笑话，咱要不是钱紧，恨不得买个十张二十张的，三叔二大爷、七大姑八大姨一家给一张。"

这个售货员姑娘也是个有心人，闻听此言认真起来，忙和大爷攀谈起来。老头讲了儿子东北光复后如何参军，如何进了白山艺校，如何去苏联学跳舞、最后演了样板戏。姑娘听大爷说得有鼻子有眼，不像是瞎白话，再说一个老实巴交的庄稼人也编不出这一套。她让大爷稍等，立马跑去向经理汇报。经理给老刘头所在大队去电话，大队书记证明这老头确实是刘庆棠他爹。

经理闻听大喜，立刻把老刘头请进办公室，详细唠了大半天，让手下给老人准备了二十张洪常青的年画和其他年货，又请老头下了顿馆子，末了派单位拉货的汽车把他送回家。

凌波听了说："这个经理倒挺会拍马屁的。"

"我看也不完全是拍马屁，也真有为家乡出名人高兴的成分。"

"也许你说得对。可能我小市民意识浓了点，以小人之心度君子之腹了。"

"刘庆棠也是个庄稼院孩子，他能到北京，还成为名人，这说明咱们努力也有希望。当不上部长，也混个中不溜啊。"

"王侯将相宁有种乎？两千多年前陈胜都敢这么想，你这么想完全应该。男儿当自强。"

天下真正不嫉妒你的人只有父母和恋人了。

凌波得知永诚回到堡子里，又干起了老本行，当起了“钱广”，整天翻山越岭采药材，她倒是很感兴趣，要去亲自体验一下。正好后天全公社停电检修，广播暂停一天，电影散场临分手时他们约定，后天凌波去苏堡望海楼找永诚。

随着春天的到来，那只母兔子又下了六只小兔子，现在大大小小二十来只了。永诚每天上山刨药，都要捎带着给兔子拔饲草。他刨药材时带着一本《辽宁中草药手册》，那上面有说明、有插图，他随时翻看，天长日久掌握了不少中草药知识，简直可以算是半个土中医了。由于思想负担太重，永诚患上了神经衰弱。他按照手册上的知识，自己采了些“明开夜合”熬水喝，不到半个月真就见效了。

初春草木刚刚萌芽，营养还没输送出去，是一些专用根茎的草药质量最好的时候，比如防风、紫草、地榆、桔梗、苍术、藁本、柴胡、远志、串龙骨、龙胆草。而益母草、车前子、酸枣仁、欧李仁，这些药材就要夏秋采割。当季是药，过季是草啊。供销社的收购价也因时不同。就说卖兔子吧，小雪前后每斤差一毛二，一过小雪皮毛好，收购价就高上来了。采药同时顺便给兔子挖饲草，婆婆丁、苦碟子、羊奶子、酸浆浆，都是兔子最喜欢的美味佳肴。

在山野间劳作，有辛苦也有欢乐，在山上永诚还有最惬意的时候，那就是躺在树下的大平石头上收听外国的华语广播。由于有干扰信号，收听效果不好，在高山上收听效果就好多了。莫斯科广播电台、和平与进步广播电台、美国之音、英国BBC、日本NHK，偶尔也能听到朝鲜平壤广播电台。这些广播，为他打开了一扇认识世界的窗口，吸引他向往外面的世界，更清醒地认识当下的中国。

苏堡的最高峰叫望海楼，海拔一千来米，站在山尖上，可以远眺五十里外的辽东湾，甚至可以影影绰绰看见船上的白帆。20世纪50年代部队在山上立了座木制的三脚架，有三丈多高，据说是导航的，也有说是测量用的。因此堡子里的老百姓又管望海楼叫旗架山。现在这木架子早废弃不用了，烂成了一堆朽木。

今天永诚去望海楼，为的是采欧李。山顶南坡有一片欧李，现在正是采摘的季节，永诚要去抢个先。欧李是一种野果，肉厚味甜的在城里市场上可以卖一毛钱一小碗；肉薄味酸的可以煮熟洗去果皮，欧李核作为药材供销社收购，四角二分一斤。对于全村山上哪道沟哪面坡有什么特产，永诚都了然于胸，因此可及时采摘，十有八九都满载而归。

夏季天长，社员七点就下地了，为了不让堡子里人看见，永诚按约定六点半就到望海楼山脚下的大杨树旁和凌波会面。凌波骑着借来的自行车按时赶到。永诚把她的车子藏在山坡上的桲椤棵子里，然后两人就顺着沟膛子里鸡肠子似的小路往山顶爬去。

凌波今天是一身工厂发的深蓝色劳动服，按着永诚的嘱咐穿上了黄胶鞋，还戴上了套袖和劳保手套。进山后把两根长辫盘在头上，上面扣了顶绿军帽。她背着一个绿色军挎包，里面装得鼓鼓囊囊，不知是些啥东西。

永诚看见凌波这身装束，赞叹："你这架势还真有点英姿飒爽女民兵的劲头呢。"凌波闻言笑着说："可惜缺少一杆钢枪。"转言说道，"你这身打扮也显得干净利索，有点常猎户的样子，要是扎上绑腿就更像了。"

永诚仍是干活时的惯常衣服，肩头和膝盖都打着补丁，脚蹬高鞨农田鞋。右肩上斜挎着一个土黄色帆布棉花兜子，里面也装了不少东西。左肩扛着一把小镢头，右手拎着镰刀。

"可惜我也缺少一杆猎枪。"永诚说着话题一转，"按照马克思的观点，劳动产生美，这话是有道理的。旧社会那些娇小姐阔太太的美只不过是病态的美，就像林黛玉，我很不喜欢。"

"是啊，美也有阶级性，劳动人民的美才是健康的美。鲁迅就说过，贾府里的焦大也是不喜欢林妹妹的。"

"我可不是焦大啊，我是脚大。说阶级性可能有点夸张，但是萝卜白菜各有所爱确是事实。"

凌波在前，永诚在后，两人一边唠嗑一边走。上山最怕滚坡，对没经过锻炼的人尤其如此。因此永诚让凌波走在前面，她一旦滚坡，他好及时截住。为了省劲和稳妥，永诚砍了根桲椤棵子，削净枝杈，做成手杖让凌波拄着。

永诚说话不耽误采药，两眼不时往四周撒目，看见药草就过去刨下来。一会儿看见几棵藁本，一会儿看见一株紫草；走几步一片地榆，再几步一蓬串龙骨。边走边采，永诚忙活时，凌波在一旁观摩，听他讲药材的特点和收购价。凌波翻看永诚带的《辽宁中草药手册》，拿着草棵和手册上的彩图对照，学习识别各种草药的性状。

永诚怕凌波嫌爬山又累又单调，就想法子调剂旅途的花样。他看见东坡上有棵梨树，树尖上还剩几个黄梨，就跑过去，爬到树上，让凌波递给他新砍的杨树杆子，把树尖上的红黄参半的大梨打下来，凌波一边在草丛里捡，一边往嘴里塞，连声夸这梨太甜了，水分足，真解渴！永诚告诉她，这梨叫“落花甜”，坐果不久就可以吃，不酸不涩，当然，长大了更甜脆。

“山里属梨树的品种最多，红绡梨、秋白梨、红盖梨、平顶香、尖把梨、糖芯子、南果梨、糖梨、安梨……反正数不全。老人说饱山饿海。从春到秋，你在山上有很多山杂野果填肚子。”

“是啊，说不定还有山珍呢。所以白毛女才能在山里活下来呀。”

“咱这山上有榛蘑、木耳、蕨菜、黄花菜，都算得上山珍。”

一口气吃过两个梨后，凌波这才想起一个重大问题：“这梨树都是生产队的，咱们摘了不是偷吗？”

“你的觉悟太高了，山沟人历来讲究‘瓜果梨枣，谁见谁咬’，咱们只不过摘几个吃，算不上偷。”

山上的各种果树，新中国成立前属于私人家，合作化后都归了集体。这其中苹果最多，都是在果园里栽培，队里专门成立果树队莳弄；梨树和山楂树也比较多，基本是任其自生自灭，不加管理，遇到大年，到夏秋时节队里会指派护林员看管，主要看管成片的林子，秋天可能卸下万八千斤；至于量少零散的杏树、枣树，从来没有经管过。现在队里只是坐享其成，真的是前人栽树后人吃果，却没人再栽树，老树不断枯朽，日渐减少。队长见集体得不着利，这几年把零散的果木树砍了不少，拉到城里卖劈柴。像这棵孤零零的梨树，根本没人理睬。要不是这场太偏，早就一个不剩了。经永诚这番解说，凌波才打消了负罪感。

今天他这一卦又算准了，南坡那片欧李果然结得滴里嘟噜，多半黄熟。为了农业学大寨，所有劳动力都要出工，剩下的老人小孩根本爬不上这么高的山，这样就便宜了苏堡“钱广”梁永诚。

这种采欧李的活计对梁永诚说来是最惬意的劳动了。他拿出上海无线电二厂产的红灯牌收音机，调到莫斯科广播电台的频率，对好信号最强的方向，把装着收音机的皮盒挂在旁面的松树杈上，把天线搭在松树枝上。

虽说一年才挣两百来元（如果在生产队挣工分，一年还不到三十元），永诚还是毫不犹豫地花八十六元买了这台红灯牌七管超外差式半导体收音机，三个波段。尽管这台收音机是当时他能买到的性能最好的，可是由于干扰信号太强，它的收听效果也不稳定。大队有个下放户老唐，原来是辽滨市辽宁无线电三厂的技术员，因为家庭出身是资本家，又有海外关系，1970年被下放到苏堡。他不会做农活，永诚常去主动帮忙，日久天长就成了忘年之交。他对永诚也有许多帮助，除了借给他一些书籍，就是讲自己的阅历，让他从中汲取经验教训，再就是帮他改装这台半导体收音机，使其收音效果大为改观。

一般收音机无法抵挡干扰信号，但是经过老唐改装的收音机则有优势，改装过程中想尽办法提高收音机的灵敏度。老唐还教永诚在收听时用螺丝刀旋动变频级中周的磁芯，移动磁棒线圈，摆动收音机的方向，多个动作互相配合，尽量将干扰信号抑制到最低。有老唐的帮忙，永诚收听外国台的效果一直较好。

几年收听外国台的经历，使永诚对各家电台的特色都有所了解。美国之音报道新闻多，从电波里永诚知道了许多关于“文革”的负面报道，对林彪和毛泽东的关系也有了较为真切的了解，对天下大事也有所知晓。他常想，这些发生在咱们本国的事情，为什么要通过远在万里之遥的美国人来告知呢？中国真的像鲁迅说的那样是一间密不透风的铁屋子吗？1975年夏天，美国之音《时事经纬》节目报道河南驻马店地区几座水库在洪水中溃坝，死了很多人，财产损失无法估量。冬天，村里在河南当兵的初利民回家探亲，就亲口说起此事，他和战友曾奔赴现场救灾。通过这件事的验证，永诚觉得美国之音的新闻还是比较可信的。

永诚对外国和台湾电台的播音员们像朋友一样熟悉，他们语调亲切平和，周幼康、欧阳天、刘嘉玲、何丽达，宛如邻家的大哥大姐。何丽达说的普通话比中央人民广播电台一些播音员还标准，更耐听，不像国内的播音员语调生硬，居高临下。国内的播音员感情过于外露，语气语调随着内容而强烈变化，把播音员变成了演员。

“这是周幼康在美国华盛顿向您播报的……”

“这是伦敦BBC英国广播电台…… 法国国际广播电台……德国之声……日本广播电台NHK……大韩民国广播电台……”

朝鲜中央广播电台、马来亚革命之声广播电台、越南广播电台，它们的论调和大陆的广播大同小异。主啊，耶和华，保罗，彼得……这些来自香港和不知名地方的宗教电台，不厌其烦地传经布道，永诚压根不信这些，却真心佩服他们这种为信仰献身的精神。

永诚发现莫斯科电台和台北的“自由中国之声”对大陆的攻击最为直白有力。苏共和中共都自封为马列主义正宗信徒，互相攻击对方为马列主义叛徒，张口马列，闭口社会主义，一口一个亲爱的中国同志，这些让永诚很反感。这是一根藤上结的两个瓜，虽然政治观点不同，但总有些相似之处。

台北距离东北地域遥远，加上干扰，信号不稳定，断断续续总可听出个大概。“中央广播电台，自由中国之声为大陆同胞广播。”一听到这来自天外的女声，永诚脑海里立刻闪现出电影《南征北战》中张军长听收音机的场面，想像这个女播音员一定是烫着大波浪头，戴着船形帽，嘴唇涂得猩红，满脸妖媚之态。为什么会有这种怪念头，他也说不明白，也许是看大陆电影读大陆小说潜移默化形成的吧？这就是宣传的力量。但听她的声音十分亲切，明显带有南方韵味。他还在收音机里听到蒋介石的声音，语调尖厉，口音很重，从语调永诚就断定他是个精明但不宽厚的人。男播音员经常号召大陆同胞搞破坏、炸桥梁、烧打谷场、投毒……还教方法。对这套永诚真的反感，这么做损害大陆老百姓的利益，也给破坏者带来风险，有点装枪让别人放的意味。相比较而言，《三家村夜话》报道的大陆新闻比较真实，夹叙夹议，幽默调侃，听起来亲切自然，也让永诚领略到新闻还可以这样播出，而不必拿腔作调、一本正经地照本宣科。

台湾军方电台则公开鼓吹、引诱大陆空军“起义投诚”，广播《对大陆投奔自由世界的军人奖励政策》，还详细介绍台湾主要机场的坐标、跑道方向、气象条件、起义注意动作等。女播音员陈孟华富有磁性的声音亲切呼唤：“共军兄弟们，如果你是驾机弃暗投明，在摇摆机翼的同时，请用如下频段与我方联络……我方有如下机场可供降落……如果驾机起义成功，奖黄金二千到五千两。三民主义，人心永向！”有时候还可以听到台湾电台里向在大陆潜伏的特工发指令，一般是说“某某某号同志请注意”，然后念一大串数字。每当听到这里，永诚就想起看过的反特电影和小说。

改革开放后，永诚才知道，当年确实有多名大陆飞行员“投诚”到台湾；台湾也有飞行员韦戴维、黄植成、李大维等投奔大陆。台湾和大陆的这种斗法，思路如出一辙，都带有感情用事的特色，在政治上很不高明。

台北电台给永诚留下最深印象的不是那些政治口号，而是凤飞飞、邓丽君和刘文正的歌声。听了《掌声响起》《月朦胧鸟朦胧》《采槟榔》《小城故事》《夜来香》《甜蜜蜜》《何日君再来》，和大陆上那些生硬粗放的歌曲一比较，他才理解了天籁之音这个词真不是夸张。

莫斯科电台除了播放苏联歌曲《莫斯科郊外的晚上》《红莓花儿开》《山楂树》之外，也播放中国“文革”前的歌曲。听了小提琴独奏《梁祝》、二胡曲《二泉映月》，永诚才体悟到余音绕梁三日不绝的含义。他百思不得其解，这样优美的乐曲为什么要禁演呢？

凌波今天不辞辛苦跟他爬上望海楼，当然是为了领略山野风光，实地考察青年“钱广”的小生产者的生活，可更主要的是为了在这真正是山高皇帝远的地方偷听外国电台。人都有逆反心理，年轻人尤甚，凌波也不例外。她曾偷看过同学弄来的手抄本《叶飞三下江南》《梅花党》《一双绣花鞋》《绿色尸体》，可从来没听过外国电台，今天就要碰碰这条高压线了。

望海楼上信号确实比平地好许多，打开收音机，里面立刻传来悠扬、清脆的音乐声：

莫斯科广播电台，现在开始对中国听众的华语广播。

凌波告诉永诚，这个开始曲是苏联著名歌曲《祖国进行曲》的前两小节，中国的《歌唱祖国》就是模仿这个旋律创作的。

永诚说：“我听了这些年也不知道它的来龙去脉，还是你对外国的知识多。你听出来没有，这个开始曲和《国际歌》的前两个小节旋律也有点相似，又都是4/4拍子。可见苏联的音乐家创作时是有意模仿《国际歌》的旋律。”

“你的听力不错啊！连这都能听出来。杨子荣‘打虎上山’结尾模仿《国际歌》的旋律，李玉和‘狱警传’中间加进《东方红》旋律，这都是同样的艺术手法，思路如出一辙。”

中共和苏共现在虽然闹掰了，毕竟都是马克思的“徒弟”，在许多方面都有相似之处，在意识形态方面，尤其在文艺上中国学习苏联的东西更多些。

永诚逗她说：“你这个中国最基层的广播员，听了人家苏联播音员的广播有何感想?”

“他们虽然带有洋腔口音，不过平翘舌分得很准确。”

永诚说：“咱们这地方说话普遍平翘舌不分，可我听你广播说得挺准确，怎么练的呢?”

“咱们辽滨人说话也不分平翘舌，我在中学当广播员时特意跟市电台的播音员学过。普通话里平舌少、翘舌多，r做声母的字不多，也比较好记。余下的只要记住z、c、s三个声母的常用字，其余的就是以zh、ch、sh为声母的翘舌字。在所有平舌字里，同一个偏旁部首的字基本都读平舌，比如曹操的‘曹’读平舌，凡是带‘曹’字的都读平舌，像‘糟糕’‘槽子’‘遭遇’，可以类推；也有例外，仓库的‘仓’是平舌，‘沧海’‘苍蝇’平舌，可是‘悲怆’‘创造’就是翘舌。这种例外毕竟是少数。”

“你这是科学分类后的死记硬背，数量少许多，容易多了。小女子不简单啊！向知识青年学习，向知识青年致敬！”永诚用开大会的腔调揶揄她，喊的同时还举起右臂。凌波也随机应变：“向贫下中农学习！向贫下中农致敬！”两个人笑作一团。

凌波止住笑声：“我总结了一张平舌字按偏旁分类表，你要是感兴趣等我给你抄一份。”

“咱们这家乡话确实不好听，到外面说起来自己都觉得硌耳朵。”

“许多农民管说普通话叫撇洋腔，有点嘲笑的意思，这其实是小农意识，跟阿Q笑话城里人管长凳叫条凳、煎鱼用葱丝而不用葱段一样愚昧，显出夜郎自大，可怜又可笑。”

“是啊。我听广播时就注意学普通话，出远门时也撇点洋腔。”

“这说明你头脑灵活，善于学习，乐于接受新事物。”

突然，不远处扑啦啦飞起一只野鸡，惊得他俩停止了交谈。凌波这时候才注意到，两人摘欧李时，光顾着说话，竟没在意听收音机里的广播。今天干吗来了？她这才停手不摘欧李，走近挂收音机的松树。永诚也说，老哈腰太累了，歇会儿。一屁股坐在松树下的大石头上，从棉花兜子里拿出装着凉水的酒瓶，咕咚咕咚灌了一大口。接着他又拿出一瓶递给凌波：“给你的。”

凌波拿过她的绿军挎，从里面拿出两瓶汽水和两包点心：饼干和炉果。估计到上山肯定又累又渴，昨天去供销社买的。

“还是你们城里人有钱，出手大方啊。”永诚毫不客气地把一块炉果扔进嘴里，“不过你买汽水可有点失算，这东西是越喝越渴，还爱打嗝。真赶不上这凉水解渴。”

他俩边吃边聊边听收音机，里面的节目并不像想的那么吸引人。突然播音员播报：下面请听本台评论员伊万·瓦希利耶维奇·巴边科撰写的评论《虚假的中国》。

“注意听，这家伙的观点历来很犀利深刻，是个中国通。”永诚说完停止了嘴巴运动。

> 中国的一切都很虚伪，“文化大革命”把这些虚伪推向登峰造极，其中最典型的莫过于《宪法》的虚伪。《宪法》规定劳动者有休息的权利，在年老、疾病或者丧失劳动能力的时候，有获得物质帮助的权利。但是占中国人口90%的农民基本没有休息的权利，生病时得不到政府的任何帮助，得了重病只能等死，年老丧失劳动能力时只能靠子女养老。第二十八条公民有言论、通信、出版、集会、结社、游行、示威、罢工的自由，作为中国公民，你们应该有切身感受，这些自由对普通百姓来说都是形同虚设，更不要说对“四类分子”纯属水中月镜中花。许多善良的中国听众也许会认为，至少我们有婚姻自由。从表面上看，中国人的婚姻似乎很自由，青年男女基本是自由恋爱，可是实际生活中有很多制约婚姻自由的因素。最常见的就是城乡差别，由于严格的户籍管制，城乡之间的青年极少能相爱，即使相爱也难成眷属。再者就是家庭出身，许多本来相爱的人，因为阶级成分不同，往往不能结合，有时甚至受到组织的干涉。
>
> 中国的听众朋友们，你们对这些应该是亲身感受，你们认为我的观点有道理吗？你们认为中国严重的城乡差别现状不应该改变吗？

评论中所举的事例他们平时都有些隐隐约约的感受和直觉，但没有像人家认识得那么清醒和深刻，更从来未从《宪法》的高度来认识这些社会现象。他们不约而同地想到了两人之间微妙的关系，胸中激浪翻腾，却都什么也没说出来。耳边只有收音机里的间奏曲伴着山巅的松涛呼呼作响。

沉默了半天，为了打破尴尬的僵局，永诚背诵起自己写的一首诗：

致干扰台

浩渺的太空静谧无涯，
无形的电波在这里对垒厮杀，
东风总想压倒西风，
西风也想把东风打趴。
两条战线从地面打到天上，
你来我往错综复杂。
真理的声音不可阻挡，
干扰对手的同时自己的阵脚已经乱了。

凌波听了，当即评论："缺少诗味，直白朴实，不过主题挺深刻，有一种嘲讽的力量。"她结合实际又开导起永诚，"中国农民受到的不公平待遇确实很多，可是绝大多数人都这样安分守己，逆来顺受，而你天性敏感，反应激烈，如果不收敛，很容易吃亏。

"不要忘了杨修是怎么死的，就是死于小聪明。大智若愚，难得糊涂。苟全性命于当下，不求闻达于领导。鲁迅说人首先必须活着，爱才有所附丽。马克思和恩格斯在创立唯物史观时，就是从现实的、活生生的人出发，发现了一个简单的事实，即人们首先必须解决衣食住行，然后才能从事政治、科学、艺术、宗教等活动，所以人类要做的第一件事便是物质生活资料的生产。活着永远是第一位的。舍生取义太难了。活命哲学说起来难听，但绝大多数人内心都信仰它。不要嘲笑叛徒，许多人因为幸运没被捕，如果被捕了，说不定也叛变了。严刑拷打毕竟不是一般人能忍受的，生死考验更是极少有人能够跨越的险峰。"

凌波这些话听起来硬邦邦的，充满了政治说教的意味，但永诚分明感到其中蕴含的真挚深情。

改革开放后，社会上流传起人际关系的四大铁是：

一起扛过枪，
一起下过乡，
一起嫖过娼，
一起贪过赃。

可是当年“文革”期间时兴的四大铁是：

一起听敌台，
一起唱黄歌，
一起读禁书，
一起反“文革”。

如今永诚和凌波这几种事情都亲历了，可见两人真的成了铁哥们。虽然没有海誓山盟，可是两颗年轻的心已经紧紧相连了。

站在海拔一千来米的望海楼上，凌波第一次身临其境地体验到了什么叫“会当凌绝顶，一览众山小”，她背倚一棵山杏树，右手拎着帽子，左手搭凉篷，眺望西北方向五十里外的辽东湾，天高云淡，甚至可以看见在天际线上滑动的船帆。山风吹动她耳边略显蓬乱的鬓发，她喃喃自语：“天边就是辽滨了，这工夫妈妈在干什么呢？”

远飞的大雁，
请你快快飞，
捎个信儿到辽滨，
远方的女儿想念
慈祥的妈妈。

永诚乍听到耳边的歌声还以为是收音机里传出来的，可仔细一听没有伴奏，再一听声音就在身旁，他抬眼一看，竟然是凌波在吟唱。

远飞的大雁，
请你快快飞，
捎个信儿到辽滨，
远方的姑娘思念
亲爱的心上人。

到底是城市姑娘，明目张胆地唱出自己心上人竟一点不害臊。脸太大了！永诚凝视着凌波神情专注的侧脸，猜不透她此刻心里想的那个心上人是哪一个。

远飞的大雁，
请你快快飞，
捎个信儿到辽滨，
远方的女儿想念
家乡的亲人。

永诚虽然对音乐没有深入研究，但直觉能感到她的演唱水平颇有专业风范，想起卢店知青说过她会拉手风琴，据此推测她对音乐有较深素养。

凌波一曲唱完，仍沉浸在自己的思绪中，眼角噙着泪花，显然她的思绪已经飞到了辽滨母亲身边。

他见状安慰道："谁离开家乡，离开父母都会想念。不过咱这里离辽滨才八十来里地，一年至少能回去一两趟，比起那些北京上海知青去几千里之外的北大荒、陕北和云南好多了。那天咱俩读高红十的《理想之歌》，你不是说过，在这一点上，你们小城市的知青比大城市的知青幸运些吗?”

“是啊！想家想父母是人之常情，可是最叫我难过的是对前途的迷茫。整天在这里浪费青春，这才是真正的可悲之处。”

“你们最终要选调回城，只是早晚而已，这已经有好几批回城的先例了，你不必为前途担忧。”

“我不仅仅是为回城担忧，知道早晚会回城，而是为前途忧虑，你要知道前途不仅仅是个工作。就现在这种社会环境，回城无非是进工厂当工人，成为流水线上的一个配件，年复一年、日复一日地在车间里三班倒，成为工厂里的一颗螺丝钉，那又有什么意思呢？只不过工资比社员高些，生病养老有点保障而已。这样过一辈子，生命质量将大打折扣。”

“你要求挺高啊，回城还不满足?”

“人又不是猪，不能光混个仨饱一倒啊。总该有点追求，提高生命价值。别人可以这么说，你不该这么想啊!”

“你说得很对。可是眼下咱们连仨饱一倒还混不囫囵呢，哪能想这么多？你的起点毕竟比我高不少，有点更高的想法也符合存在决定意识的马克思主义基本原理。”

“你没到工厂看过，其实城市里许多苦脏累的岗位比农民的条件还差，还有职业病。现在社员就是没有自由，如果能当个自耕农，比许多工人安逸。”

“你又来小资产阶级的浪漫派了，陶渊明的时代已经过去了，三十亩地一头牛、老婆孩子热炕头的自给自足的日子不会再来了。”

“那可说不定。现在农村的生产关系很不适合生产力水平，所以社员出工不出力，日子越过越穷——这就是我下乡一年来的最深刻感受。”

“到底是都市才女啊，看问题深刻！我也觉得吃“大锅饭”过得别扭，只好消极抵抗，整天搞小生产。可我却没有从生产力和生产关系的角度认识这些现象。还是你目光敏锐，看得深刻，不次于巴边科的水平。高，实在是高!”永诚学着汤丙会的样子，跷起大拇指称赞凌波，逗得她哈哈大笑，一直笑弯了腰。

永诚见凌波思绪转移出来了，接着聊起轻松的话题：“你刚才唱的《远飞的大雁》，我听别的知青唱的是：造反派战士想念恩人毛主席，和你的不一样。”

“我那是见景生情，即兴编的，现炒现卖。常言说到什么山唱什么歌。我这是登上望海楼，唱个思乡曲。”

“你真有点倚马可待的文才，吞荇条拉土篮——现词（吃）现编，佩服佩服！”

“你听到的那套词也不是原创。这首歌最早产生于‘文革’前夕，是西藏文工团创作的，表达西藏农奴对毛主席的感激之情。‘文革’当中，一些造反派受到对立面的打压，就用这个曲谱填上新词，表达忠于毛主席、战斗到底的决心。我们这些知青在城里听父辈们唱过，不知不觉就学会了。下乡后，一些人根据自己的生活体验，又填上了新词，表达苦闷和思乡情怀。”

“你刚才是有感而发，也算许多版本中的一种了。”

“可以这么说吧。创作来自生活嘛，这就是例证。”

“诗言志，歌传情。这话从你身上再次得到印证。”

“各地知青都写出反映本地特色的思乡歌曲，咱们东北最流行的就是《沈阳啊沈阳我的故乡》。”

“这些歌曲有一个共同特点，就是传递出知青对生活过的城市的留恋和思念，场面上却要说自愿到农村接受贫下中农再教育。比如《战地新歌》上的《革命知识青年之歌》《广阔天地大有作为》和《兵团战士胸有朝阳》，等等，抒发的都是虚假的革命豪情壮志，强颜欢笑。这是鼓励人们说假话，弄虚作假。”

“你这话真是一针见血。”

“我在莫斯科电台上听过《中国知青之歌》，那个旋律太优美感人了！比你们常唱的《沈阳啊沈阳我的故乡》不知要好多少倍。咱们东北文化底蕴太浅，很难产生优秀作品。同样是《敬祝毛主席万寿无疆》，劫夫的曲子简直就是嚎叫，美丽其格的曲子才是音乐。”

“这个歌曲也叫《南京知青之歌》，我只是听说过歌名，但没听过。小道消息说，写这个歌的人是个南京知青，因为这首歌被打成‘现行反革命’判刑了！”

“这是现实的文字狱啊！”

“所以你舞文弄墨可要小心。哎——你会唱，哼几句给我听听。”

永诚喝了口水，倚着挂收音机的松树，凭着记忆唱起来：

蓝蓝的天上白云在飞翔，
美丽的扬子江畔是可爱的南京古城我的家乡。
啊——啊——
彩虹般的大桥直插云霄横跨长江，
威武的钟山虎踞在我的家乡。

告别了妈妈再见了家乡，
金色的学生时代已载入青春史册一去不复返。
啊——啊——
生活的道路多么艰难多么漫长，
生活的脚步深嵌在偏僻的异乡。

当永诚唱起第二段时，凌波也跟着旋律不由自主地哼唱起来，陶醉在深沉绵长的旋律中，感叹道：“这才叫音乐！这才叫余音绕梁！写这样的歌曲竟然被打成‘现反’，真让人无法理解啊！”

“咱们坊前左右的知青连这首歌都不会唱，就可见你们小城市的知青和大城市的知青们相比综合素质差距太大。东北基本都是新兴的工业城市，城市居民绝大多数都是解放前进城的破产农民和闯关东的流浪汉，普遍没文化，下一代的素质比起京沪穗宁苏杭的自然差一大截。你们号称知识青年，我看你们的知识并不比我们还乡知识青年高，至少我见到过的沈阳、鞍山、辽滨的知青没谁比我强。”

“你这一点自信还真有点底气。我在同学中算是学习好的了，可是和你一比还真是差不少，你的知识面确实宽，看问题深刻。要是允许考大学你肯定能考上个名牌学校。”

“唉，要生在封建社会，我考个举人进士还是大有希望的。可现在推荐上大学，大多是走后门，多数是大大小小的干部子女，拿出几个名额给平民子女做做样子，争得头破血流，男的出卖灵魂，女的出卖身体，不是百分之百，至少八九成。

“将来我们这一代的上层人物，十有七八出在大城市的知青中。因为这里头有些先天素质就高的人，又有权贵家庭背景，他们通过下乡插队，接触了底层百姓，了解了中国实情。这些天时地利人和必然造就出一批精英。这就是天降大任之前的磨炼。这可能算是上山下乡运动一个意外的收获吧。

“咱们东北在地理环境、历史传统、文化传承、生活习俗各方面都自成体系，和关里联系不紧密，因此你们这些知青和关里的知青几乎没什么来往，互相没有交流，因此将来很难产生杰出人物。比如我问过几个知青，他们连遇罗克都不知道——我是听北京下放户史庚武讲的，可见你们多孤陋寡闻。”

“想不到你个山村农民，还有这些见闻和前沿新锐的想法。”

“你瞧不起贫下中农是吧？好歹农村也普及了九年教育，相当于过去的高中。像我这样的农村孩子受到了基本教育，使得天分好的农家子弟有了继续追求的基础。人有了文化世界观必然发生改变。”

中国自古有山高皇帝远的说法。在20世纪70年代的辽南山村，在人迹罕至的山野，两个有思想、有抱负的热血青年，此刻忘记了险恶的世俗罗网，尽情地抒发着内心的情怀。清新的山风吹来草木的芬芳，青春的生命之花，在山野中自由绽放！

三

人的一生中都会遇到一两个贵人和一两个小人，而侯殿礼无疑就是永诚的贵人。

永诚正自得其乐地过着他的山乡“钱广”生活，这天接到邮递员老宋送来的一封没贴邮票的信，说是公社老侯捎给他的。信上告诉他，公社广播站原来的报道员是鞍山的下乡知青，最近选调回城了，公社要选拔一个新报道员接班，他向党委推荐了梁永诚。除了永诚的人品、水平之外，最充足的理由是不能培养“飞鸽牌”的下乡知识青年，要培养“永久牌”的还乡知识青年。党委采纳了他的建议，决定要对永诚考核，他让永诚本周三来公社，一是准备考试，二是把发表过的作品带上。

永诚喜出望外，把自己收拾了一番，第二天就去公社，对于考试他心里充满信心。他最喜欢考试，对推荐上大学始终看不起。他曾经想过，如果赶上科举时代，他坚信自己考个进士毫无问题。

到公社，侯站长就领他去见政工组长老董，陪同考核的还有团委王书记。侯站长告诉永诚，老董是转业军官，当过沈阳军区学毛著积极分子，后来提拔为团政治处干事，政治理论水平很高。

董组长问了永诚的家庭成员，社会关系，又问了写作情况，浏览了他发表的作品。看没有什么问题，于是正式提出几个考题：

一、解释“阶级”的概念；二、毛主席《在延安文艺座谈会上的讲话》的中心思想是什么；三、《党的组织和党的文学》是谁的著作、主题是什么；四、《毛主席诗词》中第一首是什么，并背诵。

董组长特意强调，要按照自己的理解回答，不要背书本。永诚说：“我事先没有任何准备，想让我背书本也不知道背什么。毛主席一贯反对本本主义嘛。我只能凭肚子里的存货了。”他嘴上谦虚，但心里有底气，同时也打心眼里感觉董组长这题出得挺有水平。

一、列宁说：人们在社会经济结构中由于所处的地位不同，一部分人可以无偿地占有另一部分人的劳动。这就形成了阶级。

二、“讲话”发表于1942年5月23日，现在有人建议要把这一天定为文艺节。贯穿讲话的中心思想就是强调文艺要为工农兵服务、为党的中心工作服务。毛主席创造性地把文艺作为无产阶级革命队伍的一支重要力量，文艺无论在战争年代还是在社会主义革命和建设时期都发挥了重要作用。一部《白毛女》能顶五个军。

三、这篇著作是列宁的，它的主题是第一次明确提出文艺是革命机器上的齿轮和螺丝钉。可以说毛主席的“讲话”就是对列宁这一思想的继承和发展，结合中国革命实践加以具体化。

四、第一首是《沁园春·长沙》，写于1925年。这首词展现了毛主席青年时代就富有忧国忧民的胸怀，树立了改造社会的远大志向。接着他便流畅地背诵起来。

永诚的水平大大超乎董组长的预料，不由得对侯站长点了点头，接着问：“老侯你有没有什么要问的?”永诚是侯站长推荐的，他为了避嫌，就不问什么了。董组长已经不想再提问了，礼貌地问王书记有什么问题。

王书记是哈尔滨女知青，她本来应该到黑龙江农村插队，但由于叔叔是本县驻军的政委，和县里的领导码密，就让她到天宝屯公社来镀金了。这里一来比黑龙江暖和，二来有她叔叔照应。她一下乡就留在公社机关，第二年就当了团委书记。

出于女人的嫉妒和大城市人对农村人的鄙视，她见永诚答得流畅圆满，心里颇有点不服气，眼下借董组长的谦让之机，当即就提了个问题：“请你回答毛主席关于培养无产阶级革命事业接班人的五项条件。”她心里想：现在选拔你做报道员，也算是培养无产阶级接班人，所以问你这个内容也算题中应有之义。

她猜测，你对文学熟悉，对政治知识可能就差些了。她以为永诚毫无思想准备，十有八九出丑，没想到永诚略加思索就侃侃而诵。他自己心里暗自高兴，自己在读七年级入团时，学校就组织学过这段，要求背诵，对于记忆力超群的永诚来说至今仍烂熟于胸。比如“老三篇”、《毛主席语录》《毛主席诗词》，他现在想忘都忘不了了。

王书记见永诚对答如流，只好就坡下驴，没有再往下问。董组长见永诚口试超水平发挥，于是按预定程序进行笔试。他拿出一张试卷，让永诚根据去年春天一次公社党委会关于在全社开展植树造林的会议记录，写一篇报道并配一篇评论，限定两个小时交卷。永诚没有手表，老侯特意把自己手表摘下来放在他答卷的办公桌上。永诚正好用了一百分钟就答好了，把卷子交给董组长，就和老侯去广播站参观。老侯请他在食堂吃了午饭，饭后骑车赶回家去。

三天后，老侯和公社团委王书记骑车来到苏堡大队，找到大队干部对梁永诚政审。永诚家里三代贫农，亲属也都是贫下中农或工人，也没有被杀关管的，更没有海外关系。本人历史清白，虽然不爱参加集体劳动，但毕竟不是政治问题，大队干部也愿送个顺水人情，因此没人提这话茬。让永诚填了份履历表，大队会计盖上革委会公章，就算完成任务。村里要给他俩派饭，永诚和父母商量好，请他们俩吃了顿饭，爸爸陪着老侯喝了半斤清河白酒。

去公社上班第一天，永诚半道特意拐到卢店大队部，向凌波报告这个好消息。他知道凌波在大队当团支部书记兼广播员，十有八九在大队部。他一进大队部院子，迎面遇见一个中年妇女，仔细一看，是叔叔的大舅哥的老婆杨素荣，她是大队妇女主任，于是叫了声“大舅妈”。她听说永诚来找凌波，忙高兴地说：“咱外甥可真行，就是有眼光，净能交好朋友，小凌子可是百里挑一的人尖子。”

“舅妈说哪里话。”永诚说着脸却不由自主地红了，“我找她有事儿。”大舅妈顾不上和他斗嘴，回身忙叫凌波。

永诚把一个棉花兜子放到凌波用的桌子上，从里面拿出五本书还给她，是王力《古代汉语》、周振甫《诗词例话》、孟德斯鸠《论法的精神》、叶永烈《十万个为什么》和慕湘《晋阳秋》。然后提起兜子，把里面的杏子倒在脸盆架上的脸盆里：“这是咱们家院里树上结的。”

“这回不是在生产队山上摘的吧？”

“咱现在都是公社干部了，咋还能干那些小孩子的把戏？”

凌波拿起一个杏儿就咬了一口：“既然不是赃物，我吃着就放心了。”

“你放心吃吧。”永诚说着从口袋里掏出一个折叠的小本子，“收好。这个才是真正的赃物！”这是手抄本的《龙飞三下江南》。

凌波回辽滨从家里带回几个手抄本，每次借他一本偷着看。

看着凌波把手抄本装进翻领衣服的内兜，永诚感叹道：“这是什么年月，老百姓连看本书都像做贼似的。”

官方对出版物控制很严格，每年全国出版的文学书只有几十本，都是“三突出”模式下的假大空，让人读不下去。作为补偿，地下手抄本便应运而生。永诚最早看到的手抄本是从北京遣送到本村的史庚武处借的。

史庚武父亲史德明出生在苏堡子，十四岁在大连宋德元的公司里做学徒，由于勤谨好学，聪明机灵，不但业务做得好，更从南方一位客商那里学会了一手“袖里吞金”的绝活。就是不用算盘，只是把双手插在袖筒里，凭着十个指头来回捏咕，就能快速运算加减乘除，一点不比算盘慢。去年秋天，在场院打高粱，一百多袋高粱入库前必须逐一过磅，每过一袋随即报出分量，崔会计打算盘，保管员记数，史德明心算，结果他比算盘还快点。复核一遍，得数无误。史德明凭着自己的努力，赢得宋的喜爱，着意培养，二十多岁已经是二掌柜了。

东北“九一八”事变不久，史德明不愿当亡国奴，就脱离宋德元的公司，独自到北京闯天下，开了一家橡胶公司，到共产党接管北京时他已经是个中型化工企业的老板了。到公私合营时他自然成了资方，逐渐就成了归为“黑五类”的资本家，历次运动都要“陪练”，这次“文革”全家被遣送到农村，本来要让他们去甘肃平凉，经过反复申请并托了关系，才被恩准回原籍。

乡下人本来就对城里人尤其北京人充满好奇和敬意，而他们一家又很能和村里人打成一片，因此很少受歧视。连地富反坏分子的必修课扫大街、向毛主席请罪也都从不让他参加。可见史德明选择回原籍是十分明智之举。美不美，家乡水；亲不亲，家乡人啊！

史庚武和永诚同班，永诚从不像一些势利的同学那样欺负他，反而多次为他解围，在学农劳动时主动帮助他。他俩关系密切，庚武就常和他交流，介绍北京的名胜和风土人情，更有时当他讲点小道消息。他的哥哥姐姐都是“文革”前的大学毕业生，早在北京参加了工作。哥姐都在大单位，他家的信息比普通农民家庭灵通许多。出于信任，庚武才把家里的手抄本借给他看：《一双绣花鞋》《绿色尸体》《梅花党》《少女之心》《归来》等他都曾阅读。永诚从史庚武借阅的书中，获益最大的当属“黄皮书”和“灰皮书”，在闭关锁国的年代真的给他打开了认识世界的窗户。看了托洛茨基《被背叛了的革命》，对社会主义革命才有了全新的认识。许多黄皮书改革开放后都公开出版了，可是他已经没有那时阅读激情了。

二人认识初期，第一次听永诚叨咕他看过的手抄本，凌波惊讶地感叹：“想不到你在这封闭的小山沟里还看过这么多禁书，还看过《少女之心》，那可是本流氓书！”永诚说：“你没读过怎么知道是流氓书？无非是男女那点事。现在搞禁欲主义，才使它显得神秘。”经过永诚的启蒙，凌波终究没经起考验，开始看起了手抄本。后来回辽滨探亲时，还特意借来几本，和永诚交换看。

凌波以为梁永诚来只是为还书，听他说了来意，打心里替他高兴。她说：“你有点才气，又遇到侯站长这个伯乐，你这头一步迈出得很顺利，但你切不可得意忘形。”

永诚知道她是出于至诚，因此并不觉得她的话刺耳，仍虚心地洗耳恭听：“你原来奉行的那一套，在堡子里可能好使，但到了公社就不一定好使，甚至可以说肯定不好使。公社大小是个机关，机关机关，那里是摆弄机关的地方，你这种太直太实的性格必须改变，否则很难适应，说不定还会栽跟头。要知道像老侯那样好心眼的人是极少的，可遇而不可求。你可要珍惜这个机会，谨言慎行，为自己争取个好前程，也为老侯争点面子。”

对凌波的谆谆告诫，永诚知道她是一片好意，可心里仍有点不以为然，感到她有点小题大做，危言耸听。我不惹是生非，别人会主动调理（方言，陷害的意思）咱吗？但他心里这么想，没好意思说出来。临走前，凌波拉开抽屉，从里面拿出一支钢笔递给永诚：“你那支友联给我了，你去公社正用得着钢笔，把这支白翎送你吧。

这是我爸去丹东制笔厂办事时人家赠送的。”永诚没有推辞，爽快地接下，仔细揣进上衣口袋。

今天永诚留着右边倒的学生头，上身穿着八成新的学生蓝布人民服，下身穿着半旧黑色趟绒裤子，脚蹬黑色松紧带板鞋。比起冬天初见时那身臃肿的棉衣裤行头清爽干练了许多，可见人靠衣裳马靠鞍。凌波逗他：“人逢喜事精神爽。你这身打扮有点公社小干部模样了。再抹点头油，就成了《艳阳天》里的马立本了。”

“你还拿我逗咳嗽。”说着他不和凌波恋战，出了门，怀着初次踏上工作岗位的喜悦，蹬着二八“白山”牌旧自行车向公社奔去。

永诚一到公社就去找侯站长，侯站长领他去见办公室宋主任，宋主任让食堂管理员老阮带他把行李卷放到宿舍。公社大院呈口字形，前面一排房子正中是大门，左右两侧是各部门办公室；公社领导在后趟房里办公，靠西头的两间连通做会议室；东厢房是食堂和人保组；西厢房是广播站、交换台和宿舍。永诚的宿舍就在西厢房的最北头那间。他进屋时，看见靠东的炕头上放着一个包着绿军毯的行李卷，他就把自己的行李卷放在炕梢。老阮告诉他，同屋的是公社朱副书记，永诚一听和领导住一起就不得劲，问老阮别的屋子有没有空铺，挤点也没事。老阮说：“别的屋子都住满了，没有地方。让你和老朱住一块，是因为他年纪大了身体不好，你要时时处处多照顾他。”永诚听老阮这么说，也就不好再言声了。

到了广播站，侯站长领他见过了广播员谷鸣、话务员贺艳芬、电工刘启民。“这是你今后工作中常接触的几个人，大家要互相帮助。”回到老侯办公室，他说，“今天安排你和朱书记住一个屋，这里有故事，我不好多说，你可要多长个心眼。”

昨天晚上，永诚对新的工作设想了种种可能，对工作环境和人际关系有种种憧憬，但是他做梦都想不到，工作上的事情没什么出乎预想的，却在不曾留意的睡觉上遇到了疑难。

“机关机关，就是摆弄机关。”凌波的提醒再次响在耳边。看来还是人家城里人有经验，咱们乡下人进机关还真得小心。

永诚的本职是报道员，可是头一天并没让他写稿子，却有个新奇的工作在等着他。刚放下行李卷，老侯就对他说，人保组组长徐兆雄找他谈话。永诚毫无思想准备，一听这话就头发根发奓，不知徐组长为什么会找自己。想向侯站长讨个底细，侯却说："这事我一点不知道，听说是党委亲自定的。但有一点你放心，肯定不是你有什么犯法的事儿。"

县里的斗批改工作队正在天宝屯公社搞斗批改，最近查出公社党委副书记朱玉发有严重问题，归结起来就是，在选调知青回城和保送工农兵大学生时勒索财物，强迫下乡女知青和回乡女知青和他发生关系，还把一个回乡女知青娘俩都睡了。论起资历朱玉发可够老的，1946年八路军刚到东北，正读国高三年的他就参军了，那时像他这种洋学生在土八路中就是秀才了，新兵培训一结束就分到营部当文书，随四野部队从关外打到海南岛，到1952年驻军在武汉时他已经是团政治处主任了。

他小时出天花，脸上留下几个浅皮麻子。人说十个麻子九个俏，这话至少放在他身上是准确的。他参军前就在家里结了婚，入伍时孩子都两岁了。可他先后和军区文工团一个女演员、师部医院一女护士、地方纺织厂一女干部乱搞关系，闹得满城风雨，两次受到党纪和军纪处分。这位女护士的哥哥是军区政治部的一位师级干部，在他的鼓动下，部队终于将朱做转业处理，回到老家安排为县委常委兼工会主席。可他迷恋长头发的业余爱好仍坚持不辍，手中又有点权力，几乎每年都发展几个新对象。为此几次受处分，职务一降再降，到现在已经从副县级降到副科级，行政级别也由十五级降到十八级，但由于部队干部比地方同职务的高一级，老朱在部队时是副团，和地方县长同级，因此他的级别至今仍比公社书记高两级，按照官场规矩，工作中书记也要敬他三分。最夸张的是，"四清"时他已经降到东枣峪农场任党委书记，在为作风问题挨批斗的休息空当里，他竟找到尚未暴露的老情人之一——食堂的女炊事员在小仓库里打了一炮。不幸被去仓库取调料的食堂管理员发现，被捉了个现行，作为顶风作案的典型被辽南地委通报批评。职务也降为副科级。他有句名言："我也知道这么干不好，可是上边管不住下边啊!"他靠十几年转战大江南北娘子军的实绩，为自己赢得了一个"骚猪"的大号。

斗批改工作队知道他是个老运动员，久经江湖，这些事情又都没有第一手证据，不好直接采取措施，只好迂回侧攻。手段之一就是将他软禁起来，白天工作队员找他谈话，晚上让一个人和他住在一起，变相监视。让机关外边人和他住一起吧，情理上说不通；让机关内部人吧，工作组又怕通风报信不放心。正在工作组左右为难的时候，梁永诚来报到了，领导认为他是新来的机关干部，安排和朱副书记住一起名正言顺——让年轻人照顾老同志嘛。梁永诚初来乍到和朱素不相识，不会有通风报信的危险。

当然徐组长不会跟他讲这些细情，永诚真的以为自己的使命就是照顾朱书记。公社党委书记在永诚心目中是很大的官，过去看他这样的人很神秘，想不到今天竟和他睡在一铺炕上，心里还有点自豪呢。待永诚吃过午饭走进宿舍时，朱书记正倚着铺盖卷蜷起双腿当桌，垫着一本《红旗》杂志写材料，见他后停下笔，主动和他打招呼。随口攀谈起来，得知这个乡下土小子的来历后，立刻明白了他的使命，同时也意识到小伙子还被蒙在鼓里。

一连几天，永诚白天在广播站上班，公社开会他参加，公社领导下乡他也跟随，发现新闻线索就写成稿子，除了本站广播外，还投给县广播站和市广播电台和报社。不下乡时，他中午偶尔回住处，看见朱书记仍在屋里写材料，或者倚着行李卷抽烟沉思。当时他心里纳闷儿：这个领导怎么不去办公室上班呢？就连吃饭也是由炊事员送来。朱书记白天不离屋，晚上又常常夜不归宿。难道他做地下工作吗？怎么昼伏夜出呢？

他心里憋闷，又不好向别人打听。在食堂吃饭时，炊事员老霍头带着坏笑说："小梁啊，你可是高干待遇啊，一来就和书记睡一铺炕！不过你可得小心点，别叫他把你忙活了。他可是'骚猪'，劲儿大着呢。"这哑谜弄得永诚一头雾水。

也是在食堂吃饭时，永诚看见三男两女在小食堂吃饭，不和公社干部一起吃。从老霍头嘴里他才知道这几位是县革委会派来的斗批改工作组。把这几件事联系起来，永诚隐隐约约感到朱书记的现状和斗批改工作组的到来有某种联系。

昨晚写稿熬夜，半夜永诚回宿舍时朱书记不在，早上他睡过了站，醒来时还没等起来，朱书记推门进来了，永诚瞥见他身后跟着两个工作组的男同志。待那两个人离去，朱书记一头栽在行李卷上，低声感叹："真他妈受不了啊！车轮战术啊！"

永诚见他脸色晦暗，胡子拉碴，眼角上夹着眼屎。永诚拿起暖壶给他倒了杯温开水，朱书记欠身接过咕咚咕咚灌了下去。永诚要去食堂给他打饭，他说吃不下去，只想睡觉。下午永诚正在写稿子，政工组董组长来叫他，说是朱书记的老婆和闺女来看望老头子，让永诚回宿舍盯着点，董组长特意叮嘱："听他们说些什么，尤其要注意是否有暗语，更不能让他们传纸条。"

永诚走到宿舍门口，见一位五十多岁的大婶和一位三十来岁的中年女人站在门外，人保组的"孙斜眼"在旁面陪着，那分明是监视。永诚一到，董组长就对那两个女人说："进屋吧，让小梁陪着。"老妇用讨好的语气说："好的，好的。"

一进屋，老婆女儿看见朱书记失魂落魄的样子，不约而同抽泣起来。朱书记见她们突然来到，愣神之余也有点心酸，不过没有掉下泪来。老婆说，她经过多次和工作组联系都不让来探望，最后托街道居委会主任找县革委会里的熟人关照才同意。说着她拉开黑色人造革提兜的拉簧，拿出鸡蛋、蛋糕和罐头。闺女从缝在左右胳肢窝下面布袋里拿出两瓶辽滨产的迎宾牌白酒。听说，朱书记的老伴是街道居委会副主任，女儿在百货商店当售货员。

她往外掏酒时，转头看了永诚一眼，生怕他检举或阻止。刚才在外面人保组"孙斜眼"只检查了手提包，没搜她的身，当然没发现两瓶酒。朱书记看出女儿的顾虑，小声说："没事，小梁是个好孩子。"这话分明是说给他听的，小梁果然只好不吭声。老伴为了讨好永诚，拿起两个鸡蛋塞给他，他红头涨脸地推了回去。他知道此刻自己是多么让这一家人膈应，要不是董组长的交代压着，他真想推门出去。他这工夫比当事人还难为情，知道自己天生不是干警察的料，这种时候拿不起脸，下不去手。这可能就是毛主席批评的小知识分子的软弱性和动摇性吧？

女儿把酒瓶塞在爸爸的行李卷里：“这是从咱们商店库房里翻出来的，七八年了。”永诚分明看见，她给老朱递鸡蛋时，掰开蛋壳朝爸爸努着嘴，永诚瞥见蛋壳里夹着一张纸条。他装作没看见，只是咳嗽一声，提醒朱书记，千万别让别人发现。老伴一边抹眼泪一边宽慰老头子：“摊什么事磨什么事，你千万别想不开！遇事往宽处想，你又不是头一回。唉！”老伴这话里既有同情又有怨恨。

“这回和以前不一样，以前都是生活作风问题，这回扯上政治问题了！闹不好就是现反。”

“‘现反’？怎么还挂上政治问题了?!”闺女比妈妈更吃惊，她知道‘现反’的分量。

“说来话长，我尽量扛吧，哪打铧子哪卸犁杖吧。”

“爸，你千万挺住！”闺女饮泣嘱咐。这时“孙斜眼”在外面催她们马上离开。

看着妻女的背影，永诚看见朱书记的眼角渗出泪花。

吃过晚饭，永诚坐在炕沿上背倚炕墙看郑加真的《江畔朝阳》。朱书记主动和他唠嗑：“小梁啊，今天的事大叔从心里往外感谢你！”

堂堂的公社副书记和自己称大叔，还真诚地感谢自己，大出永诚的意料，他明白朱感谢自己的原因，按私说是帮忙行方便，从公说是舞弊骗组织，因此不知道说什么好，只能报以微笑。朱抽着“握手”牌香烟，语重心长地告诫他：“你是个实诚人、厚道人，在社会上不能吃大亏，可是也不能滥发善心。如今这社会政治无处不在，连日常生活都政治化，好像是突出政治，其实是把政治庸俗化，很多事都反常，违反人情事理，扭天别地，人人心里反感，却又人人口头拥护，大伙都生活在虚假之中。你千万别去赶这个浪头，凑这份热闹，安分守己，踏实做人。

“以我五十来年的经验看，中国这种局面不会长久维持下去，现在可以说是民不聊生，各地大同小异。社会必须要来个大变革，要不然就会出问题的。你爱看书这是个好习惯，千万要坚持下去。只要社会变革，机会就多，年轻人要抓住机会，改变自己的命运。我也是庄稼院的孩子，就是抓住了东北光复后的机遇参了军，要不然现在也是个庄稼人。有句名言：机会总是偏爱有准备的人。你要自觉地去准备，一旦遇到机会才能冲上去。你现在的准备就是多读书，多向老年人请教。凡是老年人都有一些人生阅历，尤其那些解放前在外面住过地方的，见识更多。读万卷书，还要行万里路，更要阅人无数。只要你有真才实学，早晚会有出路。你现在有这么个工作，还不是因为你文笔好吗？但是你不能满足，要有点大志向，我看你早晚有点出息。最后提醒你一点，无论何时何地都不要得罪人，得交人时就交人，多个朋友多条路，多个冤家多堵墙。领导表面都喜欢打小报告的人，你千万别这么干，其实多数领导对这种人只是利用，并不真的喜欢。领导选女婿绝不选这路货。

“天老爷是公平的，对任何人都会给一两次机会，关键看你自己能不能抓住。”

永诚听了朱书记的这番教诲，认为这是对他白天关照他们一家的回报，虽然隐隐约约感到有点不合时宜的意味，可是分明能体会到老人对自己的关切情谊。他认真聆听，不时点头。他心里暗自思忖：这些话为什么不能在大庭广众公开说呢？朱书记说得对，如今真是个虚假的社会，和莫斯科广播电台的那篇评论算得上异曲同工。

永诚家乡有段民谚“四大香”，说的是回笼觉、二房妻、三鲜饺子、清炖鸡。永诚半夜起来撒了泡尿后回屋睡起了回笼觉，很快进入梦乡。他和凌波正在望海楼上听莫斯科广播电台，突然公社人保组的“孙斜眼”闯过来，抓起半导体就往地上摔，永诚过去阻拦，还没等他到身边，只听啪嚓一声脆响，半导体就变成了碎片。他连心疼带气愤，大声骂起来，两手挥舞要去打“孙斜眼”，不觉间把被子掀起来，把自己惊醒了。他没等睁开眼睛，耳边传来咣当一声脆响，接着又是扑通一声闷响。这下子他真的彻底醒了，睁开眼睛，屋里漆黑一片，伸手拉灯绳，灯却不亮。他霍地坐起身，拿起枕边的手电筒。光柱里朱书记倒在地上。脚下是只倒扣的脸盆，房笆上吊着的灯头没有灯泡，正在晃荡。他立刻意识到朱书记可能是触电自杀，立刻光脚跳下地，把昏死的朱书记抱上炕，然后穿上鞋跑到广播站值班室，叫醒电工换上保险丝，合上电闸，院子里顿时恢复光明。他又跑到值班室叫醒崔文书，说明情况，崔文书赶紧叫公社卫生院马上派大夫来。

永诚回到屋里，崔文书提醒他保护现场，这工夫住宿的公社人保组徐组长、斗批改工作组人员全都来了，经过现场勘查，确认朱书记是光脚踩在装水的脸盆里，将灯泡拧下，然后把右手中指插进灯头里，触电的同时连通了零线和火线，引起保险丝熔断。他的右手中指都烧煳了。在大家猜测的同时，工作组组长说了一句："他这是自绝于党和人民，向工作组示威！"在场的公社干部都用惊讶夹杂同情的目光看着朱书记，对工作组人员流露出不屑。

大伙正议论，卫生院的大夫到了，一共来了三位，他们马上抢救，听了心脏，打了强心剂，认为没有生命危险，这才用担架抬往卫生院。

朱书记在卫生院治疗一个礼拜，出院后直接就被县人保组带走了。由于他以自杀向党示威，恶性升级，最后以"现行反革命"罪被判处无期徒刑。

"骚猪"最初以迫害下乡女知青的罪名被审查，最后为什么会落个"现行反革命"的罪名呢？后来从小道消息才得知缘由。朱以推荐工农兵大学生为诱饵，睡了公社所在的吴屯大队的知青点点长、鞍山女知青夏卫东。熟不拘礼，两个人在睡觉间歇时唠嗑，小夏问："你在台上做报告马列主义毛泽东思想讲得呱呱叫，什么无产阶级高尚情操，什么革命的人生观，像卖瓦盆似的，一套一套的。可现在却干这种缺德事儿，全是属手电筒的，光照别人不照自己。"

"你算是说对了，我当真人不说假话，咱俩之间不用玩那些哩哏儿愣。"老朱一本正经、推心置腹地告诫她，"小夏，你记住，大小干部在台上基本都是说一套做一套，凡是他们号召的事，他们自己就没做到。你要信他们的话，临死连裤子都穿不上！我参加革命这么些年，对官场的内幕还是很有了解的。就拿男女这事来说吧，许多高干就不知睡过多少女人。县团级以上高干很少只结过一次婚，更不用说婚外情了。部队里流行一句话，一切交给党，身体献首长。"

"我现在就献给你这个首长了。"

"你也不白献哪。马上就变成北大的大学生了，一辈子的命运就发生天翻地覆的改变了。现在大学生稀缺，你将来前途不可限量啊！你别看报纸上天天喊着扎根光荣，可是工农兵大学生百分之九十是各级干部子女，谁不削尖脑袋往上钻？从这里就可看出社会的虚伪。你算是明白人，靠上了我。那些傻瓜只好爬垄沟了，就算将来选调回城，无非当个小徒工或者售货员，有什么出息？"

朱书记的这番"谆谆教导"，在工作组找夏卫东了解情况时，她统统倒了出来。工作组一听，立刻感到事关重大，"骚猪"的问题也由玩弄女知青变成了恶攻，于是乎被定性为"现行反革命"就顺理成章了。

"骚猪"的事在全公社传为谈资，热闹了一个来月。永诚回家时，当父母说起他和朱书记的这段交往。爸爸听了，拍着大腿说："小子，算咱祖上有德，你捡了条小命。"

永诚乍听这话有点摸不着头脑，直瞪着眼睛看爸爸。

爸爸见他还没醒腔，破解道："幸亏你看守他时手下留情，要是过分刻薄，他肯定记仇，要是记仇，临死前不抓你垫背呀？他一个想死的人还有什么顾虑的？他随手拿个什么家巴什儿削你一下子，就算不要你命，也整你个半半昏！"

妈妈也帮腔："看来人不论什么时候还是要积德行善，不管有多大出息都得给自己留条后路。"

经爸爸这么一破解，永诚深感言之有理，不禁暗自后怕。

接着爸爸又提醒他，和朱书记这段交往的实情千万不能对外人讲，要是让公社的人知道了，肯定要吃瓜落。

这时永诚意识到，党委让他暗中监视老朱，其实是把他置于险境。机关机关，真的是摆弄机关的地方。今后更要谨言慎行。

永诚当上报道员不久，公社党委又给他增添了一份工作，给公社的毛泽东思想文艺宣传队写演唱材料。“文革”中特别重视宣传，全省各县都有剧团，主要演样板戏；各公社都有文艺宣传队，演出各类文艺节目和地方小戏。每年省、市、县都举办文艺会演和调演，改革开放时代红遍全国的赵本山、潘长江都是那时候从文艺宣传队开始登上舞台的。

天宝屯公社文艺宣传队从全公社两万多人中选拔了二十多个擅长吹拉弹唱的男女中青年，还抽调了十来个有文艺特长的下乡知青，由从省评剧团走“五·七道路”来天宝屯的原副团长、专工老生的张绍堂当导演，由另一名“五·七大军”辽滨市歌舞团原二胡演奏员何雁鸣当乐队队长。在这两个台柱子的支撑下，天宝屯公社文艺宣传队演出水平在全县名列前茅，多次在省市会演中获奖。

在最近县委宣传部召开的宣传工作会议上，县委领导认为天宝屯文艺宣传队的演出水平较高，美中不足的是没有自己创作的节目，全是学习现成的节目，要求他们增加自编自演的节目。在这种背景下公社党委才想到了永诚。

文艺写作是个零门槛的行当，只要识字似乎谁都可以率尔操觚，要写好却极不容易。永诚对诗歌、散文、小说都尝试过，却从没写过戏剧和曲艺。现在只好现炒现卖。他虚心向张绍堂、何雁鸣请教，把他俩手头关于戏剧、曲艺理论的书和“文革”前出版的评剧剧本《夺印》《小女婿》《茶瓶记》《小姑贤》借回去阅读揣摩，至于样板戏剧本更是烂熟于胸，凭记忆不断反刍。后来他还求凌波找妈妈帮忙，从图书馆里找到几本“文革”前出版的《剧本》和《曲艺》杂志。永诚真正是在战争中学习战争，边学习理论边实践，写出习作就送给张、何二位老师请教、修改。

三大表演体系、戏剧冲突、间离方法、二度创作；十三道大辙、文咳咳武咳咳、锣鼓经、文武场；相声、小品、快板书、数来宝、对口词、三句半、单出头、二人转、京东大鼓、天津快板。一场演出就是一顿精神大餐，必须品种多样，色香味俱佳，才能受到观众的欢迎。永诚被赶鸭子上架，北方常见的曲艺体裁都比量过几下。在各种文艺品种之间不断转换，真的促进了他的总体写作水平。

这次回家经过父母的破解，永诚想起来真该感谢凌波当初的提醒，回公社的中途永诚特意去看望凌波，给她带去一些伏苹果。永诚利用自己既当报道员又当创作员的工作机会，订阅了几份文艺杂志《辽宁文艺》《人民文学》《北京文艺》《朝霞》《解放军文艺》，每次他看后都借给凌波阅读，今天他带来了《朝霞》6月号和《解放军文艺》5月号。凌波翻着杂志说，总体说来还是《朝霞》和《解放军文艺》的质量高些，偶尔有好作品叫人耳目一新。

她拿出上次永诚借给她的、他去省里参加文艺创作培训班发的学习材料，其中一份是陕西业余作者陈忠实写的短篇小说《忠诚》。凌波赞叹："这个作者肯定有深厚的农村生活体验，西北农村生活气息浓郁，这篇小说写得比较有人情味，还隐隐约约写到了爱情，这是现在的作品中前所未有的。"说到"爱情"二字，她不禁微微脸红。

永诚假装没看见，接着话茬说："学习班研讨时，许多老师和学员们都提到了这一点，认为是创作上的一大突破，这预示着今后这类作品会不断出现。据老师说，这个作者是'文革'前的老高三，家在乡下，现在就在当地公社工作。"

"这个陈忠实将来肯定大有前途。你和他的经历很相似啊，你也要向他学习，争取写出这样的作品，不，要超过他!"

"这只是你的鼓励，我不敢有这样的野心。"

"没实现的理想就是野心，实现的就是雄心壮志。男儿当自强啊！不想当元帅的士兵不是好士兵。"

"这是你的盲目乐观。"

"这可是拿破仑的名言啊!"

"是吗？我还真不知道。"

“唉，我们不知道的事儿太多了，这不是因为我们笨，而是我们被封闭了。”

“是啊，咱们别说对天下大事，就是对国内的事了解得也很少，有时知道的还是假相。”

凌波也未能免俗，向永诚打听朱书记迫害女知青的事情。永诚就自己所知如实相告。说到朱书记自杀时自己面临一劫，特意感谢她当初对自己的提醒。听到“骚猪”利用上大学诱迫夏卫东的情节，凌波深有感触地说：“前几天咱们大队也分给咱们点一个上大学的指标，大队罗书记主动问我愿不愿意去，是辽宁大学中文系，我当然愿意去，可是看他那眼神有点不地道，当时就说考虑一下，现在听了‘骚猪’的事，我决定放弃了。”

“你也不要小心过度，见事做事呗，要真的有危险再退出来。”

“真到了那个危险境地脱身就太难了。你不是女孩，不了解女孩的难处。”

“他妈的，这是什么世道，上个大学还得靠当官的把关。连古代的科举都不如。”

“自从李庆霖给毛主席写信后，知青的处境有所好转，可是基层干部利用权力要挟刁难知青的事还是屡屡发生。就拿咱们点来说吧，选调回城、上大学、当兵、入党都得给大小队干部送礼，有的女同学就出卖身体。听下乡到别处的同学说，这种情况各地都差不多。”

“天下乌鸦一般黑呀。咱们大队也有这类事，有个鞍山女知青还和民兵连长结婚了，就是半逼半骗把生米做成了熟饭。有些女的也真是贱，见个芝麻官也拍马屁，卖身也没卖出个好价钱。”永诚说着真的有些生气了。

“无欲则刚。虽然我也渴望上大学，可终究不能不择手段啊。好在还可以回城，总不能拿尊严换学历啊。”

“你们下乡知青的前途总比我们回乡知青好些，所以你们还是要感谢毛主席给你们的特权啊，千万不能不领情，反而心生怨恨。”

“前途和尊严，这真是个两难的选择啊！想不到我也面临着哈姆雷特式的两难选择。”凌波眺望着窗外湛蓝的天空，两眼露出茫然的神情。

永诚爱莫能助，站在一边默默无语，心中真后悔告诉她“骚猪”的事。

永诚说起自己给文艺宣传队写演唱材料的体会，凌波顺口说想去报考。她嗓子好，还会拉手风琴，应该大有希望。永诚知道她喜欢文艺，可以出头露面，同时也可和自己经常见面。不过冷静思考后，他还是建议凌波打消这个念头。他说：“你眼下在大队当广播员兼团支部书记，不用参加重体力劳动，可是去文艺宣传队，不是排练就是演出，有时还要劳动，比在大队还辛苦。你在文艺上也成不了名角，不必赶这个时髦。最主要的是，知青选调回城或保送上大学，名额都是按大队分配。你不在大队，和干部社员不常接触，推选时就容易吃亏。”

“你说的办法对人民有好处，我们就照你的办。”凌波用毛主席的话回应永诚，同时感叹，“人的感情和理智往往矛盾，你说的道理我之前也想到了，可还是有那么点虚荣心在作怪，想着出风头。”

“你倒是勇于严格解剖自己。女孩子爱虚荣是人之常情，你能认识到就好，关键是要能克制自己。究竟是诱惑还是机遇有时很难判断，要不然怎么说当事者迷呀。”

“我拿定主意了，不去宣传队凑热闹了——回城才是终极目标。”

永诚见凌波真的改变了想法，这才放心离去。

四

永诚虽然只是个十八岁的乡下孩子，可是既然到了公社上班，就算是公社干部。除了要完成本职工作之外，还有个重要任务就是要配合中心工作，不时下乡包队。下乡对他来说最头疼的不是开展工作和参加劳动，而是吃饭。那时公社干部到大队工作都是吃派饭，就是每顿饭去一家，早晚饭给三两粮票两毛钱，午饭给四两粮票三毛钱。下乡一天公社补助五毛钱，自己贴两毛钱，比在公社食堂吃三顿饭省三四毛钱。为了避免派饭社员家找不开零钱的尴尬，经侯站长提醒，永诚下乡前特意去供销社换些毛票和一二两的粮票。

到社员家吃饭，永诚最怕埋汰。有的人家太邋遢，锅头灶脑尘垢遍布，盘碟碗筷污迹斑斑，一看这些就没有了食欲。有一次他到一家吃晚饭，主妇刚给拉完屎的儿子用苞米皮揩过腚，转过身连手都不洗就给他盛菜。这顿饭永诚只吃了盘心的一点菜、一碗饭就撂筷了。

永诚也是庄稼院孩子，卫生习惯比不上城里人讲究，可是也不能容忍过分埋汰。妈妈常说，笑破不笑补，旧衣裳也要补得糊糊连连的；庄稼院缺钱不缺水，吃穿用的东西总得擦洗干净。

吃派饭时还有一点使永诚深感窘迫，那就是遇到讲究人家，主人陪你吃饭，家里的大姑娘小媳妇站在炕前地上陪侍，随时添菜盛饭，让他臊得头都不敢抬。

这次永诚和果树助理刘志顺去塔峪大队包队，任务是贯彻落实省、市、县逐级部署下来的推广哈尔套经验，割资本主义尾巴，具体就是督促大队全部没收社员家的开荒地，并且毁掉地上的庄稼。

在开会布置时，大队和小队干部都表示为难，作为基层干部，他们都有一些觉悟，既然上级号召没收开荒地，他们也只好服从，不过大家对必须毁掉开荒地上的庄稼还是想不通，很多人有抵触情绪。他们都是农民，对庄稼的爱仅次于自己的孩子，现在让他们毁掉长势茁壮的高粱、苞米和地瓜，他们怎能下得了手？

刘志顺传达完公社党委的指示后，要求大伙马上落实。大小队干部都表示为难，说现在每年每人三百六十斤毛粮，一多半是晋杂5号高粱，最多出七个米，就是靠瓜菜代也囫囵不了肚子，只好在边边旯旯的地方开点荒，这是公开的秘密，几乎家家都有点，包括大小队干部。有两户地主富农家不敢开荒，饿得扛不了，跑到北边外了。第三队队长曾昭祥说："就算是开荒地不符合上面的政策，没收归集体不就行了吗？干吗非得毁掉庄稼呢？"

曾队长说完，旁面另一个队长和几个社员也随声附和。成物不可毁坏，砍掉这些庄稼你不怕做损啊？

“是啊。曾队长说得有一定道理，咱们只没收地不毁掉庄稼不行吗？”种过庄稼的永诚打心底不赞成毁掉即将成熟的庄稼，他知道公开反对是不行的，现在见曾队长打了头炮，其他几个人又溜缝，他就跟着敲起边鼓。

刘志顺正骑虎难下，对群众虽然不满，终究不能过格，现在见永诚随帮唱影，立刻找到了突破口，指着他的鼻子呵斥：“好啊你个梁永诚，你人小胆子大！你身为公社干部，面对大是大非，不但不和错误倾向做斗争，反而带头反对上级决定，这不是反党吗？”

“老刘，你这不是扣大帽子无限上纲吗？”

“不是我给你扣帽子，是你自个儿找帽子戴！你不配合我的工作还唱反调，这不是瞧不起我的问题，这可是对党委决定的态度问题。你等着，叫你吃不了兜着走！

“堵不死资本主义的路，就迈不开社会主义的步。不砍掉这些庄稼，到秋天肯定又叫他们捋把回家了，那不是半截子革命吗？不来点狠头的怎么叫割资本主义尾巴呢？公社党委知道这个工作有难度、有阻力，现在宣布纪律，谁不执行，就地免职，开会批判！”

人随王法草随风，在高压之下没人再敢言声，最后决定就拿三队先开刀，叫作典型引路。

散会后马上行动，全体大小队干部都拎起锄头、镰刀一起往三队奔去。三队在村东头，从上面许堡淌下来的小沙河沿着东山脚蜿蜒北去，在河与山脚之间有一连串大小不等的河湾，都是荒滩，长满蒿草，偶尔有几墩榆树蒌子、刺叶子丛和酸枣棵子。三队的社员就着地利，先后在这里找土层厚的地方开荒。第一个开拓者是大队电工裴贵锋。那时有套嗑：腰别三块铁，谁也不敢惹。说的就是他这样的角色。有打头的，就有跟二的，接二连三，这条三里长的弯弯曲曲细如裤腰带的河滩就花花搭搭开出了大小不等的荒地，最大的有二分，最小的有一铺炕大。赶上多雨年头发大水，哪块地撞上水头，连地带庄稼都给拉走了，庄稼人只好自认倒霉。也有心眼细密的，不在河边开荒，而到山里找块沟膛子开垦，阴山背后，不易招风惹草。

这片开荒地在村边，果然招风惹草，这不，刘志顺就拿它开刀了。大小队干部一行十多个，没到河边就招来男女老少围观，听说要砍开荒地上的庄稼，事关每家每户的切身利益，不用招呼，很快闻讯的人就不断拥来。

刘志顺瞄准一块面积最大、长势最好的苞米地奔去。这工夫苞米已起身了，甩出了粉莹莹的红缨，杆上结着一个或两个棒子。他指着这片庄稼对大伙说：“你们看看，这苞米叶子黑油油的，差不多全是双棒；你们再看看那片生产队的苞米，黄皮蜡瘦的。真是公私分明啊。不堵死资本主义的路，就迈不开社会主义的步。这话千真万确呀！”说着他挽起袖子，“还看什么，赶紧动手！”话到手到，他抡起手中的镰刀，咔嚓一阵就倒下一片苞米棵子。民兵连长指挥几个基干民兵也随着砍伐起来。二队长出于看卖呆不怕乱子大的心态，拿着铁锹开始挖旁面地里正在鼓蛋的地瓜。

就在这工夫，只听人群外一声喝骂：“我肏你妈！我跟你们拼了！”人随声到，只见人圈外冲进一个壮汉，抡着铁锹就奔民兵连长而去，一锹头拍在民兵连长后背上，连长一头栽在苞米地里。

来人乃是这块地的主人、大队电工裴贵锋。他正在大队粮谷加工厂修电辊，听说公社来人砍他家地里的苞米，这个赤红面子的复员兵立刻热血涌头，拽起加工厂的铁锹就飞奔而来。

民兵连长被打倒了，大伙立刻停了手。

刘志顺一看裴贵锋在他面前就敢动手打人，简直不把他这个公社干部放在眼里，当时也蹿火：“你太猖狂了，无法无天了！”喝令民兵，“赶紧给我把他绑起来！”可是他忘记了一点，“文革”中虽然假大空和极“左”横行，可是“革命”的风暴从首都吹到千里之外的乡村已衰减了不少，“文革”后期老百姓对阶级斗争那一套早就疲沓了，再加上宗族势力的牵绊，干部的呼唤并不很灵验。

就拿眼下来说吧，老裴家在村里是大姓，势力很强，他又是电工，属于实权派，大队干部对他都高看几眼。在这种情势下，尽管刘志顺喝令民兵绑老裴，可是没有一个人动手。

刘志顺作为一个公社干部在老百姓跟前栽了面子，恼羞成怒，气得像只大肚蛤蟆。但他知道眼下不可恋战，在社员面前他占不到便宜，便转变思路，马上回公社报告，让党委收拾倒向社员的永诚，发泄心中的怒气。

刘志顺走后，永诚就料到他回公社是搬援兵，自己凶多吉少，但他以为主凶是裴贵锋，自己顶多算个群众尾巴，最坏挨顿批评，大不了写份检讨。可是幼稚天真的永诚乐观地估计了形势，万没想到一场大祸正从天而降砸到他的头上。

河滩地上的风波暂时平息，永诚回到大队部，大队田书记意味深长地说了一句："小梁啊，你太年轻了，初生牛犊不怕虎啊！"唠了几句闲嗑他就走了。下半晌下起雨，永诚只好坐在大队部看报纸和《红旗》杂志消磨时间。屋里只有老会计徐大爷陪他。心里烦闷，没有胃口，永诚没去社员家吃派饭。徐大爷家自留地就在大队部跟前，他去掰了两穗苞米，在灶门里烧熟给永诚充饥。他看着永诚狼吞虎咽，感叹道："现如今的政策怎么全是扭天别地？专和老百姓对着干，生怕庄稼人吃上饱饭。谁替老百姓说话谁倒霉。彭老总就是吃了这个亏。"

永诚第二穗苞米还没啃完，就听院子里汽车喇叭响。这是公社绝缘电器厂的汽车，是辽滨市锻压机床厂在厂社挂钩时支援给公社的旧"解放"。开车的阮少奎家是芹菜沟大队的，和永诚家所在的苏堡相距三里地，同在阳关学校毕业，比永诚高一年级。他爸在公社食堂当管理员，直接为领导吃喝服务，他借老子的光，七年级毕业后进了公社绝缘电器厂，后来熬上了司机。

听诊器，方向盘，跑供销，售货员。这是当时百姓心目中的上等人，可见阮少奎早已混成了人上人。听说社办厂、公社卫生院、供销社都有姑娘追他。他是公社一级的高干子女，对梁永诚这种纯粹庄稼院的孩子侥幸混进公社机关当上事业干部，打心眼里不服气。这工夫更是拿斜眼瞅他，满脸洋溢着幸灾乐祸的波纹。看到从副驾座位上下来的是公社人保组的"孙斜眼"，永诚已料到自己凶多吉少。

“孙斜眼”用冷淡的口吻对永诚说：“马上跟我回公社！收拾你的东西，不用回来了。”五分钟后，永诚和徐会计打了声招呼，被挤进驾驶室中间，夹在阮司机和“孙斜眼”中间。四十来分钟的车程，三人没说一句话，只有雨点打在驾驶室顶棚上的嘭嘭声。

傍晚六点多永诚被“孙斜眼”押进公社书记贺显权的办公室。贺是本县柳屯公社柳屯大队人，1958年当兵，1962年复员，安排在沙岭公社武装部工作。1969年县里成立革委会，贺的姐夫由当地驻军的某团政委派到县武装部任部长，兼任县革委会主任。从此贺显权便借光高升，青云直上，从公社武装部长到革委会副主任，到党委书记。换一个公社升一级，去年来到天宝屯公社任书记。

他带来个秘书叫宋振家，此人家住县城，1965年考入县一中，转年赶上“文革”，他带头造反，脸黑心硬，对校领导和老师说打就捞，靠老师的鲜血染红自己的袖标，混上了学校红代会主任，不久就熬上县红代会副主任，十六岁就入了党。1968年成为首批知青，下乡到柳屯大队。宋当过学生干部，又是党员，下乡后也被选为知青点点长。贺显权的爸爸是柳屯大队党支部书记，宋振家把他拍得滴溜转，1971年就首批选调回城，安排在街道办事处当文书。后来宋振家得知贺显权日渐得势，特意带上礼品回到柳屯拜见老支书，通过贺父调到贺显权身边当秘书。他脑瓜活，嘴巴巧，上支下派，左右逢源，把贺显权伺候得舒舒服服，带他走过三个公社，现在已提升为公社党委办公室主任。

永诚被“孙斜眼”押进贺书记办公室时，贺和宋早已严阵以待。贺书记端坐在办公桌后，宋秘书坐在办公桌左面，桌前摆着稿纸和圆珠笔，分明做好了记录的准备。此前二人正在抽烟，聊着闲篇，见永诚进来，立马不约而同地站起身，同时把半截烟在烟灰缸里摁灭。贺书记对孙说：“小梁是机关同志，没问题，你回人保组歇着吧，有事叫你。”

贺书记和颜悦色地问永诚：“下午刘助理回来跟我汇报，说你在塔峪大队的社员面前公开反对公社党委割资本主义尾巴的决定，支持落后社员和党委对着干，还顶撞刘助理。我作为领导，也不能光听他的一面之词，现在也想听听你的意见。毛主席说了，没有调查研究就没有发言权嘛。”

永诚事先也有了一些思想准备，当即回答：“贺书记，我觉得刘助理有点夸大事实，我再怎么幼稚，也没有胆量、没有理由反对公社党委的决定，更没有反对割资本主义尾巴。”接着他从头叙说了事情的经过，最后说，“我是庄稼院孩子，从小就干农活，稀罕庄稼，也同情庄稼人，总觉得把就要成熟的庄稼毁了太崩心了，所以就附和了曾队长的意见，说了几句。”

“我也是庄稼院出身的孩子，照你这么说，我做这样的决定就是不珍惜庄稼了？就是不同情贫下中农了？县里和省里做这样的决定就是违背社员意愿了？”贺书记的反驳似乎入情入理。

“照你这么说，好像就你对贫下中农有感情，贺书记和各级领导对贫下中农就没感情了？”宋秘书不失时机地贴边溜缝。

“我知道作为机关干部不能做群众尾巴，我也同意没收开荒地，只是认为地上的庄稼收归生产队就行了，没有必要毁掉。”

“毛主席说革命不是请客吃饭，不是绘画绣花……革命是暴动，是一个阶级推翻另一个阶级的暴烈行动。你这套小资产阶级小知识分子的温情主义是很危险的。

“你喜欢文学，看过不少大书和电影吧？战争年代咱们八路军、解放军炸毁过多少敌人的铁路和桥梁，烧过多少敌人的粮仓和弹药库？你能因此说他们不爱惜老百姓的东西吗？”

“贺书记，他们炸的烧的都是敌人的东西啊，咱们现在毁掉的是集体的东西啊。”

“你这是阶级路线不清啊。如果我们保留开荒地，留下这些东西，表面上好像社员得到一点好处，但实质上就是帮了阶级敌人的忙。你和刘助理争论，实质是让阶级敌人看笑话，客观上是为阶级敌人摇旗呐喊、站脚助威。你的认识很危险啊！”

“贺书记现在只说你是认识问题，而没有说你是立场问题，这对你已经是很宽容了。你可不能一错再错、执迷不悟。”

“你家三代贫农，社会关系清白，你爸还是土改时期的老党员，我是根据这些尽量挽救你。当初我同意调你来公社上班，也是考虑到这些。你要深刻认识自己的这次错误的严重性，灵魂深处爆发革命。”

“贺书记，你刚才说到八路军、解放军对敌人的物资尽量破坏，可是我知道当年红军打土豪分田地，也是把地主老财的家产分给穷人，而没有一把火烧了，也没把地主田里的庄稼给毁了。”

“你这完全是诡辩!”贺书记脸色陡变，一拍桌子，嗓门高了八度，“不怪刘助理说你这小子尖头鱼脑就是难剃，看来你不仅是认识问题，而是阶级立场问题了。

“你想过没有，如果因为你的阻拦，全公社没收开荒地工作从此停顿下来，将造成多么恶劣的影响?这个重大的政治损失你能承担得了吗?”

“政作民之所恶，这是做领导的大忌。”

“你少跟我转文。你这是借古讽今。省革委会做出的指示你都敢抗拒，还污蔑为民之所恶，你这是明目张胆地恶攻!”

“贺书记极力挽救你，你却负偶（隅）顽抗，你小子真是不可救药!你天上的乱子不惹，惹地上的乱子，你已经滑向危险的边缘了。作得紧死得快你知道吗?”宋秘书边鼓敲得及时到位。

“他这不是作不作的问题，而是阶级立场问题。我知道你平时就爱看封资修的东西，果然中毒不浅。看来你主动跳出来是阶级斗争的新动向，是毛主席说的资产阶级捣乱失败的逻辑所决定的。”

接着他郑重其事地说：“现在看来，对你挽救已经无效了，必须采取革命的铁手腕。”说着他对宋秘书说：“你记下来——我代表公社党委宣布，从现在起给你梁永诚办‘死班’!”

永诚知道，自从毛主席发布“办学习班是个好办法，许多问题可以在学习班里得到解决”的指示，各级各类学习班层出不穷，花样翻新，许多成为拘留、法办的代名词。办死班则是最严重的一种，相当于被拘留，失去人身自由了。

面对这些大而空的革命性批判和斥责，永诚说真话不敢，说假话不肯，只好沉默以对。他事先已经想到结局不妙，但没承想会严重到办死班的程度。

不容他多想，宋秘书已经电话叫“孙斜眼”过来了，安排把永诚关进人保组的小黑屋。

公社后院有块长方形的园子，足有一亩地。栽着几棵苹果、山楂，树下是菜园，种着应季蔬菜。西北角是厕所，东北角有三间瓦房，是“一打三反”运动时专门给人保组盖的。东头一间是人保组审讯室，中间是门厅，西头一间是拘留室，大伙俗称小黑屋。

永诚被推进小黑屋，“孙斜眼”随手拉开电灯开关，屋顶一盏十五瓦落满苍蝇屎和灰尘的灯泡发出昏黄的光。“孙斜眼”说：“你就老实实在这屋里待着。吃饭会给你送来。拉屎撒尿窗台根底下有个胶皮桶。有事咱们会找你。”说完转身离去，从外面锁上了房门。

过了好一阵，永诚的眼睛才适应黑屋的光线。借着雾蒙蒙的灯光，他开始打量这个自己的栖身之处。这间小屋窗户全部用铁皮栅板封死，窗台下戳着一个用旧汽车外胎做的胶皮桶，算是马桶吧。这东西不怕屎尿沤浸，真称得上物尽其用。北地上有半铺土炕。土炕上的里角胡乱堆着一床油渍麻花、散发恶味的旧被子。

永诚这一天也没吃好喝好，精神又紧张，现在最坏的结局已经出现，心中反倒坦然了。神经一放松，困劲立刻上来，他一头扎到炕上，枕着破行李就睡了起来。

第二天上午九点多，“孙斜眼”把永诚带到隔壁的审讯室，人保组组长徐兆雄开始对他审讯。办事员小郇记录。徐兆雄是本公社靠河寨大队人，当了三年义务兵，复员回乡当了社员。他伯父在县人保组任副组长，把他安排进去当临时工，两年后占用知青选调名额转为全民所有制工人，又以工代干成为人保组正式工作人员，去年派回老家公社当上人保组长。人保组的全称叫人民保卫组，是“文革”中取代公检法的专政机关，其名称有点学习当年苏联全俄肃反委员会的意味。

永诚到公社机关上班快一年了，机关四十来人也都认识，和人保组三个人虽然谈不上有什么交情，至少也算熟人。他到公社上班第一天，就是徐组长给他布置了暗中监视朱书记的任务。以后永诚还为他们写过两篇报道。这些人不怪是吃专政饭的，翻脸比翻书还快，此刻三人见到永诚，像见到陌生人一样，一副警察打他爹——公事公办的嘴脸。不但不让他坐着，甚至还给戴上了手铐。

徐组长按照惯例问了永诚的自然概况和事情经过后，让他深挖阶级立场根源。

“你是公社机关干部，到下面包队，本应贯彻公社党委的决定，你却反其道而行之，和党委的决定唱反调。割资本主义尾巴，没收开荒地是省革委会的决定，是毛主席的侄子毛远新在哈尔套树立的典型。你这不但是反对公社党委的决定，而且是反对省、市、县革委会的一系列决定，更是公开反对毛主席的革命路线，和党中央对着干，是彻头彻尾的反革命！”

“你这是无限上纲，乱扣帽子。我从来没反对没收开荒地，更没反对割资本主义尾巴，只是不赞成毁掉地里的庄稼，我认为应当把庄稼收归生产队。”

“你以为你代表贫下中农吗？其实他们并不同意你这么做，你实际上代表的是地富分子的利益。”

“毛主席说没有调查研究就没有发言权。你这么说有什么依据？你敢去塔峪大队搞无记名投票吗？如果多数社员同意毁掉庄稼，我就低头认罪。秋天打下粮食归集体有什么不好？解放军不是一切缴获要归公吗？也没说把战利品都毁掉了呀。”

“你这是诡辩，是小资情调，搞资产阶级温情主义，搞阶级调和。《人民日报》早就说了，堵不住资本主义的路，就迈不开社会主义的步。可见党中央真是英明，而你却要给资本主义留一条活路，阻挡社会主义的步伐。”

“你不要动不动就用资产阶级吓唬人，你不要忘了，我家三代贫农，社会关系也都是贫下中农，我跟资产阶级毫不沾边。”

“你出身贫农不假，但你的思想已经变质了。宋秘书说了，你老爱看封资修的书，灵魂已经被腐蚀了。”

"我看什么封资修的书了？你有什么证据？"

徐组长面对永诚的质问，无言以对。他只是宋秘书的传声筒，确实不知道永诚看过什么书。他平时从没看过封资修的东西，现编也编不上来。为了掩饰自己的理屈词穷，他咬着牙发狠道："你不是要证据吗？你等着，我一定给你找出证据来，到时候看我怎么收拾你，看你还敢不敢嘴硬？"

于是这场审问草草收场。

此后，一连两周都没人搭理永诚，这十多天他真是如坐针毡、度日如年。人家越不找他，他心里越没有底。他头两天只想自己的事，琢磨公社领导会从哪些方面找他的毛病。他估摸了一番，仅凭所谓抵制割资本主义尾巴这件事，顶天给他辞退回家。如果要想加重处罚必须另找材料。他们会从哪里下手呢？

自己没做过违法乱纪的事，心里自然有底气。最担心的就是自己的日记本，里面有些不合时宜的心里话，一旦被他们发现可就说不清楚了。这些日记本放在家里，爸妈都是庄稼人，没有文化，我突然出事，他们想不到把这些东西藏起来。一旦被他们翻到可就证据确凿了。莫斯科电台说过，公安检查通信，发现问题都可以专政，日记更容易惹祸了。眼下我在这里失去自由，里外不通音信，只能凭天由命了。

想到父母，永诚就觉得对不起老人，自己年轻莽撞引祸上身，给父母带来痛苦，在堡子里一定觉得抬不起头。人随王法草随风，老百姓都是跟屁虫，只要你被官家关起来了，大家就会说你不好，难道政府还能抓好人吗？加上亲戚盼好、邻居盼倒的民俗，更会有些人幸灾乐祸。想到父母为自己着急上火，想来看自己又不可能，永诚恨不得扇自己几个嘴巴子。他一有烦事闹心，后背就像过电一样簌簌发热，有热流从里面通过。多年后他才知道这是人在受到强烈刺激后迷走神经的应激反应。不到两天嘴丫子就生疮，嘴唇爆皮，眼眵也抓不开了。

这天刚吃过早饭，"孙斜眼"就来提审永诚。到了人保组审讯室，徐兆雄冷笑着对永诚说："大秀才，你的好日子到了。你不是说我拿不出证据吗？这回我拿到了铁证——要你命的铁证！"

永诚一听这话，好像他拿到了打人的家巴什儿，心里不由得咯噔一下。莫非自己最担心的事已经被他们发现了？他正等待徐组长的下文，不料他却说："恭喜你！高升了！咱们这个庙小，装不下你这个大神仙了，今天送你进城了。你不是嘴茬子厉害吗？到城里去辩论吧。"

徐说完，"孙斜眼"给他戴上手铐，推他走出审讯室。永诚十多天没见阳光，冷不丁站到太阳地儿下，刺得眼睛睁不开，眯缝了一阵子才适应了室外的光线。"孙斜眼"和徐组长押解着永诚走到前院，这时他才看清，一台军绿色帆布篷北京吉普正停在院子里，公社大院几十号人围在四周，都在看着这场免费的西洋景。永诚眼角瞥见老侯也站在人群里，当两人目光对接时，分明看见老侯眼中流露出担忧的神色。他突然意识到，自己是老侯介绍到公社机关来的，现在咱惹祸了，会不会牵扯上老侯呢？想到这里，永诚不由自主地朝着他轻微点头致意。

围观的人们大多流露出嘲讽的神色，刘志顺更是一副毫不掩饰的幸灾乐祸的嘴脸。刚开始永诚还有点羞愧神色，可是一见到这些小市民的势利面孔，立刻怒火中烧，想到鲁迅《药》中那群长脖子被向上抻拉的群鸭，心中默念起"带镣长街行"的诗句。

徐组长和站在吉普车旁的两个人嘀咕了几句，"孙斜眼"把永诚推进吉普后排座。永城上车才看见，后座左边早坐着一个年轻人，穿着没戴领章帽徽的绿军装，腰上的皮带上分明带着枪套，露出乌黑的枪柄。车下的另一人跟着挤上后座的右侧，把永诚夹在中间，另一个跳上驾驶座，吉普轰然驶出公社大院。永诚平生头一回坐这么高级的车，没想到竟是在当"犯人"的时候。

到了县人保组，不给永诚任何喘息的机会，马上开始审讯。主审者是穿着没戴领章的四个兜军装的三十七八岁的前军官，听口音是河南人。此人开口就给永诚来个下马威："梁永诚，我正告你，这里是无产阶级专政的机关，你的问题已经由人民内部矛盾转变为敌我矛盾了。本着坦白从宽抗拒从严的原则，给你个机会，让你主动交代罪行，争取宽大处理。"

"我除了反对毁掉开荒地上的庄稼之外，没有什么罪行，不知道交代什么。”

“你个那狗熊，你不要跟我要滑头，不要想蒙混过关，我们不拿到确凿的证据就不会把你关到这里来，你不要有侥幸心理。”

“我不是心存侥幸，根本就没有什么犯罪事实。”

“你还敢跟我嘴硬。实话告诉你，五六十岁的犯罪分子，各式各样的惯犯，态度顽固的反革命分子，我见过的多了，最后都败在我的脚下。你个屌毛都没长齐的小奶光子还跟我打马虎眼，这不是找死吗？”

永诚只好沉默。

“你个齐孙，我给你最后五分钟，再不主动坦白，就让你尝尝无产阶级专政铁拳的厉害！”

时间在沉默中消逝，河南人一拍桌子：“来人啊！”

从外面进来两个壮汉，架起永诚就往外走。趔趄在走廊里，映入眼帘的是白墙上用红漆写的一行大字：“这是什么地方？你是什么人？到这里干什么？”字迹已经斑驳陈旧，估计是“文革”前写的。这是全国监所机构都有的口号，意在给关进来的人一个精神下马威。这口号暗含的意思就是，这里是监狱，你是罪犯，到这里要老实改造。如果不服，哼，马上叫你领教！

到了走廊尽头，顺着台阶走到地下室，把他塞进一间拷问室。那两个人把永诚上衣脱光，绑在一个十字形的木架子上，双臂张开。改革开放后永诚才在杂志和影视上多次看见耶稣的画像，当时他的情状和受难的耶稣很相似。他的对面是个半米高的角铁架子，上面固定着一台电动机，电动机的转轴顶端焊着一个自行车车圈，车圈上铆着两根二米来长的三角带。两个人把永诚绑好，一人在旁面看着，一人走到墙角推上电闸，电动机立刻旋转起来，带动自行车圈同速旋转，铆在车圈上的两根三角带也跟着飞转起来，沿着切线方向噼噼啪啪抽打在永诚的前胸上。好像一根根火筷子烫在皮肉上，火辣辣的刺痛传遍全身，他不由自主嚎叫起来，最后索性破口大骂。

他想起看过的《红岩》《小城春秋》《野火春风斗古城》，国民党和日本人对共产党人用各种酷刑拷打，想不到这些人也照样搞刑讯逼供。此时愤懑占据他的全部身心，随着鞭打的持续，疼痛已经变得麻木。

电动机有三挡转速，管电闸的警察见慢速永诚不屈服，于是又换成中速；脚下的木架子带有滑道，变速的空当里，身边的警察又把永诚活动了点位置，好让三角带抽打在与刚才不同的部位上。毛主席说农业的根本出路在于机械化，现在农业没实现机械化，中国的刑具倒先实现机械化了。可见专政机构无论在什么时候都是优先发展。随着三角带更加密集地抽打在皮肉上，上一次疼痛还没消失，下一次疼痛紧接着覆盖上来，几分钟下来，永城的全身已经麻木，人也疼得昏了过去。临昏过去前，他的脑海中忽然闪过林彪说过的一句话：专政就是绞肉机。

第二天那个河南人仍然继续审讯永诚。他见用引诱、刑罚都撬不开永诚的口，这回只好直接甩出杀手锏："梁永诚，看来你是要和无产阶级专政死扛到底了。你以为我们是毫无根据地冤枉你吗？现在我给你引引路——我问你，你认识凌波吧？你们俩算是好朋友吧？至于有没有不正当男女关系暂且不论，咱们现在先说政治问题。"

"认识。"

"你觉得你的恶攻行为别人都不知道，其实……哈哈。我告诉你，人心隔肚皮啊。你小子虽说有点小水平，还是有点毛嫩哪。在无产阶级专政的铁拳面前，别说她个小姑娘，就是惯犯也得乖乖投降。"

"她说我什么？"

"她说你什么？哼，她说你恶毒攻击样板戏，诅咒伟大领袖毛主席。你这不是恶攻是什么？是最典型的现行反革命！"

河南人说完从抽屉里甩出一个塑料皮日记本和几张信纸。永诚不用看就猜测到，人保组的人得知凌波和自己关系密切，于是找她威逼利诱，凌波交代了自己曾经跟她说过对样板戏《智取威虎山》的批评，同时说出了自己爱写日记的习惯。因此他们就去自己家翻出日记本，企图找出更多的罪证。

“这都是你自己写的，白纸黑字，你还敢抵赖吗？

“你看看这篇：1974年5月23日，今天是毛主席《在延安文艺座谈会上的讲话》发表三十二周年，现在的文艺创作越来越偏离讲话的方向，走向极端。全国只有八个样板戏，其实样板戏也有不足之处。比方说《智取威虎山》，解放战争时期解放军的军装不是红帽徽红领章，可是少剑波却唱出‘一颗红星头上戴，革命红旗挂两边’。这明显违反生活真实和历史真实，是百密一疏。可见对样板戏也不能迷信。

“你看看，你看看，你小子多狂妄，竟然连样板戏也瞧不起！样板戏是‘文化革命’的旗手江青同志亲自抓的，毛主席充分肯定的，你竟敢反对。这不是恶攻是什么？”

“这确实是我写的。我对《智取威虎山》提出一点意见，并不等于是反对样板戏。毛主席不是号召我们实事求是吗？你当过兵，你说解放战争时，解放军是少剑波那样的军装吗？”

“艺术源于生活高于生活，你懂什么？你还杀猪吹屁眼假装明公！”

“高于生活也不能细节失真，这是创作的大忌。”

“越说你还越逞能了。就冲你这牛逼哄哄的口气，就该收拾你！你娘勒个脚。”

“言者无罪，闻者足戒。”

“你还他妈的狡辩。你这是批评吗？你这是恶毒攻击！样板戏千锤百炼，那么些高级编剧不如你吗？亲自把关的江青不如你吗？”

“你这么讲我当然无话可说。我从没认为比江青高明，只是智者千虑也会有一失啊。”

“好了，我不是跟你开辩论会，我是在对你核实证据。

“再看看这篇，最近的，1976年8月4日，近一时期，中央一再宣传新陈代谢是自然规律，无产阶级是乐观主义者，坚信共产主义一定能胜利。这种宣传一种内在的意思，如果说白了就是，即使毛主席不在了，无产阶级还是要革命的，并且一定取得胜利。这暗示：毛主席最近的身体一定不太好，让全国人民精神有准备，一旦毛主席逝世，不致引起混乱。《红旗》杂志上的文章，引用唐诗‘芳林新叶催陈叶，流水前波让后波’，更是寓意深远，极少有人能听出这弦外之音。

“你听听，字里行间毒汁四溅，你对毛主席的刻骨仇恨跃然纸上！你这不是恶攻是什么？你奶奶个腿！太恶毒了！

“你出身贫农，你家土改才分了房子分了地，你凭什么这么仇恨毛主席？你还有良心吗？”

“我当然热爱毛主席，我只是判断他老人家身体不好，为他和国家担心。”

“你个山沟的小毛孩子，还敢判断毛主席身体不好。你算老几？太不知天高地厚了！你这分明是诅咒毛主席。”

“人固有一死。这是毛主席说的。”

“到这节骨眼你还嘴硬，可见你的反动真是深入骨髓了。”

那个河南人说：“你是煮熟的鸭子就剩嘴硬了，我看你还能硬几天？不管你怎么诡辩，这两篇日记是你亲笔写的吧？”

“是我写的。”

“你承认就好办，别的你说破大天也没用，你再会说也救不了你的狗命。你有本事找马克思辩论去吧。”

说完，他指令记录的手下拿着审讯记录本让永诚签字、按手印。他左手拿着记录本，用右手手背敲着说：“小子，你的小命就在这里面了，你等着吧。”说完扬长而去。

县人保组的监房比公社的小黑屋条件好些，是木床。西北角有个蹲坑厕所，可以冲水。南墙靠屋顶处有个一尺见方穿着钢筋的小窗户，光线和空气还算可以。

这次审讯过后，永诚知道自己的命运基本定局了，最少是无期，很有可能是死刑。十八岁的青年就面临死亡，心里终究无法平静。他首先想到的是凌波，是她出卖了自己。可见女人是祸水确是千古真理。尤其城市女人更是靠不住，想不到自己竟然栽在朋友手中。堡垒最容易从内部攻破。世上最毒妇人心。这些名言果然都在自己身上应验了。可是当知道自己吃亏上当时已经晚三秋了。书到用时方恨少，话说错时才嫌多啊！

狱中不知时光转，只窥日影熬岁月。

五点半晚饭时照例是伙房的那个黄瘸子送饭到各个监房。俗语说三年大旱饿不死厨子，这个黄瘸子在伙房当管理员油水充足，在百姓普遍填不饱肚子的年月竟然吃出个将军肚！听说他老家也是天宝屯公社的，四十多岁，当过铁道兵，在施工中受了伤，被评为伤残军人，复员安排进了县公安局。文化不高，腿脚又不便利，只好干点后勤工作。

今晚是苞米面窝头和土豆白菜汤。他打开永诚门上的小窗，给他舀了一碗菜汤。永诚发现今天给他盛的菜汤比往日明显稠了许多，有半碗白菜和土豆丝，接着又递给他三个窝头。按照定量每人是两个窝头，今天怎么多了一个？

在看守所里是不能乱说乱动的，永诚心里疑惑但嘴上没敢吱声。只听黄瘸子小声说："你个小崽子真是人小心大。看来你可能捡条小命了。"说完他挑起一头装着菜汤、一头装着窝头的两只水桶颠着脚走了。

听着黄瘸子没头没脑的两句话，永诚脑袋变成了闷葫芦，躺在板铺上翻起了烙饼。他猜不透黄瘸子突然对自己表示同情的原因，虽说有同乡的缘由，但在亲不亲线上分的当下，最大可能还是有政治成分。

永诚正在蒙眬中，突然听见走廊里响起急促的脚步声，他从门上递饭口的缝隙往外看，只见走廊里突然站着两名荷枪实弹的战士，估计是从驻军借调来的。他正琢磨突然派来解放军的原因，脑海里倏然闪过一个词——如临大敌！

事情反常，必有蹊跷。他不由得联系起黄瘸子晚饭时的表现，这两件事有没有内在联系呢？被关押的人神经都格外敏感，蓦地，一个念头如电光石火从脑海里闪过：莫非毛……？

好像为了及时回答他的疑问，看守所里的大喇叭突然响了，里面传出看守所政委的声音："所有在押人员注意了！所有在押人员注意了！所有在押人员注意了！现在广播重要通告，今晚八点中央人民广播电台《各地人民广播电台联播节目》将广播重要新闻，全体人员必须认真收听，收听过程中不许乱说乱动，如有违反，从严惩处！”

听到预告，永诚更相信自己的判断了。这是永诚被关进来后第一次听见广播，这声音立刻把他的思绪带到工作了数月的公社广播站，站长侯大哥的音容笑貌浮现记忆中。眼前也闪过农田基本建设大会战工地广播站的情景和凌波俏丽的身影。此刻想到她，胸口一阵阵痉挛，胃里不禁恶心。他正心绪烦乱，哀乐突然撞击耳膜，今天的哀乐似乎比周总理逝世时更低沉。没等他回过神，夏青浑厚磁性的嗓音已传到耳畔：中国共产党中央委员会、中华人民共和国全国人民代表大会常务委员会、中华人民共和国国务院、中国共产党中央军事委员会极其悲痛地向全党、全军、全国各族人民宣告……

永诚长长地出了一口气。他不由得想起胡风的名句：时间开始了！

许多人都有自己的幸运数字，永诚的幸运数字是12。因为9月12日永诚被无罪释放，18日参加了县革委会举办的悼念活动，收听了中央电台对北京追悼大会的实况转播。他事后得知9日16时中央电台首次广播了讣告，于是黄瘸子示好、军人加岗就有了答案。

他多年后在一本杂志上看过一篇文章，说12是两位数里能被1和自身之外的个位数整除四次的数中最小的，即能被2、3、4、6整除，因此12被称为活数字。虽然这种说法有文字游戏的成分，但是永诚却至今坚信12是自己的幸运数字，毕竟12给他开辟了活路。

经济北伐以来，受港澳文化影响，吉利数大行其道，8更是大受欢迎，带8的车牌号、手机号曾拍出天价。可是永诚却从不买这个账，从一而终只喜欢12，他的手机号、银行卡都托人刻意弄个尾数是12的号码。这个数字与他后半生的命运都紧密相关。

五

太原火车站出站口，一套高级黑色裙装的凌波站在永诚面前，不用介绍两人都互相认出了对方。将近四十年的岁月改变了彼此的容颜，基本轮廓和眉眼还是有迹可循。永诚伸出右手，凌波没有接握，而是直接来个结结实实的熊抱，泪水立刻落在他的衣领里，滴在他的脖颈上。三十六年的分离隔膜，青涩岁月的恩怨情仇，都在这泪水中融化了。

坐上凌波的保时捷，永诚说："看来你算是改革开放的受益者啊!"

"是啊。这一点我从不否认。如果否认就是没良心，就对不起邓大人。尽管谁都不是随随便便成功，都有个人打拼的成分，可是对他给提供的宽松的经济环境我永远都感恩。你在苏堡当'钱广'刨点药材卖都担惊受怕的年代，怎么能指望中国出农民企业家呢?"

"可这些本来就是人人应该享有的基本权利啊。"

"你还是那么书生气。"凌波换个委婉的口气说，"这话从理论上讲是没错，就像高考一样，受教育也是人的基本权利，可是'文革'十年就给你剥夺了，你不是也要在山沟里猫着吗? 千百万知识青年不也得忍受吗? 如果不是恢复高考，你可能今天还是个普通农民。"

"是的。千万学子，尤其老三届都特别感恩邓小平。"

1977年冬永诚高考跳过龙门，第二年3月入学前夕，凌波来苏堡送行，他闻讯急忙从家里后门溜出爬上后山，让她吃了个闭门羹。在愤青永诚的心目中，此时的凌波就是美女蛇、狐狸精，她背叛了两人的友谊，他终生都不能原谅这个恶毒的女人!

傍晚永诚回家后妈妈告诉他，凌波在永诚出事后不久就选调回辽滨市锻压机床厂上班了。去年冬也参加了高考，成绩已够大专线，因为有心脏病、高血压体检不合格被刷下来了。她听说永诚考上了大学，特意从辽滨赶来送行。不料热脸贴上个冷脊背。他听了有几分幸灾乐祸："哼，她这种小人就该遭报应!"

妈妈立马叱责他："年轻轻的说话嘴上要积德，就算她有对不起你的地方，已经三番五次赔礼道歉了，你还要怎样? 不能得理不饶人，杀人不过头点地。再说赶上'文革'那个倒霉年头，她个小姑娘能有什么法子?"

理智上永诚知道妈妈说得有理，可是感情上让他再接受凌波是永远不可能的。她给自己的伤害太深了，真正是心灵的创伤! 当年在大学里读卢新华的《伤痕》，他几次暗自饮泣。

永诚在网上看到许多文章，讲述在历次政治运动中，面对利害权衡，有的为了自保，有的为了往上爬，也有的上当受骗，许多女人揭发自己的丈夫或恋人，致使其备受磨难，有的甚至被迫害致死。看到这些事例，永诚相信，在政治上绝大多数女人是幼稚而愚蠢的。有鉴于此，他对凌波当年损人不利己的蠢行便多了几分理解和宽容，但绝不是原谅。他始终坚持鲁迅的观点：一个都不宽恕！

时间能改变一切。三十六年后的今天，面对人到中年的凌波，他当初的誓言已经灰飞烟灭。三十六年，不平凡的三十六年啊，中国发生了天翻地覆的巨变，中国人真正从思想上获得了解放，你我他都经历了多少酸甜苦辣，人到中年，人生重新开始了。

酒桌上，凌波坦言：“对我而言，你在明处，你这些年的情况我基本都知道。你的手机号就是跟侯殿礼大哥要的。尤其1999年3月看了央视《东方时空》对你报考最高人民法院大法官的采访，我才知道你搞法律了。哎，那次你怎么没考上？”

“还不是让这个头耽误了。”

“可见天下不嫌你个矮的人不多啊。”

“你算第一个——除了爹妈外。”

“哈哈！你终于说了句实话。浓缩的都是精华啊。好在现在出息人的路子很多，只要有真本事，扬长避短，干什么都能混出个名堂。”

接着凌波介绍了自己这三十多年的轨迹。高考因体检不合格落榜后，她念了个电大经济系，电大毕业后和厂里的车间主任胡大个恋爱结婚，婚后生了个儿子。20世纪80年代中期工厂开始搞承包，他丈夫承包了一个车间，几年间就挣到了第一桶金。到了朱镕基当总理时，国企都卖了，锻压机床厂让一个副市长的朋友买去了，谁都知道这个朋友就是副市长的白手套。后朝不用前朝人，她和老公双双下岗，买断了工龄。好在他们手里有了第一桶金，利用辽滨的地利养起河蟹。养蟹场稳定后，凌波又另起炉灶到海城西柳搞起了服装。胡大个在经商过程中认识了一个山西煤老板，得知挖煤挣大钱，就到山西开煤矿，几年工夫就成了亿万款爷。

这时西柳服装被南方服装冲击得日子难过，凌波把门市兑了出去，到太原和朋友共同开办金昌盛歌城。有煤老板的需求，金昌盛真的是繁荣昌盛，占地约四平方公里的地界摆满几十家歌厅，成为亚洲最大的娱乐城。到了这里人们才会形象深刻地理解纸醉金迷、声色犬马、歌舞升平、肉林酒海、莺声燕语、狂蜂浪蝶这些形容词儿。老板官员抢着往这里送钱，这样的生意想不发财都难。作为股东之一凌波也赚得盆满钵满。

两口子摽着劲挣钱，儿子也成家立业了，给爸爸当副手，家业蒸蒸日上。没想到胡大个也未免俗，在外面乱搞女人。凌波在金昌盛天天接触大款老板官员，对这种人间浑闲事已是见惯不惊，五十来岁了，她就装聋作哑，心里有坎表面平。

不承想，胡大个岁数越大越发疯狂，去年又和银行一个大学毕业不久的姑娘好上了，姑娘图他给套房子好结婚。姑娘的男朋友是刑警，不久就发现了蛛丝马迹，那天在新房子里把二人抓了个现行。胡大个有钱就任性，大骂小警察是狗子，还扬言要官场的哥们扒了人家身上的那张皮。小伙子热血涌头，掏出随身携带的警用匕首就和胡大个清算了情仇，最后给自己挣来个死缓的结局。

凌波这次找永诚来，就是帮她处理遗产和善后事宜。

这两个月永诚就成了凌波的私人律师，在她的授权下查清了胡大个公司和他个人的债权债务，并查明他确实有个十三岁的私生女小禾，用凌波儿子的血样和小禾做了亲子鉴定，兄妹相见竟然十分亲近。

胡大个父亲去世多年，只有个老母亲。凌波分得遗产的一半，又和婆婆、儿子、小禾平分另一半。她是公司的控股股东，接任董事长，授权儿子任总经理负责日常经营。

凌波主动从自己的财产中拿出四百万，给二奶和三奶各二百万，让二奶养老，让三奶去澳大利亚留学。她对三奶说，你还年轻，在太原不好嫁人了，到国外拿个学位，换个身份，找个好小伙子吧。以后有难处就找姐。三奶和她在首都机场洒泪而别。

凌波对二奶说，虽说小禾跟你生活，但她以后的生活学习费用都由我来管。公司里的股份等她成年了，任凭她支配处置。

胡大个母亲不爱来太原，凌波找了个当年在锻压机床厂工会的小姑娘、如今的中年主妇当保姆，每月给辽滨当地双倍的工资。凌波说只要她能尽心尽力照顾老太太比啥都强。

胡大个一哥一弟一姐，他们都没权利分遗产，可是凌波每人送了一百万元，他们毕竟是老胡的同胞手足啊！

永诚面对凌波的大气磊落，打心眼里佩服。

凌波说："我都五十多岁了，对人生早就看开了。我现在已经是亿万富婆了，要那么多钱干什么？人没有钱不行，光有钱没有情也不行，那样的生活有什么意思？有钱又有情，那才是完美的人生。"

忙了两个月，永诚和凌波都心力交瘁，现在告一段落，凌波说："我得请你出去走走，咱俩都放松放松。"

永诚说："山西紧挨着陕西，就去那里看看。陕西我只去过西安，这回去别的地方逛逛。自从看了柳青的《创业史》、杜鹏程的《保卫延安》、路遥的《人生》、陈忠实的《忠诚》和《白鹿原》，听了那么些陕北民歌，对陕西好像很熟悉很有感情似的。"

"你对文学的爱好真是深入骨髓了。我理当奉陪。"

两人逛了几天西安城里和周边的景点，吃了羊肉泡馍，喝了黄桂稠酒，又特意上了很少有人去的白鹿原。漫步在白鹿原上，自然聊起曾经在这一带生活过的陈忠实。凌波问道："还记得咱俩在会战工地一起看陈忠实《忠诚》的情景吗？"

"怎么不记得。那是我参加《辽宁文艺》培训班发的内部辅导材料，在那时创作教条横行的背景下，陈忠实就写得清新朴实真实。现在知道这篇作品的人极少了，他自己也许都忘了呢。"

"好像还隐隐约约写了爱情。在那个虚假泛滥、阿庆嫂江水英柯湘都是女光棍的年代算是很大的突破了。"

"你那时就断言，这个作者将来一定能写出名著，他果然写出了《白鹿原》，算得上改革开放以来最好的长篇了。"

“作家能写出一本流传后世的书就可以告慰平生了。李小林当年评价刘亚洲的处女作《陈胜》时就说过，写出一本书和写出一本好书永远都是质的差别。这句话本身就足以流传后世。”

“她以公主级的身份能选中刘亚洲，算得上刘的知音了。论起女人的眼光，我感觉在这一点上你不输于她。”

“可以不谦虚地说，我看人还是有点眼光的——看你不就很准吗？唉！可惜啊……”

“你现在不是很好吗？我在赚钱上肯定不如老胡。”

“人生并不是光有钱就幸福啊！”

自从出来旅游，在宾馆、在景区凌波几次主动亲热，永诚都没有积极响应。他坦诚地说：“如今这社会风气十分开放，尤其在男女关系方面比起西方国家都有过之而无不及。我对这些都已经理解并适应。逢场作戏也玩过，情人也有一两个，可是咱俩的关系和这些相比有质的差别，基调早已奠定，那是青春和生命的记录，不能用轻慢的心态来亵渎。我这次来见你，只是为了恢复青春的友谊，但绝不想恢复恋人关系。时代促成了我们的关系，也改变了这种关系，我们只好服从命运的安排，不要勉强。”

凌波知道永诚的性格，只好叹气随缘。

永诚见这个话题不便深谈，忙转换话题：“可惜没带来那份辅导材料——我还收着呢，若不然可以拜访陈忠实请他签个名了。”

“陈丹青不是说过吗？成天追星要签名的人自己很难成为名人，是没有出息的表现。”

“可见我是难有出息了。”

“我记得你不是要写个长篇吗？现在怎么样了？”

“写完了，还在打磨中。只是有的地方不合时宜，很难出版。”

“你就是个不合时宜的人，你就不会改改吗？”

“我已经改不少了。你没看出来吗？”

“表面上是改了许多，可骨子里还是……”

“这就是本性难移吧？再说了，我全都改了还是我吗？”

“是啊是啊，你要活出自我。外圆内方，这样也挺好。你的性格很适合做律师，受束缚较少。”

“现在我挺相信性格决定命运这句话，所以也是按照自己的性格选择了这份差事，至少可以维持温饱，精神也稍有自由。”

“所以我说你活得挺潇洒啊。”凌波话题一转，“以后你就给我们公司当顾问吧，不单管法律事务，重大决策都得帮着参谋。”

“朋友一场，红颜知己，理应尽力。”永诚学着英国绅士的模样右手放在胸前，躬身施礼，逗得凌波哈哈大笑：“爱卿免礼，平身。”

回到宾馆吃晚饭时，两人商议下一步旅游行程。永诚说：“西安周边都玩了，去陕北看看吧。一是看延安，毛主席毕竟在那里住了十多年，再顺路去看习总书记插过队的梁家河，重温下你的知青岁月。也看看高红十创作《理想之歌》和路遥《人生》描绘过的地方。”

“你的旅游内容总是充满人文情怀，我理当奉陪。”

“哎，咱们可别把关系弄颠倒了，是我陪你，不是你陪我。你是老板，我只是公司法律顾问。好了，明天就按我的建议去梁家河吧。”

凌波拿出手机，调出收藏夹里的知青歌曲集锦，很快房间里就飘起歌声：

山丹丹那个开花哟
那个赛朝霞，
延安那个窑洞
住上了北京娃。
漫天那个朝霞
山坡上落哟，
北京那个青年在
延河畔上安下家，
安下家。

二人站起身，并立落地窗前。窗外夕阳辉映下的西北蓝天，白云舒卷，院子里的树木展叶吐绿，满眼大好春光。

1998年5月4日初稿，2018年7月23日修改，9月15日定稿

现　管

国庆节前夕我受报社指派，去采访国宝公司老总洪运生。洪老板50多岁，是全国知名的民营企业家，本市唯一的全国劳模，曾是全国党代会代表。为了使专访出点彩、人物丰满些，我除了在公司对他进行采访，还打算了解他的业余和家庭生活，为此约定周日去他家看看。

走进洪老板别墅的客厅，迎面撞进眼睛里的是张一米多长、半米多宽的横幅彩照。背景是在电视里早已熟悉的人民大会堂主会场的主席台，两边各五面红旗簇拥着中间的金色党徽，上面的横幅是“中国共产党第十三次全国代表大会”。画面上有50来人，右下角的一行字对照片的内容做了简洁的注解：××省出席党的十三大代表团合影，1987年10月28日。

“这张照片可是来之不易啊！”洪老板见我对照片感兴趣，一落座就发了句感慨。他边递茶水边说：“别看你当记者走南闯北，见多识广，这照片的来历你可猜不到。套句你们报纸上常用的词儿：要说起这事，还有段小故事呢。”

洪老板以前去北京旅游时进过人民大会堂，但这次以全国党代会代表身份迈入会场感觉超爽，尤其作为民营企业家代表，在大会堂东门外受到海内外媒体的追捧，更是一跃成为明星。会议休息时间，一个小伙子来到洪老板面前递上名片，主动打招呼：“洪总——大叔，认识我吗?”洪老板不禁一愣，以为遇到了追星族。眼前的小伙子28岁上下、一米八的个子，两只大眼黑白分明，流露出精明干练之气，两道浓眉，可惜眉梢下垂，虽减英武之气，却添老成之态。白衬衫，黑西服，一个标准的帅哥。他胸前没有代表证，但左耳中塞着个助听器似的东西，扯着一条细电线连到衣服里。几天的开会经验告诉他，这个小伙子是大会工作人员。洪老板看着名片，握着对方伸过来的双手："谷殿忠？看着面恍恍的，一时想不起来了。"

"我是你家立刚的中学同学，圣水寨的，念书时去过你家两回呢。"

"哎呀呀，看大叔这记性。想起来了——你爸在村上当书记。一晃十三四年了，你发实成貌堂堂的帅哥了，你不先打招呼我哪敢认。"

谷殿忠高中毕业没考上大学，当年冬当兵，在部队被选拔到军校，毕业后分到了中央警卫部队，现在是连指导员，这次抽调来做大会警卫工作。"我在报上看咱省的代表名单时就知道你要来，一见面就认出了你，你一点不见老，比那时候还年轻了。"

"当老板了嘛，生活条件好了，越活越年轻啊。"插话的是市委许书记。洪老板忙做引见，介绍小谷和家乡代表们结识。

许书记当场邀请小谷方便时聚餐，叙叙乡情。小谷却偏要尽地主之谊，先请乡亲，并且在钓鱼台国宾馆设宴。洪老板担心他瘦驴拉硬屎——逞强，一个连级干部无法报账，小声说替他买单。他却告诉洪老板不必担心，有老板买单。"别看小侄官不大，萝卜不济长在埂上，多少老板还巴结不上咱呢。"作为见面礼，小谷还主动提出找机会让家乡代表们在会场合影留念。对许多人说来，在这神圣的殿堂参加最高规格的会议是一生中唯一的经历，因此都希望在会场合影或单独摄影留念。但为了维护秩序，大会特别宣布任何代表团和个人都不许在会场拍照。在这种情况下小谷主动提出这一承诺，足见他乡情之深。面对大家的感谢，他谦虚地说："都是家乡的父母官，又有洪大叔的面子，理当尽力。"

许书记说："你的心意我们领了，如果有难度就不要勉强。"

"难度肯定有点，否则就不用我了。正因为严格限制，才更有纪念意义啊。"谷指导员说，"许书记当领导的还不明白吗？什么条条框框都要靠人来执行啊。人情人情，是人就有情。县官不如现管，眼下在这一亩三分地上，我说了算。”他话题一转，“大家不必顾虑，咱这可算不上腐败，什么高难度的腐败我没见过？咱这充其量是行个方便。从政治高度看，咱这是紧密团结在党中央周围，意义深远啊。”这番高论逗得乡亲们开怀大笑。洪老板也笑着附和：“朝里有人好做官，咱这是堂里有人好照相。”许书记感叹：“咱们能在大会堂里合影，真得感谢改革开放啊！”

于是大家现场商定，明天中午小谷带班时，全省代表团早来半小时，让随团的摄影记者给大家尽兴拍照。

“怎么样？这张照片来之不易吧？非常有纪念意义。我出钱给大家各放大一张，底片还保存在我手里呢。”

我问小谷现状如何，洪老板说已是上校正团了。现在两人还经常联系，小谷往洪老板公司先后安排了几位亲属，他妹妹大学毕业后通过许书记分配到了市委组织部。

这张照片确实意义深远啊！

2008年7月15日

信　任

“来，苗律师，我敬你一杯。如果没有你仗义执言，加上高水平的辩护，大姐我在劳改队还得熬两年多，说不定这把骨头就扔那里了！”面对张姐的真情，我只好一饮而尽。

看着张姐花白的头发、憔悴的面容、迟滞的目光，我再一次深切体会到“人心是铁，王法是炉”这句千古名言的分量。劳改队真是最好的减肥馆。一年前还英姿勃发的张姐，经过半年的劳改，体重由120斤减到98斤，49岁的中年职业妇女变成了60岁的老太婆。

张姐是83届渤海财经学院会计学专业毕业生，论起来是早我几年的本校学姐。20世纪80年代大学生可是天之骄子，她毕业就被分配到市税务局。以她的资历和能力，二十多年了熬个副局长绰绰有余，可是至今仍然白丁一个。总结经验教训，她归纳成一句话：太实太直。我虽然对她的经历不十分了解，但估计她的总结基本符合实际，这场由举报本单位领导引来的牢狱之灾就是最好的证明。

皇粮国税是千古不变的通例，但古今中外极少有人打心眼里愿意缴税，因此偷税漏税便屡禁不绝。国地税分设后，地方企业想方设法少缴国税，国税局领导为了维护本地利益，加之为了谋取私利，往往在减免税和退税等方面高抬贵手。这在税务系统早已是公开的秘密。但我们可爱的张姐眼里不揉沙子，出于党性，实名向国家税务总局举报。经过调查，举报的问题属实。于是流失的税款补缴国库，并予经济处罚，相关人员受了处分。张姐受到表彰，上级特别强调不要对她打击报复。

就像为了印证上级的英明预见，表彰会刚开完，分管人事的副局长就找她谈话，局领导为了充分发挥其坚持原则的长处，决定调她到区局监察室工作。她认为这是玻璃小鞋，多次去北京上访。单位又以她无故旷工为由予以辞退。家里被监视，电话被监听。市税务局领导借助市公安局对她多次截访，双方发生冲突，最后以无理取闹、扰乱工作秩序为由，对她收容劳动教养三年。她不服，向法院状告市公安局。就在这时她通过校友找我代理此案。

回顾举报后这一年多的风风雨雨，张姐颇有不堪回首之感："老弟，大姐今天跟你说句心里话，我如果早知道举报会受到这么些打击和磨难，连累父母生病、丈夫下岗、孩子在学校受排挤，自个儿现在孤独抑郁，我说死也不会干这蠢事！"她感叹，"我事先预料到会有官官相护一类的报复行为，但相信中央还是英明的，是真心反腐败的，所以才舍得一身剐……咳，没想到他们竟敢这么明目张胆地报复陷害，更没想到关键时刻上级根本不替我做主。宣传的那些全是骗人的鬼话！"

张姐对我袒露心曲，我也直言相告："你能认识到这一点就算劳改队没白来。"我喝下一口酒，继续发表个人观点，"当今中国官场很腐败，这是众所周知的事实。大小官员对彼此的腐败行为要比老百姓清楚得多，可是为什么没有官员主动举报他人呢？不知大姐想过这个问题没有？"张姐瞪大了眼睛，光张嘴说不出话。我自问自答："因为他们知道，凡是举报他人，自己在官场就混不下去了。所以不到鱼死网破程度，一般不会采取这种极端行动。"张姐听了连连点头。我接着痛下针砭："你为什么会遭打击报复？根本原因就是你没有权。上级已经预见到你会遭受报复，为什么不采取防范措施？我认为最好的防范措施就是提拔你当官，如果给你安排个有实权的职位，谁敢报复你？以你的人品、能力、学历、资历，不说当副局长，当个处长总胜任吧？到哪个区分局当个副局长总可以吧？但是上级为什么不这么做呢？归根结底一句话，是对你不信任！"我把酒杯蹾在桌上，"古今中外，上级选拔下级的首要条件是信任。而你这种人恰恰不被领导信任。你们这些举报者自认为无限忠于党，可事实证明你是一厢情愿，拿自己不当外人。官场潜规则认为，凡是举报者都是对现实不满的人，是程度不同的持不同政见者。因此对你们这种人就只能采取明褒实抑的策略。如果你认为我这是偏见，那么你至少应该承认一个事实：新中国成立以来，随着政治形势的变幻，各级组织部门提拔重用过形形色色的人：愚昧粗鲁的文盲、造反起家的地痞、会背诵老三篇的卖菜大婶、学小靳庄时的农民诗人、白卷先生、改革开放中发了横财的黑道人物、所谓招商引资的忽悠专家，甚至还有三陪小姐……什么阿猫阿狗、人渣王八蛋都有，但唯独没有一个举报者！就我所见，举报者大多正直，能力也不差，比如举报河北省委书记程维高的郭光允，尽管媒体宣传得很风光，但经历和结局很悲惨。

“说起新中国成立后反贪第一案，谁都知道刘青山张子善，可是没有人知道最早揭发他们俩的李克才。李那时就是天津专署副专员，按照老百姓的想法，理当调到中央监察委员会当个中层，以后当个副主任都应该。可是，他一辈子最高职位是沧州地委书记，官方从未宣传过他。可见……”

“啪嚓！”一声脆响把正说在兴头上的我惊醒了。往地下一看，从张姐手中滑落的玻璃杯摔得粉碎，抬头再看她，已是泪流满面。

2008年7月21—22日

平　衡

汤副主任这几天可上老火了，牙龈肿痛，口腔溃疡，扁桃腺发炎，满眼血丝。大夫问原因他当然不好实说，但自己心里明镜似的：就是那一百万元闹的！

老汤是市建委副主任，正主任老齐今年8月“到点”，围绕接班人的争夺战从春节前夕就打响了。如今全中国就是个大工地，各种工程遍地开花。有工程就有回扣，这早已是公开的秘密。用齐主任的话说：“近三十多年中国土地上的工程，除了毛主席纪念堂，全有回扣。谁若不服气，就请中纪委授权给我去查处，查不出来拿我项上人头！”建委主任如此肥差，争夺激烈是完全可以想见的。

老汤虽占地利，但也不敢掉以轻心。他平素就注意和一把手搞好关系，摆正自己的位置，从不越权专权。他深知一把手和副手是质的差别，副手之间是数量的差别，有时无差别，甚至反差别。三把手比二把手还走红的情形也不少见，关键看和一把手的关系。理论上有这样的认识，实践中更是身体力行，因此齐主任对老汤一直很满意。春节去齐主任家拜年，老汤送上个十万的红包。齐主任推心置腹地告诉他，已向市委组织部推荐了他，同时提醒老部下：市委谭书记、组织部凌部长都要表示。趁着春节这个人际关系展销会的旺季，他迅速认真地贯彻落实了齐局的指示。谭书记“八十个”，凌部长和齐局一视同仁。主客观条件俱备，老汤只等转正了。

人算不如天算，不料半路里杀出个程咬金，等到市委组织部来建委宣布时，一把手竟是团市委书记关向南！此事做得密不透风，等大家知道时已是生米做成熟饭了。凌部长在建委全体干部会上阐述选任小关的理由：虽然业务不熟，但是政治过硬，一把手主要是政治领导。背地里谭书记告诉老汤，是省委秦书记亲自向他打的招呼，而秦书记又是按中央某副国级领导意思办的。而那位中央领导是小关当年在部队当警卫员时的首长。可见在中国金钱确实不是万能的。一把手没当上，可投资却无法收回，落个双重憋气，汤副主任心里怎能平衡？

老汤气火攻心，正在看病期间，市检察院反贪局又找上门来，把他软禁在郊区的一家招待所。办案人员告诉汤副主任，有人举报他在多起工程招投标中有受贿行为，让他老实交代。老汤作为建委二把手，在市里领导和一把手吃肉时跟着喝点汤的情况肯定有。但老汤也是在宦海里扑腾过二十多年的"老运动员"，建设口这些年出过多起经济要案，他经常私下总结他人的经验教训，不是一敲即招的软蛋。他对办案人员说："在我这个位置上，在如今的风气下，在工程中被乙方老板请去吃吃喝喝的情况在所难免，甚至偶尔有点带色的节目也只好逢场作戏。但成千上万地拿回扣我确实没干过。一是咱还有点觉悟，再说我作为副手大事做不了主，人家也就不会在咱身上下血本。"他说得入情入理、滴水不漏，办案人员讯问多次他都是这套话，案情陷入僵局。好在办理贪污受贿一类案子，极少刑讯逼供，让老汤心里有了底气。他心中盘算过，自己那几笔大的交易，对方都是靠得住的哥们，他几次让办案人员提示交代线索，都被对方以让他争取主动为理由拒绝。由此可见他们也许并不掌握自己重要的真凭实据，于是拿定主意，说什么也不能主动交代。

半真半假，老汤病倒了。几次要求家属探视，进来两个多月后终于见到了老婆。他告诉老婆自己身正不怕影子斜，早晚会真相大白。身为司法局科长的老婆立刻明白他没供出大事。他反复叮咛老婆，不要因为自己的事背上思想包袱，要主动找有关领导谈谈心！

老婆当晚和谭书记通话，请他过问老汤的案子。谭书记惊讶地说：压根不知此事，表示一定让检察院依法办案，并且在法律范围内尽量从轻。由于老汤坚贞不屈，加上谭书记关照，没到仨月老汤终于平安回家。结论是举报不实，恢复工作。

当晚市检察院佟检察长电话向谭书记汇报了汤副主任案件结案情况。谭书记撂下电话对夫人说：“这回小汤心里该平衡了。”夫人说：“是啊，尽管你是上级，也不要欠部下的人情。虽说没帮上他那个忙，现在帮了他这个忙，我们心里也平衡了。”

2008年7月28日

校　徽

周六吃过晚饭，在宿舍里稍事休息，洗漱后，掐着央视《新闻联播》结束的钟点，我按照下午的电话约定，向导师曹老师家走去。

北京各大学的教师住宅大都建在校园里或附近，20世纪80年代以前参加工作的老师基本都住在校园里，老师们安步当车即可上下班。北大清华校园大些，有的老师骑车往返即可。在大北京，多数人上下班车程在一小时左右，有的费时更多。至于堵车、挤车更是家常便饭。与众多挤车族相比，住在校园里的大学老师们不但节约了大段赶路时间，更免受奔波劳累拥挤堵车之苦，可算作一大隐形福利。

曹老师作为“文革”后恢复高考的77级学生，本硕都在本校就读，毕业后留校，评上副教授时就分到了校园里“核桃园”住宅区的三居室。

我们学校作为一个广播电视方面的专门学院，校园不大，十来分钟我就走到东北角的核桃园小区。我刚敲门，师母柳老师就迎出来。待我在沙发上落座，面前的茶几上早摆好了茶水和水果。我从书包里拿出一个十六开鼓鼓囊囊的牛皮纸信封递给曹老师：“我下午去系办，看见有您的信，就给捎来了。”曹老师接过信，我接着拿出刚写完的读书报告放在茶几上，留下让老师批改。

曹老师拆信从来不撕开封口，而是用剪子剪去一角，再用剪刀裁开封口。柳老师知道老公的习惯，早把裁纸剪刀递了过去。曹老师端详着信封上印刷的单位名称随口念叨：“重庆市渝中区人民政府——我在那儿也没熟人啊。”说着他已经拆开了信封，接着往茶几上一倒，从信封里掉出一个半旧褐色人造革钱包，柳老师一见就惊叫起来："哎哟！这不是你丢的那个吗？"

曹老师几乎和夫人同时惊叹："怪哉！看来有故事了。"接着他从信封里掏出写在三张稿纸上的信，戴上花镜读起来。他一边读信脸上的表情一边变化，我在一旁看得懵懵懂懂。十来分钟后曹老师惊喜地说："小柳，你说得一点不错，这个就是我上周三在重庆火车站被掏的那个钱包，现在那个扒手完璧归赵了！"

"以前听说过这样奇事，没想到还真让你遇上了！"

"天地之大无奇不有嘛，我怎么就不能遇上？来来来，奇文共欣赏，我给你们俩念念这信啊。"

尊敬的曹老师：

当您看到这封信时，已经猜到我的身份了，对，我就是在检票口抠得（注：盗窃）您钱包的那个佛爷（注：扒手）。那天您戴着校徽，我因此知道了您的通信处；您钱包里有张宾馆住宿发票，抬头写着您的名字，因此我才可能把东西寄给您。

我出生在川北一个小县城，父母都是普通工人，高中毕业那年曾经报考过你们学校，可惜我连专科线都没上得，更谈不上进京读大学了。我知道自己不是个念书的材料，只好去广东东莞打工。打工辛苦又不赚钱——资本家的钱可不是好挣的！穷急生疯，我就走邪路了，学会了扒窃。饿死顶风站，穷死不下道。这句话说起来容易做起来难啊！物质决定精神的原理永远是正确的。二十多年的艰难辛苦就不必向您一一叙述了。

那天在车站我看见您戴着红地黄字的大学校徽，再看您那年纪，就猜到您是个教授，兜里肯定有货。您精神头儿也不够用，是个好对付的人，于是我就对您下手了。

回到住处打开您的钱包，才知道里面总共只有372元5毛。常言道穷家富路，您一个堂堂大学教授出差在外，口袋里只有这几个钱，太可怜了！我掏过许多破烂王、站街女的口袋，都比你的厚实。社会上流传"做导弹的不如卖茶叶蛋的"，看来还真是这回事。

如果我当年要是考上了大学，说不定您就是我的老师了。就冲这一点，我才决定把您的钱包退还。我已经告诉我的兄弟伙了，今后不许对戴校徽的老师下手。您以后再来重庆，只要戴上校徽，我保证您财物安全！

曹老师读完信，打开钱包，里面的372元5毛分毫不差，住宿发票也安然无恙。

柳老师感叹："书上读过'盗亦有道'，想不到你就遇上这侠盗了。这是多深的缘分啊！"她说完不由自主地笑起来。

遇到这桩奇闻异事，三人自然议论起来。曹老师感叹："想不到我戴个校徽竟引发这段奇遇。"

"我还老笑话你曹老师迂腐，你看现在大学里，不论师生哪有几个戴校徽的？如果这回他不戴这校徽，人家有心寄还也摸不着门啊。看来戴校徽也有好处。"

"校徽在这个意义上发挥作用，可是出乎我的意料，既可悲又可笑。"

"柳老师的话还真是不假，不但咱们学校，我到北京几个大学去看过高中同学，那里也没人戴校徽——不论老师学生。寒暑假在火车上，大学生研究生川流不息，我也没看见戴校徽的。"

"这个现象值得研究啊！这说明大学生在人们心目中已经不神圣了，读书人自己也没有自豪感了。我们念大学那阵子，大学生多吃香啊，戴个校徽上街会引发很高的回头率，自己牛气，别人更是羡慕。我和你柳老师就是暑假在火车上认识的，彼此的校徽就成了最好的媒介。"

柳老师："想不到十来年工夫，学历贬值得这样厉害。随着市场经济的发展，一切向钱看，大学生再也没有天之骄子的底气了。尤其文科和冷门专业，差不多毕业就是失业，大学生打工多数和所学专业毫无关系。"

曹老师："现在孩子们一进大学，整天想的就是两件事：找朋友、找工作。找朋友是为了消除寂寞，毕业后真能修成正果的少之又少；找工作很少凭本事，更多的是靠家里的关系。

"你看现在的大学校园，哪有我们20世纪80年代那种如饥似渴的学习氛围、昂扬向上的奋斗精神？整天被世俗所包围，没有什么青春浪漫和理想，大学里连周末舞会都没有了。大学已经不是培养社会栋梁的摇篮，而成了技术员工养成所。更可怕的是，好多孩子连一门谋生的技术都没掌握好。"

柳老师："如今大学生已不是天之骄子，知识分子也没有了往昔受人尊敬的地位。在这种社会氛围下，当然就没人愿意戴校徽了。"

我接着话茬："听我们高中校友说，他们入学时学校压根就没发校徽。"

五十多岁的曹老师以饱经世故的口吻说："'文革'期间虽然知识分子被蔑称为臭老九，但老百姓内心对知识分子还是崇敬的，知识分子自己内心也没有丧失家国情怀——政治运动的打击只是外伤。可是市场经济条件下，大兴权钱交易，目不识丁的大款和大官像雨后的蘑菇，层出不穷，三陪女都可日进万元，演艺明星中富姐款爷更是层出不穷。与此相比，知识真的贬值了，老百姓也不再崇拜知识了，读书人的身价真的一落千丈——畸形的市场经济的冲击才是内伤。联系对照这些，校徽从校园消失的现象，就可以得到合理解释了。"

曹老师不愧为大学教授，即使一件生活小事也谈得如此深刻，又入情入理。至少算得上持之有故、言之成理，成一家之言。弟子由衷钦佩。

校徽从大学，乃至从中小学日渐消失，这个社会现象包含着多么丰富的时代内涵啊！躺在宿舍床上辗转反侧，以我这个青年学子的浅薄阅历和知识底蕴，觉得曹老师说得当然深刻，可是并不一定完整，但怎么也想不出个比他更有见地、令自己满意的答案。

也许只有时间和历史会解答这一切。

注：此文1992年10月获全国大学生征文奖

姐姐和二姨

最近回乡下老家看望父母，刚到家妈妈就告诉我，姐姐家的新房子盖好了。兄弟姐妹中生活最困难的姐姐也住上了新房，我高兴得顾不上吃午饭就跑去参观。

嚯，好漂亮的新房！我羡慕地对姐姐说："我这辈子熬到退休也住不上你这房子。"

姐姐说："你别光看房子好，全是拿钱堆起来的，统共花了两万八。这不临末了还跟二姨借了五千元。"

提起这事姐姐脸上露出不快之色，她告诉我，跟二姨借的五千元到年底就得还，不但还本，还有月息一分五。她不高兴地说："我倒不是拿不起那几个利钱——我买起马就备得起鞍。亲戚里道的她真能磨开脸面。都说她家这几年发了，可这人越有钱人情越淡薄。唉，那年她家三小子得阑尾炎……"

我记得那是一九七五年，二姨家三表哥得了急性阑尾炎，急需手术。那时二姨家穷得叮当响，姐姐拿出准备办嫁妆的三百元才救了三表哥的命。这笔钱二姨直到一九八五年成了万元户才还给姐姐。

二姨是个远近闻名的"经济脑瓜"，自从生产队这根拴住手脚的绳子挣断后，她就带着全家往富路上奔。头一年畦苹果苗子，第二年插葡萄拐子，两年就发得像个开花馒头。等不少邻居都跟她学着摆弄起果树苗子，她又开上了冰果店。二姨家是三里五村有名的富户，竟跟外甥女算计几个利息，怎能不让厚道的姐姐想不开？

见姐姐转不过弯子，我赶忙开导她。跟她讲随着商品经济的发展，人与人之间的关系也要发生变化。又告诉她，在美国即使父母和子女之间也是亲是亲、财是财，决不含糊。

姐姐听了我这番开导，虽没有茅塞顿开，总算欠了点缝：“你讲的这些我虽说不太懂，大概意思总归明白。我知道二姨这钱不借给我，存到银行也有利息；要是借给两氏旁人得要二分利，对咱还实行优惠呢。”

“就是嘛，这说明二姨还是讲情义的。她这几年老做买卖，真正懂得了钱能生钱的道理。这么做是既讲人情又顾钱。”

“不管怎么说，这事换了我，咱是做不出来，人情、人情，有人就有情。为个三头二百的连人情都不顾了，我总觉得不对劲。没有人情味，日子过得再富足也没意思。”姐姐说。

尽管我一时还说不准二姨和姐姐谁是谁非，但我却清楚地意识到，她俩的思想观念这几年都发生了很大变化。

你说是吗？

刊载于1992年12月12日《农民日报》

纪念品

列车停下不久，上来个五十多岁的大胖子，俗话说：“肚子大脖子粗，不是领导即伙夫。”看此人的举止颇带官气，定是个小有实权的领导。

胖子挪进我对面的座席，把一只样式精巧的手提箱放在茶桌上，我一眼瞥见那手提箱上印着一行排成弧形的金字：“中共龙河县第十二次党代会纪念，1982年”。胖子从手提箱里拿出一只保温杯、一把折扇和一台袖珍半导体收音机放在茶桌上，一踮脚把手提箱搁在行李架上。

看来胖子走到哪也丢不了，连他正往里沏茶的这只保温杯上也写着单位名称：“中共龙河县组织工作会议纪念，1984年”。胖子本来就不耐热，喝了一杯热茶后水分很快从毛孔渗出来，他左手攥着手绢一个劲地揩脸擦脖子，右手啪的一声打开折扇不停地挥动。没想到这扇面上竟印着颇有书法价值的颜体题词：“两岸同根，人心思归。中共滨川市统战工作会议留念，拙夫书于丁卯夏”。按此时间推算，这折扇是胖子最近才得到的纪念品，真是“好礼知时节，当下乃相赠”。

头上电扇飞转，手中折扇频摇，可胖子还是热不可耐，索性解开衬衫纽扣，袒露出穿着背心儿的宽阔胸膛。而那汗漉漉的背心上也大有文章——左胸部印着一个鲜红的党徽，图案上印着“整党纪念”，下边儿署着“1986”。

旅途寂寞，胖子打开收音机，选了一个正在播放相声的台，兴致颇浓地听起来。有了前几件物品做借鉴，我便揣测这台收音机也肯定属于纪念品之列。于是我仔细侦查线索，果然发现塑料壳上有半圈排成弧形的小字模糊不清，但下面正中的一个大大的“赠”字尚依稀可辨。

看了胖子这些种类齐全的纪念品，我脑海中蓦地闪过一个念头：党史学家真该考证一下，中共一大在繁华的大上海召开时，是否发过什么纪念品？

1987年7月1日

冒　风

和老会计算完最后一笔特产税的账，我一看表，快十点了，还得往许屯去，赶忙收拾桌上的东西。我打开提兜往里装账本，看见兜子里的一张便笺，冷不丁想起一件事，忙对老会计说："我临来时，老贺让我给他办件事。不少村支部三年没交党费了，这回整党结束，七一前务必交齐。你是村支部组织委员，这事就得你办了。这不，还给我拉了张清单。"

老会计接过单子扫了一眼又还给我："现在我收党费比你收税都费劲。像要小账似的，一年得催好几遍。"

"一人一年不到一块钱，还能交不起吗？"

"不是交不起，就是不当回事儿。再者是大伙都四出挣钱，一些人成年抓不着影儿，这不，收到现在还是少顾德利的。"

"就是咱乡第一个万元户顾老万吗？"

"可不是。"

"他入党了？！"我不禁想起那些关于他的风流韵事，颇感意外，"他有恁些钱怎么不交党费呢？"

"他一年到头在外面忙着挣钱，早把这事儿撂脖后去了。他打入党那天起就没养成自觉交党费的习惯。"老会计说到这儿，冷不丁一拍桌子，"对了，今儿个他妈烧三周年，家里大办，又雇吹奏又扎纸活儿，他肯定得回来。"

一听说顾德利家铺办得这么热闹，趁老会计去收党费的机会，我也去开开眼。路上我问老会计："你们村是全乡的穷山沟，顾德利怎么偏偏成了万元户？"

老会计告诉我，顾德利有个哥哥，当兵转业后在市城建局当局长。他借哥哥的光，包来基建活儿转手又包给农村进城的基建队，去掉上泡送礼的开销，哪座楼都得剩个二三十万。他一年包五六座楼，还能不发？为了包活方便，这两年他也组织了个基建队，常年在市里包活。

讲完顾德利的发家史，老会计又告诉我他入党的经过："头几年各级都在树万元户的典型，顾德利自然就借风上去了，还当上了市县劳模，戴大红花的相片都上报纸了。他当上劳模后，给村里学校捐了五千元，这就入上党了。可他的入党申请书都是以后求别人补写的，到现在快三年了，没交过一回党费。"老会计说到这儿，不由得感叹起来，"我打土改入党到现在，从没见过这路事儿。"

顾德利家的七间捣制楼屹立在村子西头，一人多高、周长二百来米的白条石院墙再配上那座水刷石门垛的铁大门，比机关单位还气派。这工夫大门东西各搭一座台子，两伙吹奏班子正在唱对台戏。一面在《送情郎》，一面在感怀《党啊，亲爱的妈妈》，让人听了啼笑皆非。纸扎的老太太、童男童女、捣制房、小轿车、彩电、电冰箱、收录机、大立柜和老黄牛、大黄狗、鸡鸭鹅猪摆在院子当中，俨然组成一个现代化的农家。院里院外，人来人往，一片喧闹。

家里有这么大的举动，我想顾德利一定里外紧张罗，殊不知他早请了"诸管"料理这些，自个儿正陪几个贵客好友在东头的小客厅里打麻将呢。

我和老会计在顾德利二十多岁的妻子（据老会计说她是"第三梯队"，前两位一个离休了、一个退了二线）的引导下走进摆设得一派洋气的客厅，一股浓烈的香烟味扑面而来，呛得鼻子、嗓子辣酥酥的，传入耳中的是一阵掷色子的吆喝声。

看见老会计进屋，牌桌旁一位手上戴着大金戒指、脖子上挂着金链子，正往自己桌前划搂钱的四十多岁的黑胖子忙站起身，摘下变色镜迎上来："哎哟二叔，你今儿个怎么走错门儿了？快坐。"拉着老会计在沙发上坐下，转身让妻子从冰箱里往外拿汽水和西瓜，回过头又递上“云烟”。不用介绍，我已猜出此人便是赫赫有名的顾老万。

老会计开门见山说明来意，顾德利听了嘿嘿一笑：“闹了半天是为这事儿，我还寻思你领小高来找我收税呢。为这点小钱还叫你跑腿太不值当了。”说到这儿，他似乎看出老会计不太高兴，神情立刻郑重起来，“这都怪我含糊。我听人说过党员要交党费——老百姓还得纳国税呢，你说是不是？我一年到头在外面穷忙乎，就把这事给忘了。”他使劲吸了口烟，喷出一串烟圈，“反正人不死债不烂，这回一遭补齐吧。多少？”

“一个月五分，从一九八四年七月到现在共三十四个月，应交一元七。”老会计像报账似的说个一清二楚。

“就这么几个呀，我当多少呢，都不够你跑趟腿的工钱。”顾德利转身从牌桌上的一摞钱中抽出一张十元票，扔在沙发上。老会计要给他找钱，他连忙摆手：“算了、算了！十元钱，小意思，你没看现在都有百元票了。正好我刚才和了一把庄，就算给党冒把风吧（冒风，辽南方言。赌场上赢家给设赌人或旁观者赏钱叫作冒风）。该这么些日子了，算利息也得多交点儿。”老会计接过钱，给他开了张收据。我们极力谢绝顾德利“喝一盅”的挽留，起身告辞。走到门口，我回身正瞥见他把揉搓成一团的党费收据扔进了烟灰缸。

分手时老会计把那张十元票连同另外的党费一起交给我：“我这也没按规定办，就让你转交吧。”我攥着这张揉搓得油腻绵软、散发着烟油味的十元票，突然想起了中学时学过的一篇课文：《党费》。

刊载于1987年9月29日《中国农村经营报》

注：此文1987年10月获全国首次“当代农民”小说征文比赛三等奖。

捧 杀

“咱局里那个一把手为了压制我，上个月突然发展我入党了！”

来市里开会的老同学田贞和我寒暄过后，立刻就冒出这句奇谈怪论。

提起田贞要求入党的经历，我一清二楚。她这个县工业局唯一的中年工程师，1983年借着干部四化的东风坐上了本局副局长的交椅，但一直是个党外人士，她虽然没写情书时就写过入党申请书，却始终处在被考验之中。“文革”那阵子不用说了，当上副局长又赶上落实知识分子政策的浪头，我以为她入党该是指日可待了，没承想仍遥遥无期。据田贞告诉我，其根本原因就是那位工宣队出身的一把手怕她后来居上，便把住这道关口卡她——非党人士是不能担任一把手的。

“这回他怎么开恩了？”

“开恩？”田贞用鼻子哼了一声，“起初我也是这么寻思的，差不点感动得热泪盈眶，可是前几天听到了一个小道消息，这才明白他给我突击入党是一种合理的压制报复。”她看出我疑惑不解，接着讲了其中的内幕，“一个多月前，省里指示各县都要增选一个副县长，并且定了几条框框：女的，非党，少数民族，四十五岁以下，有大专以上学历，原任科级职务——就是老百姓概括的‘无知少女’。全县挑来选去，就我和县医院那个回族女副院长符合条件。”

我知道田贞是满族，想不到竟沾了这个光，忍不住逗她：“这回你可官运亨通了。”

“通什么，这不通到半路又卡住了。”田贞用自嘲的口吻说，

“一把手耳目灵通，很快知道了这个内部消息，他怕我当上副县长对他不利，就想出了给我突击入党这个釜底抽薪的高招，使我得了党票丢了顶七品乌纱帽。”

“高，实在是高！”我故作轻松地模仿《地道战》中汤丙会的口气跷着大拇指感叹着，想以此宽慰一下老同学愤懑的情怀。田贞满脸苦笑，也附和着从牙缝中挤出一句：“这招实在是高。”

1987年11月24日

举手长劳劳

东面过来一辆墨绿色大“解放”，我迎头赶上，招手示意。汽车“嘎吱”一声在我面前停住，中年司机把头从车窗探出，随手摘掉墨镜，没等他发问，我抢上前开口：“师傅，劳驾！我想捎个脚。”接着说明原因，“我是清河村的，在市五中当老师。星期天回家，今天返回市里。想不到回县城的长途客车在半道上坏了，走到客运站没赶上最后那趟通市里的车。我明天第一节有课，今晚赶不回去，明天就得耽误学生。请您帮帮忙！”

司机总算耐着性子听完了我的这套絮絮叨叨的恳求，然后摆出一副领导干部的架子说：“规定不许客货混装，让‘马路橛子’逮着准得缴我的票儿。”这位司机说得实在，不由得我不信。可我抬头一望，车后厢里坐着四个人，还有四台载着芹菜的自行车。显然这几个菜农是花钱捎脚进市里卖菜的。这情景提醒了我，忙着掏出钱给司机，可是人家不稀罕咱的臭钱，一脚油门蹿出了上百米。

我正后悔不迭，一台“吉普”又过来了。我看副驾驶座位空着，心想坐小车的都是领导干部，思想好境界高，也许能同情一下教师，于是便斗胆扬起手，可人家司机就像没看见一样，车子毫不减速，以现代化的速度飞驰而过。下次再给学生讲解“风驰电掣”这个成语时，我会结合自身经历讲得更加生动形象。

最后一抹余晖从西边天空消失了，我这个名副其实的“马路橛子”兀立在路边。一辆面包车迎面驶来。我想面包车不会违反“客货混装”的规定，于是再次举起捏惯了粉笔的右手。

面包车刚停稳，我一眼就看清车门上喷着辽滨市政府招待所的红字，同时看清第二排只坐着一对中年男女，空座上放着几个出口苏联的苹果纸箱。我看有好几个空座，以为大有希望，壮着胆子隔着车窗向司机重述一遍请求和缘由，为了使对方相信，还把自己的教师证递了过去。

见惯了大官的司机连看都不看那个小红本，把手一摆："我什么样的证件派斯没见过？还拿这东西呼啦我，也不嫌寒碜！真是脸盆里扎猛子不知道深浅。"人家说着把只抽了半截的"红塔山"吐出去，"你不就是个教学的吗？耽误一堂课有什么了不起的。要是真像你说的那样重要，国家怎么不给你配台车呢？"这个反问真让我进一步理解了什么叫义正词严、铿锵有力，令我这个语文教师理屈词穷、无言以对。以后再讲反问句时，一定要拿它当例句，肯定有助于加深学生们的理解。

等我从尴尬中缓过神时，面包车已经起步了。可是刚开出五十来米停下了，从路边闪身上去一个衣着时髦的姑娘。

常言道，事不过三。连续三次碰壁，使我清醒认识到了"人类灵魂工程师"这个头衔的实际分量，决意不再舍皮搭脸地受人抢白了。决定到镇里的姑姑家住一宿，明天早晨再回市里。至于耽误了第一节课，那"有什么了不起的"。于是我心安理得起来。

我正垂头丧气地往姑姑家去，刚走到镇子西头的交通岗，迎面一个大盖帽正在喊我。我以为闯红灯了，不对，行人闯红灯交警一般是不管的——再说警察怎么会知道我的名字？等警察来到跟前，我才认出是高中同学关利。那年高考，我进了师范学院，关利落榜。咱俩在学校看榜时见过一面，至今一晃八年过去了，想不到人家当上警察了，噢，我想起来了，他爸爸是县公安局的副局长。

老同学见面，自然少不了寒暄一番，寒暄过后关利知道我的困境，淡然一笑："这点小事包在我身上了，你把心放肚子里吧。咱哥俩先去喝一顿。"我生怕误事，真心推托，可小关同学真心实意："你这个当年的书呆子今天的孩子王，八年没见我怎能让你背着瘪肚子离开呢？别的同学知道了还不骂死我呀。就算今晚喝醉了也耽误不了你回市里。”

关利可真不是吹牛，酒足饭饱之后，到交通岗一站，许多司机主动和他打招呼。过来一辆“辽老大”，我一看车号是市里的，就让关利拦住。这哥们却说：“这破车谁稀得坐。等辆好的。”他接着向我讲起县城各位同学的情况，一棵烟没抽完，过来一辆丰田轿车，这时关利才扬起他那力挽狂澜的左手。

坐在右后侧的贵宾位子上，我想起明天第一节是作文课，出个什么题目好呢？闭目冥思，蓦地，脑海里闪过一个满意的题目：“我心目中的老师”。

1986年1月12日

生命力

一年一度的征兵工作开始了，我又被派去带兵。我去的地方是辽南山区的一个公社。

公社武装部侯部长热情接待了我，一聊才知道他当年就曾在我们部队服役，是名副其实的老战友。有了这层关系，开展工作就更方便了。侯部长向我介绍："今年的征兵工作和往年相比有个最突出的特点，就是兵苗特别少。"

"这是什么原因？"

"黄连长，你是城市兵，对乡下的情况不太了解。你知道今年的适龄青年都是一九六〇年到一九六二年之间出生的，正是报上常说的三年自然灾害时期，咱们这地方老百姓都管那几年叫'二两粮'时期，那工夫人连命都顾不上，哪有精神头为人类做贡献？"军人出身的侯部长说话仍不失粗豪之风。

事实证明侯部长的话果然不假。这几天我和他走了几个大队，兵苗确实很少。今天到靠山寨大队，大队老会计拿出全队的户口底簿，我从头到尾翻了一遍，边翻边把适龄男青年的名字记下来，最后一统计，这个一千多人的大队，三年间的适龄小伙子才八个！其中一九六二年出生的仅仅一个！按照正常出生率，应该有二三十个啊。

当我把这个发现说出来时，侯部长叹了口气说："怎么样？我说得没错吧？"老会计接着说："这事我最吃底了——那时候我就是大队会计，一九六二年那一年咱们大队户口簿子上就销掉了二十六口啊，可才添上两口：一个是大队谭书记的三小子，一个是公社民政尤助理的老丫头。”

这可是中国人口学上的一个特殊现象，如果马寅初教授健在，不知会对这个现象发表什么高见。

1986年8月13日于营口日报社

在没有花环的高山下

序 篇

暑假开始了，从喧闹的省城回到宁静的山村，我顿觉神清气爽，灵感骤生，决定趁这段时间把毕业论文赶出来。

计划没有变化快。一个不速之客的到来，打乱了我的安排。上午我正趴在院中老梨树下的石台上挥笔疾书，十二岁的侄子小星急颠颠地跑进大门，边跑边喊：“三叔，你家来客了！”随着他的话音，走进一位戴眼镜的中年妇女。她来到老梨树下，向我询问：“这是马哲凯的家吗？”

“我就是马哲凯，您是……”

“我叫康尼拉。”

噢！怪不得像康秋莎呢。我忙说：“原来是康大姐！您的名字我早就知道。我还看过您的照片呢——就是您刚上北大时在校门口拍的那一张。怪不得一见就觉得面熟呢。”

“那时候我比你现在还年轻，可现在已是人到中年喽。”康大姐的脸上掠过一丝苦笑。

妈妈忙着搬凳子，又到菜园里摘来西红柿和黄瓜，小星爬到树上摘李子。一阵热情的忙乱过去，康大姐跟我说起此行的目的：祭奠长眠在这里的妹妹康秋莎。

她咬了口黄瓜润润嗓子，低沉地说：“我早就想回来，却一直不得脱身。你知道，我一九六八年被下放到贵州一个农场，得知秋莎的噩耗，恨不得马上长膀飞到这里，可场部就是不批假。一九七八年我考回母校北大物理系读研究生，一九八一年到美国读博，去年秋天才回来。打倒‘四人帮’前是想来条件不允许；打倒‘四人帮’后是想来时间不允许。就这样一直拖到今天。

“今年的九月五日，是秋莎去世十三周年。我在美国时就想，西方人都忌讳十三这个数字，认为它不吉利，可我偏要赶在这个年头来祭奠秋莎。因为她的夭折本身就是件不吉利的事，算是以毒攻毒吧。今天我终于踏上了这块土地，却永远见不到秋莎了。”康大姐说到这里，眼睛里早已噙满了泪水。

踏着晨露，我领着康大姐走在山间小路上。走过一段趄盘道，我俩来到村东雪帽山北坡山脚的一处山坳里。山坳里有棵合抱粗的老桑树，老桑树西面有盔长满蒿草的土堆。不用我说，康大姐已经意识到，眼前的这堆土包就是秋莎的长眠之地。她轻轻地说：“秋莎，姐姐来看你了。”说着便趴在坟上恸哭起来。

我擦干了泪水，扶着悲痛欲绝的康大姐坐在老桑树下的一块大石头上。经过再三劝慰，她总算停止了悲泣。

平静了一会儿，大姐让我详细讲述有关康秋莎的所有情况，特别是她自杀的原因和经过。即使康大姐不提这个要求，我也要主动讲的。我觉得把自己知道的有关康秋莎的情况告诉她的亲人，这是我的义务。

一

一九七〇年春，我升入了八年级。“文革”期间，遵照毛主席学制要缩短的指示，从小学到高中由“文革”前的十二年缩短到九年，五年以下算小学；六至七年算初中；八至九年算高中。每个学年也从秋季始业变成春季始业。开学那天，班主任杜老师把我叫到办公室，郑重其事地告诉我，这学期咱们排（“文革”初期，学校模仿部队编制，每个教学班划为一个红卫兵排）新来个女学生，名叫康秋莎，是一个最近从北京遣送回原籍的资本家的女儿。杜老师提醒我这个团支部书记兼红卫兵排长，要对她重点帮助，千万不能让她影响我们这个先进排的荣誉。

康秋莎的老家就在咱们村，她爷爷是咱们村的头号财主，康家的发家史我不止一次地听父亲讲过。

康秋莎的父亲叫康耀祖，小时候家里并不富足。他念了三年私塾后，十六岁投奔住在哈尔滨的舅舅家，经舅舅托人介绍，在一家白俄人开的百货店里站栏柜。他心眼灵，脑子快，人又勤谨，很快就博得了俄国老板的喜欢，两年后升为记账先生。他跟一个在店里住外柜的南方老客学会了心算绝招“袖里吞金”，兢兢业业地帮老板策划经营，生意越做越兴旺。几年工夫，在长春、沈阳、大连都设了分号。

老板的独生女儿看上了这个仪表堂堂、精明强干的中国小伙子，父母也欣然允诺，把康耀祖招为养老女婿。老板两口子死后，遗产全部转到康耀祖名下，他便成了老板。康耀祖一方面苦心经营商业，一方面让爹爹在家乡买房置地。不到五年光景，他成了东北有名的商业巨擘，他爹也成了远近闻名的大财主。康老头由穷乍富，节俭的天性发展为吝啬，于是乡邻们送他个外号：糠挤油。

“九一八”事变后，日伪统治日趋严酷，康耀祖变卖了在哈尔滨的产业，全家迁到了北京。他受哈市俄国人最早开办啤酒厂的启发，在北京建起了啤酒厂，到新中国成立时已经成为实力雄厚的资本家。公私合营后，他成为资方副厂长，到“文革”时沦落成被批斗对象。去年被遣送回老家。三十年河东，三十年河西，想不到少小离家老大回，竟带着小女儿从繁华的首都落到了荒僻的故乡。

等我和杜老师从办公室走进教室时，康秋莎已经到了。别看她是从首都来的，这工夫却像避猫鼠似的站在教室后边的右墙角，眼望窗外，右手在窗台上乱画，左脚在地上不停地踢动着一个纸团。同学们停止了“天天读”，都好奇地盯着她，小声议论。直到杜老师做了介绍，才打破僵局。

杜老师介绍时，我打量了康秋莎几眼。她身材颀长挺秀，两肩窄瘦，脸色粉白，神情黯淡。鼻梁高而直，嘴唇小而红，深眼窝，长睫毛，黑眼珠，黄头发。她的头发天生得弯弯曲曲，像烫过一样。看着她这副娇媚而奇特的容貌，我才想起来康秋莎是个混血儿。

虽然杜老师让我重点帮助康秋莎，但她到校已四个星期了，我从没找她谈过话。这倒不是我工作不主动，而是另有原因。

当年，我爷爷在康秋莎的爷爷“糠挤油”家赶大车。一年冬天“糠挤油”为了抢行市卖样子，大雪天让爷爷赶车上山拉木头。坡陡路滑，急转弯时大翻扣，把爷爷轧死了，“糠挤油”连口薄皮棺材都没给，还扣了爷爷的劳金，顶那匹轧死的辕马钱。

有了这个阶级仇，我凭着朴素的阶级感情，自然对康家充满了刻骨仇恨。宿怨使我一看见康秋莎心里边咯噔一下。虽然懂得这事与她无关，却总觉得别扭。康秋莎虽然不穿艳丽花俏的衣裳，可是举止言谈中总是自觉不自觉地流露出一股子洋气和娇气。我这个生在新中国长在红旗下的贫农儿子，没有看过真正的公子小姐是什么样子，却认定康秋莎就是标准的资产阶级臭小姐的形象。这，也是我不愿意接近她的一个原因。

树欲静而风不止。康秋莎竟主动找我了。星期四我和康秋莎值日，打扫完教室，同村的只有我们俩，自然同行。

走出学校不远，她交给我一份入团申请书，谈起迫切想加入共青团的愿望，表示一定要正确对待自己的家庭出身，选择革命道路，请团组织长期考验。我凭着那时的思想政策水平，对她做了答复，无非是有成分论不唯成分论，重在政治表现，出身不能选择，道路可以选择的一篇套话。这些官腔，她听了眼睛里却闪着希望的光，惊喜地说：“团组织的大门终于向我打开了！”

可能是激动的缘故，康秋莎讲起她念小学一年级时，参加入队宣誓时的欢乐情景。

“我们班的第一个队日是在北海举行的。那正是初夏时节，芙蓉花吐着红绒绒的花穗，我们的队旗在绿树中随风摆动，《中国少年先锋队队歌》在白塔下回响。入队宣誓结束后，我们就到北海划船，那时候真是无忧无虑啊！”康秋莎沉湎在往事的遐想中，情不自禁地哼起一首我不知名的歌曲：

让我们荡起双桨，
小船儿推开波浪，
海面倒映着美丽的白塔，
四周环绕着绿树红墙。
……

她的歌声戛然而止，长长地叹了一口气：“唉，这一切都一去不复返了。”康秋莎惆怅地讲起她念六年级时，学校红代会拒绝她加入红卫兵的事，讲她念七年级时，八次写入团申请书都杳无音讯，最后一份申请书竟被团支书当面撕碎的难堪场面。

对于我这个根正苗红的贫农儿子来说，从来没想到加入少先队、当红卫兵、入共青团竟然这么艰难。怪不得她刚听了我的几句套话也这么激动。看着她这真诚的神情，我有点为自己刚才那种应付的态度而歉疚了。

人是需要了解的。听了康秋莎这些话，我觉得她不像直觉印象那么讨厌了。于是我的话也多起来了，并且不是刚才那种应付式的了。

我问她到校近一个月的感想。她说：“这里学校的条件比北京差得很多，教学秩序可比北京好。现在北京的学校根本不上文化课，这儿基本上还像个学校样子。”说到这里，她似乎觉察到这话有攻击教育革命之嫌，赶紧收住话头，直用余光扫我，生怕我揭发批判。

可是我的政治嗅觉不太敏锐，竟没认识到这话有什么毒素。毛主席不是说“学生要以学为主”吗？

康秋莎见我没采取革命行动，胆子又大了，接着说：“这里的同学憨厚淳朴，对我不太歧视。虽然有人给我起外号，管我叫‘洋娃娃’，有的女同学不爱和我玩，可是比起在北京时好多了，北京的一些同学不但常常当面对我讥讽侮辱，有时还进行人身攻击。我总觉得他们太过分了。”

“真不像话！”我本能地冒出一句，“首都的人怎么这样不文明呢？”

“大城市人表面上比农村人文明，可实质上比农村人还野蛮阴险。”

这回我想再接茬说几句，可是话刚到嘴边又咽了回去，立刻意识到感情不对头。我这不是替资本家的臭小姐喊冤叫屈吗？赶忙收住话头。同时我感到康秋莎好像对“文化大革命”有抵触情绪，必须引起注意，帮助她正确对待。

为了打破沉默的局面，我想起一个新话题：“你看见过天安门吗？”

“咱家住在崇文门，离天安门很近，经常从天安门前经过。”

“天安门和电影上的一样吗？”

“和电影上的差不多。可没那么金碧辉煌。”

她在说这些话时，神情和语气却很平静，并没有像我想象的那样激动。说起红色首都，全国人民敬仰的天安门她竟然这么平平淡淡，一定是阶级本性在作怪。我的政治嗅觉突然敏锐起来，试探着问：“你看见过毛主席吗？”

“没有。”她摇摇头，“毛主席很少上天安门，每逢重大节日或者集会才上去，观礼台和广场上都是各界代表和先进模范人物，普通群众是不准到场的。”

“毛主席八次检阅红卫兵，你一次也没参加吗？”话刚出口，我就感到问得可笑，刚才还说过，那时候她是没资格当红卫兵的。康秋莎没有直接回答我的问话，只是感叹了一句：“在北京住了这些年，却没有看见毛主席，真遗憾！”她说得很真诚。看来她对毛主席是热爱的，于是我的敌情观念又淡薄了。

我无限向往地说：“要是能上北京见到毛主席，这辈子就算没白活了。”我一边抒发着感慨，一边看着康秋莎戴的那枚衬托着天安门图案的毛主席像章。她看出我喜欢这枚像章，便摘下来送给我。

我生性死板，从不轻易接受他人的东西，何况是女学生的东西。在那时山村孩子的心目中，男女有别仍是一条必须恪守的祖训。记得刚上一年时，学生中就流传着这样一首儿歌：“×××好学生，天天上学拿花生，吃不了给女生，女生说他好学生。”同学们看到哪个男学生和女学生亲近，便把他的名字填到第一句的三个空格里，四处张扬，在强大的舆论压力下一直羞得本人“改邪归正”为止。

在这种社会环境下男学生对一般女学生尚需如此防范，更何况她这个资产阶级臭小姐。一想到这些，阶级斗争这根弦又绷紧了。毛主席著作真没白学，这时脑袋中自然闪现出“糖衣炮弹”“美女蛇”等字眼儿。于是我极力推辞，可是一看见她那热辣辣的目光，感情的潮水立刻把理智的堤坝冲决了。这是毛主席像章，又不是别的东西，送我像章正说明她热爱毛主席。如果毛主席知道这件事，他老人家也会同意的。于是自我批准了。

当我接过像章时，她提醒我：“千万别戴到学校去，同学们会认出来的，对你不好。”我心头不由得一热，把像章紧紧地攥在手里。

说话不觉路途远。抬头一看，已经走到村头了。我突然停住。康秋莎不解地问我：“怎么不走了？”

“你先走吧，咱俩岔开进堡子，一块儿走让人看见不好。”我本不想挑明，但不灵活的脑袋又想不出什么合理的借口，终于还是实话实说了。她很快意识到了我的用意，脸色骤然变得冷落落的，咬着嘴唇，转身快步走去。我站在道边，望着她边走边揉眼睛的背影，再看看手里攥着的毛主席像章，像做了亏心事似的羞愧。

二

在十里外的公社所在地罗屯看完电影《红灯记》，咱们这帮外村来的急忙往家奔。刚出罗屯村头，后面急匆匆赶来一个黑影，到眼前一看是康秋莎。般对般的姑娘都不爱搭理她这个四类女儿，她只好找我做伴。咱们村的人都在前面，又有夜幕掩护，我打消了种种顾虑，坦然地和她边走边聊。

走了十多里路，又在露天地里站了三个来钟头。康秋莎累得直叫苦："我在北京那工夫说啥也想不到，为看场电影竟得受这么大累。"

"要不怎么叫城乡差别呢？你在北京看场电影是家常便饭，在咱们山沟，放映队来放回电影，简直赶上过年了。这几年放映队轻易不来了，好几个月来那么一回，又是转轱辘演那几个片，'老三战'我都能背下来了。"

"就连在北京也是这样，总放那几部。在这一点上可没有什么城乡差别。"康秋莎问我，"你没有听过这样的顺口溜吗？

越南电影真枪真炮，
朝鲜电影又哭又笑，
中国电影《新闻简报》，
阿尔巴尼亚电影又搂又抱。

这首民谣既简练又精辟，胜过报纸上的所有文艺评论。毛主席说群众是真正的英雄，这话确实有道理。

看惯了中国的《新闻简报》，这回总算看到了国产的新影片了，我由衷地赞叹："不愧是样板戏，确实够样！"康秋莎的反应却很淡漠，这也许是她生长在京剧发祥地而见惯不惊的缘故吧？不对，也许是阶级本性在作怪。为了端正她对样板戏的认识，我把从报纸上学来的一些观点向她兜售了一番，她却不买账，用文艺评论家的口吻对我来了个反宣传："样板戏，比起旧京剧确实有些改革，不过也有缺点。

"就说刚才看的《红灯记》，全部情节都是围绕一套密电码展开，可是按照地下工作的规矩，一套密电码只要有泄密的可能性，马上就会放弃，重新编一套再送给游击队——这并不难。可见编剧根本不了解地下斗争的真实情况，凭想当然胡编。双方为一套有失密可能、毫无用处的密电码煞有介事地争来斗去，纯属闭门造车。"

天哪，一个十六岁的黄毛丫头竟然敢说样板戏有缺点！我一时倒没想到这种论调是对样板戏的恶毒攻击，只是为她自恃高明的狂妄表现感到震惊。为了打下她的嚣张气焰，我讽刺着：“恁些写样板戏的，都是全国的高手，人家能连这点事都想不到吗？”

“对谁也别迷信，编剧的也是人，都是妈生爹养的，世界上的天才和笨蛋都是少数，绝大多数人智力都差不多。我要是有他们那么好的条件，到他们那么大的年纪，写出的剧本保准比他们的强。”她的语调中充满了自信，甚至有点骄傲。

她在讲这些的时候，不自觉地摆出一副为我之师的架势，与平时唯唯诺诺的举止判若两人。我对此非但不反感，反而心悦诚服。我洗耳恭听，她更来了兴致，从电影又谈到了歌曲，她说：“样板戏有瑕疵，其他的文艺作品毛病更多。”她真是蹬鼻子上脸了，没等我追问就自说自答，“比如儿歌《我是草原小骑手》，竟然向孩子鼓吹杀戮：‘我是草原小射手呀，拉满弓儿显身手，大雁见我绕道飞呀，黄羊见我躲着走。’你听听，大雁是多么美好的生灵，作者却教唆孩子们去杀它。我爸说，他小时候咱们沟里野兽很多，狍子、獾子、野猪、狼都常见，现在除了野兔见不到大的野兽了。其实人和动物是相互依存的，没了动物，人类的生存也会受影响。”

“这首儿歌主要是为了培养儿童的斗争精神吧？”

“正是如此。现在不是提倡与天斗与地斗吗？最后是为了与人斗。普通人都希望过太平日子，整天斗来斗去，受害的是老百姓。”她的这套理论我觉得不符合无产阶级专政下继续革命的斗争学说，可又觉得入情入理。正在搜肠刮肚措辞想反驳，不料她又抛出一个谬论：“你看《路边有颗螺丝帽》好像是宣传勤俭节约，无意中忽视了科学技术。现代化机器是一套精密的组合，每个零件都有严格的质量标准，掉在路边的螺丝帽肯定有磨损，再装到机器上是很不符合技术要求的，弄不好真正会捡了芝麻丢了西瓜。我们的文艺作品往往自觉不自觉地鼓励愚昧、反对科学。这说明包括这些作家在内很多精英人物至今仍固守着农耕时代的思维方式，这是很陈旧的，远远落后于世界潮流。”

这两首儿歌我听过许多次，可是从没想过它们背后蕴含的这种缺欠。真理不可抗拒。我只好附和：“咱们中国人确实习惯用感情代替理智，不像西方人擅长抽象的逻辑思维。你看中国的思想家和马克思相比，理论深度差多了。”

“咱们从‘五四’起就强调民主和科学，可是至今多数人仍然缺乏科学思维习惯，更可怕的是，现在的宣传往往在助长这种落后的习惯。”

我意识到这是一个危险的话题，越说越犯忌，忙转移话题，说起苏俄文学，说起列宁喜欢的高尔基。我知道康秋莎特别喜欢苏俄文学。

我的文学水平虽然在全校数一数二，可是在她面前却不得不甘拜下风。谈论中，我发现康秋莎说起苏俄文学真的是如数家珍。她讲起托尔斯泰，我第一次听说苏联竟有三个当作家的托尔斯泰！她绕口令似的念叨了一大串作家及其作品，其中我只知道高尔基和写《钢铁是怎样炼成的》那个人——真抱歉，我总也记不住他那绕口令的名字。

康秋莎很喜欢《钢铁是怎样炼成的》，我也看过这本书，这回有共同语言了。她首先教我记住作者的名字，同时提醒我，俄国有个剧作家也叫奥斯特洛夫斯基。她讲起作者的生平，然后用它印证小说中的情节，借以说明生活真实与艺术真实的关系。她特别指出，生活中作者从不曾有过冬妮娅这样一个女朋友。

对作者安排这样一个人物来衬托保尔坚定的无产阶级立场，康秋莎是不大赞同的。她认为：“作者之所以设计了保尔和冬妮娅的爱情纠葛，无非是为了说明在阶级社会中没有超阶级的爱情，借以揭示保尔富贵不淫、威武不屈的钢铁意志，这显然是受三十年代苏联政治形势的影响，对阶级斗争学说的图解——《第四十一个》就是这方面的代表作。”

我没看过《第四十一个》，康秋莎给我介绍了这本书的梗概，然后继续发挥她的论点：“事实上，古今中外冲破地位差别而终成眷属的佳话是屡见不鲜的。就说无产阶级的导师马克思吧，他的妻子燕妮就出身于资产阶级家庭，而事实上他们是一对十分美满的夫妻和革命伴侣。

“当然，冬妮娅的家庭地位和环境对她的思想感情和世界观产生了重要影响，但是不要忘了，保尔也是冬妮娅所处的社会环境的一个组成部分，他也应当对冬妮娅产生重要的影响。从他们俩的感情基础看它，如果保尔能耐心而切合实际地帮助冬妮娅，一定会改变她的生活道路——冬妮娅是有这种思想基础的。可惜保尔对冬妮娅的帮助缺乏应有的耐心，并且总带有无产阶级改造资产阶级的意味，这种空洞的说教怎能不引起冬妮娅的反感呢？这说明保尔对冬妮娅并不真正了解，爱得不深。这也证明作者对资产阶级出身的青年带有偏见。所以我认为简单地把冬妮娅贬斥为贪慕虚荣和享乐的资产阶级臭小姐，未免太片面了。”

说到这里，她问我：“你看我这个观点能站住脚吗？”

“我说不上来，我看书都是看热闹，很少分析研究，更没有从这个角度分析过这个情节。”我在心里却不得不承认她的观点很新奇。这可能与她的出身有关吧。康秋莎似乎看透了我的心事，赶忙解释：“我这只是就事论事，信口开河，绝没有别的意思。”她的解释使我更加确信了自己的看法。

说到这里，我突然意识到咱俩接触到了一个敏感的话题，于是不再吱声了。对于一个二十世纪七十年代初的山村少年说来，爱情是个神秘而忌讳的字眼，每想到这两个字，就有一种犯罪和耻辱的感觉。

康秋莎说得眉飞色舞，但见我久不插言，似乎意识到了什么，于是很快又把话题转到了高尔基身上。他这个中国式的名字，听起来就让人感到亲切。她说起高尔基兴致更高，最后竟用俄语朗诵起他的《海燕》。一诗方了，她犹未尽兴，又对我说：“我特别喜欢描写大海的诗歌，海洋中蕴藏着不尽的诗情。”说完又用俄语朗诵起另一首诗。朗诵完毕，她告诉我这是普希金的名篇《致大海》。可惜对此诗我一无所知。于是她又用中文给我翻译了一遍，她告诉我普希金有俄罗斯诗歌的太阳之称，好比中国的李白。

我惊奇地听完她的朗诵，用肯定的语气问：“你的俄语是跟你妈学的吧。”

“嗯。”她用鼻子应了一声，神情顿时黯然。

康秋莎告诉我，她母亲原来是中学的俄语老师，中苏关系破裂后学校不开俄语了，她又当上学校图书馆的管理员。运动初期就被打成牛鬼蛇神，珍宝岛战斗发生后，又说她是苏修特务，关进了监狱，不久就在劳改农场被折磨死了。

她讲完这些，长长地叹了口气：“妈妈死的时候才五十多岁。她死前我没见上一面，死后连把骨灰也没留下来，太可怜了。我永远坚信，妈妈是个好人。”月光下，她的眼角闪着泪花。

我虽然没有见过她母亲，但凭直觉也相信她是个好人。但我并没有说一句同情的话。这可是个严肃的立场问题呀！

为了排遣胸中的郁闷和哀愁，她低声吟唱起俄罗斯民歌《三套车》：

冰雪覆盖着伏尔加河，
冰河上跑着三套车，
有人在唱着忧郁的歌，
唱歌的是那赶车的人。

低沉苍凉的歌声在夏夜的旷野中随风飘荡。我的眼前仿佛出现了皑皑白雪，身上不由得一阵阵发冷，这才觉察到衣服早被露水打湿了。路上只有我们两个人了，我不由得加快了脚步。

康秋莎并没意识到我焦急的心情，仍陶醉在歌曲的意境中，沉湎在对母亲的思念中。她又向我讲起了母亲。她说：“你知道吗，我的名字就是妈妈起的。这个名字带有浓厚的俄罗斯风格。苏联卫国战争时期有一首著名的歌曲叫《卡秋莎》，按音译也可译作《康秋莎》。我出生的时候，正是中苏友好的年代，妈妈结合我的姓，就起了这个名字。妈妈说这个名字是中西合璧式的，爸爸说是土洋结合式的。反正这个名字中包含着母亲希望中苏友谊永远长存的美好心愿。

“可现在，唉！”她把话题一转，“中苏关系严重恶化，连我的名字都跟着遭殃，妈妈挨批斗时，连给我起了这个名字也算着一条罪状，学校红卫兵头头还三番五次督促我改名，直到离开北京才算拉倒。”

想不到康秋莎竟有这些曲折的经历。虽然我和她已相识几个月了，可今天才真正了解她。我发现她不但有才华，而且有胆识，并不是在学校里看见的那个沉默寡言、低眉顺眼的小姑娘。如果说以前对她仅仅是同情和怜悯，现在已变成钦佩和敬重。

三

为了勤工俭学，全校学生今天上学校附近的玉带岭割羊草。日头落山了，杜老师告诉我，全班只有康秋莎还没回来。问了几个女同学，都说没看见。责任和感情同时促使我返回山上。

从沟膛到山岗，从东坡到西坡，我四处乱窜，边走边喊，跑了一个多小时才在西坡的桦树林子里找到了康秋莎。

康秋莎拿着镰刀，身边扔着两捆羊草，倚在一棵桦树上累得直喘粗气。她看见我眼睛顿时一亮，扔下镰刀，迎面跑来。她挓挲着双手，在要和我接触的一瞬间，双手像被火烧了似的缩了回去。她转过身，搂着旁边的一棵椴树，嘴唇翕动了几下，一个字也没说出来，嘤嘤地哭了起来。我走到身旁，看清她脸上淌着汗渍，划了两道血印子，散乱的头发上沾着草叶，衣服上扎着刺猬针似的“小鬼叉”。

康秋莎含着泪告诉我，女同学嫌她上山太慢，都不爱带她，她一个人钻进了林子左串右拐，走一阵子就晕头转向了。

康秋莎止住了哭泣，一边揩眼泪一边羞涩地说：“回学校可别说我哭了。”

“刚才吓得连姥娘姓啥都忘了，这工夫又要面子了。”我笑着揶揄她，“快上河沟洗洗脸吧。这副模样回到学校，眼泪道儿就告诉大伙了。”听了这话，她抿嘴一笑，瞟了我一眼，转身走向山泉。

人的感情变化得真快。康秋莎刚才还哭鼻子，这工夫走在山间小路上却兴致勃勃地向我讲起了她的山中历险记。

“人越害怕越眼花，我把一个长着茬子的柞树桩当成大灰狼，吓得腿肚子都转筋了。”

“‘狗怕哈腰，狼怕镰刀。’就是真遇上了张三（狼的土称），手里有镰刀也不用怕。”

“我在山林里想起了白毛女，想不到我也体验了半晌喜儿生活，以后我演白毛女肯定行。”

“算了，你演黄毛女还差不多。”

“你看，我真学习喜儿了，还采了不少野果呢。”说着她从兜里掏出一把紫莹莹的欧李递给我。

“你呀，连家都找不着了，还有心思采欧李。”

“怎么没心思呢？那个时候咱也没害怕，准知有人来找。”

“你准知道有人来找，干吗还吓得那个样？净事后充英雄。”

“这可不是撒谎，那工夫我确实想到同学们能来找我。不过可没想到你能来。”

“为什么？”我自认为全班数我和她关系密切，没想到她竟说出这种话，叫我怎么不惊讶。

“你不恨我吗？”

“我干吗要恨你呢？”我莫名其妙。

“这么说是我多心了。”康秋莎长长地嘘了一口气。

我寻根问底，她这才解开谜团。

这学期一开学，学校照例又召开了忆苦思甜报告会，报告人中也有我爸。爸爸在会上讲了咱家在旧社会的苦难遭遇，其中讲到了爷爷惨死的经过。这事儿我从小就知道了，这次听了根本没当一回事。可是第一次听见这事的康秋莎却把它牢牢记在心里。她用负疚的目光看着我说：“从那以后，我总不敢看你，怕你找我算账。同时又希望你来找我算账，我想最好是你骂我一阵、打我一顿，这样才能减轻一下我心灵上的负担。等了好几天，你却不理我。我几次想找你道歉，又怕你不谅解。不管你心里怎么恨我，今天我总算把憋在心里的话吐出来了。要打要罚由你了。”

万万没想到，我眼里的芝麻在她的眼里竟比磨盘还大。我正惊讶不已，康秋莎又继续请罪：“虽然我连爷爷的面也没有见过，可是我的身上毕竟流着他的血液。他罪大恶极，我也是有罪的。我们家对不起你们家，我也对不起你。今天你能来找我，给我增添了勇气，所以才把这些心里话说出来。你能原谅我吗？”

她的眼睛直盯盯地看着我，似乎要从我的面部表情中找到答案。

听了她这番忏悔的自白，我倒有点歉疚了：“你本来就没有对不起我的地方，干吗要我原谅呢？把前辈人的旧账记在后辈人的身上，这不符合党的政策。”

“从道理上讲是这么回事，可是从感情上讲，你真就一点疙瘩都没有吗？”在她那诚实的目光下，我不能撒谎：“以前确实有过，不过现在早就解开了。你以为我最近才知道这件事儿吗？告诉你吧，我念小学一年时，爸爸就给我讲过这段家史。老实说，当头一回看见你时，我心里真有些别扭。在没看见你时，我想看见你后会更恨你；可事实上，看见你后，和你越接触越恨不起来了，我觉得恨你是没有道理的。”

“你真是这样想的吗？”

“我干吗要诓你呢？”

“对。你在知道了这件事后，现在还来找我，这就足以证明你对我没有成见。我误解你了，都怪我以小人之心度君子之腹，你千万别生气。”

听着她激动的语调，看着她坦诚的目光，我的阶级斗争观念淡薄了，只觉得她是我的同学、一个纯真的小姑娘，忘了她是资本家的女儿。

为了大造革命舆论，用毛泽东思想占领学校这块阵地，最近学校买了一台扩音机，建起了毛泽东思想宣传站。学校革委会决定从我们高年级中选个广播员，让各排报一个人，最后由领导决定。

我们四个排长坐在办公室里，向驻校贫宣队老贾头汇报。我经过反复考虑，把康秋莎报上去了。老贾头一听她的名字，像被烟头烧了手指似的，把才抽了半截的“向阳”烟往地上一扔，瞪着牛眼睛责问：“全校好几百个贫下中农子女，干吗非得用她？”

“选广播员主要看朗读水平，她的普通话讲得好，就应该用她。”

“你这是‘白专观点’。广播员掌握宣传阵地，是党的舆论工具，政治上不可靠的人嗓子再好也不能用!”接着老贾头就以学校领导和本村长辈的双重身份，把我暴臭一顿，说我混线了、忘了本，“前不多日，你爸还在忆苦思甜报告中讲到你们家和‘糠挤油’家的深仇大恨，可你小子倒好，这工夫倒替她个资本家女儿挣口袋（辩护的意思），你的屁股坐到哪条板凳上了!”老头子义愤填膺，慷慨陈词，连生气带烟呛，咳嗽了老半天。我本想用有成分论不唯成分论的政策和他辩论一番，但一转念，跟他争不出个反正，只好作罢。大伙临出办公室的时候，老贾头特意把我叫住，单独给我开了一顿政治小灶，让我回去好好学习毛主席的《中国社会各阶级的分析》，对照检查找差距，狠斗自己的私心杂念。最后严正警告我，如果今后再犯类似错误，就要让我在全校师生大会上做检讨。我虽然惧怕贫宣队的权威，但心里并不服气。

四

今天刚到校，排里文娱委员兼团支部宣传委员高桂萍就向我汇报，昨天康秋莎当着全排同学的面骂她。“这不但是对我的谩骂，更是资产阶级对贫下中农的反把倒算，这是阶级斗争在咱们排的新动向，必须开个全排大会把她批倒批臭!”

“我昨天感冒没来，等我了解一下情况，还得向老师汇报，最后才能决定。”她听我这么说，立马顶上一句：“哼！我就知道你会偏向那个狐狸精。”说完一扭身走了。

中午我分别找了几个同学询问，才弄清来龙去脉。

昨天下午，高桂萍带领全排同学学唱新歌《我是贫农的好后代》。高桂萍利用中午时间把歌词写在黑板上：

我是贫农的好后代，

毛主席的教导记心怀，
踏着前辈的脚印走，
把革命的传统接过来。
不忘过去的阶级苦，
一颗红心永不改。

下午一上课，高桂萍走上讲台开始组织大家学歌。这在咱们排早就习以为常了。没想到在学歌之前她竟然整个洋景出来。她把康秋莎叫起来，让她离开教室，到操场上自由活动。康秋莎自然要问她为什么，高桂萍义正词严地说："咱们今天学的歌叫《我是贫农的好后代》，你是资本家的女儿，不是贫农的后代，你没有资格唱这首歌！"这个理由不但出乎康秋莎的意料，全排同学也都大吃一惊。全排最调皮的崔大嘴立刻带头起哄："咱们高委员的阶级斗争和路线斗争觉悟就是高，实在是高！"他挑起大拇哥学着汤丙会的腔调。全班同学哄堂大笑。

高桂萍这种小女人的嫉妒心本来就强，面对弱者更是肆无忌惮。日常高桂萍就三天两头掂怼康秋莎，她都一忍再忍，因为她知道人在矮檐下不得不低头，高桂萍的背后代表的是一个阶级的力量。可是今天这个突如其来的打击让她无法忍受，一个十六岁的少女在众多同学面前受此羞辱，已经突破她忍耐的极限，康秋莎一改温良驯服的做派，严词斥责高桂萍是个"心地阴暗的小人，愚昧而狡诈的乡村刁妇"。高桂萍见惯了乡下泼妇的吵骂，骂脏话毫不怯口，却没经过这种文明的诅咒。她知道自己情理上不占优势，争论不过康秋莎，只好诉诸武力，从讲台上冲到康秋莎的座位旁，一把揪住她的长发，嘴里骂道："你个资产阶级的小骚屄，还敢骂贫下中农，太狂了，今天让你尝尝无产阶级专政的铁拳。"吵骂中另一只手就要挠康秋莎的脸。这工夫崔大嘴赶过来掐住高桂萍两手腕，让她动弹不得，两个女同学趁机把康秋莎拉出教室。班主任闻讯赶来，这才制止了一场闹剧。

班主任早知道事情的原委，当我向他转述高桂萍要求对康秋莎开批判会时，这个“文革”前的中师毕业生软中带硬地说：“这个丫头心眼太毒，太可怕了！哪条政策也没规定唱歌还要看出身。难道可以教育好子女就不能唱《我们是共产主义接班人》《敬祝毛主席万寿无疆》吗?”最后老师告诉我，对这件事干脆来个不了了之。

俗话说江山易改，本性难移。验之于实践，果然不假。就拿我来说吧，让老贾头训过不到一个月，在讨论康秋莎入团时又犯了一个类似的错误。

在团支委会上，我列举了康秋莎不会干农活却坚持上山割羊草；教广播员说普通话等表现，建议吸收她为团积极分子。宣传委员高桂萍极力反对我的意见。她也承认我对康秋莎的评价完全符合事实，但她认为，如果一般同学具备了这种条件完全可以入团，不过对康秋莎就不能仅仅这样要求，因为她是可以教育好子女，必须高标准、严要求。至于究竟应该高到什么水平、严到什么程度，她也说不出个明确意见，反正现在这样不行。照她的意见看来，康秋莎如果不是像王杰、欧阳海、刘英俊那样做出惊天动地的事迹，就别想跨进共青团的大门。我心里这么想，嘴上却没敢说出来，怕她说我“闹意气，泄私愤，图报复”。

见咱俩的意见相持不下，组织委员便一声不吭。于是这个议题以一票赞成，一票反对，一票弃权而搁浅。

支委会的下一项内容是团支部半学期工作小结。高桂萍开诚布公地批评我工作太右，在发展康秋莎入团的问题上不是立党为公，而是立党为私。她指着我的鼻子说：“人都是看不见自个儿脖后灰。同学中对你早有议论了，说你阶级路线不清，让康秋莎弄得蒙头转向，受了她的拉拢腐蚀。你别翻睖眼珠子，人家都有事实根据。你俩经常背后串换看封资修的毒草小说——这事有没有？你俩星期天割柴、拔菜常在一块儿——这不是瞎说吧？她在山上转向了，你干吗那么心急火燎地去找？全校那么多学生，你为什么单单推荐她当广播员?”

这番质问有理有据，掷地有声，不容我做任何辩解。她列举的事实使我看出，这些意见并不是出自“有些同学”，其实就是她本人。幸亏她不知道赠像章和看电影的事，若不然又得给我增加两条罪状。

针对我的活思想，她拿出《毛主席语录》翻到第八页，念了几段关于“阶级和阶级斗争”的语录，让我对照最高指示，在灵魂深处爆发革命。

我默诵着毛主席的教导，看着扉页上他老人家慈祥的面容，真诚地狠斗私字一闪念。

我真的违背了您老人家的教导吗?

我真的忘本了吗?

我真的蜕化变质了吗?康秋莎真的是在拉拢腐蚀我吗?

…………

我虔诚地在灵魂深处爆发革命，亮私不怕丑，斗私不怕疼，但自己总是说服不了自己。毛主席微笑着看着我，却默不作声。此刻，我多渴望毛主席能开口说话，给我一个明确的答复啊!

可是……

我迷茫了。脑袋涨得有柳斗大，胸口像堵了一团棉花似的难受，真想找个没人的地方喊叫几声，大哭一场。

支委会不欢而散，我知道明天还得到老贾头那儿吃顿政治小灶。

第二天，晚饭后康秋莎来到咱家。她告诉我，昨晚高桂萍把团支部会议上的情况全当她讲了，并警告她不要化妆成美女蛇迷惑贫下中农子弟。讲完这些，她又说：“感谢你对我的好意，往后不必再为我说公道话了。这样做不但毫无用处，反而会连累你。”

“你也认为我这是偏向吗?我这是按党的政策办事，有什么不对的?党的政策是有成分论不唯成分论，重在政治表现。”

“话是这么说，可是执行起来就不是那么回事了。你是个犟眼子、死心眼儿，这不光是咱一个学校的事，这是潮流，比你再有力量的人也改变不了。记住我的话，千万别再做那种无谓的牺牲了。”

康秋莎又劝我马上写份检查：“要写得深刻，把责任全搁在我身上。反正我是黑的，再加几个污点也不在乎。我本想写一份，可又怕人家说是掩护你蒙混过关。”我当即表示，说什么也不能干这种缺德事。

事实果然不出康秋莎所料，不久我就被撤销了红卫兵排长兼团支部书记职务。我虽然不在乎那两个小纱帽翅，可是面子上总是挂不住，心里也憋着一股火，连生气带上火，得了一场重感冒。

星期天，康秋莎来找我去拔菜，我知道她是想找个机会宽慰我一下。可是我头昏腿软，不能和她一起去。她用负疚的眼光看着我，转身走了出去。想到她思想上背着沉重的包袱，却来安慰我，我心里十分不安。

晚饭时，我支撑着吃了半碗高粱米粥，便迷迷糊糊地睡着了。蒙眬中，妈妈把我推醒："快起来，二丫出事了！"妈妈说的二丫，就是康秋莎。我一翻身爬起来忙问究竟。

头晌康秋莎自个儿去给猪拔野菜，把生产队地瓜地里沾（零星播种俗称沾）的绿豆当野绿豆给拔了十来棵，正巧让队长看见了，立刻带到大队，当场按制度罚款，同时定了个破坏农业学大寨的罪名，按照惯例，明天晌午游街示众。这类事在村里每年都要发生几次，这是全队社员政治生活中的一件大事。

我顾不上头昏腿软，跑到身为大队书记的二叔家，为康秋莎求情："咱们常说大城市人五谷不分，她确实分不清野绿豆和家绿豆，说她有意破坏农业学大寨，这太冤枉了！"

二叔反问我："她拔没拔？不是赖她吧？至于有意还是无意，那是脑瓜子里的事，谁也猜不着，怎么说怎有理。按照她的出身来看，就是有意破坏。"到底是亲叔，净跟我说实在的。

我见辩护无效，便转而求情。可二叔铁面无私，不徇私情："你也不是才从台湾搬来的，咱堡子的事儿你不知道吗？哪年护青前后不得抓几个活靶子，不震一震就放抢了。别人偷青都游街，她个四类子女怎能例外？就是我不打算让她出这个丑，别人也不会让呛。"二叔不单没开后门，反倒把我臭骂一顿，说我忘了本，竟替害死爷爷的仇人的孙女求情，"对敌慈悲对友刁"。

我拖着沉重的双腿迈进家门，妈妈告诉我刚才康秋莎来了，送来一本书。我从堂箱盖上拿起《钢铁是怎样炼成的》，看见书中夹着三张信纸，不知为什么，看见这信纸脑海中就倏地闪过“遗书”二字，一种不祥的预感攫住我的心。

亲爱的哲凯：

只有此刻我才能这样称呼你。当你看见这封信时我可能已不在人间了。

…………

果然不出所料！我顾不得往下看，拿起手电冲出房门。跑到康秋莎家，老父正为她深夜未归而焦急万分。我来不及和他细说详情，转身便跑。

双腿快速摆动，思绪疾速旋转。投河、上吊、服毒、刎颈……一个个血淋淋的字眼在脑海的屏幕上闪现。服毒——她家没有农药；上吊——她捆柴用的绳子在家里；投河——现在只有干河沟；刎颈——她没带镰刀。不好！村东头有口方塘，会不会……我不禁打个冷战。

方塘四周，空无一人。我打着手电转圈巡视。方塘边的水泥台上有块湿漉漉的手绢，手绢旁边，一块石头压着一张纸，拿起来一看，是康秋莎写给父亲的遗书。

我向大队部奔去。广播喇叭响了。山村骚动了。人们的同情心这时才充分表现出来，可是捞上来的只是一具冰冷的尸体！

尾　声

我从上衣口袋里掏出康秋莎的那封遗书交给康大姐，她急切地读起来。

亲爱的哲凯：

只有此刻我才能这样称呼你。当你看见这封信时我可能已不在人间了。

这个打击太突然了，也太沉重了，我实在无法承受！你设身处地地为我想一想，一个十七岁的姑娘，头戴纸糊的高帽，脖子上挂着豆秧，手敲铜锣，游街示众，后边跟着一群看热闹的人……不知是谁发明了这种侮辱人的方法？我不敢再想下去了，太可怕了！去年我曾看见别人游街示众，其状使我目不忍睹，想不到今天，这种厄运竟然降临到了我的头上！

这样的屈辱我怎能忍受？士可杀而不可辱。我当然算不上什么士，但毕竟是个人哪！况且又处于自尊心最敏感的少女时期！我有起码的尊严。可是现在竟连这点可怜的尊严也得不到保障，那么我活在这个世界上还有什么意思呢？仅仅误拔了几棵绿豆苗就值得如此残酷地惩罚我吗？我万分不平，可是不平又有什么用处呢？此时有谁能听我这个资本家女儿的申诉呢！

尽管这个世界对我是这样的苛刻，然而我仍留恋它。十七岁，多么美妙的年华！人间有那么多的幸福和欢乐，可是我却来不及享受了。我深深地为自己惋惜，但也只能是惋惜而已。也许这就是小资产阶级知识分子的哀鸣吧？

“人之将死，其言也善”，此刻我心中的万语千言向谁诉说呢？母亲含冤九泉，姐姐远在贵州，哥哥漂泊台湾，身边只有年老多病的父亲，我却不能向他吐露一点风声。现在只好向你诉说了。在黑暗的长夜，你给了我一线光明；在寒冷的严冬，你给了我一丝温暖。这些是那样的微小，又是那样的巨大，在这充满歧视的社会中，你是第一个对我以诚相待的人。你有一颗善良的心，为我受了许多委屈和打击，我永远对你歉疚。在弥留之际，我不想对你说什么感激之词，只是献上一个纯真的少女的一颗赤诚火热的心。

我对世界无所求，只请你在我坟头青草萋萋的时候，来培上一锹黄土，我就含笑九泉了。

此刻多么想见到你，可又怕见到你。我在地母的怀抱中为你祝福。妈妈一个人在天堂里太孤单了，我这就给她做伴去。泪水挡住了视线，我写不下去了。

永别了，哲凯！

秋莎绝笔

1971年9月5日黄昏于家中

康大姐读完遗书，站起来缓步走到坟前，轻声说："妹妹，你坟头早已青草萋萋，可是姐姐今天才来给你添土，请你原谅姐姐！"她说完，拿起铁锹慢慢地往坟上添土。

我垂首默哀，瞥见胸前桔黄地红字的研究生校徽，心弦顿时一阵震颤。秋莎生前多么渴望上大学呀，可惜她生不逢辰。秋莎如果今天健在，凭她的智力和才气，定会成为一名有造诣的研究生，甚至成为一名青年翻译家。可是，理想的花环过早地被罪恶的魔爪撕碎了。我摘下校徽，小心翼翼地摆在她坟前的石门中，算是献上一瓣心香。

我向康大姐提议，趁她这次回来，给秋莎立块碑，再献上两个花圈，聊表哀思。大姐说："不必了。十年动乱中，像秋莎那样被迫害致死的人何止万千，张志新、遇罗克都没有留下一把骨灰，秋莎更是微不足道。'有限的几个生命，在中国是不算什么的。'如今她在人们的记忆中已经消逝，立块墓碑又有什么用呢？今天世界上还有我们两个人记起她，这就足可告慰她的在天之灵了。亲友心中的怀念才是最永久的纪念碑。"想不到，八十年代的女博士竟与一千多年前写《拟挽歌辞》的陶隐士一样旷达。我想秋莎如果九泉有知，也会赞同大姐的意见。

沉重的心情，伴着沉重的脚步，我和康大姐缓步下山。走到山脚，回头向山坳望去，秋莎的坟已经隐没在绿色的蒿草中，坟头上几枝火苗般红艳的石竹在微风中摇曳，宛如秋莎在向我们招手、告别。

1985年12月至1986年1月于辽宁省盖县文化馆

洪水漂来的爱情

望海寨有个小伙子，叫田大牛，今年二十六岁了，愣是对不上象。小伙子生得粗眉大眼，膀阔腰圆，那真是行如风，站如松——堂堂正正，正正堂堂。论人品，没说的——好；论体格，没比的——棒；论文化，人家是电线杆子挂表——高中（钟）。这些条件摆在那儿，姑娘们都长着眼睛，哪有不动心的？可就不知为什么——谈一个崩一个。人们都纳闷儿，时间长了，姑娘堆里传出来口径统一的评论：他呀，不是大牛，应该是大字多一点——太牛！

最糟糕的是，他伤透了那些媒人的心，从此再不贴他的边儿，背地里直扒扯他："就那牛样儿，这辈子别指望在旱地上找对象了，人家水性好，兴许从河里捞一个来。""从河里捞一个来"？这地方出门就是河，离海也不远，说这种话，真是再刻薄不过了。

田大牛真牛吗？一人一个看法，老支书就有他自己个儿的眼光："这孩子心性高。他不想找那花里胡哨的，弄回家来当花瓶，更不想要那讨价还价、填不满的无底洞。"

老支书说对了，田大牛不是剜到筐里就是菜的那种人，他很珍惜自己的爱情。为什么呢？一辈子就一回呀，立志要找个心性高、心眼俊、对心思、对口味，踏踏实实、本本当当的好姑娘。

为这事儿，田大娘急坏了。这两年，政策变了，日子好过，大牛又能干，家里什么也不缺，房子家具、被子褥子，样样现成，就是盼个媳妇，抱上个孙子，欢欢乐乐成个人家，她就知足啦。看儿子那光景，唉，老艄公掌舵——拿得稳，根本不着急。这两天，又听了些闲言碎语，老人家吃不住劲儿了，一急，心脏病犯了。闹得大牛没办法，还得安慰她：“妈，您老急什么？这种事，得慢慢碰……”

“大牛，不是妈说你，你这孩子也太任性，那些水灵灵的大姑娘，上赶着找咱们，真格的，一个也看不上眼儿？”

“妈，您又来了，看人得看心，弄不好，您老也跟着遭罪呀！”

“唉，都二十六七岁啦，过了这个村，就没那个店了！”

“您放心，早晚给您说个好媳妇，让她好好侍候您。地上找不着，我，我就下河给您捞一个来！”

这本是把别人嚼舌根的话，当成玩笑，拿来给母亲开开心，没想到这大千世界，真是无奇不有，随便的一句笑话，还真叫他给说应验了。

三伏天的一个夜里，社员们劳累了一天，早已进入了梦乡。突然间，黑云翻滚，电闪雷鸣，狂风大作。随着“咔嚓”一声霹雳，瓢泼似的大雨，哗啦哗啦地浇了下来，越下越大，越下越猛，到后来，干脆就一个声了：哇！这哪是下雨呀？好像天河里的水，全都倒下来了。

第二天，一大早，还蒙蒙黑呢。田大牛想起河心地里那十亩种子田，披件衣服出来看，哪还有河心地啦，庄稼全被冲光了，几棵大杨树，让大水冲得露出白花花的树根。再往河里看，河水暴涨，满河槽都是冲下来的房柁檩木、门窗箱柜，还有露着脊背的骡马猪羊。

大牛明白啦，上游公社遭灾了。没容多想，他连衣服都没脱，就下了水，一口气捞上来十二根檩子，整整齐齐摞在河边上，还拉上来一匹马，拴在檩子上。天快亮时，老支书来啦，老远就喊：“喂，那是谁？危险啊——注意点！”大牛也在水里喊：“老支书，是我，赶快派人捞东西吧，眼瞅进大海了！”老支书答应声：“好，我这就去，你千万当心！”刚转过身，还没等挪脚窝，又听大牛喊：“老支书——你看，好像是个人！”老支书仔细一看，从上游冲下来一个黑乎乎的东西，被河心地的大树根挂住了。“大牛，不管是死是活，一定要救上来！”“好嘞！”

大牛答应一声，顶着漩涡似的水流儿，好不容易接近了那个人。只见那人一只手死死地抓住树根，随着滔滔的洪水，一沉一浮，哎呀，每时每刻都有被冲下河里的危险。大牛的心啊，都提拎到嗓子眼了，他拼命往前游，嘴里喊着："抓住树根，别松手！"还有五六米远时，他看见长长的头发披散着，遮住脸面，哎呀，是个年轻的女人！本来伸手就可以把她拉过来，可是，大牛呢？——他惊呆了。"咳，这事可不好办！"想到这，麻溜一转身，背过脸。这时，哗的一个大浪打来，把他俩冲散了。浪头过后，大牛又从水里钻出来，朝那人猛追过去，再牵着她，拼力往回游。眼瞅着快到岸了，只见一个大房柁，顺着水流儿，飞快地朝他们横扫过来，五米、三米……就在这房柁快要砸在他们头顶的千钧一发之时，大牛急中生智，把那人猛地一推，推出危险区。他自己吸足了一口气，想扎到水底下去。可是，来不及了，房柁的一端，噌地从肩头擦过去，哎哟，大牛当时感到一阵麻木，疼痛难忍，两眼直冒金星，手也不灵便了。他没顾上这些，也忘记了羞涩，只有一个念头：救人要紧，咬咬牙又狠命朝那人追过去。

当他拖那人靠岸时，眼前一黑，一头扎到沙岸上，动也不动了；那人也昏迷过去了。老支书急忙招呼人，把他俩放在河边沙滩大牛堆放的檩条上，头朝下控水，待肚子吐瘪了，才把他俩抬回家。田大娘一看，吓坏了。哎呀，这是怎么了？只见儿子牙关紧闭，双眉紧锁，背心上直往外渗血。再看那救上来的人，穿着儿子湿漉漉的衣服，又肥又大；用手往鼻子上试了试，也是出来的气多，进去的气少。把她的头发轻轻理到一旁，嘿呀，好俊气个姑娘呀！这是谁家的？爹娘该多心疼啊！咳，儿子舍命把她救上来，说什么也得救活呀。

这姑娘吐出来不少的水，软乎乎地躺在炕上，眼睛死死地闭着。就在这紧急时刻，老支书领着大队卫生员，气喘吁吁地赶来了。

经过一番抢救，姑娘渐渐苏醒了。可她仍然感到天旋地转，耳朵里全是风声、水声、呼喊声，忽忽悠悠，悠悠忽忽，这是漂到哪儿来啦？身子底下热乎乎的，全身都感到温暖。她在河里灌了那么多的水，还是干渴呀。忽觉一种香喷喷的东西，放进她的嘴里，睁眼一看，只见一位老大娘，正在喂她小米粥。这一下她明白了：有个小伙子来救自己，当时自己衣服在水里剐碎了，冲跑了……想到这儿，她脸红了，伸手去摸，哦——穿着呢。她挣扎着要坐起来，被老大娘按住了："孩子，你太虚弱，快躺着吧！"

这姑娘叫王彩云，是杨运公社的社员。她躺了一天一宿，田大娘像对亲闺女一样照看，亲人解放军医疗队来治疗，已经能够下地了。妇女主任给她送来衣服，换上一看，嘿，别提这姑娘有多俊了。田大娘左端详、右端详，乐得合不上嘴了："这房子里啥也不缺，就是缺个大姑娘呀！"要说田大娘呀，前两天忙活个脚底朝天倒没事儿，现在没事儿了她倒犯病了。大牛急得不得了，姑娘反来安慰他。彩云是个快性人，干起活来干净利索，眨眼工夫，把个家弄得井井有条，把大娘侍候得没那么再周到的了。大娘稀罕地搂着姑娘直掉泪："你就是我的亲闺女呀！"彩云也搂着大娘掉眼泪："大娘，您就是我的亲妈妈！"大娘心里一敞亮，病很快就好了。

这时候，寨子里一阵风传开了："田大牛真就从河里捞了个俊媳妇！"

大娘也纳闷儿，真让他们说中了，咋那么巧，就从河里捞个好媳妇来。原先那些个姑娘，不怪大牛看不中，归齐都是些"谎花"，好看不好用，这个才是"正根""正蔓"呢！

可大牛呢？真就是头牛。谁都说应该这么办的事儿，他偏要那么办，你说气人不气人？

这不，姑娘身体复原了，要回杨运公社了。大娘招呼他送一送。在河边小树林里，姑娘站住了，深情地看着他，指着平静的河水："大牛哥，你在这河里救了我的命，我一辈子也忘不了你，我要走了，你是怎么想的？"

"我救你是应该的，要是我落在水里，我想，你也会跳下去救我的！"

"我永远忘不了你和大娘的恩情!"

"那就常来串门，也请你的母亲来!"

"我妈妈会来的，一定会来的!"

"你回去，要多保重，身体还虚弱……"

姑娘忽然哭了："你呢？你为我受了伤、流了血，难道不更应该保重吗?"

小伙子最见不得姑娘的眼泪，他不知说什么好了。"嘀嘀——"汽车笛响了，老支书催她呢。姑娘狠狠心，终于说出了她的心里话："大牛哥，我回家看看就回来，我要侍候大娘一辈子!"话说到这份儿上，田大牛就是一头傻牛，也该透明白了。可是你看他摇了摇头，说："彩云妹妹，我感谢你对我的信任。可我救了你，就是救了你，不能掺和别的。你在危难中，谁都应该伸把手；伸了手，就要指望人报答，那是多么的卑鄙呀！我相信，为了报答我，你什么都能舍出来。可爱情是纯洁的，怎好蒙上世俗的灰尘呢!"

"大牛哥，你是个好人，你说的这些话，跟你的行为一样美。一个人，难得的就是心灵的美，可是你……"姑娘说不下去了，眼泪含在眼圈里，咬咬牙，一个字一个字地说，"爱情就是爱情，它也不能掺和别的……"

大牛也激动了，但他使劲儿压下去了："不谈这些了。"忙把妈妈给她准备的包袱送到她手里，"快上车吧，有了时间，来串个门，省得我妈挂念。"

姑娘含着泪走了。哭了一溜道，老支书劝了一溜道："我看出来了，你是个好姑娘，大牛有他的道理，你呀，嘿嘿……日子长着呢!"

姑娘一听，挂着眼泪又笑了："我也看出来了，您是个好书记，求求您啦……"老支书哈哈笑起来了。

却说彩云的母亲王大娘去鞍山妹妹家串门子，听说盖县杨运公社发了大水、淹死了人，急忙忙从鞍山赶回来了。到家一看，家，哪里还有家啦。房子让大水抬走了。闺女呢？她到处打听，人们挂着泪，摇摇头。她觉得两眼发黑，咕咚一声，昏倒在地。幸亏解放军抢险队，把她背到帐篷里。她却饭不吃、水不喝，偷偷溜出来，顺着大河找。老太太真是急眼了，一天一宿没停脚，愣是走了八十多里。鞋磨破了，脚磨坏了，来到靠海的河边。哪有姑娘的影子？还活个啥劲儿，她一头扎到河里，但马上被人救了上来。

你知道救她的人是谁？不是别人，又是田大牛。他在河心地里收拾种子田，看见了，急急忙忙背到家，换上妈妈的干衣服。王大娘经过这番折腾，倒清醒了。一问家乡居住，姓甚名谁，王大娘一五一十这么一说，田家母子就明白了——这是彩云的母亲！你说巧不巧？彩云临走不是说，她妈妈会来找的吗？可不，现在果然来了。田大娘这个乐呀，就甭提了。她放心了——这一家人，都平安了。

田大娘百般劝慰，田大牛殷勤侍候，老太太非常受感动。“你们娘俩都是大好人哪，唉，要是我女儿还在，说什么也得和你们结成亲家呀。”

“唉，咱这个小子，配不上你家闺女哟！”

王大娘一把拉过大牛：“这个孩子我喜欢，你看他心眼多好呀！”

大牛憨厚地笑了：“您这位大娘真有意思，天底下哪有这种道理，救了人家的妈妈，就要人家的闺女。”

“不是当妈的吹，我那闺女可是百里挑一呀，不图金，不图银，一心挑个好人品。她心性高着呢，最看不上那些‘攀枝花’‘随风柳’。你呀，你是没见过呀。唉，还不知能不能再见到她哪……”说着说着，老太太又扯起衣角，擦眼泪啦。

“大娘，您放心吧，您家的彩云没有事。今天早晨大队出车送她回杨运去啦！”

王大娘这一惊非同小可，她信了，人家连闺女的名字都叫出来了，还能错吗？

田大娘告诉她，姑娘被大水冲到河里，让大伙救了，一切平安。老太太乐蒙了，登时不会说话了，老半天才哭出声：“彩云呀，妈妈的孩子呀……”

哭了一阵，又笑了，心里合计：“我这是怎么了，应该问一问，是谁救了闺女，得谢人家呀！”

“她大娘，你快告诉我，是谁救了她，一辈子不兴忘了，我给人家磕头去！”

“大娘，何必这样呢？洪水虽然无情，谁能见死不救呢？”

“你年轻，没经着事呀，从洪水里救那得先豁出自个儿的命，才能去救别人的命哪，不是高人君子，做不到呀！”

“瞧您说的，社会风气变了，谁遇到这种事都会伸把手的。”

大娘又要哭了：“是呀是呀，到处碰到好人，你不是也把我救了吗？多亏你呀，要不，我那闺女就是让人救了，要知道我……她也不能活着，你是一下子救了我们两口儿呀！……如今我做主就把闺女给你了！”

“大娘，哪好那样做呢？我救您，就是救您，不能掺和上别的，千万不能那样做……”

“你嫌我那闺女配不上你？”

“不！”

“不管怎么的，反正我们娘俩是看好你了！”

王大娘一回到杨运，她的闺女就一把搂住她，笑出了眼泪：“妈——您到哪儿去了？人家都到鞍山去找您，急得都不想活了！”

“彩云哪，妈妈从你姨那儿回来，见不到你可真不想活了，哪儿承想，让人家救了。”

“谁救了您？”

“望海寨有个小伙子，名叫田大牛。”

彩云正有一肚子委屈，见到了亲人，又勾起心事，这下子，眼泪刷刷的，就像二十八号那天的雨似的，算不开晴喽。闹得老太太六神无主，到晚上，娘俩才细枝嫩叶地话说端详。

王大娘可是个遇事有主意的人，原来闺女是他救的，这样好的小伙子，上哪儿找去？可不能从我手里飞了。想起他竟拒绝了闺女的爱情，心里还有点气：“好你个田大牛，你小子可真就挺牛的，俺娘俩算看好你了，你等着吧！”

妈妈主意正，姑娘就有主心骨，这事儿呀，瞧好吧！

这一天，望海寨格外热闹，灾区重灾户，有三户安排到这里安家，人们高兴得像办喜事。老支书早就通知了田大牛：“给你分配一户两口灾民，快把房子打扫打扫，该糊的糊，该裱的裱，就像你要娶媳妇，打扮新房似的。”大牛笑了：“你放心吧，准错不了！”

刚晌午歪，汽车到了。人们敲锣打鼓，唢呐鞭炮，好一顿欢迎。有一老一少两人，穿着新崭新的衣裳，提着大包儿小兜儿，一声不吱，径直进了大牛家的门，一屁股坐到西屋炕上，还是一声不吱。田大牛寻思，灾民冷不丁地离开老家，哪有不难受的。仔细一看，哎哟，那不是前些天救上来的王大娘吗？再一看，那位年轻的扯下纱巾，啊——彩云妹妹。可这彩云狠狠瞅了他一眼，向炕里偎了偎，还是一声不吱。彩云的妈妈说话了：“咱们这两口重灾户，都是你从水里捞上来的，安排你家啦！”

田大娘从后园子摘菜刚进门，“咕咚”一声，炕上跳下个人来，喊了声：“妈……”一下子扑到怀里，委委屈屈地哭起来了，“妈，这一回，我可不走了，我要跟您一辈子！”田大娘乐出了眼泪：“好闺女，你可把妈想坏了，不走了，不走了！”抬头一看，哦，王大娘也来了。

“亲家母，给你送媳妇来了，要不要哇？”

“是呀，你要不要哇！”不知啥时候，老支书进来了。

“哎呀，你老支书做大媒，从杨运把红线牵到我们家，谁敢说不要，我就拿笤帚疙瘩给他两下子。”

田大牛一吐舌头，心里热乎乎的，再也说不出什么，真的是顺水推舟了。

为了叫灾民欢欢乐乐地安家落户，三天后的婚礼办得非常热闹。老支书多喝了几盅喜酒，心里又特别高兴，在祝贺词中，加了许多文词，讲得十分精彩：

“各位社员同志，田大牛是个好青年，杨运山区发了大水，洪水无情，可是人有情呀！田大牛同志，在危难中，舍命救人。更可宝贵的是，他施恩不图报，心怀坦荡，光明磊落，按着新的道德标准，严格要求自己。很值得我们大家学习……所以呀，啊，所以，洪水给他漂来了幸福的爱情……”

“哗——”贺喜的人一片掌声，争着向新郎新娘贺喜。果真是洪水做大媒，两地牵红线，给田大牛送来了幸福的爱情。

刊载于《苗岭》1982年第10期

纪实篇

纪实是最近十几年流行起来的文体称谓，长期以来在中国现当代文学史上一直叫作报告文学。这是一个年轻的文体，故此其形式变化较多较快就顺理成章了。收入这部分的作品基本都是因为工作需要而写的应命之作，不管作品品相如何，至少都能保证内容的真实可靠，绝无虚构成分。当然真实的篇章不一定就是优秀作品，文学的纪实毕竟不同于新闻通讯，文笔、见识才是决定高下的分野。按照这一标准，写爸爸和钮益惠两位老人的篇章，则是纯粹的自我写作，更能体现作者的真情实感。

乡贤老爸

爸爸是个老农民，爸爸是个老党员。他1948年在土改中入党，党龄比许多人年龄还大。爸爸有句半自豪半玩笑的名言：先有我，后有党。因为爸爸生于1920年，确实比党大一岁。

按乡下人算虚岁的习惯，爸爸今年97岁了，耳不聋，眼稍花，身体比较健康。每天除了在房前屋后干点零活，就是在村里四处走动，和乡邻们聊天，看年轻人打麻将，隔三岔五参加亲戚邻居的红白喜事，日子过得挺滋润。他80岁时还在村委会当会计，可能是全国年龄最大的会计了。直到今天，每逢大事，爸爸还要写日记。写字时连眼镜都不戴，可见精力挺足，脑子也清楚。

人过90就算上高寿了，人们见了爸爸每每向他讨教长寿的秘诀。爸爸作为一个农民，不懂什么养生之道，从未刻意养生，他的衣食住行和乡邻们没什么差别。爷爷奶奶都是寿享70多岁，可见爸爸并无长寿基因。作为儿子，我对老爸十分了解，依我看来，老爸长寿的根本原因就是善良。

我说善良使得老爸长寿，并不认可积德行善就能长寿的迷信说法，而是认为善良使得他心境恬淡、毫无挂碍，吃得下、睡得香。由于他天性善良，热心助人，在十里八村人缘极好，走到哪里都受尊敬爱戴，精神自然愉悦——这是他健康的重要原因。这与古人推崇的以德养寿的观念暗合。孔老夫子也说仁者寿，爸爸名学孔，无意中得了祖师爷的真传。

说起爸爸的热心肠、好人缘，我从小就有切身体验。在交通不发达的20世纪60年代，农村孩子进城走乡全靠步行，路上遇见马车如能捎个脚，那是难得一遇的好事。中国自古就有“车船店脚牙，无罪也该杀”的俗语，印证于现实，大抵如此。车老板大多脾气倔强不开面（若是逢人都捎脚确实也拉不了），小孩子要搭便车十有八九会碰壁。而我张口求过几次，则是每求必应。之所以如此，就是沾了爸爸的光。凡是遇到要搭车的孩子，车老板首先会问你是哪个堡子的、姓什么，只要我报上村名和姓氏，车老板立刻就反问：“你是初学孔家的吧？长得太像你爸了。上车！上车！”有时赶上大车上装着好吃的东西，比如苹果、香瓜、花生、黄瓜，车老板还会主动拿出来给我吃。我第一次吃到伊拉克椰枣（那时咱们叫海枣），就是车老板给我的。当时他正从火车站往县酒厂拉货，酒厂用椰枣造酒。他用马料桶装些回家给孩子尝鲜，没想到我也沾了光。

我一坐到车上，车老板就主动讲起爸爸为他做的好事。他们像约好了似的，一般都是以“你爸可是个大好人啊”开头，然后讲起爸爸的桩桩善举。

新中国建立初期到成立人民公社这段时间，我家乡农村在县和村之间有一级组织叫作业区，一般管辖十来个村子。那时爸爸在曾店作业区当会计，自然要每天和十里八村的乡邻打交道。一个姓杨的车老板对我讲：“那时候作业区的干部大都抖毛戗刺的，就你爸那人，一点架子都没有，谁来办事都以礼相待，还特别有耐心烦，你问哪笔账都给你交代得一清二白、有根有梢。有一回，我妈得了急病，要进城扎痼，家里没有钱，我到作业区去预支钱，孙区长就是不批，是你爸自掏腰包借我5元钱。这可是救命钱啊！那年月钱实，5毛钱就能下顿馆子啦。”

还有一个姓罗的车老板告诉我，他结婚不久，媳妇和他闹离婚，跑回娘家。三九天爸爸和他一起冒着北风烟雪，蹚着没膝的大雪，爬过九盘岭，步行30多里，到他岳父家，苦口婆心地劝说，终于把他媳妇给领回来了。他由衷感叹：“要不是你爸，咱这个家早就散伙了。”

还有一回，茨峪大队跟车的（负责押运装卸）黄大爷告诉我，他爸爸得胃癌临死前那一个来月，爸爸三天两头去探望，帮着找偏方，咽气时爸爸帮着穿好装老衣裳，又帮着张罗办丧事。

他还说："刚解放那阵子，庄稼人一年到头很少进城，你爸为办公事每月都去一两回。你爸那人真是热心肠，每回进城，都主动问大伙有什么事，捎东西、买货、传信、带药，每趟都揽十件八件差事，车子上带满大包小裹。你爸还特别细心，每到过年，都找几个会写水笔字的人到作业区，给大伙写对子。

"好人有好报。你爸帮过那么多人，大伙都说他心眼好，即使你爸没直接帮过的人，也都说他好。你们家盖房子那年，十里八村来帮忙的有200来人，房场摆不开，大伙只好轮班干。你爸待饭，大伙说什么也不让。那天你们家大门外自行车就停了100来台，太阳底下好多车被晒爆胎，让村里修车的挣了不少钱。"

车老板曾大叔说："你爸在作业区干了五六年，县城往东这七八个堡子，至少有两成的人家你爸都帮过忙。不论谁家，只要有个大事小情，求到你爸没有顶回去的，不管怎么作难，你爸都尽力帮忙。有时别人不好意思求，你爸也主动去帮忙。婚丧嫁娶，动土盖房，都找你爸帮着张罗。你爸人缘好，什么事只要你爸喊一声大伙都往前上。打仗闹伙、婆媳不和，都找你爸说和。你爸为人正派、办事公道、一叠两开，说得大伙口服心服。

"那时候作业区头头遇到挠头的事，都找你爸出面帮忙。有一年农业税收不上来，作业区干部跑了好几圈也白搭，最后让你爸出头，骑个车子挨个堡子走一趟，很快就收得差不多了，只有三五户特别困难的人家只好免了。你爸人缘好，谁都给面儿。你别看区长官大，根本不好使。一个庄稼人要是跟你滚上了，你能咋的?"

说到爸爸在作业区当会计，你也许认为他挺有文化，其实他只念过多半年书。

爸爸出身贫寒，新中国成立前家里真的是房无一间，地无一垄，长年租住两间土平房，靠爷爷扛活维持一家5口人的艰难生活。家里穷，爸爸11岁才到邻近几个村合办的阳关学堂读书。学堂只有一个先生，叫张德荣，是本县矿洞沟乡步云山人，50来岁。爷爷会剃头，每月去给张先生免费剃头，张遂同意接收爸爸来上学。不用交学费，但要交一坛大酱和十捆柴火。

爸爸正月十五上学，这年秋天爷爷在财主家干活受伤夭亡，爸爸只好中断学业，经邻居介绍进县城给盲人算命先生领道。那时他的姐姐已经出嫁，弟弟6岁，12岁的爸爸就挑起了养家的重担。15岁爸爸在县城商家当学徒，学会了记账和打算盘。20岁到沈阳日本人工厂打工，吃了千辛万苦，受够了欺凌压迫。1947年辽南解放时，他立刻返回村里参加土改，分到了土地和房子，自己也成为农民会积极分子。由于爸爸在商家当学徒时学会了记账和打算盘，被选为农民会的财粮委员，从此开始了他50多年的会计生涯。

1958年盖县成立了东北第一个人民公社——太阳升人民公社。公社组建了信用社，爸爸被选到信用社当会计。这年9月邓小平曾亲临太阳升人民公社视察，爸爸有幸近距离见过邓小平。

爸爸从小就继承了诚实守信的传统美德，在商家学徒期间受到老板几次暗中的金钱试探和考验，因此培育出廉洁自律的品格。有了这样的思想底蕴，因此当会计50多年，经手的钱物成千上万，面对利益的诱惑从未动过歪念头，凡他经手的账目，历来清如水明如镜，真个是小葱拌豆腐一清二白。新中国成立以来搞过“三反五反”“四清”“一打三反”等以查经济为主的运动，爸爸从未被查出任何问题。有一次他去县银行取款，由于相信银行工作人员，没有现场点验，回到信用社发现多出600元（那时候爸爸的工资才每月38元）。他立刻打电话告诉银行，接着急忙送回去。银行奖励他一支英雄钢笔和一件背心。

1962年国家处于经济困难时期，动员干部回乡为国家担担子。在组织动员下，爸爸无条件服从，回到村里当起了大队会计。在当会计几十年里，爸爸仍然热心为乡邻服务。

爸爸回到大队当会计时，我已经记事了，常跟爸爸去大队部玩。从这以后爸爸的许多好事善行都是我耳闻目睹，至今仍历历在目。

那时公社有邮递员，每隔一天来一回。每家收到的信件、电报、汇单，都是爸爸义务挨家分送，未出过丝毫差错。偶尔收到电报，爸爸会马上放下手头的事儿，立马给送去。咱们堡子东西长五里多，每跑一趟来回要一个多钟头。即使雨雪天爸爸也不耽搁。他对我说，你不知道信里有什么要紧的事，晚一天就可能耽误大事！受爸爸的影响，我五六岁就帮他送信。送信之前他教我认识信封上的地址和姓名，在这潜移默化的过程中，我不知不觉认识了许多字。可以说信封是我的第一本教科书，爸爸是我的启蒙老师。

那时农村都是用摇把电话，只有遇到大事急事人们才会打电话。每逢接到电话，爸爸就会不辞劳苦地去找人接电话。常遇到接电话的人下地上山干活了，爸爸就要到那里去找。有时实在找不到人，爸爸就会把电话内容原原本本记录下来，晚上送到受话人家中。

义务送信接电话这种琐碎的小事，可谓微不足道，可是爸爸一干就是30多年，总是那么耐心细致，那就很不容易了。随着手机的流行，信件、摇把电话才退出人们的日常生活。爸爸靠自己的仁义言行赢得了乡邻们的真诚信赖和爱戴。有的人出门多日，家中无人，就放心地把房门钥匙交给爸爸，委托爸爸代为照看。爸爸还要去帮人喂猪喂鸡。

人心换人心，八两换半斤。爸爸热心助人，乡邻也爱戴爸爸。每到腊月杀年猪或者正月请客，来请爸爸的邻居们排成了队，许多邻居为了能让爸爸轮到自家吃顿饭，赶上两三家请客的日子撞在一起了，他们就会主动地错开。有时遇到我在大队部玩，也会借光去蹭一顿。每逢这时，爸爸脸上就洋溢着欣慰的笑容。爸爸不止一次说过，咱这不是去吃顿饭，吃的是个心情。能帮大伙办点事，这说明咱没白活。

20世纪50年代出生的人都知道，从新中国成立初开始，中国的极“左”路线日益猖獗，阶级斗争的弦越绷越紧，人际关系渐趋紧张，“文革”中达到顶峰。亲不亲，线上分，是当时流行的处理人际关系的根本准则。在这种情势下，心地善良、时时处处讲究礼节的爸爸就有点渐渐不合时宜。

我们老家叫初堡子，姓初的占三分之一，其中有三户是四类分子：一家户主是地主，一家户主是“历史反革命”，一家户主是伪满警察。这三个人按辈分一人爸爸应该叫叔叔，另外两位应该叫哥哥。这在乡村千百年的传统中应该顺理成章，自然而然的事情。可是在那以阶级斗争为纲的年代，爸爸作为一名党员、大队干部，这么称呼他们却多次受到批评。公社领导和工作组干部，指责爸爸阶级路线不清、和四类分子称兄道弟、丧失阶级立场。爸爸迫于形势只好违心检讨，但风声过后他仍照叫不误。爸爸始终认为，共产党员也不能连基本礼道也不讲啊。爸爸背地里说，毛主席去重庆谈判，见到蒋介石也叫蒋委员长，而不叫蒋该死啊。即使对那些非本家的四类分子，爸爸也一样按照村里的辈分称呼。每逢运动时期，这些四类分子自然要受批斗，爸爸都利用自己的威望尽量劝说那些造反派和运动积极分子，要文斗不要武斗，使这些贱民少受许多皮肉之苦。

爸爸叫初学孔，在批林批孔运动中首当其冲，工作组组长动员爸爸改名字。这家伙是个转业军官出身的老“左”，竟然威胁爸爸不改名就开除党籍。爸爸说这名字是旧社会起的，现在改了也没用，关键看脑袋里有没有封建思想。林彪说的最忠于毛主席了，可实际怎么样呢？再说，改名还得公安局批呢。我的名字可以改，那么姓孔的还要改姓吗？听爸爸这么一说，大伙都乐了。组长很狼狈。经过爸爸软缠硬磨，这事终于不了了之。可见爸爸善良而智慧，软中有硬，绵里藏针。

那些年总是鼓吹没有超阶级的爱，批判资产阶级人性论，爸爸虽然不懂这些高深的理论，也不去公开对抗这些，可实际生活中仍有自己的处世之道，以善良之心对待那些四类分子。村里有个地主子弟，小伙子人品端正，高大帅气，勤劳能干，就是因为成分不好快到三十了还没搞上对象。他爹着急，托爸爸为儿子做媒。爸爸不负重托，介绍一个邻村姑娘。爸爸人缘好，威信高，说话有分量，他劝说姑娘和其父母：庄稼人过日子靠人，人品好、身体好、勤快肯干就能过好日子。姑娘担心成分不好将来影响孩子进步，爸爸说三十年河东，三十年河西，现在这一套不会永远时兴下去。在爸爸的说合下，这对年轻人终成眷属。

真让爸爸料准了，他们婚后不到5年就改革开放了，四类分子都摘了帽。小伙子毕竟有地主老爸会经营的遗传，20世纪80年代就进城经商，成为第一代万元户。现在早在县城安了家，儿子大学毕业在大连工作，女儿医专毕业在县妇幼保健院工作，都家成业就。他们视爸爸为再造恩人，每年春节都来拜年。

有位原籍咱们村的资本家，1968年冬从北京被下放回老家。他们老两口带着5个未成年的孩子，老太太腿脚还有残疾（老资本家当年帅气又有钱，并没踹了这包办之妻而另娶阔小姐），初来乍到，环境生疏，又不会干农活，日子自然艰难。爸爸不避阶级立场不稳、阶级路线不清的嫌疑，念及童年的友谊，主动帮他家安排房子，从各家凑来一些家具，终于帮他家开伙了。在此后的日子，他家凡遇到难事，爸爸都热情相助。从日常生活到天灾病业，从孩子上学劳动到婚姻大事，爸爸都是尽力想方设法为他们排忧解难。由于有爸爸关照，那个老资本家在大队受的政治折磨也少了轻了许多。直到他家1980年落实政策回京，12年间帮忙的大小事情难以计数，爸爸从未厌烦过。因此他们回京后，子女几次回乡看望爸爸。妈妈来京治病，爸爸来京旅游，他们都热诚接待。

人心是秤，人眼是镜。对于正常人此理不言而喻，而对一个精神病患者，往往也是如此。我读的中学坐落在曾店大队，该村有个60来岁的孤老头子叫赵三，他在合作化时不愿入社，受到一位作业区领导的迫害，最后变成了疯子。一辈子没娶上媳妇，父母双亡后只好靠队里的“五保”一人混日子。他由于年轻时落下的病根，十分仇视干部，一天到晚喋喋不休地咒骂。他专爱往人多的地方去，当众一站立刻开骂：“某某某，肏你妈贼官！贼官！”接着数落一番贼官的种种丑陋言行。长此以往，赵三骂贼官成为十里八村一道风景，许多大人孩子见到他就调笑：“贼官。”立刻引来他一番痛快淋漓的咒骂，嘴丫的白沫子四处飞溅。凡是他认识的三里五村的公社和大队干部，他几乎全骂到了。同学中有几人爸爸都在赵三所骂的贼官之列，每逢听到，只好红着脸低头溜走。心里再生气也不好和个疯子理论，他犯法在法律上都享有豁免权啊。

我在曾店中学读了二年，听过赵三十几次骂贼官，但从未听他骂过爸爸。爸爸从20世纪50年代就在曾店作业区当主管会计，也是个不大不小的干部，赵三当然认识爸爸。他既然从未把爸爸列入贼官行列，可见在他没得精神病之前的记忆里，对爸爸的印象应该很好。由此我感到一个精神病患者心底对爸爸的好评，胜过许多奖状和锦旗。

有句俗语：别拿村长不当干部。那意思是说，村长虽然不入国家干部序列，没有品级，但掌管千八百口人，也是小有实权的，因此以权谋私的事情就屡见不鲜。无论现实生活中，还是文艺作品中，都有许多关于大小队干部以权谋私的传说和描述，尤其知青回忆录中，这类事件更是不胜枚举。

爸爸当大队干部30多年，最高职务当过大队党支部副书记，也算小有实权，可是他从未利用职权干过刁拿卡要的事。举凡入党提干，知青回城，青年当兵，推荐回乡知青上大学、进厂当工人，批宅基地，评困难户，分发票证（“文革”中好多日用品如肥皂、火柴、的确良布料等社员都要凭票购买），等等，这些便于寻租的机会，爸爸都秉公办事，从不以权谋私。

爸爸不刁难别人，也不照顾家人，不为儿女开后门。我们兄弟姐妹6人，都在大队当社员，没有一个借光进城当工人上大学的。而我们邻村一个支书就把女儿办成假知青选调去了鞍山；还有一个大队革委会主任经过运作，把儿子招工进了市渔轮厂。至于村官子女当兵、当民办教师、做合同工、进社办厂、到公社机关工作的就更多了。而这些好事都与我们无缘，为此少不更事的我们没少埋怨爸爸，可是爸爸总是告诫我们要守本分、凭本事吃饭。

我是“文革”后恢复高考的首批大学生，说明念书还不错，可是高中回乡干了两年多庄稼活，连个民办教师都当不上。那时，我曾让爸爸去托公社干部为我谋个俏差，可是爸爸说：“孩子，你爸这辈子无论谁求到眼前都有求必应，可就是不爱去求别人。人不求人一般高，人一求人矮半腰。爸爸脸皮太薄，为了不让爸爸脸受热，只好让你身受苦。”

1969年，咱们村的村花耿凤琴到了女大当嫁的年龄，本村的郭大娘主动登门，介绍的对象是她娘家村里的本家侄子郭洪祥，在大连海军当兵，后来提升为排长，成为穿四个兜的军官。郭大娘把小伙子夸得溜光水滑，家境也吹得挺富裕。人好家也好，还等什么？耿家很是动心，趁小伙子探家的机会，妈妈陪着女儿去郭家相亲。到了郭家，两人眼缘还可以，于是郭家给了见面礼80元。但耿妈很不高兴，在返回的路上冲媒婆发牢骚：“你说老郭家这么有钱那么有钱，可到了节骨眼上怎么只给咱琴子80元？连100块都凑不上？”而耿凤琴的心理价位则是100元，自己再添上20元。好用它买块“上海”牌全钢防震手表。娘俩越说越有气，竟要把钱退回去，吹掉这门亲事。

她们争吵着从古台子村走到了二道河子村，正遇上到公社开会回村的爸爸。爸爸听见她们的话题，就主动插言。他问姑娘：“你看小伙子怎么样？”耿凤琴说：“还行。”爸爸于是劝说：“搞对象最重要的是看人，能挑高郎不挑高房。只要小伙子有出息，将来什么都会有。再说郭家给这80元，不是人家小气，而是大有说道，叫作四平八稳。”经爸爸这么一番说和劝解，耿大婶打消了退婚的念头，成全了这桩婚事。

转眼40多年过去了，郭早已转业分配到盘锦劳改农场，当上了领导，耿凤琴也随迁安排了工作，现在都已退休，早就子孙满堂，过得很和美。事实证明，爸爸的一番劝解成全了一桩好姻缘。

2014年春爸爸突发心脏病，平生第一次住院，出院回家那天正赶上耿凤琴回娘家，立刻来看望爸爸。就是在这次看望过程中，耿凤琴大姐讲起了这桩陈年趣闻，我们家人才得知爸爸当年热心地做下的一桩善事。

前面说过，爸爸当会计到80岁，别人听了也许会认为爸爸像许多官员一样恋栈，舍不得那个位子，其实并非如此。爸爸是新中国成立前的老党员，按照省委组织部的有关文件规定，县、乡、村三级每年各给爸爸一点补贴，全年才2000来元。这在城里还不到一位离休干部半个月的工资，可是爸爸却十分知足并感恩。他觉得自己不能白拿公家的钱，要干点力所能及的事情予以回报。因此爸爸就继续做村里的会计。农村包产到户后，村里干部的报酬都由村民负担，爸爸担任会计后，由于领取了老党员补贴，他就不再另外要报酬，给村民减轻点负担。乡邻也信任爸爸，只要他愿意干身体又能坚持，大伙巴不得爸爸多干几年。爸爸身体较好，耳不聋眼不花，连账本上的小字也写得清清楚楚。这样爸爸就一直干到80岁，在我们儿女们的劝说下才放下村里会计这副担子。

爸爸第一次来北京那年已经84岁，我领爸爸游览了首都常见的景点，除了长城、颐和园和圆明园是坐车去的外，城里的景点都是骑车逛的。爸爸说骑车既省钱又锻炼腿脚，还行动自由。我有个朋友在天安门地区管委会工作，以爸爸是新中国成立前老党员的理由免收他登天安门的费用，尽管只是节省了10元钱，但这种礼遇给爸爸极大的自豪和欣慰。站在天安门城楼上，远眺广场周边雄伟庄严的建筑，广场上飘扬的国旗，熙熙攘攘的人流，爸爸由衷感叹：“这广场真是宽敞豁亮，可惜全国庄稼人能到这地方来的太少了！我今儿个能站在这里，80多岁算是值了！”

2008年春节全家聚会，酒桌上弟弟说起今年是奥运年，好多人都说股市要大涨，他也想入市捞一票。爸爸说：“在中国好事都要赶早，现在股市的好时候已经过去了，就算借奥运会的光可能涨一些，也不是所有的股票都会涨，如果你看不准照样赔钱。我看中国股市背后总有人鼓捣事儿，以后只会走下坡路。中国股市就是个大明局，老百姓根本玩不了，进去就是挨宰。”我们家乡方言管开赌场叫放局，爸爸所说的“大明局”就是公开合法的赌场之意。爸爸虽然不是经济学家，可是他凭着近90年人生阅历和60来年的财会经验所做的判断和吴敬琏的观点暗合，并且比他早了6年。

这些都展现出爸爸睿智的一面。纵观爸爸的一生，他就是一个庄稼人，可是他确实不是一个普通的庄稼人。

回首爸爸90多年的生活历程，在他身边的熟人中，有的荣任县委书记，有的官至县武装部副部长，有的在沈阳市当过中型国企厂长，有的沾儿女光颇有家财，还有极个别作奸犯科进了监狱。但绝大多数都是普通百姓，过着平平淡淡的家常日子。和他们相比，爸爸感到很知足。虽然童年孤苦，但建国以来没受过大的挫折和困难，一贯与人为善，广受尊敬爱戴，快乐安度晚年。如今衣食不愁，儿女孝顺，体健神闲。他最可自豪的是比身边的伙伴都更长寿，已经五世同堂，这是极少有人可以领略到的幸福。剩者为王。这对亿万升斗小民说来，是毋庸置疑的硬道理。爸爸以自身90多年的嘉言懿行，树立起一位乡贤的形象。

2016年5月20日

附：为了一个病危青年的嘱托

三月五日，盖县徐屯乡初堡村收到一封寄自鞍山的信。信封上写着：盖县徐屯乡阳关村负责人收。正在值班的老会计初学孔知道，解放初期初堡村叫阳关村，于是拆阅了这封信。

写信人是鞍山市半导体器件厂女工王英兰。信中写道：我丈夫孟祥伟的原籍是阳关村。今年二十九岁。他三岁时父母离婚，父亲孟繁武在离婚后转到南方工作，孟祥伟从此和父亲失去了联系。去年孟祥伟不幸得了尿毒症。医治无效，在生命垂危之际，他只有个心愿，就是想与生身父亲见一面。请你们帮助查找一下祥伟的爷爷。只要找到他的爷爷，就会知他父亲的地址。我即将临产，又要护理祥伟。不能前去查访，只好写信拜托你们。

读了这封情真意切的信，老会计仿佛看到身卧病床的孟祥伟那期待的目光。他决心帮助这个病危青年了却这桩心愿。可是初堡村全村只有一户姓孟的，叫孟繁昌，和信中提到的人不沾边。但是，老会计还是来到孟繁昌家。

孟繁昌和信中提到的人虽不是本家，但他提到解放初有户姓孟的从初堡村搬到了城关乡大巴岭村。第二天六十七岁的老会计便骑着自行车，赶了五十多里路来到了大巴岭村，虽然找到了那个姓孟的，但他也不是孟祥伟的本家。

时间一天天过去。危在旦夕的孟祥伟随时都会出现不测，怎能让这个青年带着终生遗憾离开人间呢！晚上，老会计想到这些怎么也睡不着，他拿出全村的户口台账，一页一页地翻阅着，试图从全村的媳妇中找到孟姓的。半夜十一点左右，他终于查到本村二组耿岳志的爱人叫孟书华。第二天一早，老会计就来到孟书华家。当他说明信中的内容后，孟书华当即说，孟祥伟正是她的侄子。

断绝音信二十七年的父子在老会计的帮助下联系上了，老会计的脸上露出了欣慰的笑容。

注：本文的主人公初学孔就是笔者的父亲。该文刊载于1986年4月25日《营口日报》。这是我为爸爸写的第一篇文章，爸爸当年看到这张报纸虽然表面淡然，但心里确实喜悦。这也算是我对老爸尽的一点孝心。今年春节回老家，闲暇整理旧物，无意中发现这张剪报，如今编辑此稿，附在篇末，以志纪念。此时他老人家已经长眠祖坟二年了，追忆往事喜悲交集，凝视爸爸遗像夜半难眠。

2018年5月4日夜补记

梦里老家　留住乡愁

——寻访中原腹地的古村落吕楼

又一个国庆长假到了，去乡村旅游是许多城里人的选择。提起乡村游，名声显赫的景点有安徽的西递和宏村，江苏的周庄和同里，广西的千户苗寨，北京的爨底下……各地名不见经传的小名胜更是不胜枚举。

细数那些著名的古村落，不是依山傍水，就是处于边疆少数民族地区，而笔者今天要带你去寻访的吕楼村却坐落在坦荡无垠的中原腹地——河南新密市刘寨镇的西南边缘。

说到吕楼村，顾名思义就是这个村姓吕的人多、楼房多。元朝末年，兵乱、水旱、蝗虫、疫情频仍，百姓非亡即逃，中原大地万户萧疏、土地荒芜。明朝洪武年间，开始从山西大量移民。据清朝康熙三十九年（1700）吕楼《吕氏族谱》记载，大明洪武年间，有长门一世祖吕士谦、二门一世祖吕唐兄弟二人从山西洪洞同迁而来，并注明二人为亲兄弟。这与《密县志》上“洪武永乐年间（1368—1424）官府组织山西洪洞县人多次移密县”的记载相吻合。

二人刚来时，此村为不毛之地，也不叫吕楼，传说该村正西约800米处叫二十亩北头的地方，原有很大一片坟地，立有墓碑，碑文记载是元朝阎姓墓地。据此推断本村应为元朝末年阎姓居住地，后因战乱迁徙或灭失。此墓群“文革”中被平，墓碑遗失。

据传兄弟二人来到吕楼后分家而居。长兄吕士谦居住在官寨北后沟，弟吕唐住官寨南土崖下叠沟，刚来他们都是依土崖掏窑洞而居。经过数百年繁衍，乃成第一大姓，现在人口占全村三分之一。

吕氏先祖在此生息繁衍，种桑、养蚕、缫丝，逐渐发家，广置良田达10000余公顷。吕楼村自古人杰地灵，能人巧匠辈出，既有种桑、养蚕、制桑叉传统，又有手工制陶工艺。蚕丝加工久负盛名，明清时远销江浙；桑叉出口东南亚诸国；这两大产业是明清时期吕楼富足、殷实的基础。土布制作更是家家动手、人人会织，特别是冬季农闲时节，油灯下纺花车嗡嗡作响，阁楼上织布机梭来梭往，合奏出一曲美丽乡村交响乐。各种精美陶器更是赢得了豫东、豫南广大客户好评。

小康不小康，关键看住房。今天的农民这么想，千年前的农民也这么想。日子富足的吕楼先祖，把财力和精力用在了盖楼上。互相攀比，数百年不辍，于是建起了这片古楼群。目前在吕楼连片成规模庄园有12处，皆为二至四进院落，现存二至四层青砖、硬山、灰瓦顶楼房18栋。院落大门宏伟高大，厢房整齐划一，窗口门口布满木刻砖雕，做工精美细腻绝伦，形成以月台楼为中心的大型古民居建筑群。古时外村人因羡慕该村楼高、楼多，称其“吕楼”。

在传统的农村，建筑样式和建筑风格经过了历史的沉淀都极具当地特色，村落不是依山而建就是临水而筑，房屋错落有致，点缀在青山绿水之间，人与环境形成了非常和谐的关系。吕楼村的民居就充分体现了这一特色。

只要你走进吕楼古建筑群，远远就会看到一棵古老高大的国槐树，据说它是老树发新芽长成的，老树需有四个人手牵手才能围一圈，可见其年代的久远。家家户户在大门口栽上棵国槐，是为了寄托对山西洪洞故乡大槐树的思念。正因为吕楼的先祖来自山西，所以这里的宅院也有几分晋中大院、晋南皇城相府的风格。与豫中的民居风格大不相同，是晋豫建筑风格相结合的产物，因而也更具有文化价值。

在吕楼众多古宅中，最有名的要算月台楼了，它坐落在古楼群最东头，和其并排共有五处宅院，都是坐北朝南，按住宅方位东为上的原则，它的地位是最高的，不仅因其主楼高度最高（有四层）名震一方，而且其独特的建筑艺术也是一绝。

在高大的国槐树下，耸立着雄伟而又典雅的大门，这就是月台楼院的主门（一进门），大门口青石砌起的台子，是下马台，走进大门后两侧厢房叫倒座房，是下人和看家护院的家丁住的地方，茅厕和马厩一般设在其左侧的最里面，这就是一进院了。

迎面墙壁上有一张席子那么大的青砖雕花大框子，它的名字叫照壁，据说它有避邪作用。一切鬼祟浊物到此就不敢进入院内。在中原地区，主大门不坐正也就是这个道理。照壁左手是深宅大院的二进门，它是以中轴定位的正门，也叫仪门，门上有月牙形垂花脊，做工精巧，雕刻细腻，和正门上的木雕遥相呼应，可以看出主人是多么讲究。仪门是扇屏形门，雕有各种吉祥图案。正门虽然精美，但平时是不开的，只有在举办婚丧大事时或高官大员到来时才开。主人平时从侧门通过，不过通过侧门也是有讲究的，宅主人、家人、亲戚朋友及一般官员是从右门出入，而下人只能从左门出入，进入二进门。内宅主房是主人会客和工作的地方，主房设有高大台阶，台阶越高，说明主人身份越高贵。内宅的厢房住的是晚辈。月台楼院设计非常人性化，不管是主房还是配房，房顶都有出檐，下边都有柱子和走廊，使主人免受日晒、雪打、雨淋之苦，也显得主人的高贵豪华。高大主房内设有仪门，仪门也和二进门的仪门尺寸一样，但比二进仪门更豪华、更气派，这个门平时也是不开的，只能从两侧进入。过了三进门才是主人的内宅，这个门只有主人和他的直系亲属才能入内，即使达官贵人也难跨入。

三进院是主人生活的区域。此院建筑风格以简朴、宽敞、舒适、实用为主，两侧厢房均为二梁起架，墙厚、窗宽，房屋布局更是宽大。门台平直，更有利于主人行走。楼外设有步梯直通二楼的月台，如此设计的好处是住在二楼以上的晚辈上下楼时不影响住在一楼的长辈生活。古时候有钱人家的女孩子，是不能抛头露面的，其生活范围受到严格限制。

月台楼设有内置的木楼梯通向二、三、四楼，由于该楼墙壁厚度达1.2米以上，其保温效果极佳，冻不透、晒不透、冬暖夏凉。

该楼在维修时每层均发现其墙壁内有超硬木料做的骨架，对墙壁四周进行了围牵，相当于现代建筑中常用的钢筋水泥圈梁。此建筑群的根基是用煤炭做基础的，煤炭有很好的减震性，能明显减缓地震对高大建筑物的摇晃作用。此地基使用千百年不褶、不沉，极其稳定，可见古人建造高层楼房的技术已达炉火纯青的程度。吕楼传统古村落建筑群因此创造了500多年屹立不倒的奇迹。

吕楼的古民居都是建于明清两代，至今仍保留完好的尚有50多座，并且一直有人居住使用。这些古民居都是青砖建成，多数没有宅院和门楼，一层就相当于院子了。中原大地，沃野千里，这里全是耕地，没有荒地可利用，这种布局方式可最大限度节约耕地。可见古人的环保意识和智慧。门窗和房脊上花式繁复精细的砖雕，体现出工匠们的高超技艺和地方民俗文化特色。吕楼村边有条小河潺湲流过，著名的黄帝宫近在咫尺。这些也为把吕楼开发成旅游景区提供了不可多得的先天地理优势。

近几年，随着城镇化不断进展，吕楼附近也建起了社区。按照市里和镇上的统一部署，吕楼村村民也要住进新建的社区，乡邻们原来的房子都面临着拆迁。看着自己熟悉的村庄就要变成一片瓦砾，走在刻下了自己无数脚印的小巷阡陌，抚摸着砖瓦斑驳的一座座老房子，村委会主任兼党支部书记赵喜营心中悲喜交集：喜的是乡亲们就要住进现代化的新居了，悲的是这些装满几十代人记忆的古民居就要灰飞烟灭了。如何保护好这些艺术瑰宝，是眼下吕楼村委会在新农村建设过程中显得尤为迫切和亟须解决的一个问题。作为一村的当家人，他不能不殚精竭虑。作为全国新农村建设十大致富带头人，赵喜营渴望吕楼村基于古建筑特有的独特优势，能走出一条古建筑保护与新农村建设融合发展的两全其美新道路。他认定一个死理：作为吕楼的后代，自己有义务切实保护好祖先留下的这笔文化遗产，守护好乡邻和中华民族的精神家园。经过几天的现场考察、几夜的深思熟虑，他终于萌生出开发古民居风景旅游区的设想。他自认为是个粗人，对这种事关文化的项目毫无把握。于是把这个想法向几个文化圈的朋友陈述，得到了他们的认可。这下子他心里有了点底气，才把初步设想在村委会上和盘托出。经过一番推敲，又征求了村民的意见，他的设想终于变成实施方案。

经过朋友的牵线搭桥，赵喜营联系到了两个投资商，和吕楼村共同开发经营古村落。眼下这个项目已开始动工，修旧如旧的吕楼村，像一块建筑的活化石，在黄帝故里熠熠闪光。

一说起保护文化遗产，倡导者都是专家学者、文化名人，然而首倡保护吕楼村明清古村落遗址的却是个只受过小学教育的农民，足见其眼光高远、境界不凡。他的思路与习总书记高瞻远瞩地提出的，城镇化要“让居民望得见山、看得见水、记得住乡愁”的指示不谋而合。

乡愁是内心深处一种对曾经生活过的地方或经历过的事情以及熟悉的事物的记忆、怀念、同感和向往，是内心深处那份最亲切、最柔软的情感。这种情感往往随着时光的流逝而愈加强烈并倍感珍贵，进而变成一种精神的寄托与支撑。比如知青对插队的山村、战士对曾经的驻地、毕业生对大学校园、打工仔对劳作的工厂，都有割不断理还乱的千丝万缕的牵挂。

乡愁是一种眷恋家乡的情感状态，是远离故乡的游子对故土的思念、对家乡的感情。乡愁也是故乡记忆的片段，可以是一座土山、一条小溪、一棵树、一盘磨……它是人们对故乡一生都不曾割舍的情愫。记住乡愁，就是要记住本来，延续根脉，传承几千年来深藏于我们文化基因中的家风祖训、传统美德和家国情怀。习总书记的指示，真正是抓住了传统文化的精髓，扣住了爱国主义的核心。

按照学术界的定义，古村落是指在美术、建筑、民俗上有独特历史文化价值，有一定历史年限、规模，现在仍活态存在的村落。普通百姓一般不会在意这个概念的含义，只要从感性上觉得那些好玩的、有观赏价值的村庄就是值得一去的地方。当年住乡村茅舍，向往城市的高楼大厦；如今真的拥有了装修讲究的高楼雅居，又渴望回归自然，花着钞票和时间去体验农家院。节假日全家人来到乡下，白天游山玩水，傍晚饱餐农家饭，在乡村小道上散步嬉戏之后，伴着满天星斗，躺在土炕或木床上，在犬吠蛙鸣中，在蛐蛐的催眠下进入梦乡，在梦中寻找祖辈的老家。正是适应了这种心理需求，这些年乡村旅游大行其道。富有经营头脑的赵喜营正是看到了这一潮流和商机，才做出保护开发古村落的决策。

目前在全国230万个村庄中，依然保存与自然相融合的村落规划、代表性民居、经典建筑、民俗和非物质文化遗产的古村落还剩两三千座。而在2005年还有五千来座，十年消失近一半。这个现实触目惊心，保护利用任重而道远，更刻不容缓。赵喜营的举措真可谓功在当代，利在千秋。

在赵喜营和乡亲们的努力下，吕楼村的古村落保护性开发已经起步。2013年7月4号，被河南省住建厅、财政厅、文化厅联合下文批准为“吕楼传统村落”，列入省级文物保护单位。2013年10月1日村“两委”为保护历史文化，弘扬民族精神，通过内宣外联、引进资金，对古民居建筑进行抢救性修复，不久将吕楼真实的历史原貌，奉献给整个社会。

中原大地，文化厚重。从今以后，中原腹地将增加一个崭新的古村落景点。它不是刻意构筑的景点，而是中原农民生活的记录和范例。它将和福建永定土楼、广东开平碉楼、晋中大院、皖南民居一样，成为炎黄子孙又一处独具特色的梦中老家。

刊载于2016年1月15日《农民日报》

中校农工

黧黑的面孔，粗糙的皮肤，长满老膙的双手，嵌着泥垢的指甲；身上一套褪色的武警军装，脚上一双沾着泥土的绿胶鞋，挽着裤腿，拄着一把锄头……眼前的这个中年男子如果不是戴着领花和帽徽，完全就是一副农民模样。这就是张志林给我的第一印象。

盛夏时节，和张志林见面是在中国武警黑龙江边防总队鹤岗支队绥滨县大队农场的菜园里，他正在给茄地锄草。

王副大队长告诉我，老张的行政职务是大队农场场长，正营职，中校警衔。可是大家当面都叫他老张，私下里则把他称为中校农工、中校猪倌。这样的称号是战友对他最高的褒奖，是他用20年的辛勤努力赢得的最高荣誉。

张志林是吉林汪清人，1989年入伍来到边防武警绥滨县大队。新兵下连后，他来到边防派出所，当上一名边防武警。他虚心向老兵学习，很快熟悉了业务，半年后就能独立上岗了。一年后已经能带新兵了。张志林无论干什么工作，都有刻苦钻研的劲头，身为边防武警战士，他自然下功夫学习相关业务，并且能结合工作实际灵活运用，很快就成了大队的业务骨干。因为他业绩突出，服役期未满就转成了志愿兵。

就在张志林一心一意想在本职岗位上大显身手的时候，大队领导找他谈话，让他到大队的生产点（那时还不叫农场）负责后勤工作。说得直白一点就是耕种管理大队的50垧地，还要兼管养猪场，冬天农闲时还要烧锅炉。这个工作把全大队苦脏累的活计全包圆了。

虽说军人以服从为天职，可是这种苦脏累的工作真的降临到自己头上时，张志林仍有些思想上的波动。生产点远离县城，偏僻艰苦，单调寂寞，四季辛劳，这些他作为老兵尚能克服。最大的思想障碍是面子。虚荣心说起来不好听，可实际上谁没有点？尤其年轻人，更何况他还没对象呢。亲友同学、邻居熟人，一旦知道小张在部队当了个种地的兵、管猪的倌，会怎么看我？人家给介绍对象，姑娘能理解我吗？这些现实的问题萦绕他的心头，几夜没睡好。想和父母商量，又怕给老人增加烦恼，且于事无补。

男人要善于忍耐，男人要敢于承当。领导既然找到了我，说明领导对我很信任，如果拒绝，领导一定失望，不如就答应了吧。这个担子总得有人挑，那么就让我来担吧。年轻的武警战士张志林经过几夜煎熬，终于说服了自己，愉快走上了新的岗位。

50垧地就是500亩，在地少人多的南方差不多相当于一个村的土地了，而耕种这些土地的只有张志林和4个战士。虽说东北平原的农业机械化水平比较高，可是每个人耕种100亩地也够累的。春种、追肥、夏锄、打药、秋收、冬储，一环扣一环；除了种玉米大豆外，还要莳弄几亩菜园，附带养猪。5个人忙得脚后跟打后脑勺。这时候国家早已实行了双休日制度，可是他们全年也没休过一个星期日。张志林连探亲假都搭里去了。他入伍25年，只休过5次探亲假，还包括婚假。母亲过世他没有回去；父亲病故，他在回家的路上，由于动身太晚，终于没见上爸爸最后一面。和我说起这些憾事，张志林悔恨不已，边流泪边捶自己的大腿。

庄稼活不光吃苦耐劳就能干好，也需要技术和管理。张志林从小生长在汪清林区，不会种庄稼。现在当上了庄稼兵，就要从头学起。他主动到附近的村里拜老农为师，虚心请教，有时甚至请老农到田间指导。他边学边干，边干边学，农技水平不断提高，更促进了生产点的大丰收。为了防止粮食丢失，他主动夜间巡逻看护，白天还要参加劳动，熬红了双眼，累瘦了身体。他接手的第一年，玉米、大豆喜获丰收，除了满足部队需求外，创收10多万元。要知道那时的10多万可真是一笔大钱啊，一斤大豆才卖6毛钱呢！

与此同时，他还带领战士精心莳弄菜园，解决了全大队官兵的吃菜问题。黑龙江冬季漫长，部队蔬菜只是土豆、白菜和萝卜老三样。为了丰富战友的餐桌，他决定建蔬菜大棚。经管菜园本来就是个精细活，大棚里种蔬菜技术性更强。不懂就学，他去富锦向一个种菜大户学习大棚蔬菜栽培技术，回到部队后在探索中干了起来。

大棚冬天要用火墙供暖，必须昼夜不停生火，还要观测温度和湿度，他就住在大棚旁边的土屋里，冬夜里几次起来给锅炉添煤，进大棚测量温度和湿度。整个冬季他就没脱下棉衣睡过一个囫囵觉。夜里休息不充分，白天还要在大棚里莳弄那些娇嫩的菜苗。一个冬天他体重掉了5斤。

在战争中学习战争，是我军的一贯传统。张志林种大棚也有着一股钻研劲，实践中他摸索出茄子辣椒套种、黄瓜芹菜高低搭配等方法，充分利用大棚里的空间和阳光。他还发明了茄子辣椒的老根再生技术。夏天选好枝叶粗壮的茄子，按着一门斗、二门开、四面风、满天星的规律整枝打杈，打净底叶和底杈，发挥顶尖优势，力争高产。到秋天选中长势旺盛的茄秧和辣椒秧进行修剪，只留下主要枝杈。接着扣上大棚，这样留下的枝杈很快长出新芽，比栽培新苗可以早一个多月开花结实。他还把自己摸索出的经验传授给当地的菜农，使菜农提高产量，抢上行市，增加收入。他多次到驻地的忠仁镇政府给农民举办培训班，免费传授大棚技术和家畜养殖技术，还到10多个专业户家里现场指导，使他们受益致富。正因为他真心对待农民，农民有了生产诀窍也都毫不保留地传授给他。彼此共赢，又增进了军民团结。

种好了粮食和蔬菜，解决了吃得饱问题，接着还要解决吃得好问题。解决它最切实可行的办法就是养猪。谁都知道养猪是个集苦脏累于一体的活计，张志林就是自找苦吃。他到老乡家买来猪崽，同时请教养猪要领。他先后4次去鹤岗市和富锦市的大型农副产品基地取经，学习先进的蔬菜病虫害防治技术和家畜防疫技术。还先后买了20多本相关图书，学习种植和养殖技术。他建起了现代化的养猪场，精心搭配猪饲料，不但喂粮食，也喂各种青饲料，这样节约了成本，也增加猪的食欲。他生动地给我讲解：人吃饭的同时要吃菜，猪也一样，光喂精饲料也不好，必须粗粮和细粮搭配，这样的猪肉才好吃。

1996年春节，大队第一次杀了两口猪，东北杀猪菜管够造，青菜全是自产的绿色蔬菜，全队官兵过了一个肥得流油的年。从此，边防武警绥滨县大队的伙食水平就上了一个新台阶，并且一年更比一年好。

在种粮养猪的同时，他还先后养起奶牛、奶羊和鸡、鹅、兔，这些肉、蛋、奶不但满足了官兵的需求，还有一部分出售，给部队创收。他还带领战士们栽培果树，建起果园和葡萄园。利用猪粪秸秆建起沼气池，为猪圈和大棚提供照明和热能，沼气池排出的废料又是上好的有机肥料。在农场的小范围里，一定程度上实现了绿色农业和循环农业。鹤岗支队王政委来农场检查工作，看到农场粮丰菜茂、瓜果飘香、六畜兴旺的景象，十分感动。看着眼前的九头奶牛，激动地说："你们都说农场有9头牛，我说有10头，他——张志林同志就是一头革命的老黄牛！有了这头老黄牛的辛勤耕种，才有了农场这兴旺的景象！"首长的赞许，就是对张志林最切合实际的评价和表彰。

张志林是个勤劳的人，也是一个有心人。庄稼年年种，年年都有新思路。不但养肥猪，还养母猪，为的是给部队节省买猪崽的钱。他从猪崽选育到单槽饲养，从防疫卫生到配种接生，张志林护理母猪堪比母亲照顾小宝宝。最高峰时，农场养了20头母猪，每头母猪产崽的时间依次排列，张志林的忙碌可想而知。有时赶上两头母猪同时产崽，他就只能整天长在猪圈里。尤其产崽的头7天，为了防止猪崽被母猪压死，张志林就一直住在猪圈旁的一间小屋子里，随时照看。

笔者进过这间6平方米的小屋，只有一张木板床，旁边的小桌子上摆着饭盒和药瓶。盛夏时节，5米外的猪圈里的酸臊味扑鼻而来，屋里苍蝇乱飞，据说晚上小咬更是疯狂。冬天里，个别母猪也会产崽，他也要在这冰冷的小屋里当好“守生婆”。就是在这个小屋里，他每年至少要住3个多月。夜里他大约一小时就要起来一次，看看母猪是否压到了猪崽。个中辛苦只有他自己知道，旁观者也会感同身受。长期在这样潮湿恶劣的条件下吃住，使得他患上了皮疹和风湿筋骨病。此刻，刚见面时从他身上散发出的风湿药膏味就有了答案。

农场的母猪每年产300多只猪崽，除了供自己饲养外，绝大多数到市场上出售，仅这一项，每年就给部队创收10多万元。

张志林1995年和绥滨县一个姑娘结婚，家距部队只有二十几里路，完全可以每天通勤，可是他一心扑在工作上，一般一两个月才回家一次。他结婚4年才有了孩子，这就是最好的旁证。19年春节他没有和家人团聚，都是守在农场里猪圈旁。有一次儿子得了重感冒，正赶上母猪产崽，他顾不上回家，只有妻子一人把孩子送到县医院，由于耽误了时间，结果转化成肺炎。孩子痊愈后，妻子带着怨气来到部队，看看丈夫到底忙成什么样。她来到农场办公室，根本没有张志林的身影。在战士的引领下，她来到猪场。眼前的丈夫，腰上系着围裙，跪在猪圈一角猪窝的稻草上，正在捧着一只弱小的、抢不上槽的猪崽让母猪喂奶。头发上挂着稻草屑，衣服上沾了好多猪屎尿的痕迹，眼角带着眼屎。看着满脸疲惫的丈夫，这个女乡长把抱怨的话全咽到了肚子里，跳进猪圈帮丈夫忙活起来。

一个人爱工作达到痴迷程度就不觉得苦和累了。张志林就是这样的人，种庄稼、莳弄菜园、养猪，都是些苦脏累的活计，然而他由于真心热爱，因此20年全身心投入，从青春年少，打拼到中年，真个是青春无悔。当然，他也从志愿兵熬成了中校。他的同年兵绝大多数都复员或转业了，留在部队的都是师团级干部了，而他虽然有中校警衔，而所做的工作仍然等同于普通一兵。

张志林虽然是普通一兵，可是他的业绩却很不平凡，在这个苦脏累的后勤生产岗位上，做出了超乎寻常的成绩。首长和战友对他的成绩也十分钦佩和肯定，10多年来他获得的支队、总队和部局的各种表彰嘉奖几十次，其中荦荦大端者有：黑龙江总队“十佳创模先进个人”和公安部边防局“农副业生产先进个人”，荣立三等功一次。2000年武警黑龙江边防总队就把这个农场评为营建观摩单位，组织总队所属各支队和大队的后勤干部现场参观。张志林的经验和精神给兄弟连队以极大的启迪和鼓舞。

铁打的营盘流水的兵。尽管张志林热爱他从事了20年的部队后勤生产工作，部队也舍不得让他转业，可是已有25年军龄的他不能不想到接班人的事。为了防止因战士流动而使生产技术失传，他提倡老兵带新兵，使农副业生产技术得到传承和延续。通过这种方法，培养出一大批种植和养殖小能手，不但保证了农场的生产，也培养出一批军地两用人才。

他在培养技术骨干的同时，更注重选拔农场的带头人。绥滨大队的领导也看到了这个问题，从2012年就考虑给张志林选配接班人。经过主动报名和组织考察，最后选定已有4年军龄的助理员周雷。他毕业于齐齐哈尔大学中文系，2008年毕业时自愿投笔从戎。

这个城市兵毫无娇骄二气，真心实意跟着师傅学生产、学做人。张志林告诉他，没有不会干的活，只有不肯学的人。只要能吃苦，肯学习，多看、多问、多听，就能成为后勤生产能手。当然最重要的是要有爱岗敬业精神，勇于吃苦，甘于奉献。张志林说，做思想工作一定要真诚，只有说心里话，才能说到对方的心里去。他带兵不但重言传，更重身教。师傅的一言一行，都对徒弟起着表率作用。周雷一年多的表现让师傅很欣慰，为了让师傅多休息，夜里照看猪崽这类辛苦活他都抢着干。他发挥自己的知识优势，学习蔬菜栽培技术，上网了解蔬菜栽培的最新动态和市场行情，提供给师傅参考，用来指导农场的生产。小周的爱人带着一岁的儿子住在齐齐哈尔，两地并不太远，可是因为忙于工作，他一年才探家一次，孩子根本记不得他的模样。我看到他的手机里保存的妻子发来的一条彩信，儿子的头像旁配着两句话：今儿阳光好好!! 爹你喂猪呢?虽然有几分轻松和幽默，但也有几分辛酸和苦涩。

告别大队农场时，张志林和周雷正在菜园里锄草。看着这老少两代农场带头人，我心头闪过一个念头：他们也像这黑土地上的庄稼，一茬接一茬，生生不息。用辛勤的汗水浇灌着这片土地，迎来一个又一个丰收年景，也迎来自己人生和事业的丰收。

刊载于《中国边防警察》2014年第1期

胸中荡风雷　笔下走龙蛇

——著名草书书法家王富强素描

世界上如今仍在使用的文字约有3000种，但将文字发展为艺术、流传两三千年不衰又得到世界承认的唯有汉字。此外，虽然有蒙古文书法和阿拉伯文书法，但它们都侧重装饰性，其文化底蕴的丰厚，全球范围内的深远影响都难与汉字书法相提并论。沈尹默说："全世界公认中国书法是最高艺术，无色而有国画的灿烂，无声而有音乐的和谐，不是诗却有诗歌的意境，不是舞蹈却有舞蹈的节奏。"毕加索说："中国书法是艺术中的艺术。"因此说书法艺术是中国的国粹是当之无愧的，说书法是中国传统文化在21世纪的标志之一是毫无争议的。

盛世修文，随着物质生活的日渐富足和全社会文化水平的不断提高，大众文化生活的需求也随之增强，加之传统文化复兴正方兴未艾，所有这些都助推神州大地掀起书法热潮，历久不衰。当下的中国已经进入"泛文化"时代，任何高雅、神圣、崇高均被消解，各种文化几乎全部大众化、娱乐化、市场化。比如养花、养犬、集邮、收藏、摄影，等等。《星光大道》《我要上春晚》《全家总动员》《中国达人秀》等为大众提供舞台的电视节目，正是适应了这种社会需求而广受欢迎。在致力于中华文化复兴的今天，我们面对这种状况，不知是应该高兴还是应该忧虑。

再比如书法，千百年来读书人都视之为神圣的艺术（古时稍有造诣者的书写水平放在今天都可算得上书法家，敦煌经卷就是明证），而今天凡是能写几个毛笔字的都敢以书法家自诩。这是一个书法家最多的时代——仅中国书法家协会现有会员就多达万余名；

这是一个书法家最少的时代——且不说描红临帖的基本功，连六书八法都弄不懂，连中国朝代顺序都说不完整，连四书五经篇目都背不全，连常见文言文都读不懂的人，也敢自称书法家，真是书法界的悲哀。正是在这种书法家工业化批量生产的社会文化背景下，书法家王富强才显得更为可贵。在笔者接触过的书法家中，王富强是独树一帜的另类，称得上一个大写的书法家。

笔者在百度上搜索了一下，名字叫王富强且以书法为业者就有好几位，有鉴于此，在行文之先有必要申明，笔者所熟悉的这个王富强，字胡子，号三千仙翁，浙江淳安人，以狂草著称，为中国书法家协会会员。现在郑州市文联工作，系艺术百年书画院院长、中国长征书画院院长、中国少林书画研究会秘书长、河南省企业文化促进会专家副会长、河南省书画学会副主席、国际书画家协会副主席。

在下是书法外行，但窃以为一个有成就的书法家，至少应具备艺、德、识三个条件。只有三者俱备，才称得上书法家。那么，就按着这三个硬件来勾勒他的几个侧面。

先说艺——书艺。

一个人之所以被称为书法家，那么他或她的书法总得超出一般水平，总得有点造诣，否则凭什么在书坛上立身呢？说起王富强的书艺，有很深的家学渊源，打下了扎实的童子功。他的家乡是浙江省淳安县，如果你对这个地方比较陌生的话，那么我告诉你，明代著名清官海瑞曾在这里任过知县，留下许多德政口碑。如果说此事过于久远而你比较生疏的话，那么就说点眼前的吧：农夫山泉，这个饮用水的品牌你总该知道吧；旅游胜地千岛湖你总该知道吧。农夫山泉就是因为用了千岛湖优质地下水，才成为名牌。而千岛湖就在淳安境内，那里就是王富强的故乡。只不过他的家乡1958年在修新安江水库时已被淹没在水下。

一方水土养一方人。众所周知，浙江历来出才子，文化底蕴丰厚。王富强生长在这样环境，自然从小受到熏陶，又有父亲的言传身教，使他在懂事后就接触了传统文化，识字后就开始练习毛笔字。这些启蒙教育，为他后来成为书法家打下了坚实基础。王富强从小热爱传统文化，按理说他应该上文科，但是，1977年高考他却选择了理科。因为他从小只是喜欢书法，那时还没有当书法家的理想，少年的他甚至想不到一个人竟可以靠写字为生。像千百万男孩子一样，王富强从小就有从军梦。“男儿何不带吴钩，收取关山五十州。”李贺的这句诗，深深地影响着他的人生选择，因此填报高考志愿时，他便毫不犹豫地报考了解放军信息工程学院，学习微波接收专业。

在读大学和从军的日子里，王富强并没有放弃对书法的热爱，业余仍临池不辍，书艺随着年龄的增长、知识的积累、阅历的丰厚而大有长进，直到这时他才有了当书法家的想法。1988年转业时，作为有大学文凭、曾参加过对越自卫反击战的年轻军官，他可以去很多有实权有实惠的单位，他却出人意料地选择了被人们看作清水衙门的郑州市文联，从此他走上了专业书法之路。

到文联后，王富强必须理智地选择自己在事业上的突破口，不能再仅仅停留在简单爱好的水平上。他反复考虑自己的条件，权衡自己的优劣，最后决定主攻草书。选定主攻目标，他便刻苦用功，虚心向名家请教，这其中对他指导较多的是周俊杰老师。在博采众家之长的基础上，他尤爱王羲之的《十七帖》、智永的《真草千字文》、孙过庭的《书谱》，揣摩临帖数百次；对怀素、张旭、王铎、傅山、于右任、林散之的名帖也都下过苦功，独有心得。十年磨一剑，1993年，他的书法作品入选全国第五届中青年书法篆刻展。1994年元旦，书法作品在《人民日报》上发表。1998年，书法作品获悉尼国际文化交流奖。2000年6月30日，书法作品进入北京荣宝斋、翰海等拍卖公司拍卖；还受邀为嵩山永泰寺题写“中佛殿”匾额、为嵩山法王寺题写“天王殿”“金刚殿”匾额。2007年9月，在日本出版的权威书法杂志《日本书法》第12期上刊载了中国书法专刊，对沈鹏等二十几位中国当代著名书法家进行了排名，其中，王富强的书法作品以整幅版面的形式入编，所占版面最大。他展出的书法作品被日本前首相海部俊树珍藏，书法作品“以德为邻”被美国篮球巨星科比·布莱恩特珍藏。鉴于他的书法艺术成就，《世界杰出华人年鉴》将其收入。

截至目前，王富强的书艺高峰应属2010年8月2日在上海世博会举办个人书法展。世博会既是各国交流的平台，也是展示我国书法艺术精粹的窗口。这是中国首次举办世博会，也是世博历史上规模最大的一场盛会。为了向世界展示独具魅力的中华传统文化，该会邀请王富强举办个人书法展览。他是唯一在世博会上举办个人展览的书法家。这次个展既是王富强作为当代中国著名书法家展示风采的契机，也是对他书法成就和书德的肯定。王富强的作品，强烈吸引了广大中外观众。这是中国书法走向世界的一次宝贵尝试。这次展览持续到10月31日，与世博会同时结束，前后共三个月，其展览期限之长，创国内个展之最。

面对来自五大洲的中外宾客，他现场挥毫泼墨，展示中国书法艺术的独特美感和魅力。只见他凝神屏气，力运笔端，顿、挫、转、提、旋、捻、按、抖；墨色忽浓忽淡，墨迹忽续忽断；笔重如泰山压顶，腕轻似蜻蜓点水。四尺宣纸，就是他的舞台，他表演得得心应手，已入化境。看得众人目瞪口呆，啧啧连声。

王富强写字还有一个独门功夫，就是不用书案就能在悬空的宣纸上作书。一张柔软的宣纸由两人扯平绷紧，只见他舞动吸足墨汁的大笔，聚气挥腕，一气呵成，几个墨迹淋漓的大字便跃然纸上。书法从某种意义上说就是气息的运用。这种举重若轻的技艺，从一个侧面反映了王富强深厚的功力。书法是无言的诗歌，无形的舞蹈，无图的绘画，无声的音乐。各国观众零距离欣赏他精湛的书法技艺，纷纷为他出神入化的风采所倾倒，为中华文化的博大精深所折服。

旁观王富强书法创作，大笔挥舞好似蛟龙出海，线条舞动，墨色斑斓，大气磅礴，观之令人心旷神怡。他不拘泥于一笔一画，而是在谋篇布局上下功夫，以体现书法整体的和谐之美。他的草书不拘泥于一家一派，无论是大字还是古诗都匠心独具，字与字之间、行与行之间连绵不断、气韵悠长、酣畅淋漓。

有句名言说诗歌是文学中的文学，套用这个句式，也可以说草书是书法中的书法。北宋大书法家苏东坡对此也有切身体悟："书法备于正书，溢而为行草。未能正书，而能行草，犹未尝庄语，而辄放言，无是道也。"可见古今书家都认为草书是书法中的制高点。草书的最大特点是速度快，具有不可重复性，是书写者基本功、感情品格、潜质天赋在瞬间的集中展现。因此历来富有挑战精神的毛泽东也选择草书作为他的主攻方向，终于名震古今书苑。王富强将自己草书特点概括为四句话，那就是"笔法的节奏变化，墨色的浓淡变化，章法的疏密变化，情感的刚柔变化"。除了他的自我认知，许多方家更予以高度评价。中央办公厅秘书局原局长付西路对书法颇有研究，他评价王富强的作品曰：狂而不癫，草而不潦，收放有度，刚柔相宜。许多业界人士，都认为此乃中肯之论。这些特点在王富强的作品中都完美融合，淋漓尽致地展现。

再说德——品格。

写诗的人都知道"功夫在诗外"这句名言，书法也是如此。真正写好字，除功底之外，品格是不可或缺的重要元素。可见先有人品，后有书品。这是亘古不变的至理。郑孝胥是清末民初有名的书家，当时有北华（天津华士魁，所题劝业场匾额至今犹存）南郑之誉。但后来郑卖身投日，人格丧尽，从此他的书法顿失品位。

文如其人，字如其人，这是许多人认可的哲理。这个原理放在王富强身上当然也适用。回顾王富强的人生道路，他与其他同辈书法家最大的不同之处就在于有过亲赴战场的经历。20世纪80年代初期，王富强军校毕业时，西南边陲战事正急，他主动请缨奔赴边关。在硝烟弥漫的战壕里，在闷热潮湿的猫耳洞里，他和战友们度过了许多惊心动魄的白天和夜晚。为了能够收到对方的无线电信号，他研制了国内罕见、频带很宽、性能优良的新天线——螺旋阵天线，为首长决策提供了重要的信息。这副天线，至今仍矗立在中越边境山头上。可以说这是矗立在王富强人生道路上的一座纪念碑，他用爱国豪情和满腔热血，书写了火红的青春、壮丽的年华。

零距离体验了生与死的瞬间转换、血与火的淬炼、生与死的考验，使他真正领悟了人生，对他的人生观、价值观和道德观以及艺术观都产生了巨大的影响。这种影响反映到书法上，就形成了他豪放大气、旷达雄浑的风格。他的狂草气势磅礴、酣畅淋漓，真正实现了书德与人品的有机交融，印证了字如其人的千古名训。我们今天欣赏岳飞书写的《满江红》和毛泽东书写的《七律·长征》，似乎能从中听到金戈铁马的呐喊，闻到浓烈的炮火硝烟。王富强书写的“军魂”两个大字，似乎也浸透着他那些牺牲战友们的鲜血，真个是力透纸背、满纸沧桑。

说到草书的真谛，他有句名言：情即是天。不能融注作者真情实感的书法，只是花拳绣腿。而他的人生经历，也印证着他的这一观点。王富强在浙江度过了从幼年到青年的时代，血液中浸润江南文化的纤巧灵秀；转业后扎根郑州，饱受雄浑厚重的中原文化熏陶，形成了南北融汇的气质、俊朗刚健结合的书法风格。他由衷地热爱第二故乡，曾挥笔写下：家在河南。这四个字印证着他重感情讲信义的品格。他的这种文化底蕴和性格，在作品中打上了深深的感情印记。

笔法需要基本功，这与书法家的勤奋和天赋相关。而情感则是一幅作品灵魂之所在，情乃书之魂。情发乎中而形于外，则是品格、学识、阅历、灵感的综合体现。王富强曾坦言：草书拒绝矫情，它蔑视畏首畏尾，渴望自由，呼唤与自然的融合，是个体生命力的最好表现形式。它在急速的运动中，喜欢左右逢源，喜欢牵连萦带，喜欢突兀与奇崛，喜欢尽情与恣肆，喜欢一切可能与不可能。

正因为王富强有过从军的经历，有过战争的历练，所以他有着浓重的爱国情结。这种情结不是表现在空洞的口号里，而是落实在行动中。2011年是中国共产党成立九十周年，年初王富强就琢磨要为党的生日献礼，为祖国献礼。

玉兰绽放枝头，嫩黄飞上迎春。2011年初春的北京，风和日丽，春意盎然。一年一度的全国两会正在首都举行。为了热烈祝贺两会召开，喜迎建党九十周年，弘扬民族传统文化，进行爱国主义教育，展现中国书画家爱党爱国的情怀，王富强在两会期间亲赴北京，倾情挥墨，写下饱含爱国真挚情怀的祝语——“祝贺全国两会圆满成功”！香港《大公报》《文汇报》《香港商报》于2011年3月10日同一天刊载了他的贺词和照片，在两会代表中引起强烈反响，在内地和海外华人世界产生巨大而良好的社会效应。他的这一创举，热情讴歌了中华民族实现伟大复兴的奋斗历程，颂扬中国共产党的丰功伟绩，表现了一个从军营走出的书法家赤诚的爱国情怀。

王富强在两会期间同时接受香港《文汇报》《大公报》《香港商报》三大媒体的共同专访，为中国的美术书法事业建言献策。他认为，在市场经济条件下，艺术品已经成为特殊的商品，但是绝不能背离艺术的原则和社会责任，一味迎合市场。当前出现媚俗的现象，一方面是由于过度的市场化和娱乐化，使许多艺术品流于肤浅和低俗；另一方面，由于曾经的贫穷和民族自信心的缺乏，中国已习惯了对西方经济和文化的双重追逐。这些现象必须引起真正书法家的警省。全国两会期间，王富强的参与祝贺，展示了书法艺术作为中国的一项国粹，有着独特的艺术特点，有力诠释了中国书法作为一个民族符号，代表了中国文化博大精深和民族文化的永恒魅力。

作为一名曾经的军人，爱祖国和爱人民是密不可分的。在春天里向党和祖国致敬之后，夏天里怀着对汶川灾区的牵挂和挚爱，5月12日，在汶川特大地震三周年到来之际，王富强受中华慈善总会的邀请，挥毫泼墨，将“情系汶川”等五幅力作捐献给中华慈善总会。中华慈善总会新闻办主任张银俊女士向王富强先生表示了真挚的感谢并向王富强先生颁发了证书。

2012年10月12日，国庆刚过的天安门广场，花团锦簇，游人如织。下午三点，素有“中国狂草第一人”之称的王富强先生在天安门广场展示书法，向世界宣示中国对钓鱼岛的主权。

六十多位来自文化界、经济界和党政军机关的嘉宾和数百位志愿者围聚在王富强周围，打着“爱我中华”的横幅，拉开活动序幕。王富强在广场上悬纸书写了“爱我中华”四个大字。接着又写出“钓鱼岛”三个狂草大字，旁书“自古以来就是中国领土”。

书写完毕，他接受了电视台记者的现场采访。秋阳下的王富强美髯飘动，神情激昂，侃侃而谈：“中国人的骨气是由汉字垒成的。我热爱中国传统文化，热爱书法，通过书写这两幅字来表达我作为一个书法家爱党爱国的情怀！”这番铿锵有力、掷地有声的话语，激起嘉宾和数千名游人的热烈掌声。来自五湖四海的游人纷纷上前请王富强签名留念，争相与他合影，不少人紧握王富强先生的手表达对他的支持。

2015年是中国抗日战争暨世界反法西斯战争胜利七十周年，在电视上看到天安门广场盛大的阅兵壮举，看到那些鬓发花白的抗战老兵，王富强按捺不住心中的激动，决定要在这个特殊的年份，在国庆到来之际为战友做点力所能及的事情，表达一个老兵的家国情怀。于是就有了他国庆重返当年战场，与战友分享节日快乐的佳话。

2015年国庆到来之际，这位从南疆猫耳洞走出的书法家又一次重返军营，来到刻苦训练、节日戍边的战友中间，为他们挥毫献艺：迎国庆、赞阅兵、写抗战、抒豪情。

硝烟散去，南疆安宁，战地黄花分外香。漫步曾经洒下自己热血的老山阵地，瞻仰肃穆的烈士陵园，仰望老山烈士纪念碑，抚摸曾刻着自己誓言的马尾松，眼前闪跃着战友持枪跨过战壕的刚健身影，耳边回响着冲锋的号角和呐喊。年过半百的王富强不禁心潮澎湃、热血沸腾；追忆长眠在陵园里的战友，热泪沾湿衣襟。改革开放的巨大成果，我们今天的幸福生活，都是烈士们用生命和鲜血换来的！作为活着的战士，怎能忘记这些？怎能不努力工作回报战友们的期望？每逢佳节倍思亲。在新中国六十六岁生日到来之际，王富强洒酒祭英烈，和战友们引吭高歌《血染的风采》。怀着对战友的怀念、对祖国的挚爱、对抗战胜利七十周年的感慨，他在烈士墓前挥笔写下“老山魂”“军魂”“正义必胜”三幅大字，献给战友，献给自己的部队。他的老部队经中央军委批准，正在建设“八里河东山作战纪念馆”，他欣然命笔题写馆名。

最后说识——学识。

无论从事哪个门类艺术，除了要有精湛的专业功底之外，必须有广博的知识修养，甚至历来被人们看作拼体力的体育界，如今也更重视运动员的文化修养。书法本来就是从文化中分离出来的一门艺术，作为书法家，文化修养欠佳，知识贫乏，是注定难成大器的。许多人的字看起来技巧圆熟，章法得体，但仔细揣摩、反复玩味便会感到不耐推敲，没有内涵，缺少张力。究其原因，要么作者经历苍白，要么学养贫乏。所谓的“家”与“匠”的差别就在这毫厘之间。功夫在字外，此之谓也。王富强对这一点有着清醒的认识，一直注意知识的积累。作为工科大学毕业生，他不但有着良好的自然科学素养，而且文史知识也十分全面。他对传统文化历来敬仰重视，雅到国学经典，俗到民间文化，均广采博收。

他对中国书法历史了然于胸，源流脉络勾勒清晰；各大流派、历代名家，如数家珍；对当代书坛动态了如指掌。笔者在和他聊天中提到家乡辽宁一个不太知名的书法家，不料他竟对其概况、书法特色颇有了解，娓娓道来，让我不得不佩服他对同行动态的稔熟。

当说起中国历代书法的特点，他用简洁的语言加以概括：汉人尚气，晋人尚韵，南北朝尚神，唐人尚法，宋人尚意，元人尚态，明人尚趣，清人尚朴。对他的概括可能见仁见智，但至少说明他对中国书法的源流烂熟于胸，有自己的独到看法，算得上一家之言。

自古诗人和书家好酒者大有人在，王富强也深得其中三昧。但他不是酒徒而是酒仙，对酒文化也颇有心得。一次在酒桌上他纵论仪狄造酒，对这位中国酒业祖师爷推崇有加，并阐发了仪狄这位河南先贤对中国酒文化乃至整体文化的影响；又从酒字的字体流变入手，说明酿酒技术的发展。听着他的高论，真是大助酒兴，大长见识。

正因为王富强学识渊博，所以河南省有关部门委托他先后主编了一些重要图书：主编《魅力河南》《书画魂》《海内外河南籍著名书画家作品邀请展》，并与杨世松、陈道祥合著《世界风云中的中国》。

说到王富强书艺和酒的关系，还真有许多精彩的佳话。笔者几次有幸欣赏到王富强现场作书，那真是一种艺术享受。他每逢挥毫之时，往往要以酒相伴。在王富强看来，酒文化中讲究的酒胆、酒德、酒品与酒风对于书法家的人品、书品大有裨益。酒对书法艺术最大的贡献正在于能够激发创作者的灵感与创造力。而历史上不少大书法家并不满足于细品助兴、小盏频斟，于琼浆玉液乃是海量，放胆开怀畅饮。越是如此，便越激昂亢奋，则笔走龙蛇，逸趣横生，恨墨短砚浅，非纸尽墨干不止。说起草书，诗仙李白曾有诗云："恍恍如闻神鬼惊，时时只见龙蛇走。"宋词大家辛弃疾则曰："落笔万龙蛇。"用这两句诗词来描摹王富强的作书情境，正恰如其分。

对于草书创作，王富强认为，饮后至微醺，精神反而容易集中，可以激发豪气，挥毫时达到心手相应的境界。而且不拘小节，胸中有翻江倒海之气，落笔快意淋漓。说起他酒后创作的经历，王富强笑着告诉笔者，有一次接受中国网络电视台记者采访，主持人请他现场挥毫。为了达到最佳的创作状态，需要酒作为"燃料"，来激发情感。可现场无白酒，只好拿啤酒代替。几杯入腹，顿时激情四射，恣意挥洒，一气呵成。

历史上许多著名的书法家酒后兴奋地引发恣肆的豪情，于不经意处宣泄胸中真意，令后学者击节赞叹，甚至顶礼膜拜。相传王羲之兰亭雅集、微醺作序，在文化史上成就了一段震古烁今的佳话。待酒醒之后，拿出这幅字，王羲之也不禁喟叹，"此神助耳，何吾能力致"，随后"更书数十本，终不能及之"。王富强一直拿此例来印证自己的观点。在王富强看来，这种异常亢奋是支持艺术不断求索的原动力。他说："酒后作书，笔下生花如若神助，使平淡而奇崛，经纬大成。"

不仅如此，他还表示，在中国文化史上，酒和诗歌、书法往往密不可分，相得益彰，然而他并不赞成无节制地饮酒。文人墨客聚会饮酒当量力而饮，饮酒不在多少，贵在气氛，贵在兴致，贵在尽兴，醒中有醉，醉中有醒，节制有度，醉而不乱。适度饮酒，有利于书法家形成豪放、豁达的性格，培育爱交友、能共事的品德，养成深邃潜思的习惯，乃至成为博学多才的艺术家。"这些虽然都不是'写字'本身，却是最为重要的'字外功夫'。"这就是王富强独到的体悟。

正因为王富强好酒、爱酒、懂酒，鉴于他的名气和书艺，国酒茅台酒厂于2012年特意为他制作了五千瓶高级茅台美酒，酱紫色的陶瓷酒瓶上印着王富强美髯飘动的头像。他是中国书法家中享有这一殊荣的唯一人。

说到王富强的德行见识，不能不提到他与韩国前总统金泳三的车笠情谊。

经过十几年的磨砺，王富强书艺大进，成为郑州市书协领导。2001年，他作为河南省书画艺术家代表团团长，应邀访问韩国。9月18日上午在汉城（首尔）拜会了喜爱并擅长书法的韩国前总统金泳三博士。金泳三在家中亲切接见了代表团一行，在热情友好的气氛中，金泳三为代表团成员颁发了荣誉证书（感谢状）。王富强在金泳三家的客厅里与之合影，互赠书法作品。此后每年圣诞节，金泳三都给他寄来贺卡。王富强也都回赠礼品。由此拉开他们绵亘相交的序幕。

2002年，应韩国碑林园理事长许由先生的邀请，王富强再次作为河南省书画艺术家代表团团长，应邀访问韩国。5月11日上午，在韩国忠清北道报恩郡出席了隆重的韩国碑林园开园仪式，与金泳三共同为"和平杯"中韩书画艺术国际联展剪彩，并一起挥毫泼墨，韩国电视台等报道了此次开园仪式的盛况。

韩国碑林园坐落于一处三面环山，一面临水的宝地。韩国碑林园理事长、韩国著名书法家许由说，他创建这个碑林园是深受中国开封翰园碑林和郑州黄河碑林的启发，园内镶嵌的一百多块韩国历代著名书法家的作品石碑，都是在开封翰园碑林和郑州黄河碑林刻好后运到韩国的。许由表示，没有中原的艺术和中原的艺术家们，韩国碑林园也不会像今天这样雄伟地立于天地间。这座碑林，也浸透着金泳三先生和王富强的共同心血，成为他们这对车笠之交的见证，也是中韩人民友谊的见证。

从此以后，二人的跨国友谊绵延不断，历久弥新。每年圣诞和春节他们都互寄贺卡，互通信息。2015年11月22日金泳三逝世，闻此噩耗王富强内心剧烈震动，两人交往的点滴往事涌上心头，他满含悲痛和深情撰文并书写“金翁驾鹤　车笠情深”以致悼念。至今王富强每逢春节仍和金泳三夫人互寄贺卡，把这跨国友谊传递久远。

见其友，知其人。从他和金泳三持续近20年的君子之交中，足见其人格的端方、见识的不凡。

艺、德、识三位一体，在王富强身上完美结合，成就着他这样个性鲜明、卓有特色的当代书法家的地位。书法和中医一样，都是越老越值钱的行当，刚过天命之年的王富强正值书法家的艺术成熟期，他的艺术之路将广阔而辉煌。

刊载于《中国作家》纪实旬刊2012年第1期

2018年10月修改

谍殇

——“军统特务”赴台上访 一十三年求告无门

上访，是极富中国特色的一个词，不知道各语种的翻译家该怎么把它译成外语。说起上访，国人可都不陌生，这几年更是上访的高发期。还诞生了一系列与上访相关的新词汇：接访、劫访、截访，闹访、缠访、无理上访，上访户、钉子户、刁民，维稳、维稳经费、黑监狱、领导接待日，等等。与上访有关的故事更是花样繁多，层出不穷，老百姓可能都听腻了，心上都磨出腿子了。那么，今天我们换个新鲜的，说说大陆人去台湾上访的事儿。

说起大陆人去台湾上访，在网络上影响比较大的是2011年夏天，河南被拆迁户张昆山去台湾“总统府”讨说法的事件。看到这个报道者都以为他是大陆去台湾上访第一人，殊不知，大陆有个先行者早在1999年就偷渡到台湾，向台湾当局讨说法，以后又相继两次去上访，至今仍在坚持中。张昆山这么做虽属被逼无奈，但确实有作秀的成分，因为要解决他上访的问题，马英九先生爱莫能助，最终必须靠大陆的“有关部门”。而笔者在此介绍的这位去台湾上访的老人，实实在在是要求台湾当局的有关部门解决他的难题。

穿越60多年的历史迷雾，跨越惊涛骇浪的台湾海峡，从1999年至今，历经三位台湾地区领导人、五任“军情局局长”，耗时13年痴心不改，当下仍然艰难地跋涉在上访途中……

这位上访者何许人也？姓钮名益惠，家住北京东郊大羊坊村。提起钮益惠老人去台湾上访的来龙去脉，真的是要从很久很久以前说起。

新中国成立后破获的第一起国民党潜伏特务案，是1950年2月26日实施抓捕的以计兆祥为首的“保密局直属北平潜伏台”案，号称第一电台案件。这个潜伏组被破获后，台湾“军统局局长”毛人凤决定马上派遣第二个潜伏组。这个潜伏组被称为“保密局天津特别组”。该组的成员有二人从台湾直接派遣，他俩是中校组长秦应麟，上尉报务员孙毓清。

对这两位主角，理应重点介绍。秦应麟是河北省定兴县人，生于1914年，1935年参加国民党，1939年加入“保密局”。历任复兴社中央行动组少尉组员、“保密局”直属通讯员、保定站站长、涞源组组长。到台湾后任“保密局”行动组技术总队中校中队长。当毛人凤决定组织天津特别组时，总队参谋长曹亚夫向毛人凤推荐了秦应麟。这一是因为他对国民党忠诚，业务能力强；二是因为他妻子就住在北京，逃台前长期在京津一带工作，在那里有许多亲戚朋友，社会关系广泛。

毛人凤接见了秦应麟，通过当面考察，感到十分满意，遂任命其为天津特别组组长，并勉励他，你的这次行动，是党国敌后工作开展成败的关键！秦应麟临危受命，料到此去凶多吉少，可是既然吃了特务这碗饭，只好硬着头皮充好汉，明知山有虎偏向虎山行。

孙毓清生于1926年，原名孙玉文，山东烟台人，高中毕业前夕参加国民党地下锄奸队，1948年被蒋经国选中到美国接受情报训练，回国后参加了“保密局”。国民党溃败后他就留在了台湾，任“保密局”行动组技术总队的上尉报务员。因为他收发报技术精湛，所以也被曹亚夫选中。

秦和孙4月初从台湾出发，先到靠近大陆的舟山群岛的定海县落脚——那时定海还在国民党掌控之下，一个多月后解放军就攻占了这里。在定海秦应麟邂逅了他的老部下刘景惠，便吸收他为通讯员兼译电员。刘景惠是钮益惠的三姐夫，他的加入便把钮家拉上了

“保密局天津特别组”这艘贼船，全家的命运发生了毁灭性变化，也直接影响了钮益惠的一生。

提起家来家有名，家住在北京东郊垛子村。

钮益惠父亲钮永绪出生于北京东郊通县乡下的一户小康人家，读过小学，少有大志，追求进步，年轻就只身远赴广州参加北伐军，北伐胜利后见北伐军日渐蜕变，愤然回乡务农。他这样的父亲，对子女的教育自然开明时尚，鼓励他们上进。

他的儿女们也都不甘平庸，无论男女都从小上学，接受良好教育。抗战中他大哥钮益培从北京育英学校毕业，投奔大后方重庆参加了国民革命军，转战各地，抗战胜利后从重庆回到北京参加接收。1946年他在国军第五补给区服役，先任运输分队长，后任上尉副官。该补给区负责华北地区部队的后勤供应，很有实权。哥哥大钮益惠13岁，对小弟弟十分疼爱，他课余常去哥哥的部队玩。补给区里的东西应有尽有，他在那里吃遍了当时常见的各种点心副食，包括很稀缺的美国罐头和啤酒。他和国军的大兵们朝夕相处，自然加深了感情。

钮益惠心目中的国军大兵和大陆影视、小说中的形象当然不同，不是歪戴帽子斜瞪眼，敞着上衣叼烟卷，只会调戏妇女抓小鸡，就是不会打仗的一群兵痞，而是一群文化素质较高、很有人情味，活生生的哥哥叔叔。这种好感深深扎根在他幼小的心田，影响着他对国军的感情，对他日后和中共公安部门的感情对立产生了潜移默化的影响。

哥哥当年在徐州驻军时，认识了战友刘景惠，刘是黑龙江齐齐哈尔人，两人十分要好，钮益培把妹妹钮淑铭介绍给他，刘景惠成了钮益惠的三姐夫。刘景惠抗战胜利后不久和钮淑铭成婚，婚前、婚后多次到过钮家，他对钮益惠也很关爱。婚后刘景惠在上海警务部门工作，妻子也随他在上海生活。国民党败退前夕，他把妻子送回娘家，自己随部队撤退到舟山。那时他们以为很快就会打回大陆，因此没带家眷。那时国民党官方宣传的口号是：一年准备，二年反攻，三年扫荡，五年成功。在童年的钮益惠眼中，大哥和三姐夫都是自己的亲人。想不到，正是对这两位亲人的由衷信赖，后来彻底改变了他的命运。

话说“保密局天津特别组”的三位要员从定海偷渡到江苏江阴登陆，经上海、徐州，于4月7日到达天津。在徐州，刘景惠特意到他当年驻军的营房看了一下，他就是在这里和钮益培相识而成为战友——好友——亲戚。秦应麟最初打算在天津的内弟卞树棠处潜伏下来，可惜和卞没联系上。没人掩护，他们不敢在天津久留，8日就到北京，来到秦妻卞书兰家，拟在这里建立电台，开展活动。很快，秦又觉得妻子的居所奶兹府地处闹市，人员往来繁杂，容易引起注意，决定变更计划，另觅建台地点。

刘景惠一到北京，首先到垛子村。他的妻子寄住在岳父家，他来与妻子相聚很正常。他来到后就在村里租了处房子，与妻子过起小家庭的日子，对外宣称做香蕉生意，从海南岛往北京贩运香蕉。

他的战友兼内兄钮益培在北平和平解放后，作为前国军军官不愿意参加解放军，在家赋闲，以务农为生。刘景惠经过一段观察，见内兄对国民党仍很有感情，便当他说明自己这次回大陆的使命。钮益培本来就想偷渡台湾，现在突然有了重返部队的机会，他怎能放过？秦应麟报请毛人凤批准，吸纳他为“保密局天津特别组”正式成员（今天台湾的“忠烈祠”里还供奉着刘景惠和钮益培的灵位）。

见秦组长正为建台地点犯愁，钮益培建议在父亲家中建台（他虽然结婚，但仍和父母同住）。这里远离市区，便于隐蔽。秦应麟经过现场考察，同意了他的建议。

分别两年多的三姐夫刘景惠突然来到钮家，15岁的钮益惠见到三姐夫自然喜出望外，十分亲近。作为少不更事的刚刚从旧中国走过来的钮益惠，不懂得政治，更不懂得国共两党的斗争的内幕。但他只知道一点，哥哥和三姐夫都是好人，是自己的亲人，他们让自己做的事，钮益惠自然乐于帮忙。

钮益惠小时候，农村普遍时兴叔伯兄弟联合起来排顺序，俗称大排行。按此惯例，他大排行为第九，亲友乡邻日常都管他叫小九。而今天，当年的小九已经被人们称为九爷了。小九机灵胆大，虽然还是个孩子，但哥哥和三姐夫许多事都不瞒着他，甚至经常支使他跑腿，因为小孩子四处跑不容易引起怀疑。小九为这个情报组做的第一件事是赶着毛驴车，去双桥火车站接来电台和台长孙毓清。孙对这个机灵的乡村少年很喜爱，也比较信任，在组装收发报机、架设电台天线时也让他帮忙；当孙收发报时就让他望风。为了防止电台大量用电引起怀疑（该情报组使用的是美国战略情报局离开大陆前留在北京的CMS大功率电台，而不是一般特务组织常用的15瓦交直流两用电台），情报组只好用干电池。为了满足需求，钮家在东单市场里摆了个摊位，经营电池，这样大批量购进电池就不引人注意了，同时也能将发报机用了一半的电池再卖出去。好在电池里剩多少电谁也看不出来。孙毓清做个木匣，把钮家的铜脸盆剪成铜条，钉在木匣里当导线，串联、并联一大串电池，这样才能达到电台的额定电压和电流。做这些事情都由小九打下手。在朝夕与共的相处中，二人结下了真挚的友谊，钮益惠管孙叫大哥，孙亲切地管他叫小九。为了便于掩护，钮家对外声称孙毓清是小九的家庭教师。事实上，闲暇之时，孙毓清确实教了小九不少文化知识。只念过四年书的钮益惠今天之所以读写顺畅，很大程度上归功于孙毓清当年的辅导。

“保密局天津特别组”到大陆后发展成员，基本靠亲属关系做纽带，12个成员中，5个是刘景惠的亲戚：钮永绪是他岳父，钮益培是他内兄，梁锡增是他连襟，钮益惠是他亲内弟，钮益海是他叔伯内弟。两个是秦应麟的亲属：卞书兰是秦的妻子，卞树棠是他内弟。只有两个外人：李慕仁是秦任涞源组组长时的部下；李光琴和卞书兰是生意伙伴，卞书兰开货栈，李光琴开服装店。因为李借给卞书兰1500元用于情报活动（李当然不知内情），而被定为特别组成员。也许正因为中国人特别注重亲情，所以从古至今惩处罪犯时往往大搞株连；当然倘若一人得了道，鸡犬也跟着升天。这也是中国特色之一吧？中国几千年来就是一个人情社会。成也亲情，败也亲情。千秋功罪，任人评说。

在60多年后的今天，回头对比国共两党的情报工作，以秦应麟为首的“保密局天津特别组”显得十分幼稚拙劣，处于启蒙阶段的小儿科水平。首先，毛人凤派遣这个小组就没经过深思熟虑和精心准备，完全出于和李克农的斗气和逞能，匆忙组建，草率派遣。其次，这个小组主要成员都没有合法的掩护身份，这在人人都处于组织之中的大陆是最容易引起怀疑的。共产党最善于发动群众、组织群众，从入园幼儿到退休老人，无人不在组织之中；从工作时间到业余生活，无人不在上级掌控之中。在这种严密的社会网络中，天津特别组的几个骨干如同跳进羊圈里的驴，很快就暴露在中共侦查机关的视线中。当然，导致他们很快暴露的另一个重要原因，是由于中共在台湾的内线提供相关情报，知道台湾“保密局”向大陆派遣了一个情报小组。

“保密局天津特别组”的全体成员都意识到自己是在刀尖上过日子，身处险境，随时都有生命之忧。钮家更是首当其冲。自从电台进了家门那天，钮益惠父亲就说，这是掉脑袋的事，电台一旦被发现，谁也活不了。一家人饭桌上常说这话，连小九都做好了以防万一的思想准备。

1950年9月的一天，四个穿干部服的男人走进垛子村，向走在街上的钮益惠打听村公所怎么走。他知道村公所有牌子，根本不用问，因而猜到其中有诈。指完路后马上跑回家中，告诉孙毓清这个可疑的情况，孙稍加思索便决定小心为妙走为上。此前他们已经接到秦应麟的通知：“生意”没法做了。钮父事先已经将发报机和其他情报物品转移了。孙躲进了村外的玉米地。小九和他约定，无论是否有情况，自己都要来为他报信。此刻家里只留下小九和父母。傍晚村干部就领着那四个穿干部服的和一些公安来到钮家，不由分说就把他父亲钮永绪绑了起来。

两个民兵看着钮永绪，他诈称上茅房，民兵把他手上的绳子解开，在茅房外面看守。他趁民兵不备，一头将其撞倒，拼命跑进村外的玉米地。那个民兵也许枪法不准，也许念及乡情不肯下狠手，反正连打几枪都没打中。钮永绪最后跑到住在西直河村排行老五的堂弟家，却被五弟检举了，并交出了钮永绪埋藏在他家的电台。钮父很快就被拉到当时的通县县政府所在地张家湾枪毙了，成为“保密局天津特别组”被镇压的第一人。可是，在1950年12月2日《天津日报》报道破获这个特务组织的消息时，并没有提到他，成了个真正的无名之鬼。

民兵们忙着翻找罪证，谁也没注意15岁的小九，他趁这工夫早溜了。到玉米地里找到孙毓清，告诉他情报组已经暴露，二人只好逃命。孙毓清让小九往东南跑，造成二人要去天津的假象。然后在双井会合，一起进城。小九仗着熟悉地形，领着孙毓清专走小道，步行一个通宵，天刚亮时二人进了朝阳门。

孙毓清老家在烟台，危难时刻要投奔老家。于是小九自告奋勇打头阵，独自去朝阳门长途汽车站乘车去济南。孙毓清在远处观察，如果小九不出事，他就第二天乘车去济南。小九刚上车，突然听见有人喊“小九”，他不由得一愣神，转着圈向四下撒目，这时两个便衣已经一左一右把他挟持着带上了吉普车。

看到这个情景，不能不说孙毓清的僵化低能，他只精通报务而不谙外勤。作为受过专门训练的特务，他在挣脱罗网时，不是找个地方藏起来（该情报组更没预先在城里租个屋子以备不时之需），躲过风头再想办法，而是在各交通要道布满便衣的情况下去朝阳门长途汽车站乘车去济南。他也不想想，即使逃离了北京，公安局的便衣还不早就在老家等着吗？一贯被人们视为高智商游戏的职业——特工，竟被国民党特务玩得如此粗陋不堪，这个政权不垮台真是天理不容。

在吉普车上，公安人员向小九讯问孙毓清的下落和去向，尽管他知道孙就在不远处，他竟一推六二五，根本不说实话。把他带到军管会后，侦查员用尽了威逼利诱种种手段，让他说出孙的去向和他知道的其他情况，他竟丝毫不为所动，没露一句口风。

直到60多年后的今天，作为年近八十的老人，回忆起这段往事，他说："我家在土改中被划为中农成分，没有受过斗争，作为15岁的少年，我对共产党没有任何仇恨，身处首都自然接受了一些热爱共产党的正面教育；对国民党也没有很深的感情，至于对两党的政治信仰，更是一无所知。那时支撑我的力量就是，亲人干的事就是好事，我就要支持。忠臣不保二主，决不能背叛亲人。"支撑他的精神力量，不是什么政治信仰，而是与生俱来的亲情，是中国传统的忠义节烈的道德观念。再者可能就与钮家那种血性耿直、慷慨侠义的遗传基因有关吧？

钮家是纯正的旗人，姓钮钴禄，享有吃皇粮的特权。到了钮益惠爷爷这辈，继续在朝廷当了个不大不小的官员。可这位爷天性正直豪爽，不知为什么事情得罪了皇上，虽未被治罪，但从此失宠。这位爷那工夫正年轻气盛，不愿在京城过着衣食无忧但必须低眉顺眼的日子，带着全家从皇城里搬到了北京东郊的通县张家湾垛子村。他看不惯大清末代的八旗子弟那种饱食终日，无所事事，提笼架鸟，吃喝玩乐，浑浑噩噩的派头，决心彻底和他们划清界限，主动退出旗籍，改为汉族，将满族钮钴禄氏改成了单字姓氏——钮。

由于家底比较厚实，加上爷爷是著名中医，家里日子过得富足，到钮益惠童年时，仍维持着小康的日子。他刚记事时爷爷就去世了，家风开放新派，不像一般庄户人家那么保守愚昧。前面说过，他父亲钮永绪思想新潮，没有继承家学当中医，年轻时去广州参加过北伐军，可见在那个普遍保守蒙昧的年代，尤其在旧式乡村里，属于勇于开拓进取的角色。

他叔叔钮永新从小尚武，20多岁就当上垛子村大财主张八爷家的护卫队队长。张八爷富甲一方，乐善好施，本村乡邻如家中死人无力殡葬，只要到他家磕个头，便给一口棺材、二斗小米。每年冬天他都赠送一百套棉衣给穷苦人。为了保护自己万贯家产，他组建了护卫队，聘请钮永新当队长，据说最兴盛时张家有两百多条枪。每年秋天，张家都要建数十丈高的粮囤，俗称“打天囤”，远在双桥就能望见。

早在“七七事变”前，京东就成了日本人的天下，1935年在通县成立了以殷汝耕挑头的伪“冀东防共自治政府”。

张家如此富足，自然令日本人垂涎三尺，但几次到京东抢粮，都因为慑于钮永新的威名而未敢对张八爷家动手。但是日本人绝不会容许这个眼中钉长期存在，经过精心策划，还是于1939年冬天发动了对张家护卫队的突袭，钮永新率队奋勇反击。为了不殃及邻里，他把日寇引到村外，在通惠河畔节节抵抗。这些乡勇们无论从作战素质还是武器装备，都和日军有较大差距，浴血苦战一昼夜，终于伤亡殆尽。而钮永新拒绝了几位亲兵让他逃走的建议，最后在通惠河畔的一道土岗上，面对四周的日军从容举枪自戕，为自己壮怀激烈的一生画上了完美的句号。

钮益惠伯父钮永英的长子钮益山、次子钮益林在日伪时期，夜袭北京火神庙20段（位于今天的崇文门幸福大街）警察所，打死四名日本警察，后来被日本人捕获，在通州觅子店被枪杀。

钮家这几位壮士的血脉中流淌着慷慨悲壮的血性，有着忠勇仗义的基因。而少年不知愁滋味、初生牛犊不怕虎的钮益惠，身上分明继承了这种纯正的血统，是钮家优秀的子孙。

作为与国民党军统、中统有着长期丰富斗争经验的中共情报部门来说，不知制伏了多少久经风雨的对手，但对这个15岁的农村少年毫无办法，小九软硬不吃，绝不吐露半个字。公安人员把他押进审讯室内的厕所，让他坐在坐便器上，恫吓他说这是电刑椅，如果他再不说实话，就通电电死他。他们以为这个乡下孩子没见过抽水马桶，一定会很害怕。殊不知小九真的毫无惧色，真想杀身成仁。气得审讯人员多次拍桌子，大骂他小兔崽子、小反革命！正因为他的负隅顽抗，惹怒了本来不想对他严厉惩处的天津军管会，于是这个15岁的农村少年被从重判处有期徒刑15年！正好一岁一年，也许当时的军管会人员就是要这个具有幽默感的震慑效果吧？

尽管钮益惠的坚不吐实，对“保密局天津特别组”却毫无实际帮助，该组人员依然先后落网，他舍命掩护的孙毓清也在老家烟台被捕。该案于1951年1月由天津军管会宣判，共枪毙四人（不包括此前被枪毙的钮益惠之父钮永绪），其余被判处长短不一的有期徒刑。值得注意的是，钮益惠的堂兄钮益海当时已27岁，属于成年人，却只被判了5年，远远轻于堂弟。仅此一点足见军管会干部对小九是多么恼恨！

但是，有一点钮益惠至今提起仍赞不绝口：军管会的办案人员尽管被他的顽固不化气得“摺蹦”，甚至当面斥骂，但始终没有对他采取任何体罚的刑讯逼供手段，严格执行当时的对敌政策，给他留下了深刻而良好的印象。

钮益惠1951年1月被判刑，在北京第一监狱服刑。该监狱位于南二环陶然亭公园附近，他至今记得是自新路21号。自新路的名称就与该监狱有关，取改过自新之意。这与新中国成立初期许多街道、工厂命名遵循政治至上的原则相吻合。一个15岁的少年，在监狱中开始了他生在皇城根、长在红旗下的新生活。

监狱的生活单调而乏味，给他留下深刻印象的只是母亲探监的那悲惨的一幕。1960年，正是大陆饥饿的年代，母亲惦记正在长身体的老儿子，尽管她自己也缺衣少食，仍从牙缝里攒下20来斤粮食，做成各种干粮。探监那天，母亲起早出发，65岁的乡村妇女，背着20来斤干粮，扭着两只小脚（钮母是汉族，所以裹脚），趔趄踉跄了大半天，才从30多里外的大羊坊挪到北京第一监狱。当钮益惠看到头发披散、皱纹里浸着汗水、小脚打出血泡的妈妈时，这个经历多次审讯、15岁蹲监、从未掉过眼泪的硬汉，忍不住痛哭失声，跪在母亲脚下向她赔罪：孩儿无能，不但不能尽孝，反而连累母亲，真是万死莫赎啊！

妈妈搂着他说，别人家孩子都正上学，你却蹲监狱！妈妈知道你没干丢人的事，妈妈不怪你！母子相见的激动平静后，妈妈问他判了几年，他说无期。妈妈问，什么叫无期呀？他就说，什么时候改造好了，我就回去。妈妈就说，你快点改造吧，我在家等着你。妈妈的一切希望都在这个老儿子的身上。妈妈走后，他给姐姐写信，千叮咛万嘱咐，今后可不要让妈妈来探监了。不是儿不想妈，更不是妈不想儿，每见到妈妈都是对彼此的巨大折磨，比上刑还难受！

从此妈妈真的再没来看过他，这是母子的最后一次见面。“文革”初期妈妈被村里造反派折磨致死，这成为钮益惠心中永远的痛。

今天回顾往昔，土埋到脖子的钮益惠老人已无任何思想负担和顾忌，他敞亮地宣称：当初帮助“保密局天津特别组”，完全出于亲情；被判刑进监狱，也认为我确实得罪了共产党，人家惩办我也毫无怨言。当看到妈妈探监的一幕，再听狱中那些上过大学乃至学过法律的老“反革命”们的教育，才意识到当初关押我这个未成年的小孩子是无视法律、滥施刑罚的表现。歧视、迫害妈妈和姐妹们更是株连九族，违反人道。“保密局天津特别组”的特务们属于军事人员，逮捕后应按战俘对待，不应该按什么反革命惩办。为了平息心中的怒火，他决定在狱中和政府继续对着干。

钮益惠是个敢想敢为的人，有了想法就要付诸行动，他的计划就是想办法越狱。他在狱中联系了三个同是北京的政治犯：刘威、刘学忠和李治平。他们计划寻找时机集体越狱，潜逃到香港（那里有台湾的情报机构）或缅甸（金三角地区有国军残部），最后投奔台湾。正在他们暗中筹划准备的时候，不料内部出了问题，刘威向政府检举了这个反革命团伙，于是一切计划都胎死腹中，每个成员都面临着更严厉的惩处。首犯钮益惠被判死缓；刘学忠和李治平各被加刑10年；刘威没有被加刑，以示宽大和奖励。死缓二年到期，钮益惠主动交了份申请书，要求立即枪毙。但监狱指导员却找他谈话，让他端正思想，认真接受改造。最后，他被改判无期徒刑。“文革”爆发，在首都关押政治犯不利于社会稳定，尤其像他这种有越狱前科的，更是重点危险分子，因此，不久他就被转移到山西太原第一监狱服刑。这里对外的公开名称叫作太原西峪煤矿。

小草的生命力是顽强的，即使被压在巨石之下也要曲折延伸，钻出地面，发芽长叶。钮益惠这棵无名的小草，在监狱严酷压抑的环境中，凭着顽强的生命力，从一个少年成长为一个中年汉子。

“文革”结束后，中国司法逐步走向正轨，两岸关系也不断缓和，在这种大背景下，1977年钮益惠又被改判有期徒刑15年。到了1983年，竟被政府“开恩”提前9年释放。从1951年到1983年，从15岁少年到47岁中年，钮益惠在监狱中度过了人生乐章中华彩的32年最宝贵时光！

有位名人说过，监狱是一所大学校。钮益惠是个天资聪颖的人，32年的监狱生活确实使他学到了不少文化和技能，更增长了在外面不可能有的阅历。他被释放之时，正值改革开放初期，社会机遇多，而人们普遍胆子小。作为劳改释放犯，他既无家庭、单位等顾虑，也没有铁饭碗、让人笑话等思想负担，甩开膀子干个体。他先后干过装卸工，开过小卖店，卖过鱼，卖过牛羊肉；在北京收购旧家具往外省销售；在北京东大桥开过五金商店，专卖过汽灯，曾成立了北京唯一的汽灯售后修理部。在河北省廊坊市开过第一家信托商店。几年工夫扎扎实实发了点小财，成为第一批先富起来的人之一。

有了钱，媒人自然就来了，1990年他与丧偶的北京大兴妇女——比他小17岁的肖芳结婚。

性格决定命运。这句名言已经被许多人的经历所验证，在钮益惠身上也照样屡试不爽。他的性格中天生有股子不安分的基因。出狱后他经济小康，成了家立了业，按照一般人的性格，将在致富奔小康的路上继续开拓前进，弄个企业家当当也大有希望。可这位老兄历尽苦难痴心不改，随着两岸关系的解冻，他竟然要去台湾“认祖归宗”！

那时两岸百姓还不能自由往来，尤其大陆百姓赴台受诸多限制，通过合法渠道去台湾对钮益惠来说是不可能的，他又不想再等下去，只好偷渡！经过一年多的准备筹划，1999年12月，他从福建平潭经蛇头带路偷渡到台湾。仅给蛇头的报酬就花了3万元人民币，可见他真是不惜血本。

他冒着巨大的社会、经济和自然风险，偷渡到台湾，投奔大陆一位朋友在台北的叔叔。经他带路，次日找到台湾“国防部军情局”。接待他的是一位40来岁的中年军官胥继尧，他述说了自己的身份和经历，胥查阅了有关档案资料，承认钮益培、刘景惠的“军情局”情报人员和“烈士”的身份，同意给他2.1万美元的抚恤金。让他委托一个有台湾身份的人，明天来代为领取。当即办理了财务手续。

这个近乎完美的结局使钮益惠喜出望外，他感到自己为国民党而度过的32年的铁窗生涯，今天终于得到了些许报偿！这天晚上，他栖身在台北火车站，和一群在广场狂欢的大学生度过了一个不眠之夜。

正应了乐极生悲的老话。钮益惠闹腾了个通宵，早晨已是饥肠辘辘。胥继尧的善意接待使他放大了对台湾的好感，以为台湾人都会对他这个国民党的有功之臣笑脸相迎。他依照大陆的经验，有困难找警察。于是到附近的中正路派出所，说明身份和来台意图，请他们提供一顿早餐。身处最基层的年轻警察可不了解什么国共斗争史，更不相信他对国民党的功绩。那时正值李登辉任台湾地区领导人，“台独”舆论甚嚣尘上，大肆推行“去中国化”政策，妖魔化国民党，因此“七〇”后的台湾原住民对大陆感情很淡漠，甚至有些反感。合该他倒霉，那晚值班的恰恰是位年轻警察，对这个自投罗网的偷渡客毫不姑息，即刻扣押，并很快转送到新竹的“大陆人民处理中心”。

这个中心对外叫“静庐”，听名称好似个疗养胜地，殊不知是个集中营式的拘留所，专门关押大陆的偷渡人员。当年重庆的渣滓洞对外就称白公馆，国民党似乎就好这口，谬充风雅，有这光荣传统。钮益惠在大陆服了32年徒刑，转过几个监狱，下过煤窑，吃过的苦、受过的罪难以记述。即使这么个饱受过煎熬的人，面对“静庐”的种种非人折磨，仍难以忍受。

他本以为自己对国民党是有功之臣，至少是“烈士”家属，台湾当局对他理当热情接待，深表谢忱，甚至有所褒奖。万没想到，他是剃头的挑子一头热，热脸贴上个冷屁股。自打进了“静庐”，他的苦日子就开始了。

他被戴着手铐押进“静庐”，进门就先来个下马威：首先脱光衣服，严格搜身，还要两次跨越一个高板凳——以防肛门里夹东西。然后每人发一套短裤背心，此后只能穿这个。“静庐”共分甲乙丙丁四个监区，刚进来的人先关在丁区，穿着短裤背心在冰凉的水泥地上成天面壁打坐，盘腿挺胸，一动不动。无论昼夜，上厕所都要报告。不许使用姓名，只能叫编号。钮益惠至今仍记得他的编号是9005号。

面对这些严酷的监规，稍有差池就用竹棍抽打——每个警察手里都提着一根60厘米长的竹棍。墙上有6个铁环，严重违规者就吊在铁环上拷打。台湾毕竟是讲“民主”的地方，警察打人也讲究技巧。届时把你一人叫进一小屋，眼睛蒙上，四个警察一人一根电棍，分头打。打完之后，出去，有人问：“有人打你吗？”如说实话，就又会被拖进去继续打。什么时候你承认没挨打，这才证明挨打见成效了。

经过三个月考验合格者，才能升入丙区，在这里每天除了盘腿打坐外，可看两个小时的报纸；再经过三个月，表现良好者可升入乙区，在这里不但可以看报纸，还可以打扑克。最终修成正果者可升入甲区。但是，无论在哪个区，打坐都是每天的必修课，只是时间长短有所区别而已。

“静庐”里每周“安检”一次，所有在押人员都要脸冲墙撅起屁股接受安检，床铺更是给翻个底朝天。有一次吃鸡，钮益惠留下一根细骨头，用来当耳勺，塞在床铺的木头缝里。没想到在例行安检中竟被翻了出来，作为惩罚，让他到太阳地里撅着屁股晒了两个多钟头。一个偷渡客说对一个60多岁的老人，不该这么严苛，管教人员闻听勃然大怒，竟让同屋的50来人一起陪绑！一次钮益惠牙疼，中心派人送他去诊治，为防止他逃跑，竟给戴上手铐脚镣。

他说："我60多了，腿脚都不灵便，怎么能逃跑?"但警察不为所动，仍然给他戴上，并且说："老爷子，没办法，这是上面的规定，我也只好警察打老子——公事公办。"

尽管在"静庐"备受摧残，可钮益惠仍未放弃来台的诉求，给台湾"军情局局长"写了万言长信陈情求助，结果当然是石沉大海。

钮益惠在新竹被关押了10个月，于2000年9月27日被台湾有关部门经马尾遣送回来。大陆向每个被遣返的人收取船费1000元、饭费1000元、罚款8000元，总计正好10000元。

钮益惠回到家中不几天，北京市国家安全局的工作人员就登门拜访，了解他偷渡台湾的动机和经过。他毫不隐讳地说："我去台湾是为了给自己和死去的亲属争名誉、要待遇。我是个平民百姓，不掌握什么国家机密，想出卖情报也办不到。"国安人员听他说得如此坦白，又没什么证据，只好无功而返。

回到北京后，钮益惠继续坚持信访。那时打台湾的电话属于国际长途，高达5块钱一分钟，他还是不断地给"立法院"打电话发传真。经过他一根筋的据理力争，终于台湾"立法院"承认了他"烈士家属"的身份。这微小的进步对垂暮之年的老人也是一点慰藉。

钮益惠一直把台湾的国民党视为自己的依靠，但这次台湾之行彻底打破了他的幻想，他认识到台湾并不像自己想象的那么美好。尽管台湾当局对他如此不够意思，但大陆多年流行的"娘打儿子儿不记仇"的观念深深影响了他，钮益惠对国民党对台湾仍心存希望。他聊以自慰地宽慰自己：那时台湾是李登辉当权，他鼓吹"台独"，搞"去中国化"，所以我才受到这些磨难。可是台湾还有许多人对国民党有正确评价，对他及家人的遭遇深表同情。胥继尧不就是最好的例证吗？即使在"静庐"也有一些管教人员听了他的经历而深表同情，并给予一些关照。

正是在这一信念的支撑下，2001年2月24日，钮益惠又踏上了偷渡台湾之路。这次他来到"国防部军情局"，胥继尧早已不在此工作了。据说因他擅自做主同意给钮益惠2.1万美元抚恤金，被上司惩处而调转了工作。而接待他的人都以种种借口对他搪塞敷衍。

借口之一：你不是“保密局天津特别组”的正式成员，“保密局”的档案上没有关于你的记载，因此不能承认你的特工身份，你坐监狱与我们无关。

钮益惠答曰：可是当时的《天津日报》刊载破获“保密局天津特别组”的报道上面有我呀！在特务名单上我列倒数第二名，这有白纸黑字的报纸为证啊。我确实是因为这个案子被打成反革命的啊！

借口之二：你没有大陆法院的判决书，无法证明你是因“保密局天津特别组”案服刑。

钮益惠答曰：1950年大陆根本没有什么法律，连法院都没有，是天津军管会给我们判的刑，哪有什么判决书？

借口之三：你回大陆找公证处对这个情况予以公证，我们根据公证书再酌定。

钮益惠答曰：我手头没有任何证明材料，大陆公证处怎么能给我出这种公证书？这不是跟尼姑要孩子吗？

总之，“军情局”振振有词，似乎句句符合台湾当局有关条文。钮益惠这个大陆来的上访户被踢皮球了。可见官僚主义在哪里都有生存的土壤。国民党老攻击中共不讲人情，由此看来，国民党的人情味也不怎么浓。

一看官方不讲理，钮益惠借鉴大陆经验，便向媒体求助。他首先去了中国时报社。一位叫林照真的记者接待了他，并且写了一篇关于他的报道，发表在《中国时报》上。后经林照真介绍，钮益惠见到了“立法委员”陈学圣及其助理陈以信。他们对钮老爷子很同情，大家想办法帮他讨要生活补助。陈学圣受钮益惠委托，将他带来的各种证明材料交给了“军情局”。包括刊载破获国民党“保密局天津特别组”一案消息的1950年12月2日《天津日报》复印件、山西省太原市中级人民法院刑事裁定书原件、释放证明书原件。有了“立法委员”和记者的说明，“军情局”总算有点重视了，接受了材料，答应研究解决。

在台北等待消息的日子，钮益惠不想再去麻烦朋友，他在台北火车站的高架桥下找到了一个存身之所。为防止警察盘问时露出破绽，他装起了哑巴。一天，钮益惠在高架桥下看到一个年轻乞丐，面前摆着一张医院开的残疾人诊断书，他把诊断书借来，拿到一个店里，将出生年月处用一小块白纸蒙上，复印出来，再在空白处填上适合自己的出生年月，再复印一次。就这样，他拥有了在台湾的“合法身份”。从战争中学习战争，生活把他锻炼成一个上访的行家里手。

两个多月后，“军情局”终于有了回复：“本局为考虑其兄遭中共枪决，为国受难属实，以殉难人员家属发给钮员一次救助金3000美元。”钮益惠收到陈以信转交的这笔钱后，觉得这与胥继尧当初答应的2.1万美元相差甚远。一个在新竹生活困难的人，花了180块钱路费到台北申请救助，你说他符合救助条件，却只给人家50元钱，连路费都不够怎么能叫救助呢？钮老爷子以形象的比喻表达了他的不满及理由。

陈学圣和陈以信劝钮益惠先回北京。由于他没有合法的身份，还是得通过“大陆人民处理中心”返回。这一次，是在宜兰。再次沦入人间地狱，里面的待遇，和第一次在新竹时大同小异，甚至有过之而无不及。一直苦熬到2002年1月，于春节前夕才被遣送回大陆。

钮益惠两次偷渡去台湾，花去8万多元，一无所获，反倒吃了恁些苦、受了许多罪。生意也耽误了，生活陷入困顿。年纪渐大，身体日衰。上天无路，求告无门，生性倔强、坚韧不拔的他真的有点绝望了。

网络无处不在，网络改变生活。已过花甲之年的钮益惠也与时俱进，在现实中陷入绝望的时候，他把希望寄托在网络上面。在朋友们的提议下，他把自己的遭遇和经历，让外孙子发到凤凰网上。文章立刻引起《凤凰周刊》的注意，于是派记者来采访，在该刊2010年第3期上发表《一个军统特务的维权路》。此后大陆的《作家文摘》和《北京青年报》，香港凤凰卫视和台湾的《中国时报》《时报周刊》、东森电视台等媒体，都相继对钮益惠进行多次采访报道，使他的遭遇得到更多的同情和支持。

一位在大陆投资的台湾老板在媒体上看到钮益惠的遭遇，大为感动，深表同情。不过他担心这是炒作，便先派秘书来羊坊村实地考察。见情况属实，他就和秘书来到钮益惠借住的地方拜访。

他说："国民党对不起你，我没有能力替你讨回公道，只能尽一点绵薄之力，聊表心意。"他临走给钮益惠老人留下2000元。钮老爷子问他的尊姓大名，他却只字未露。这件小事，给了老人极大的鼓舞，他意识到公道自在人心，这一直是支撑老人百折不挠的极大精神力量。

第二次去台湾期间，他走访了国民党中央委员会和"行政院""监察院""立法院"等几大机关，结识了"监察院"负责人钟志强、王建煊等一些官员和"立法委员"陈学圣，陈学圣还成为他加入国民党的介绍人。因此回大陆后，他仍和这些机关、个人保持联系，书信往来不断，也经常通话和发传真，不断申诉他的观点理由，补充新的材料。这期间，他虽然没能赴台上访，但信访坚持不辍。

2005年4月26日到5月3日，国民党中央委员会主席连战到大陆访问，钮益惠得知这一消息，赶到连战下榻的北京饭店，冲破重重阻挠，向他的随员递交了自己的申诉材料和要求加入国民党的申请书。随员说回台湾后就会给他个明确回复。他以为这是敷衍之词，没想到，5月底他真的收到寄自台北的信，信封上的印刷体落款是国民党中央委员会。看到这个落款，钮益惠猜到是国民党中央的回信，但会如何回复呢？他心里不禁忐忑起来。

他回到家中，特意洗了手，端坐在那张简陋的桌子前拆开这封信，一张盖着中国国民党中央委员会政策委员会印章的公函展现在他眼前……

他总算得到了国民党的承认和理解。一纸书信，虽然没帮他解决任何实际困难和问题，但毕竟使他的信仰有了归宿。年已七十的他，手捧国民党中央的回函，止不住流下热泪。

2008年台湾“大选”，国民党首先在“立法会”选举中夺取多数席位。钮老爷子闻讯发去贺信。接着马英九又战胜陈水扁，当选台湾地区领导人，他又发去贺电。他的贺信贺电引起国民党中央的注意，因此2008年5月20日马英九在台北小巨蛋举行就职庆典之前，台湾国民党台北市党部竟给钮益惠寄来了邀请函。老先生喜出望外，深切感受到国民党对他这个“孤悬大陆”的孤独的老头子的关怀。接信次日他就去公安部门办理赴台手续，但是遇到种种阻力，最终未能成行。他只好写了一封贺信，传真给国民党中央委员会，表达一个精神党员的由衷祝贺。

两次偷渡台湾皆受冷遇，钮益惠真的心灰意冷，对台湾当局丧失了信心。就在他情绪低落的时候，国民党中央委员会却接纳他为精神党员，竟邀请他出席马英九的就职庆典，这无疑给他以巨大的精神鼓舞。他知道任何政党、任何政府，错误总是难免的；各级工作人员素质、品格也参差不齐，不能一叶障目不见泰山，不能因为某些工作人员的工作失误和纰漏，而对国民党和台湾当局丧失信心。尤其他两次赴台的1999年和2001年分别是李登辉、陈水扁当权时期，他们敌视国民党，鼓吹“台独”，打击压制迫害一切亲国民党人士是毫不奇怪的。

事理通达，心气平和。钮益惠想到这些，于是心中希望的灰烬又复燃了，在台湾当局对北京等地开放台湾自由行的大背景下，在各方人士的鼓励和支持下，钮益惠决定借自由行的机会正大光明地去台湾上访。2011年8月27日从北京登机，两个半小时就降落在台北。想起前两次冒险偷渡遭受的种种屈辱和折磨，真个是恍若隔世。

第三次走进“军情局”，虽然12年间“军情局”负责人都换了好几任，但工作人员对他这个上访老户早已心中有数，因此对事情的来龙去脉了然于胸，剩下的只是如何处理的问题。这次，由于媒体的呼吁，更由于国民党的再次当权，“军情局”开始受理他的申诉。但是只承认他1961年到1983年的22年的服刑期限，而对最初的1951年到1961年的10年则不予承认——理由是没有判决书（他1961年策划在监狱里搞越狱暴露，被判处死缓，这时有了法院，才有了判决书）！对后22年的服刑期，共给予19950美元补偿。据说这是按22年264个月，每个月500元人民币计算出来的。

台湾如今是国民党当权了，两岸政策确实有了变化，对国民党历史遗留问题的处理也相对实事求是一点，对此钮益惠有深切的感受。这种处理结果，站在台湾官方看来已算得上仁至义尽了。但站在钮益惠角度看来与期望相去甚远。明明服刑32年，“军情局”只承认22年，为什么不承认最初那10年？那确实是为国民党尽忠而招致的牢狱之灾啊！至于没有判决书这样的说辞，对大陆了解甚深的台湾当局应该很好理解啊。

在1979年以前，中国连《刑法》和《刑事诉讼法》都没有，却给成千上万的人判了刑，甚至死刑。1950年的军管会执掌生杀大权，不发判决书不是太司空见惯了吗？大陆就曾发生过这样的怪事：20世纪80年代，当为某位右派平反时，在他的档案里却找不到将他打成右派的材料！再说他蹲监狱的那32年，是人生最宝贵的黄金时代，只值每月500元人民币吗？未免太廉价了！大陆计划经济年代虽说人均月工资三四十元，但其购买力至少相当于当下的四五千元。那时城市职工的困难补助标准是人均月收入低于12元。今天北京市的低保标准已是每月1260元。钮老爷子如今没有住房，也没有承包地，栖身在一间随时都会被拆迁的他人的旧房子里。每月只靠1000来元低保补助维持生存，在物价飞涨的北京，其生活的恓惶情状是可以想见的。这样的补偿只能说是聊胜于无，形式大于内容，说是走过场也未尝不可。请问，台湾人如果有此种遭遇，也会如此抚恤吗？他于是又开始向“监察院”申诉，要求对32年刑期全部补偿，并且提高补偿标准。

钮益惠这次去台湾，还有一个收获，就是在拜祭台湾忠烈祠时，见到了哥哥钮益培和姐夫刘景惠的灵位，他在这里与两位亲人灵位合影。忠烈祠的负责人某中校还向他赠送了纪念品并与他合影。

常言说，一样客不能两样待。攀比是人们最常见的心态，也是追求公平平等的最简易标尺。被钮益惠掩护的同案战友孙毓清的结局对他更是极大的刺激。孙毓清就擒后被判处无期徒刑。“文革”结束后被释放到张家口附近农村生活。他在新中国成立前读过高中，会英语，20世纪80年代初偏远地区中学普遍缺少英语教师，他就被一家中学聘去担任英语教师。

当孙毓清恓恓惶惶地靠当教师维持生存的时候，命运的转机却意外地降临到他头上。要说清这个转机的来龙去脉，真的需要从那个万恶的旧社会说起。

孙毓清是烟台人，在玉皇顶中学读高中时有两个要好同学，一个叫臧学孟，一个叫王维谦。高中毕业前夕，孙和臧参加了国民党军统系统组织的地下锄奸队。抗战胜利后，孙被蒋经国挑选到台湾接受培训，臧则到国民革命军第八军政治部任职。王则考上了大学。三人虽然天各一方，但联系很密切，不但因为他们是同学和好朋友，更因为他们成了圈套圈的亲戚：王维谦的姐姐嫁给了臧学孟；孙毓清的妹妹嫁给了王维谦。亲上加亲，打断骨头连着筋，你说那关系能不铁吗？虽然他们关系很铁，可是国民党败退台湾以后的30多年里他们失去了联系。

之所以音信阻断，并不是他们彼此不思念，而是受当时大陆政治气候的影响，不敢联系；由于两岸敌对仇视，也无法联系。王维谦医科大学毕业后，一直在太原从事医务工作，由于受反革命的内兄孙毓清、人在海外的姐夫臧学孟的影响，始终处于受压抑的境地，哪里敢和臧与孙联系？况且沧海桑田，铁幕重重，也无法联系。

臧学孟所在的第八军在烟台被解放军击溃，他侥幸逃脱，跑到天津。他岳父王文忠在韩国经商，在天津有分号。他到岳父在天津的公司藏身，并且变卖了岳父不久前从韩国运来的10吨橡胶，凭着这笔钱给自己和妻子买了船票，到韩国投奔岳父。从此成为韩国华侨，经商颇有成就。

至于孙毓清的境况，读者都知道了，从1950年底起，就在铁窗里苦熬岁月。

时代的车轮艰难地转到了20世纪80年代，中国刚刚打开了国门。这时在韩国经商的臧学孟便迫不及待地回乡探亲。1982年夏天，他首次回到阔别30多年的中国大陆，去烟台、访北京、游太原。在太原王维谦处他才知道了孙毓清的曲折经历，知道他已从天津郊区茶淀劳改农场被释放。他让孙到太原妹夫家，与孙商量去台湾生活。按照《台湾地区与大陆地区人民关系条例》第十六条的规定："民国三十八年政府迁台后，因作战或执行特种任务被俘之国军官兵，得申请来台定居。"臧学孟认为孙完全符合去台定居的条件，只要孙愿意，他可以代为斡旋办理。孙毓清当时孤身一人，穷困潦倒，去台湾当然求之不得。

臧学孟回韩国后，历时两年，经过多方努力，疏通了台湾各有关部门，同意接收孙毓清来台定居。1984年，他以商务考察的名义邀请孙毓清赴韩国考察。孙毓清到韩国后，臧学孟早就与当时台湾当局驻韩国有关机构联系好了，很快孙就到了台湾。台湾"国防部军情局"找来孙毓清的战友，对他辨认无误后，又通过台湾红十字会向大陆红十字会找到孙的有关档案材料，确认了他服刑的经历。在此基础上，"台湾军情局"发给他20万美元的抚恤金，分配一套住房。同时比照他同期战友的资历，给他定为上校军衔，按此军衔享受退休金。孙毓清有了钱，回到烟台老家给父母重修了陵墓——他父亲因受他牵连在历次运动中屡受批斗，壮年早逝。同时他还在老家找了个老婆，领到了台湾。

比比孙毓清，再看看咱自己，钮益惠心里怎么能平衡呢？按法理说，孙毓清他们为国民党出生入死，固然值得台湾当局优待，但他乃职责所在；而钮益惠帮助他们纯属施以援手，更应予以表彰重奖，但现实恰恰与情理相反。

看到这里读者也许会发问，身居乡下、信息闭塞的钮益惠怎么会知道孙毓清后来的事情呢？要说起这事，真是应了那两句俗语：天地之大，无奇不有；无巧不成书。凤凰卫视《冷暖人生》栏目以专题片连续报道了钮益惠的曲折人生故事，这个节目被北京的一位叫王廷琇的观众看到了。他就是臧学孟的外甥，听舅舅讲过孙毓清的事，1982年臧学孟在太原第一次和孙毓清见面时，他就在现场，还为他们拍过照片。

因此当他看到钮益惠当年掩护过孙毓清，立刻引起了注意，并且记下了钮的住址，第二天就找到了大羊坊村，把自己所知道的关于孙毓清的情况告诉了他。钮益惠本想可以到台湾找到孙毓清为自己做证，没想到孙却早在1998年72岁时就去世了！

还有个相关的小插曲，在此值得一叙。钮益培生前留下个刚出生不久的女儿，2岁时随母改嫁，遂改继父姓，取名王翠英。2005年6月，她曾去台湾，以“烈士”子女的身份要求抚恤。但台湾“军情局”让她出示身份公证书，她拿不出来，加之她又不姓钮，所以没有给予她任何帮助。笔者曾建议钮益惠老人和侄女做个DNA鉴定，证明王翠英与钮家的血缘关系。据此公证，这样到台湾也许会争取到一笔抚恤金。但他们至今没有付诸行动。

纵观钮益惠曲折凄惨的经历，令人不能不感叹命运的无情。绝大多数人都无力改变社会，只能去适应社会，被时代潮流裹挟而进退。钮益惠就是被时代大潮裹挟的一粒沙子，他有幸没有被深埋地下，而是在大潮退落后露出水面，引起了世人的关注。亲身参与过国共两党、两军厮杀者，今天健在的已属凤毛麟角。在这一现实背景下，钮益惠成了国共两党、两军敌对关系的活化石、见证者。

国共两党如今早已是“相逢一笑泯恩仇”，连战和胡锦涛也握手言欢，马英九和习近平亲切会谈。这好比战场上双方统帅已言和，可是当初彼此卖力厮杀而伤残的士兵却无人过问，这岂不是莫大的悲哀？对稍有良心和正义感的人而言，情何以堪！

钮益惠至今晚景凄凉。台湾地区曾是亚洲“四小龙”之一，中国大陆现在成为世界第二大经济体，显然都不差钱，可是至今无人对他施以援手。

“两间余一卒，荷戟独彷徨。”钮益惠老人的处境，给鲁迅的这句诗做出了最生动形象的注解。无怪乎老人在接受凤凰卫视记者采访时，面对记者“你如何评价自己和家人在国共斗争中所充当的角色”的提问时，激愤而沉痛地说：“小丑!”

钮家在这个残酷荒诞的事件中遭受到毁灭性的打击。

钮益惠的父亲钮永绪被捕后不久就第一个被枪毙。

哥哥钮益培、三姐夫刘景惠在本案宣判时被枪毙。

大姐夫梁锡增被判刑16年。释放时正赶上“文革”，整天挨批斗，饱受皮肉之苦，终于死在批斗会上。他的儿子梁长春为父亲鸣不平，被红卫兵打死在崇文门花市下三条。

身为北京电车公司售票员的三姐钮淑铭，作为反革命分子刘景惠的老婆，“文革”中挨批斗自然是家常便饭。作为女人，实在无法忍受肉体拷打、人格侮辱、精神摧残的多重折磨，在位于法华寺的电车公司南场厕所悬梁自尽。

母亲当时住在大羊坊村，那时叫红星农场大羊坊大队。1966年冬，本村的造反派白天揪斗钮母，傍晚又把她家窗户纸撕掉，煤球踩碎，将炉火浇灭。年过七十（1895年生）、浑身是伤的老人，无力生火，连饿带冻，当晚死在冰冷的自家屋子里。

钮益惠在接受凤凰卫视采访时沉痛地说：“我们一家为国民党献出七位亲人，却没有换来任何回报，反而落下一世罪名。咱们是猪八戒照镜子，里外不是人，两面不讨好。直到今天台湾当局都对我们没有合理补偿，反而恩将仇报，两次拘留虐待我，太叫人寒心了!”

国民党最终失去大陆，是否和这种不讲人性、丧失人心的做派有关呢?

2012年2月3日初稿，2018年11月3日修改

风雨中，警徽闪闪指方向

——记第二届全国道德模范赵刚

一群人陷入险境，在混乱、无助、绝望、疲劳、饥饿、伤痛、内耗中苦苦挣扎，这时出现一个勇敢、坚强、睿智、无私的带头人，他振臂一呼，随者景从。众人在他的率领下，历经千难万险，吃尽千辛万苦，走过千曲百折，终于使大家抵达胜利的彼岸。这样的故事在古今中外的文学作品中屡见不鲜，其中最为人们熟知的当属高尔基的名著《丹柯》和《圣经》中《摩西的故事》。在革命年代，丹柯在许多中国进步作家笔下成为革命者的化身；随着开放，《圣经》在中国才广为流传，依据摩西率领以色列人出埃及的故事，西方曾拍出多部影片，也为中国观众所熟知。

上面列举的这些都是带有神话色彩的故事，而现在笔者要向你讲述的是发生在现实生活中的真实故事。而这个故事里丹柯和摩西式的主人公则是一位当代中国警察，他就是四川省德阳市汉旺分局民警赵刚。

特大地震来临，警察就是群众的主心骨

2008年5月12日这天一大早，担任民爆物资管理工作的赵刚与姜明全、姚颖、李良才三位民警奉命到清平乡检查爆破器材管理情况。现在正值北京奥运会开幕前夕，全国上下都在为奥运火炬传递而忙碌。而公安部门更是把确保奥运安全作为头等大事来抓，要为平安奥运做出贡献。龙门山一带是矿区，开矿自然要用炸药，因

此加强矿山爆炸物管理成为当前最紧要的工作。这个关口万一出点闪失，那可真是天大的事故啊！大家都知道今天工作的分量。因为工作常年行走于大山之间的四个人，并没有感觉到当天有什么异样，更没有感觉到危险正在慢慢向他们袭来。一路上他们聊着奥运的话题，看着窗外的山色，还有几分兴奋呢。

赵刚和姜明全是老搭档了，自刑侦组调到现在的社区事务组以后，赵刚与老姜建立了很深厚的感情，两个人身体都不太好，老姜有严重的高血压，而赵刚有严重的心脏病，在每天繁重而琐碎的工作中，两个人经常互相提醒，让对方多注意身体。老姜时常要逗逗赵刚，让他遵医嘱还是把心脏起搏器装上才对。

说起赵刚的心脏病，那可是因劳致疾。赵刚原来的身体一直很棒，是局里的体育活动积极分子。2004年底，他那时还在刑侦组，一天他正患感冒，恰巧有个案子需要蹲守，领导考虑到他正打点滴，就没派他，但他看到组里人手紧张，便拔了吊针主动参加蹲守。四川的严冬，潮湿阴冷，到了晚上气温更低。同事们都有点吃不消了，带病的赵刚更是难以坚持，后半夜终于病倒在蹲守岗位上。送到医院一检查，转化成病毒性心肌炎。最后转院到成都德瑞心血管医院，经过手术才转危为安。大夫针对他的病情认为应该安装心脏起搏器，但他听说安装后将无法在公安第一线工作，他说那样还不如死了，说什么也不同意。领导为了照顾他的身体，就把他从刑侦组调到了工作相对轻松的社区事务组，他这才和老姜成了搭档。

龙门山位于四川盆地西北边缘，在广元市、都江堰市之间，东北接摩天岭，西南至岷江边，绵延200多公里，海拔1000—1500米。山高谷深，坡陡路险，车速不敢太快，临近中午时，他们终于到了矿区，没顾得上吃饭，便马不停蹄地开始检查工作。四个人分成两个小组，抵达清平乡后便各自开展工作，赵刚和姜明全分在一个组。赵刚工作的这十几年来一直被同事们评价为认真、负责，他和老姜在工作态度上很相似，这也是两个人在工作中配合默契的原因。

当日下午2点刚过，赵刚、姜明全来到小木岭一家磷矿检查。

2点28分，灾难袭来，地动山摇，瓦砾横飞，房屋倒塌，尘土冲天，赵刚和老姜第一反应就是地震了。赵刚和姜明全冲出会议室，在一个地势平缓的地方待了下来。“地震了！地震了！”赵刚和老姜冲着正在施工中的工友不停地大声呼喊，矿区中100多名惊慌失措的矿工连忙跌跌撞撞地冲到对面的一片空地，一伙人还没站稳，只听一声巨响，身后的大楼全部坍塌了。看到这一幕，一些年轻的工友已经因为恐惧开始哭喊起来了。多年来，赵刚身患严重的心肌炎，此时突如其来的灾难使他经受着更为严峻的考验。来到安全地带，赵刚迅速镇定下来，他立即找到姜明全一起商量对策，决定原地等待救援。不久后，传来消息，说这次地震波及范围很大，震级很高。这使他改变了主意，他对老姜说：“这么大的地震山区肯定断路，受灾面积这么大，上级领导一时也难以全面顾及。我们熟悉山区的地形，必须想办法自救。”

想到矿井中肯定还有人，赵刚和老姜来不及喘口气，又冒着不断的余震冲回到矿井救人。一些年龄稍大的矿工跟着赵刚和老姜不停地呼喊着工友们，声音撕心裂肺，让人无比揪心！眼看着工友们被困在矿井出口处不远的地方，却无法马上把他们救出来，赵刚和老姜死死护在矿井的出口，带着工友们用手刨，用肩扛……短短十几分钟，将近100名矿工被救出来了。

要知道矿井位于大山的深处，此刻余震连绵，山体滑坡，大雨倾盆，岩石飞溅，出山的道路已经被彻底堵死了，对外通信更是全部中断。怎么办？周围到处都在山崩地裂，眼前的山包瞬间就在大家的视线里倒塌消失了，200多名幸存的矿工随时面临着灭顶之灾！陷入绝境中的人们不约而同地把穿着警服的赵刚和老姜看成了主心骨，他们围在赵刚和老姜的身边失声痛哭：“你们就是共产党，就是政府，我们就跟定你们两位警察了！”看着眼前这些束手无策的工友，说实话，其实赵刚心里也没底儿，他根本不知道自己能不能活过这场天灾。但此时此刻，在乡亲们的眼里，警察就是遮风蔽雨的天，地已陷了，可天不能塌啊！赵刚想到了自己的父母、妻子、女儿，家人们现在在哪里呢，是否还活着呢？赵刚想起了父亲曾经的叮嘱，无论何时何地都要体现一名共产党员的价值。此时此刻，作为一名人民警察，在大灾面前是没有选择的！想到这些，赵刚咬紧了牙关决定与矿工们同生共死。

赵刚和老姜对矿山的肖经理说：“咱们一定要想办法把矿工带出去，只要我们还活着，就要让工友们都活着！”赵刚用矿山上工友们的对讲机宣布了集体转移的决定，赵刚告诉大家只要有警察在，大家就一定有重获安全的希望！

坎坷求生路上，强大的信念支撑前行

大家往矿山外走倒是容易，可问题是要走到哪里去呢？又该怎样走呢？摆在大家面前只有两个方向：一个是往北翻两座山去北川，一个是往东北去安县。幸好一个矿工兜里有只小收音机，通过广播，大家知道了，北川是重灾区，去安县不知道要走几天才能到。赵刚向大家提议沿着河床向清平乡走，这样不但距离近，而且也不容易迷路。

可是令赵刚没想到的是，地震这么强，余震这么多，山体不断地滑坡，巨石不断滚落。赵刚和老姜带的这200多人的队伍拉开了将近1公里的距离。过滑坡区的时候，赵刚和老姜前后都指定专人监视山上的情况，每10人为一个小组，用最快的速度通过。可是险情不断，防不胜防，大家在河床上尽管走得相当缓慢，可惊险的场面仍然接连不断。有一次，山上突然滚下巨石，赵刚来不及往回爬。藏在岩石下才躲过了石头，一场惊吓过后，赵刚心脏猛烈一痛，脸色煞白，半天都没缓过来。老姜年龄大，又有高血压，几次侥幸才躲过了劫难，但也因此丢了身上带的口粮。

这条线路是赵刚和老姜带领大家走的，几百人跟着饱受惊吓，前面的路越走越危险，甚至已经不能再走了，尽管这样，可没有一个人抱怨。沿路上，村民们不断地加入队伍当中，不知不觉中赵刚和老姜带领的队伍居然已经扩大到了500多人。责任大了，困难更大了，还领不领这个路，还负不负担这个重任？开弓没有回头箭，赵刚觉得既然工友和村民们这么信任自己，无论如何，就算拼死也得把大家带出绝境。

研究了很久，赵刚和老姜决定顺着高压线探探路。可是，只走了半个小时，高压线塔就倒塌得全都看不见了。这样一来也就只有上山这一条路可走了！只有走在山脊上，才能避开随时可能滚落的大石头，想到队伍里有些老矿工对山上的路可能非常清楚，赵刚便安排了几个经验丰富的老矿工来负责指路。可是没走几步，就连被称为“钻山豹”的老矿工们也完全失去记忆中的印象了。原来，强烈的地震早已改变了地形地貌，曾经的路如今几乎变成了绝路！

道路的问题还没有解决，更为棘手的问题又摆在眼前了。大家已经很长时间没有吃东西了，更没有休息，满身疲惫，再也没有找路的力气了，可是假如原地不动地休息，就很有可能遭受泥石流的袭击。怎么办？队伍中的很多人已经失望得痛哭流涕了，赵刚和老姜看到一些人抱在一起痛哭的场面，心里也在酸楚，可是表面上要装作更加坚强和有信心。他们知道如果自己垮了，这支队伍很有可能就散了，如果没有组织者，任凭大家东奔西走的话，危险系数相当地大！500多条生命就牵系在两位警官的身上了！

就在山穷水尽的时候，矿山上的三部矿山对讲机发挥了重要作用，一些已经逃离到相对安全地方的工友建议赵刚和老姜沿着黄水河走，通过一个水电站的导流洞就能脱离险境。同时还提醒赵刚，千万不要沿着清水河走，因为清水河的堰塞湖太大、太危险，刚刚已经淹死十几个人了。

行进途中，赵刚一直挂念着同自己和老姜一道进山、地震前10分钟才分手的另外两位民警战友。漫漫长夜中，赵刚更加牵挂他们的安危。他们现在在哪里？他们还好吗？通过对讲机，赵刚得知，战友姚颖、李良才的车不幸被滚落的巨石击中，他们已经遇难了。听到这样的消息赵刚和老姜难受极了，想起朝夕与共的战友们熟悉的面孔和爽朗的笑声，赵刚忍不住哭了，再一想到自己不知是死是活的家人，赵刚觉得悲痛欲绝。可是，转念再看看眼前几百名矿工和村民渴求生命的眼神，赵刚告诉自己不能倒下、不能被击垮，一名人民警察的职责还没有完成！

有了对讲机里的指路，赵刚和老姜总算是松了一口气，可是，就算是沿着黄水河走也有两大障碍。一个是10米多高的断背崖，500多人，只能一个一个顺着绳索滑下去。赵刚和老姜带的绳子不够，于是就找来了床单撕开系成了绳子。为了保证大家的安全，赵刚和老姜一个在上头，一个在下头，组织大家有秩序地滑坠。就这样，男女老少500多人顺利地下滑，尽管有些人被岩壁划伤了，可是却没有一个人跌下来。

第二个障碍是一个足球场大的黄水河堰塞湖，地震后泛着黄沫子的水冰凉冰凉的，会游泳的都游过去了，不会游泳的100多人被困在岸边。赵刚一下水就连呛了好几口，但还是坚持拉着一根粗电线，游到了对岸。老姜组织人们抓着电线一个一个往对岸游，可老姜最后游过来时，余震又发生了，眼看着一块块滚落的山石砸进湖里，大家冲着老姜大喊加油，那一刻，队伍里的人们没有一个人为了躲避危险而先离开。

崎岖坎坷的求生路上，警察的作用是非常明显的。这支500多人的队伍来自不同的地方，难免会有这样那样的争执，但只要赵刚和老姜一出面解决，争执就能很快平息下来，大家又重新聚在了一起，为了逃生这个共同的目标而努力。晚上没法行走，大家便找到了平坦一点的宿营地，如果晚上生了篝火，赵刚则要求大家早晨离开的时候必须用土盖住，以防火灾发生。逃难途中，有的人有吃有喝，有的人缺吃少喝，但只要走在赵刚的队伍中，就决不允许争抢食物的情况发生。虽然这支队伍很长，人很多，情况也很复杂，但只要有警察在，秩序就不会乱，所有的人都会拧成一股绳，形成坚强的战斗集体。

千难万险中，肝胆相照凝聚起强大的力量

逃生的路上，如何找吃的，是一个无法回避的大问题。12日大地震后的几天里，赵刚和老姜两人基本没有吃过东西。第三天，开始吃野菜和树叶，实在饿得不行了就吃又苦又涩的野竹笋。尽管有人说野竹笋有毒，不能吃，但赵刚和老姜已经顾不了这么多了。

赵刚和老姜也曾商量，能不能向矿工们借一些吃的？但此刻借粮，那不是就等于借命？有的矿工看出赵刚和老姜没有一点点吃的，硬给赵刚一碗热汤，里面有几根面条和几十颗米粒，还放了盐。赵刚一截一截地吃了这几根面条，一颗一颗地吃了这些米粒，一碗汤吃了半个小时。在当时那种情况下，这就是弥足珍贵的救命粮！

5月15日，赵刚意外地从当地一个老板那里找到一台卫星电话，他们终于和外界取得了联系。第一个电话打到了德阳市公安局指挥中心，电话中传出赵刚焦虑的声音："我们被困在小木岭，这里有500多名群众，请立即安排救援。"那一刻，赵刚几乎是向局里呼喊着报告情况："我们还活着，这里有500多人，已经没吃的了，快来救我们。"电话那头，听到赵刚声音的局领导一下子哭了，对着话筒喊："还以为你们没了，你们真是好样的！好好照顾自己，再坚持一下，我们马上联系直升机来救你们！"看着赵刚打完了电话，周围的人都流泪了。大家知道即便暂时走不出这大山，但500多人只要有粮食，生命也许就有了保证。

收了电话，赵刚才想起自己居然忘记问家人是否还活着了。看着身边的这支500多人的队伍，这么多天以来大家已经像一家人一样了，赵刚的心思也全部牵系在了这支队伍上，甚至忽略了自己的小家。其实5月14日，几乎绝望的赵刚妻子曾红雯终于从一个山里"逃"出来的朋友口中得知了爱人的消息：赵刚在里面做好事。曾红雯又惊又喜，但同时又有了新的担心。此刻他们却是咫尺天涯，

无法联系。

消息迅即传到德阳市和四川省抗震救灾指挥部，空降兵某部、民航立即联合组织实施救援。5月15日，飞机开始对小木岭展开搜寻，但是由于山高林密，能见度低，飞行人员没有发现任何踪迹；16日搜索继续，仍然无功而返，空投物资也以失败告终。

风雨长夜警徽闪，危难之时显身手。在疾病和饥饿的双重折磨中，快饿晕了的赵刚、姜明全并没有放弃，他们一边给大家鼓气，一边不断地带领大家往安全地带转移。看到直升机不断在上空盘旋，赵刚意识到，由于他们所在地森林茂密，飞行员可能看不到他们，他的分析得到了大家的认同并迅速研究了对策。于是在他的组织和带领下，大家一起动手，迅速开辟出了一块空地，并放置了明显标志。5月18日，被困人员终于得到了第一批空投的食物和水。从天而降的物资令大家欣喜若狂，争先恐后，身强力壮的青壮年得到了较多食物，而老人和体弱者无法得到。此时，赵刚、姜明全立即站出来，一面维持秩序，一面动员大家把食物拿出来平均分配，而他同姜明全，直至获救，只一起分吃了一包方便面和一瓶矿泉水。“必须先保证受灾群众，这是我们的职责。”越是在危难关头，他们越是严格要求自己，树立人民警察的良好形象。

5月19日下午，到了队伍冲出险境的最后一道出口了，这是一个长达2公里的水电站导流洞，黑漆漆的洞里满是齐腰深的积水，不但空气稀薄，而且不知道会不会突然有堰塞湖的洪水袭击。望着这条通往生命希望的山洞，大家拼命地想走快点，赶紧逃出去，没有人想在这里多待哪怕一秒钟。赵刚和老姜更是希望队伍能尽快通过，可是由于地震，人们只能从通风口的软梯一个一个地走。500多人一个一个地通过，如果没有一个好的秩序，别说全部走出去，很有可能一个都走不出去。

赵刚有严重的心肌炎，身体越是在空气稀薄的地方越会感到难以承受，加上连日来的劳累，赵刚脸色十分难看，手脚冰凉，额头上一直冒着虚汗，老姜看在眼里急在心上。为了防止拥挤，赵刚一直在洞里维持着秩序。洞里空气稀薄，赵刚也想早点离开，可是想到自己如果先出去了，后面的人能否维持好秩序、顺利走出来呢？在黑暗中，赵刚搀扶着大家一个个走出山洞，而自己不时地捂住胸口，由于阵痛，赵刚不得不弓着腰才能勉强忍住心脏的疼痛。正在这时，赵刚看见了1624矿井的四位工人，只见这四位工友背着一位受伤的妇女，他们先让妇女慢慢地通过了，自己才通过。看到这一幕，工友们不离不弃的精神更加激励了赵刚。赵刚咬着牙，甚至憋着大气不敢喘出来，因为每喘一口气，心脏都会扯着胃口钻心地痛！一个矿工注意到了赵刚的反常，这个人正是5月12日一早开车把赵刚和老姜接到矿区做检查的矿山的司机。他陪在赵刚的身边说："你能坚持，我也能坚持。"

导流洞里寒气逼人，衣服又是湿的，大家紧紧贴在一起，耐心地等待，有秩序地通过。有好几次，赵刚都觉得自己要倒下了，山洞缺氧，心脏的疼痛几乎达到了身体的极限。赵刚也在自问：该走了吧？差不多了吧？可反过来赵刚又鼓励自己：再坚持一个小时。一个小时过去了，又一个小时过去了。赵刚想起了父亲，父亲常常说："人生在世，要多做好事！"赵刚也想起了当年选择做警察时父亲与自己的争论，这一刻，赵刚觉得父亲一定会为自己的所作所为感到光荣，妻子和女儿也会支持自己这样做，不管他们是否还活着……

就这样，赵刚在洞里坚持了12个小时，在齐腰深的水里泡了12个小时。这12个小时，是为那些面对灾难还勇于救助他人的矿工们坚守的，是为了自己的神圣职责而坚守的，是为父亲曾经的谆谆教导坚守的，更是为党的嘱托、警察的使命坚守的！

生死考验中，顽强的信念挑战生理极限

八天八夜，赵刚和群众生死与共，警民情深。有警察在，群众就会心安；有群众在，警察就有支撑。赵刚是一名平凡的基层民

警，平时做的都是很琐碎的警务工作，但在内心深处，赵刚始终坚信分工虽有不同，但每个警察都能在自己的岗位上为人民服务。身为警察，无论何时何地，都得有一股正气在，都得有一种精神在。正是这种朴实的信念，支撑赵刚在八天八夜的生死突围中最终坚持了下来。

赵刚的脚掌被刺穿，严重的心肌炎也折磨着他，令他痛苦不堪。姜明全的脚也受了伤，但是警察的职责、群众的信任驱使他们只能朝前走。其实，由于心肌炎，只要在海拔2000米左右的地方，赵刚就会觉得呼吸困难，这些天在带领矿工、乡亲跋山涉水的过程中，赵刚的心肌炎发作了很多次，每次都是头昏眼花、呼吸困难，胃也会剧烈地疼痛，这时甚至每走一步都会特别地困难。但赵刚坚持下来了，不仅他一个人坚持下来了，他和同事带着500多名群众也坚持下来了！

在水电站导流洞，当赵刚看到500多人几乎都要顺利通过了后，他把老姜叫到身边，悄悄对他说："老姜，我不行了，不能拖累大家，你一定要想法把乡亲们带出去……如果还能见到我的父母、老婆和女儿，就给他们讲，我在山上等着直升机来接呢……"其实患有高血压的老姜也在挑战着自己身体的极限，他一把捂住赵刚的嘴，流着泪对赵刚说："不要说了，我们是战友，是生死与共的兄弟，我就是背也要把你背出去！"这时，走在前面的矿工们对赵刚说："赵警官，要走一起走，要死一起死！你不走，我们也不走！"这短短的几句话，让赵刚百感交集，让赵刚感受到兄弟般的患难亲情，身为警察，此时此刻，确实不能倒下！矿工们出不去，那就是失职，就对不起头上这闪光的警徽！

最终，500多人无一掉队地通过了水电站导流洞，这是何等的难以置信！

当大家到了清平乡政府，营救赵刚一行人的部队官兵向赵刚和老姜移交了一名趁灾盗窃的犯罪嫌疑人以及被盗的现金和物品。尽管赵刚和老姜在八天八夜的生死跋涉后已经累得几乎虚脱了，但面对这种情况，赵刚还是强打精神，履行了一名人民警察应尽的职责。赵刚和老姜进行了简单分工，老姜清理赃物，赵刚审讯犯罪嫌疑人。他从警15年，办过的刑事案件几百件，但在这种特殊情况下办案还是第一次。虽然他已精疲力竭，但绝不敷衍塞责，而是按正常程序对犯罪嫌疑人讯问，认真做了笔录，完善了必要的手续。在被困矿工陆续转移后，赵刚和老姜押着这名犯罪嫌疑人才最后乘直升机离开，这名犯罪嫌疑人也在特殊时刻享受了一次高级待遇。

在到达广汉机场，把犯罪嫌疑人交给接应的警方后，赵刚和老姜终因体力不支而瘫倒在地，这时的赵刚躺在机场跑道上，什么也没想，闭着眼睛念叨：我活着回来了，我的使命完成了！可我的亲人还在吗？赵刚的眼角流下了泪水。这泪水不是为了自己大难不死，不是为了自己侥幸逃生。这一刻，泪水是为了自己的家人，因为赵刚隐隐地感觉到亲人们大概已经离开了自己……

5月21日上午10点，当绵竹市公安局把赵刚的父母接到解放军255医院看望住院的赵刚时，赵刚才知道父母幸免于难了，妻子和女儿也都平安。赵刚眼里含着泪握着母亲的手，久久没有放开。赵刚的父亲轻轻地对赵刚说："做个好人是对的！"这一刻，父亲的眼神里充满了对赵刚的鼓励和肯定。

八天八夜他们不停地领着大家走。"地震中我和姜明全都没有受伤，凭借我们的经验和体力，当时完全可以自己走出来，但看到这么多受灾群众，作为一个警察，我们没有理由抛下他们。"出山之后，赵刚接受媒体采访时如是说。

回望英雄来时路，一串闪光的足迹

西方谚语说，罗马城不是一天修起来的。同样，英雄也不是突然崛起的，而是经历了长期的成长过程。

20世纪六七十年代，国家出于战备需要，开始建设西南和西北大三线，在德阳相继建成了第二重型机械厂、东方电机厂、东方汽轮机厂、东方电工厂等特大型国有企业，德阳因此而一跃成为中国重型工业基地。在东方汽轮机厂有很多机器设备都是中国最大的，甚至是亚洲最大的。为了支援三线建设，许多职工和家属随企业搬迁到这里，其中来自中国重工业基地东北的职工最多。1968年冬天，赵刚的父母为了支援三线建设，带着才不到3岁的赵刚从黑龙江举家搬到了四川省绵竹市东方汽轮机厂。从此东汽就成了赵刚的家，在国企大院里长大的他，不但学习成绩优异，而且性格温和、礼貌厚道，是个出了名的听话懂事的好孩子。东汽成了个独立的小社会，虽然地处四川，厂里却通用东北话，赵刚至今说话仍带有东北口音。同时他也秉承了东北人刚烈豪爽的性格，成为刚强上进的男子汉。

一转眼赵刚到了参加工作的年龄，作为父母，自然希望赵刚子承父业到东汽厂工作，可从小就梦想着做人民警察的赵刚早已有了自己的打算，这让一辈子都在东汽厂打拼的爸爸觉得很不开心。在选择职业的问题上，父子俩有了很大的争议。为了得到父亲的支持，赵刚向父亲表述自己的理想信念，向父亲保证一定不会让他老人家失望。赵刚的父亲告诉赵刚，无论在哪行哪业，只要是在为人民服务就是值得的。1994年春天，当了7年工人的赵刚，27岁那年终于实现了自己的梦想，成为了一名光荣的人民警察。

新时期的警察不但要有优秀的政治素质和正直的品格，还要具备较好的业务能力。为了弥补自己业务能力的不足，赵刚克服工作紧、家务忙等困难，考上了中国刑警学院在绵阳警校开设的大专班，经过两年正规学习，既补充了许多法律知识，也掌握了公安各项技能，业务素质显著提高，为今后的工作打下了坚实的基础。他回到分局后被分配到刑侦组，开始了他的刑警生涯。在此后的10年间，他参与侦办了许多重大案件。

尤其在侦破一起吸毒贩毒案件中，他更发挥了主力作用。长期以来，在东汽子弟中形成一个吸毒贩毒团伙，他们行动诡秘，一直逍遥法外。人们都知道贩毒分子往往就是亡命之徒，加之都是本厂家属，许多人都尽量回避此案。但正直的赵刚敢于碰硬，主动承担了这个案件的侦破任务，经过几个月的缜密侦查，终于摸清了几个重要犯罪嫌疑人的罪行。当要实施抓捕时他们却得知风声潜逃了。

赵刚对这个案子穷追不舍，时时处处寻找蛛丝马迹。功夫不负有心人，两个多月后，他在一次外出执行公务时，发现了团伙中的7个主要骨干，正乘一台面包车行驶在路上，他毫不畏惧，一个人拦住这辆车，将7个人一举捉拿归案。这一壮举受到领导同志们的好评，也遭到犯罪分子及其同伙的嫉恨，他们扬言要威胁赵刚爱人孩子的安全。面对邪恶势力的威胁，他没有畏缩，一如既往地和犯罪分子做斗争。局里非常关心部下的安危，派员暗中保护他的家人，并且把首恶分子抓捕送去劳动教养，打击了黑恶势力的嚣张气焰。正是经历了这些考验，赵刚逐渐成熟起来，2005年光荣加入中国共产党。

一天，东方汽轮机厂来人报案，厂里丢失了几个重要线圈，价值100多万元。更重要的是，这些部件是要组装到出口发电机组上的，如果找不回来，势必影响按时交货，那么损失就更大了！作为东汽子弟，赵刚主动请缨，要求侦破此案，为厂里挽回损失，维护国家的国际形象。他勘查了现场，走访了知情人，初步分析认定作案者无政治目的，只是一般的图财起意。按照这一思路，他深入市内和周边废品收购站调查，两天后发现了线索，很快抓到了盗窃者——一个19岁的小伙子，他在东汽做过临时工，了解厂里情况，熟悉地形，因此乘机作案。价值百万元的部件他当作废品只卖了800元！当追缴赃物时却发现已被转卖了，涨价到1400元；追到第二个买主，他又转卖给第三人，涨价到2000元；当追到第三个买主时，他已将线圈装上汽车，就要送到广汉冶炼化铜了。再晚一步就会造成不可弥补的损失！好险啊！赵刚连呼幸运，厂里热情致谢，局里为他记了三等功。

一晃就是十几年，赵刚默默无闻地肩负着自己的使命，在平凡的岗位上勤勤恳恳地努力工作着，周围很多人对他的评价都是“一脸正义，一身正气”。经历了结婚、生子，赵刚也越发地成熟稳重了，对待自己的警察事业也是更加地忠于职守。正因为有了平素的点滴积累，才培养出他关键时刻敢于冲锋陷阵的拼搏精神，成为地震中涌现出来的英雄。

英雄自强不息，探索警务新模式

出院后，赵刚向局领导报告：矿山爆炸物品检查工作已经完成了，可是出发时的四人，现在只有两人回来，那两位战友已经走了。可是，群众平安了，这消息一定可以告慰他们的在天之灵。

赵刚用自己的行动告诉所有人，他们没给警徽抹黑，他们没给警察丢脸，他们无愧于人民警察的光荣称号！

八天八夜，赵刚和矿工们历经了磨难，不弃不离，尝遍了危难中的酸甜苦辣，也感受到了兄弟般的人间真情。这段难忘的经历，将永远铭刻在赵刚和每个工友、乡亲的记忆深处。正是信念的支撑，正是矿工们的信任，促使赵刚和老姜义无反顾地承担起了生死突围的责任，引领所有人最终走出了绝境！

执法为民是警察的天职，法治理念深深植根于赵刚和老姜的心中，正是有这样的信念，他们才能在大灾面前做出义无反顾的选择。像赵刚这样历经磨难的警察还有很多，无论是强忍失子之痛仍坚守工作岗位的交警杨占彪，还是冒死抢救出23名学生的派出所所长白禄兵，包括赵刚在内的很多公安民警，都只是德阳公安抗震救灾中极其普通的一员。

地震虽然摧毁了家园，夺去了亲人的生命，但摧不垮灾区人民警察的坚强意志！只要有信念在，只要有精神在，就一定可以凝聚起强大的警心和民心，就一定可以看到无数个不屈的脊梁在废墟上挺起！

鉴于赵刚在抗震救灾中的突出表现，2008年7月，他被任命为绵竹市公安局城南派出所指导员。职务升了，名气大了，但赵刚没有以英雄自居，而是兢兢业业面对新职务，决心不辜负组织的信任，在新的岗位上做出新贡献。他通过调查研究，创新思路，探索出了新时期公安工作的新路子、新方法。

“5·12”特大地震发生后，城南所辖区80%以上居民从帐篷安置点分批搬迁至板房安置点，地震中许多百姓失去亲人，仅该所管辖的板房区就出现了几十名孤残、孤老、孤幼等“三孤”人员。这个特殊群体无疑最需要关爱和帮助，赵刚时刻把他们的安危冷暖放在心上。只有良好的愿望还是不够的，更要有切实可行的措施。这些“三孤”人员普遍困难，灾区当时不通电话，他们又买不起手机，一旦遇到危急情况如何与警察联系？赵刚经过反复琢磨，借鉴关爱艾滋病患者的红丝带标志，决定把它作为报警的信号。很快，城南派出所所辖的板房区所有“三孤”人员都收到了一根红丝带，只要他们有困难，就把红丝带系在门前，城南所板房警务室民警及队员就会在第一时间出现在他们面前，为他们排忧解难。这个方法看来似乎很原始，在灾区当时困难的条件下却很管用。一条小小的红丝带，见证了赵刚的一片爱心和责任心，成为联系和密切警民关系的纽带。

警察最基本的职责就是保一方百姓的平安，在灾后动荡的日子里，这个职责尤为重要。灾后重建很快拉开序幕，并且规模空前浩大，绵竹全市就变成了一个大工地。2009年初，赵刚在走访中了解到重建工地存在很大的安全隐患，他与所长商量后认为，虽然当前所内资金和警力都异常紧张，但确保重建工作安全有序推进是头等大事。3月初，绵竹南轩中学南京援助工地上便设立了警务室。在警务室进驻的第二天，工地两名外来施工人员因工作原因发生争执，接到报警后，警务室民警迅速赶到现场进行制止，防止了事态的进一步扩大。经过赵刚耐心细致的工作，双方握手言和，愉快地重返各自工作岗位。自警务室搬进重建工地以来，工地上未发生一起治安和刑事案件，确保了重建工程的正常推进。随后，在探索援建工地建立社区警务室的基础上，赵刚又创造性地将调解室设立在了板房区，人民群众亲切地称呼这一调解室为“板房区的小法庭”。

长夜里红星闪闪驱黑暗，
寒冬里红星闪闪迎春来，
斗争中红星闪闪指方向，
征途上红星闪闪把路开。

这首家喻户晓的《红星歌》尽管描写的时代距离今天已经很遥远，但歌中对党的指引作用的歌颂仍历久弥新。如果把歌词中的“红星”换成“警徽”，窃以为其意境与赵刚他们在地震中的艰难历程也十分贴切吻合。

赵刚在接受记者采访时说：“在地震到来的时候，在风雨交加的夜晚，人们之所以相信我，就是相信我头上的警徽，就是相信党！”警徽在风雨中闪光，警徽在平凡的岗位上依然闪闪发光。

2010年3月8—12日初稿，18日定稿

新时代最可爱的人

——记全国见义勇为道德模范、武警内蒙古边防总队某部士官魏巍

序 篇

1950年，抗美援朝战争打响后，当时在解放军总政治部工作的河南籍作家魏巍立即向领导请缨，要求赶赴朝鲜前线体验生活。1951年2月魏巍回到了国内，夜以继日伏案疾书，用饱蘸深情的笔墨写出了《谁是最可爱的人》。1951年4月11日，《人民日报》在头版发表了这篇通讯。毛主席当天就读了此文。毛主席一边读一边大发感慨，读后立即批示：印发全军！从此，“最可爱的人”便成了中国人民志愿军的代名词。后来，《谁是最可爱的人》入选了中学语文课本，影响了一代又一代的中国人。

事隔57年，又一位叫魏巍的武警内蒙古边防总队河南籍战士，回乡探亲返队途经郑州金水河畔，为救人跳入冰冷的河水……情动中原，情动内蒙古大草原，情动全中国，2009年光荣当选全国见义勇为道德模范——全国武警系统唯一一位，续写了“新时代最可爱的人”的崭新篇章。

青春在冰河中燃烧

2008年1月，魏巍从内蒙古乌拉特后旗某边防派出所回河南项

城老家探亲。入伍刚满四年已是一名共产党员、优秀士官的他，严格遵守部队的纪律，假期未到就急着返回部队。他1月28日下午2时坐上项城开往郑州的班车，正常情况下，全程3个多小时。但由于下了雨雪，路滑车慢，硬是走了近7个小时才到郑州。

幸亏从郑州开往呼和浩特的火车23点12分才开。

尽管班车在路上耽搁了，由魏巍支配的时间还是很宽余的。他首先到售票处把火车票买了，看看时间，离火车开车还有将近两个小时呢，便与为他送行的姐姐和姐夫到街上转去了。姐姐和姐夫结婚后在郑州创业，知道弟弟今天归队，来送送他自是姐弟常情、兄弟之谊。姐姐、姐夫领他到街上转，是想给他买些吃的，让他带上路上吃；是想给他买些河南特产，让他带到部队与战友们共享那"河南风味"。特别是当姐姐的，那个心细哟，对他的那个情深意厚哟，连魏巍这个当弟弟的都有些替她着急了。姐姐一会儿给他买了水果，一会儿又要给他买面包、方便面、火腿肠……把个行李袋都撑满了，姐姐还要为他买这买那。

魏巍明白，姐姐之所以要为他买这么多东西，是因为姐姐知道他所在的那个边防派出所遥远得很，是在中国最北边的一个地方，再往北不远就是蒙古国了。那里是个生存环境恶劣、物资供给匮乏的地方。再说了，爸爸妈妈就养育他们姐弟两个人，姐姐就他这么一个小弟弟，姐不疼他疼谁？

姐弟俩推推让让地从这个商场转到那个商场，不大一会儿来到了金水河畔。金水河是北起郑州市东北郊东风大渠、南至郑州市西南郊大水库，呈S形穿越整个郑州闹市区的一条风景河。这些年，郑州的城市建设突飞猛进、日新月异，金水河也变得整洁亮丽起来了。河水清清，岸柳成行；小桥流水，绿地蓝天。虽然正值寒冬之夜，天空阴沉沉的，金水河两岸的照明灯花朵般开放在天上，开放在水中，仍给人一种不夜城的绚丽美感。

"姐，离开车不到一个小时了，等赶到车站，也该检票进站了，咱们别再转了，赶紧往火车站走吧。"魏巍见姐姐还要给他买这买那，便以赶时间为由提醒她、制止她。

姐姐这才算是停止了采购。

“有人跳河啦，赶快救人呀！”

“赶快救人呀，有人跳河啦！”

正当魏巍和姐姐、姐夫准备往火车站方向走，突然，一声连一声的呼救声使他们停住了脚步。

魏巍更是机警得很。他放下手中的行李，拔腿就朝呼救声跑去。

“你别急，先问清楚是怎么回事儿。”

“你可别往水里跳，你的水性不行！”

跟在他身后的姐姐和姐夫边喊边追撵着他。

呼救声距魏巍他们仅有几十米远。

魏巍跑到金水河边，只见一名男子正在水里挣扎，河水眼看着就要淹没了他的头顶。

救人如救火刻不容缓。

那一刹那，魏巍哪里还顾得上姐姐、姐夫对他的提醒和劝阻。他什么也顾不得，什么也来不及想，甚至顾不得脱下衣服和鞋子，只脱了警服的外罩，“扑通”一声就跳进了金水河。

那天郑州的气温是零下6度，且刚刚下过一场雨加雪。河面上结着薄薄的一层冰，经魏巍那么纵身一跳，全碎成了冰凌碴子。

河水可是真凉呀，凉得钻心，凉得刺骨！

魏巍奋力向跳河者游去，他的双手双臂早已被破裂开来的冰凌碴子划破，一条条血道子被冰冷的河水一浸，更是疼痛难忍。他穿的一身棉内衣和脚上的一双棉鞋，早已被冰冷的河水浸透，沉重地坠着他的躯体下沉，几近使他失去游动的能力。

金水河平均水深两米。

魏巍心里清楚，自己的水性不行，河水又这么冰冷，一身湿透、冰冷而又沉重的棉内衣和那双沉重的棉鞋，将很快让他冻僵、下沉，很快使他的肢体失去知觉，使他无救助别人之力。他必须争分夺秒，拼上吃奶的力气，尽快将跳水者推向岸边，然后再让岸上的人们来救他们。

魏巍奋力向跳河者游去，一把抓住了那男子的胳膊。跳河者很显然是酒后跳河寻死的，魏巍一与他打照面，就闻到了扑面而来的酒气。

跳河自杀与失足落水不同。跳河者是一门心思寻死，且很坚决，坚决到具有跳河的勇气，自然毫无求生的欲望。而失足落水者则是不想死，因而求生的欲望极强。眼前的这位男子，显然是不想活了，一心要与这个世界告别。他拒绝着魏巍对他的营救，因此，两人一度在水里呈胶着状。许是已经被冰冷的河水冻得麻木，渐渐神志不清，跳河者失去了拒绝营救的能力，最终被魏巍拖向了岸边。这时候的魏巍也已经被冻得全身没了知觉似的，且又精疲力竭，上不得岸了。是岸边的路人和火速赶到的巡警，把他和跳水者拉上了岸。

这时跳河男子脸色苍白，浑身冰凉，气息全无。冻得浑身发抖的魏巍目睹这危急情状，自然焦急万分，来不及擦干身上的冰水，更来不及换上干衣，凭着在部队学会的急救知识，马上为他做人工呼吸。跳河青年满嘴酒气烟臭，闻之令人作呕，但魏巍顾不上这些，嘴对嘴为他吹气，同时按压胸腹。按压的力度还要掌握适度，轻了达不到效果，重了会压断肋骨，损伤内脏。这是一个脑体力并用的技术工作，许多大夫都不一定掌握得纯熟，而魏巍竟运用自如，可见他平时就是个有心人。在他的一番努力之下，跳河青年渐渐有了气息。魏巍和周围的人这才松了一口气。旁边围观的警察情不自禁地夸奖他："这真是一位智勇双全的好战士，不愧为80年代的新一辈！"巡警见落水者有了知觉，赶忙用警车把二人迅速送到了河南省武警医院。武警医院立刻上下动员，投入紧张的抢救行动。大夫们见武警战士因救人受伤，在感动的同时也感到自豪，为武警能涌现出这样的战友而骄傲。在军医们的精心救治下，两人都脱离了生命危险。大夫们感到欣慰，魏巍的姐姐姐夫更是喜极而泣，感叹弟弟好人有好报。而这时的魏巍反倒安慰起姐姐，为自己让姐姐担惊受怕而自责。面对这大团圆的结局，在场的所有人员都发出由衷的欢呼和感叹。

第二天，《大河报》报道：为情所困，郑州男子酒后跳河；过路武警，破冰入水勇敢救人！

报道说：从那人跳河到武警把他救出来，大概只用了十几分钟。要不是武警救他，那人不淹死也得冻死！

报道说：昨晚10时40分，记者在河南武警医院观察室见到了魏巍和被他救上岸的男子。“我是内蒙古武警部队的，去项城老家探亲要返回部队，晚上买了票，姐姐带我去街上买东西，不想遇到了这事。”魏巍说着话，还不停地打着寒战。

报道说：被救男子躺在一张床上，在被子里不停地发抖。他自称姓王，因女友的家人反对他们两个恋爱，一时想不开喝了酒便跳河寻死。

报道说：晚上10时50分，魏巍的姐姐、姐夫提着行李赶到医院。“他买了晚上11点12分的火车票，现在火车快开了，他还非要走，怕回部队晚了。”魏巍的姐姐说。

在这平常的夜晚，在这普通的医院病房里，一位新时代的英雄诞生了！然而，此刻的魏巍并没有认为自己做了什么惊天动地的壮举，只不过是做了一件应该做的好事而已。眼下他最关心的是军人的天职，是要按时归队。于是挣扎着从病床上爬起来，穿上姐姐新买来的棉衣，向抢救自己的大夫致谢话别。

“走，我们送你上火车！”夜巡民警在11时10分把魏巍送到了检票口，使他顺利乘上了归队的火车。

英雄在平凡中成长

魏巍的纵身一跳，跳出了新时代“80后”军人的风采！

那是非同寻常的一跳。

我们难以断定，在当今物欲横流、世风日下的社会上，究竟还有多少人会在生死关头挺身而出，不顾个人安危，舍己救人？

然而，我们的边防武警战士魏巍同志做到了！——在夜深天暗、在零下6度、金水河结着冰层、路上很少行人的那个时刻；在他已经买好了归队的火车票、离开车时间还只有几十分钟、他和姐姐姐夫正往火车站走去的那个时刻。他有许多理由拒绝营救那跳河男子。他甚至还可以装聋作哑，就那么目不斜视、耳不旁听地向火车站走去。

如期归队也是他能说得出口的理由。

然而，我们的边防武警战士魏巍没有那样做！——他责无旁贷，他义不容辞，他义无反顾，他毫不犹豫地就冲了过去，他连一点儿私心杂念也没有，就跳下了河去！

在那千钧一发的时刻，他只一个念头：赶紧下水！赶紧救人！

——这就是我们的战士。

正像老作家魏巍在《谁是最可爱的人》中所写：

> 也许还有人心里隐隐约约地说：你说的就是那些“兵”吗？他们看来是很平凡、很简单的哩，既看不出他们有什么高深的知识，又看不出他们有什么丰富的感情。可是，我要说，这是由于他跟我们的战士接触太少，还没有了解我们的战士：他们的品质是那样的纯洁和高尚，他们的意志是那样的坚韧和刚强，他们的气质是那样的淳朴和谦逊，他们的胸怀是那样的美丽和宽广！

魏巍自幼就是一个好孩子。

1985年8月，魏巍出生于河南省项城市李寨镇大魏寨村一个耕读之家。

大魏寨村是一个有着3000多人口的大村子，绝大多数村民都姓魏。

爸爸魏明生一生务农，妈妈李美玲则是一位小学教师。

魏巍的名字是教了一辈子书的爷爷魏景国为他起的。爷爷之所以为他起了这么一个大名，压根儿不敢让孙子与著名作家魏巍的大名相提并论，只不过想从大作家魏巍的文采中让孙子沾一点儿灵气而已。沾没沾上大作家魏巍的灵气姑且不说，小魏巍确是自幼表现出了他的勤快、善良和刚勇之气。

2010年3月18日，当笔者采访魏巍的妈妈李美玲时，一提到她的儿子，就十分自豪地对我说："俺小巍打小就是个特别懂事的乖孩子。记得我教小学三年级那一年，有一段时间，不知怎么回事，我一直高烧不退，打针吃药也不见好转。小巍他爸外出打工不在家，才只有七八岁的小巍不仅学着自己做饭吃，当他听大人说绿豆和豇豆搁一块儿熬粥喝可散毒退热败火，一个小男孩儿家，竟找来绿豆和豇豆为我熬起粥来。当然，他年龄太小，拿绿豆和豇豆搁一块熬粥，并不得要领。经他熬出来的粥味儿就变煳了，至今一想起来我还能回味到那个味儿呢。可他的孝心让我感动！"

小魏巍自幼勤快，并且善良。

村子里有一位叫小孝的老人，小巍该叫他爷哩。小孝爷是位种瓜能手，是村子里出了名的种瓜专业户，经他种的西瓜，长得个大味甜。他的儿孙都外出打工，每年一到下瓜季节，总是忙得不可开交。小巍一有了空闲，就成了小孝爷家里的一个人似的，一天到晚帮着摘瓜、装车、赶集、卖瓜。小孝爷常夸他："小巍这孩子真好，对我，比俺亲孙子还得济哩！"

村子里还有一户外姓人家，按邻里关系，小巍该叫他们两口子叔和婶哩。这是一家种棉专业户，从春忙到夏，从秋忙到冬，育苗、栽培、松土、打药、整枝、留桃、晾晒、脱籽、挤油、卖绒……种棉收入高，忙起来也没个头尾。他家有两个孩子，大的是个儿子，与小巍同学。小的是个女孩儿，一忙起来便没人照看。小巍常去他们家帮忙，更多的时候是和他的那位小同学一起，共同照看小妹妹。那位小同学贪玩耍，照看小妹妹的活儿常常只落在了小巍一个人的头上。时间长了，就感动了叔和婶。那位婶婶曾不止一次对小魏说："小魏，等你妹妹长大了，就嫁给你。"如今十几年过去，那位婶婶还真的托人提过这门子亲哩！

小魏巍自幼勤快、善良，更是一位富有正义感、好打抱不平的孩子。

那是在他上小学四年级时，春天，有一天放学，轮到他和另外两位小同学卫生值日，打扫教室。其中有一位是校长的孩子。那校长的孩子搞特殊，不打扫卫生倒也罢了，他还叉着腰以命令的口气让另外一位小同学怎般如何，那位小同学不听他的，他竟拧起人家的耳朵来。

"你这不是欺负人吗！"小魏巍看不下去了，把拳头伸了过去……

又一次，是在冬天，在放学回家的路上，两个大些的孩子欺负一个小孩子，让其"吃砂糖"（吃雪）。一个抱住那小孩子不让动弹，一个往那小孩子嘴里塞雪团儿，把个小孩子欺负得直嚎，被小魏巍遇上了，再一次"该出手时就出手"……

当然，对于小魏巍的这种"伸张正义"之举，是否应该提倡，可另作探讨。但是，我们任谁都不难想见，面对邪恶，面对混乱，无人敢问，无人敢管，一个缺乏正义的社会，该是多么可怜！

好钢在军营中淬炼

魏巍自幼向往军营，羡慕警察，喜欢生活在"团结、紧张、严肃、活泼"的氛围里。让魏巍崇拜的人很多，谈到"最"字，当数雷锋。采访时，魏巍告诉我们，上小学的时候，看电影《雷锋》，他特受感动。做人，再也没有比踏踏实实为人民做好事更光荣的了。从那时他就想，等我将来长大了，如能参军，一定要做一名雷锋式的好战士。

2003年12月，在郑州国防科技学院读了一年的魏巍，主动弃学回乡应征入伍，当上了一名光荣的边防武警战士。他先是在武警内蒙古边防总队教导大队接受新兵训练，2004年3月分到总队直属中队，同年6月至10月由于军政素质过硬，入选全国公安机关大练兵汇报演练集训，魏巍作为公安边防部队受阅方队一员，代表全国10万名官兵光荣地接受了胡锦涛等中央领导的检阅。他以实际行动践行边防部队方队“不负重托，刻苦顽强，千锤百炼，锻造金刚”的铮铮誓言，圆满光荣地完成了上级交给的任务，荣立三等功。2005年12月转为一期士官。2007年5月，为响应“补充一线兵力”号召，他自告奋勇，来到巴彦淖尔市边防支队乌拉特后旗某边防派出所，当了一名炊事员。

他去的地方蒙语是富饶高大的意思，然而事实上是贫瘠荒凉的地方。

这里原来是苏木（乡）政府所在地，撤乡并镇后仅留下派出所一家守边固防的部队，方圆几里没有一户人家，在中国分省地图上也找不到这个地名。

没有亲自去过那儿，你也许无法想象，那儿该有多么荒凉。全苏木共有609户人家，常住人口有1821人，实有户数只有145户，实有人口只有475人，面积却达3717平方公里，比内地一个县的面积还要大！开着汽车跑上几十公里也难看到一户人家。茫茫沙漠，一年有大半时间刮大风，是著名的沙尘暴的策源地之一。飞沙走石几个月就把派出所吉普的车牌打磨得字迹模糊，每年都要换一块新车牌。该地气候之恶劣由此可见一斑。2010年3月中下旬那儿场横扫大半个中国的沙尘暴，把魏巍和战友们好不容易建起的塑料大棚全刮飞了。

边防派出所就驻守在这样一个人烟稀少、自然环境恶劣的地方。全所共有干警11人，担负着22.22公里边境线和3717平方公里的边境管理区的公安边防保卫任务。2007年5月，魏巍自告奋勇到边防派出所时，上级首长已决定让他担任总队勤务班班长。当总队勤务班班长，那是直接为总队首长服务、最容易接近首长的工作，对于一位难得有个就业门路的农村兵来说，可谓美差。这时候魏巍已经转为一期士官，有人说，当勤务班班长只要把工作做得让首长满意，起码对转二期、三期士官是个有利条件。魏巍却放弃了这一优势，主动请缨到最边远、最艰苦的边防派出所去，可不是他一时的心血来潮，更不是作秀。他下了决心，要到连生存条件都不太具备的基层所去接受考验，把自己锻炼成一名真正的边防武警战士。

一到这个边防派出所，魏巍就选择了当炊事员。

初到所里，他发现为所里做饭的是当地一位牧民大嫂，一打听，原来是由于所里没有擅长厨艺的同志，只好聘请了当地牧民大嫂来为同志们做饭。当然，聘请是要付给人家工资的，且要免费就餐。

“教导员，让我来做炊事员，不就可以为所里省下这笔开支了吗?”魏巍向所教导员祁海军谈了自己的想法。

“你会不会烧菜煮饭?”祁教导员问他。

“我不会，可我不会可以学嘛!”魏巍回答。

“好!”祁教导员采纳了他的意见，同意了他的请求。

这个边防派出所总共只有11名官兵，自然不会专设一个炊事班，只能专设一名炊事员。也就是说，从此，魏巍的任务就是独自一人守着灶台、菜筐和面案，独奏锅碗瓢盆交响曲，认认真真为包括他自己在内的11人熬好汤、炒好菜、煮好饭，在有限的条件内，尽可能让大家汤水充足，吃得好喝得好，吃喝得更滋润更有味道。

他是一个没有做过厨师的青年，自然对中国烹饪始祖伊尹的“三材五味”没有研究。可别小瞧了做饭的活儿，学问大了去了：三群之虫，居水者味腥，食肉者味臊，吃草者味膻。咸、苦、酸、辛、甘，水、木、火，五味三材，大凡味道之本，水是先决条件，在鼎（锅）里九沸九变，全靠火来调节。有时得用文火，有时得用武火，掌握其中诀窍，才能减腥、去臊、除膻。若想要调和其味，必须用甘、酸、苦、辛、咸这五味。先后多少，其中虽然细微，但有一定准则。它们在鼎中的变化，精妙绝伦。就算心中有数，言语无法说明，心思不能晓喻。

魏巍原来虽对厨艺没有研究，可他虚心好学，勤思多问：教导员祁海军教会了他做巴盟焖面，副所长阎利锋教会了他做糖醋鲤鱼，内勤民警雷智新教会了他做红烧茄子，蒙古族民警吉仁朝格图教会了他做蒙古贴饼……很快，他便可把一桌色香味俱佳的饭菜呈献给大家了。

距魏巍所在的边防派出所最近的集市也有百里，所里派车买菜，买一次要够吃上一个星期的，否则买的菜还抵不上汽车用油钱。冬天青菜还好存放，夏天新鲜蔬菜放上两三天就腐烂了。魏巍在千方百计为大家调理好伙食的同时，为使同志们能天天吃上新鲜蔬菜，在所领导和战友的共同努力下，建起一个有二分地面积的小型塑料大棚，种上了韭菜、茄子、辣椒等十几种蔬菜。管理菜园子自然是魏巍这个炊事员的活儿，可他对种菜同样不是行家。教导员祁海军等同志就手把手教他怎样浇水施肥，如何整枝打杈，他终于练成了合格的“菜把式”，常常在菜园子里一忙活就是半天。

为改善伙食，魏巍主动兼起了饲养员，喂了几头肥猪。

一个人的成就不在于岗位的高低，而在于他的敬业心态和奉献精神，更在于能否把工作做得扎扎实实、富有创意。姚明是篮球运动员，他打出了国威；刘翔是田径运动员，他跑出了国速；杨利伟是航天英雄，他第一个让中国国旗飘扬在太空；袁隆平是水稻专家，因他所取得的骄人科研成果而被称为“世界水稻之父”。也许有人会说，上面列举的几位名人，他们所从事的职业本来就不平凡。那么刘义权同志呢？这位退了休的普通军人，工作39年，曾经担任过的最高职务是科室组长，中级职称，却成为“军档收集第一人”、我军优秀档案专家，成为“让总书记感动的人”！魏巍这位在最边远、最艰苦的边防派出所当一名炊事员的武警战士，他的岗位并不显赫，甚至有点低微，可他凭着自己的脚踏实地，凭着对祖国和人民的一片赤诚，硬是干出了让人刮目的成绩！

2007年12月，光荣加入中国共产党——下基层所接受锻炼和考验仅7个月；

2008年3月，被评为乌拉特后旗道德模范；

2008年5月，被武警内蒙古边防总队记二等功一次；

2008年7月，被公安部边防局评选为优秀共产党员；

2008年12月，被内蒙古自治区评选为见义勇为道德模范，同年转为二期士官；

2009年4月，被巴彦淖尔市委宣传部等15家单位授予“杰出青年卫士”称号；

2009年9月，被中共中央宣传部、中央文明办、解放军总政治部、中华全国总工会、共青团中央、全国妇联授予“全国见义勇为道德模范”；

2009年12月，被公安部边防局记一等功一次。

魏巍用自己的模范行动，书写了闪光的人生履历，无愧火红的青春，壮丽的年华！更无愧“新时代最可爱的人”的光荣称号！

美德在服务中闪光

我们把年仅25岁的边防武警战士魏巍称为“新时代最可爱的人”，不单单是因为他为抢救跳河男子的纵身一跃，不单单是因为他在派出所当一名普通炊事员干得多么出色，更是因为他是老百姓眼中的一名好兵。

“在战友们眼里，魏巍是一个爱岗敬业的好战士。做饭、种菜、喂猪、打扫卫生……他样样肯干，尽职尽责，一丝不苟。在老百姓眼里，他是一个好兵。对待群众，他心里总是装满爱。”在接受采访时，边防派出所教导员祁海军介绍说。

2007年7月，驻地遭遇了罕见的暴雨，引发了山洪，有6处道路被冲断，20多户牧民被困在水中。当时，魏巍刚调到这个边防派出所不久，就和战友们一起投入抗洪抢险的战斗。当他得知一位牧民在赶羊回家的路上被洪水困住的消息，便和所里的3名战友一起展开了搜救。那位被困牧民很快得救，并被转移到安全的地段。可那位牧民的羊群却被山上滑落的泥土埋住了不少，有的羊只还陷进了泥潭里。冒着大雨和泥石流随时再滑落下来的危险，他和战友们跳进泥潭往外拖拽羊只，经过3个多小时的奋战，终于把被洪水困住的700多只羊全部救出。发扬连续作战的作风，他和战友们又立即赶赴到另一个救援现场，连续奋战10多个小时，搬运沙石，维护道路桥梁，打捞积水中的小麦，为群众挽回经济损失30余万元。在救援过程中，当他发现有一位60多岁的老大娘在屋顶上坐着，等待救援，奋不顾身爬上屋顶把老人背了下来。当他和战友们刚从房屋里将一家3口转移出来，房屋轰然倒塌……

在公安边防部队开展的爱民固边战略中，走访、服务群众本来是干部的职责，身为炊事员的魏巍，却利用工作之余跑遍了驻地的每家每户。辖区牧民居住非常分散，又由于大部分路段是崎岖的山路，邮递员往往十天半月送一次报纸、信件，并且放在派出所就不再往下送了。魏巍主动承担起给牧民代送信件的义务。有些牧民住得十分偏僻，魏巍常步行数十里才能到达牧民家中。在他为牧民送信中得知，有一位叫赵志强的牧民，正为考入高等学校的儿子交不起学费而犯愁，他二话没说就把刚发的1300元津贴全给了老赵。

汶川地震，魏巍主动到当地红十字会捐款500元，并带头缴纳特殊党费300元。

在开展关爱困难儿童活动中，所里通过走访，在辖区内确定了3名困难儿童为关爱对象，魏巍主动与失去双亲的小叶磊建立起帮扶对子，常给小叶磊买漂亮衣服和书包、文具，并一有空闲就去学校看他，辅导他功课。

驻地有对75岁的老两口，老大爷叫杨树林。老两口体弱多病，儿女又常年在外打工，身边无人照顾。魏巍义务承担起照顾他们的责任，常帮老人打扫卫生、洗衣做饭，逢年过节还为老人送鸡蛋、羊肉和水果等礼品。杨树林老人不幸患上了“蛇盘疮”，疼得晚上无法安睡。魏巍得知后，立即带老人到旗医院治疗，并拿出500元钱为其付了医药费。

魏巍就是在这些扶困济危的行动中培育了自己的爱心，升华了自己的品格。正是平时有了这种思想基础，关键时刻他才能舍生取义、见义勇为。

尾　声

说起魏巍在郑州金水河畔的那次破冰入水救人的故事，还有一段精彩的续篇哩。

2008年1月28日晚上，魏巍跳入冰冷河水中救人的一幕，虽然在第二天就被河南《大河报》报道了，但并未引起太多人的关注。救人就救人呗，而且是救的一位痴情醉汉，这种事缺乏轰动效应。魏巍跳水救人之后，当晚乘上归队的火车，到了部队他不说，自然无人知晓。直到一个多月后的3月17日，那位被救的河南省平顶山市23岁青年王森茂，知恩图报，不远千里来到内蒙古，这才使魏巍冰河救人的壮举扬了美名!

王森茂千里寻找救命恩人，颇费了一番周折。

在河南武警医院，他打听到的并不错，跳入冰河里救他的人叫魏巍，是内蒙古武警部队的。当他带上600双鞋垫、一封感谢信和几盒冻疮膏，千里迢迢来到内蒙古武警总队查找那位救他于冰河里的英雄时，叫魏巍的倒有几位，但都不是他要寻找的救命恩人。王森茂在内蒙古找了一个星期，也没能找到他要找的魏巍。后来，他到一家报社寻求帮助，终于在内蒙古边防总队打听到了他的救命恩人。内蒙古边防总队首长派人派车，与新闻媒体记者一起，将他带到了魏巍所在的边防派出所，这才见到他朝思暮想的英雄。他把一面锦旗交给魏巍，上面绣着两行字：金河破冰救人显神威，内蒙边防武警恩如山。它赞颂了魏巍的精神，也表达了小王的心声。

接下来，《魏巍：续写和平时代最可爱的人》《从冰河救出轻生男子》《冰水中救出轻生青年，600双鞋垫谢救命之恩》《感动大草原》……报道魏巍破冰救人的文章铺天盖地！

英雄就这样诞生了！

2009年9月20日，中央电视台现场直播了第二届全国道德模范颁奖典礼，老作家魏巍的家人看到道德模范中有个战士也叫魏巍，自然十分亲切。当年秋天，老魏巍的儿子魏猛作为文化名人，被乌拉特后旗邀请参加庆祝建国60周年暨草原边塞文化节，他见到乌拉特后旗边防大队大队长赛音中校，提出要见见英雄魏巍，却因魏巍出差而未能如愿。他再三委托大队领导转达他对小老乡的问候和敬意。这段小插曲充分证明，两代“魏巍”虽然年龄、地位悬殊，但“最可爱的人”的精神却一脉相承。这也算得上题外佳话吧。

冰河救人真英雄。然而，英雄并未觉得自己是英雄。

2010年3月12日，当笔者行程数千里，穿越河套平原、翻过阴山山脉、在乌拉特戈壁草原长途行进，深入位于中蒙边境的边防派出所对魏巍进行面对面采访，他说：“当时听到有人跳河的呼救声，我跑过去跳到河里把那位男子救了出来，我认为任谁遇上这事儿都会这样做的。谁能见死不救呢？归队后，我每天仍照样生火做饭、喂猪种菜和参加军事训练。后来才知道媒体把我当作英雄进行了宣传，可那些我根本不知道。党和人民给我的荣誉太多太大了，哎呀，我都有些不好意思啦！”

英雄没觉得自己是英雄。这才是英雄的本色，这才是本色的英雄！

魏巍，你确实是我们这个时代最可爱的人！

2010年3月10—22日

注：本文与蓝文君共同采写。

诚信奠基筑广厦

许多国外媒体都把中国叫作“大工地”。中国房地产研究会副会长顾云昌2009年底公开披露：近年来中国每年新建房面积占世界一半。这个数据印证了“大工地”的观点。对此笔者作为一个普通百姓也有切身感受：在下曾在北京东城一条胡同住了9年，9年间我家附近的一座公厕就翻建了3回！举目望神州，城乡遍地起高楼。无论都市小镇，不管山区平原，到处都是塔吊林立、机声轰鸣，好一派繁忙兴旺景象。谁都不能不承认，近20年中国变化最大的就是城市基本建设，高楼、道路、立交桥、大广场，真个是日新月异、目不暇接。在GDP这条鞭子的催赶下，基本建设成了各级领导追求政绩的不二法门。基建就是政绩，政绩就是基建，已成为比“神州行”还通行神州的潜规则。

与大兴土木之风相伴而来的建筑质量问题也日益凸现，建筑领域也成为腐败案件的高发区，私利与腐败相结合，推动中国建筑质量进入历史上不是最差至少是很差的时期。楼倒倒、楼歪歪、楼脆脆、楼酥酥；豆腐渣、烂尾楼……这些与时俱进的流行词，勾勒出近20年中国建筑质量下滑史，令造出赵州桥和故宫的李春、蒯祥的子孙们一再蒙羞，令百姓扼腕叹息。

不知人们是否还记得，1998年初，全国好多媒体都发布了这样一条新闻：武汉市鄱阳街有座欧式六层楼房，叫作“景阳大楼”。1997年末的一天，大楼的业主突然收到寄自英国的挂号信，这信是英国一家建筑设计事务所的公函，告知业主该楼由本所设计施工于1917年，设计寿命是80年，现在即将到期，敬请业主采取必要防范措施。看着英国佬的这股认真劲，再反观国内的建筑质量和施工水平，引起舆论一阵热议。虽然不能因此说外国月亮比中国圆，至少可以说比中国的亮——人家空气污染比较轻，大气透明度高啊。

人们应该清楚地记得，在2008年汶川大地震中，距离北川县城仅15里路的邓家海元村山中的一座希望小学在一片废墟中巍然屹立，被称为“史上最牛的希望小学”，给全国人民心灵多么巨大的震撼啊！据说建这座楼的费用比许多已经倒塌的公办学校的教学楼还少，它却站住了。可见倒下的不是建筑，而是诚信！ 2010年4月14日玉树7.1级地震死亡2000多人，而2010年4月4日墨西哥7.2级地震只死亡2人。可见造成伤亡的不是地震，而是劣质建筑！建筑质量不仅仅是金钱，许多时候就是生命啊！

在这种大背景下，如果有人在中国能建起质量经得起时间检验的楼房，自然就成了大熊猫一样珍稀而宝贵的动物。而牙高峰就是这样国宝级的能建成放心工程的项目经理。

牙高峰，何许人也？光看这个姓氏就怪怪的。笔者和读者一样，起初也有过这样的念头。那么就让我来告诉你：该人是位壮族同胞，今年三十有五，广西建工集团第一建筑工程公司第一分公司副经理兼项目经理。论学历，他只是中专；论资历，他从业仅15年；论单位，广西一建在全国建筑行业并不算名列前茅。然而，就是这位外貌普通的项目经理，凭借广西一建并非世界一流的施工设备，在员工技术水平并不很高的广西，却建出了获国家级建筑奖的工程！那么他成功的秘诀是什么呢？他的过人之处在哪里呢？经过几天的朝夕相处，我认为他的成功之处不在业务在品质，不在技术在良心。因此笔者依据事实认定，牙高峰是依靠诚信奠基才筑起经得起时间检验的一栋栋高楼，同时也为自己筑起一座座丰碑。

让每一个工程都对得起良心

牙高峰1975年出生于广西东兰县一个小山村，那里是革命老区，是当年邓小平领导百色起义的地方，是百色起义领导人之一韦拔群的故乡。革命老区几乎都和穷困有不解之缘。在“文革”末期出生的牙高峰一懂事就品尝了穷困的滋味。他的童年和少年时代就没吃过像样的饱饭，没穿过新衣服。尽管家里生活困难，父母还是勒紧裤带供他读到初中。按照他的成绩，考高中、升大学应该没问题。但看到含辛茹苦的父母日渐苍老的面容，懂事的牙高峰初中毕业就考了中专——广西建筑工程学校。

1995年牙高峰毕业，被分配到广西一建第一分公司。他的第一个岗位是施工员，属于建筑行业的最基础工作，从此开始了他的建筑生涯。施工员的办公地点就是工地，一到工地他就和工友们吃住在一起，无论春夏秋冬，不管风霜雨雾，他整天摸爬滚打在工地上、泥水中。他把在学校掌握的书本知识和工作实践相结合，融会贯通，灵活运用。每一张图纸他都反复审读，每道工序他都亲临现场察看；既向项目经理和工程师学习，也向有丰富经验的老师傅请教。他不但随时随地学习，还亲自操作实践：绑扎钢筋、粘贴瓷砖——他练得技艺纯熟；搅拌机、振捣棒——他都能熟练使用。在工作中学习，在钻研中进步，牙高峰迅速成长起来：施工员—总工长—项目副经理—项目经理，他一步一个脚印，两年一个台阶，2002年4月他就成为独当一面的项目经理，是同期毕业到一建同学中的第一个。

壮族人质朴的天性，山村贫困生活的磨炼，山里田间劳作的摔打，困境中求学的砥砺，构成牙高峰品格的底色，正是在这个品德的基础上，他才建起诚信的道德大厦，使自己攀登上全国诚实守信模范的道德高峰。

1999年全国建筑行业模范范玉恕的事迹在媒体上广为传播，更成为行业内学习的榜样。他那“绝不向人民交付一平方米不合格工程”的口号使身为总工长的牙高峰深受震动，他暗下决心，要向范玉恕学习，老老实实做人，结结实实盖房，做一个让老百姓信得过的项目经理。现在自己真的当上了项目经理，就要用行动落实多年的心愿。

牙高峰担任项目经理后的建筑处女作是广西招生考试院的住宅楼。一般说来，住宅楼施工难度小，要求标准低，只要能达到合格验收就算完成任务。但牙高峰小题硬是要大做，自始至终严格对待，认真施工。他对施工人员说，老百姓买房子是一辈子的大事，他们节衣缩食，花上大半辈子积蓄买套房不容易。我们有一百个理由为他们建优质工程、放心工程，而没有一个理由盖出粗制滥造的次品工程和豆腐渣工程。他告诫自己和项目部的每个人，要用自己的细心给住户一个放心，用自己的精心给住户一个称心，用自己的职业良心，为住户送去一片诚心。正是这种职业道德和过硬的施工技术，使该项工程提前竣工，并且一次验收合格。当年获得南宁市安全工程奖，被评为广西壮族自治区优良工程。牙高峰小试牛刀，出手不凡，令同行刮目相看，也赢得集团和一公司领导的赏识。

打响了第一炮，招生考试院才放心地把综合业务楼工程交给牙高峰项目部。当时竞争该项目的有7家公司，尽管牙高峰项目部投标不是最低的，但招生考试院评标小组还是选择了他。因为他建设的优质住宅楼就矗立在附近，全院上下有口皆碑，自治区教育厅领导也赞赏有加，可以说，如果牙高峰项目部不中标，招生考试院上上下下都不答应。牙高峰用优质的工程为自己做了活广告，真正印证了金杯银杯不如老百姓的口碑这句名言。

广西属于西部欠发达地区，但广西招生考试院搞的高考网上录取开全国风气之先。高考网上录取的基础是无纸化阅卷，使往昔跨越千山万水变成弹指一挥间，使旷日持久变成指日可待，在提高效率的同时更保证了公平。每年高考这里就是全自治区指挥中心和录取中心，为了适应网上录取的需要，新建的这座综合业务楼对智能化要求很高，楼内网线布置成为技术难点。与内在质量相一致，自治区教育厅领导对该楼的外部造型和风格也有很高要求，要保证50年内不落后。为了实现这一目标，牙高峰站在甲方的角度对设计方案提出几点修改意见，得到招生考试院和设计单位的认可。这座主体7层的办公楼，中西合璧，汉壮融合，既古朴大气，又富有时代风格，确实美观耐看，直到今天仍鹤立鸡群，独树一帜。至于内在质量更是无可挑剔。在10年后笔者亲到现场采访时，招生考试院办公室主任肖强仍赞不绝口，综观楼面和室内，没有一处瑕疵，可以说经得起时间的检验。肖主任介绍，全国教育系统许多单位来此参观学习广西网上录取的经验，都对这座智能化办公大楼给予众口一词的赞誉。随着这座综合业务楼投入使用，广西高考网上录取也进入实施。当年《人民日报》曾专题报道这一创新之举。

站在冬日南国温暖的阳光下，肖主任指点着眼前历久弥新的大楼，这位当年的甲方施工代表向我讲述起牙高峰在这里施工的日日夜夜。牙高峰成功的关键是讲诚信，而诚信最突出和最直观的表现就是和甲方一条心，时时处处为甲方着想，设身处地为甲方谋利益，把别人的房子当作自己的房子来盖。肖主任说：在21世纪的今天，盖楼已算不上高科技，施工中的科技含量并不很高，在这种情况下，许多楼盖不好，完全是人的主观问题。而牙高峰之所以能盖出优质工程，其根本原因就在于他讲良心！

俗语说买卖俩心眼。甲方和乙方似乎天生是一对冤家，互相耍心眼、互相算计。而牙高峰却一反常态，时时处处为甲方着想。前面说过，牙高峰刚接触这个项目，就真心实意对设计图纸提出修改意见。施工队进场不久，他根据经验判断建材要涨价，就建议甲方赶紧采购。甲方也从善如流，立即照办。果然不久建材就全面大幅度涨价。他的一个建议为甲方节约了上百万元。肖主任深有感慨地回忆道："那时牙经理骑着一辆旧摩托，一天到晚穿行在工地、公司和有关单位之间，忙得脚后跟打后脑勺，一心扑在工程上。"这是他第一次独立带队伍，绝大多数农民工技术水平都不高，因此他对质量抓得格外用心，生怕出一点纰漏。有一天，工地进来一批钢筋，生锈比较严重，甲方和监理都没提出意见，牙经理却极力主张退货。气得供货商说：我干这么多年头一回遇到这么死心眼的人，比甲方还较真。埋设网线时原设计拐弯太多，他担心影响网络质量，并容易出故障，要求修改设计，减少拐弯。工人说："网线埋在墙里，谁也看不见，再说按设计施工也没我们责任，你真是操心太多。"他回答："我们干活不是为了给人看，而是要对得起良心，当作自己的事来办。"

他正是靠着这表里一致的诚信赢得了甲方代表肖强的信任。肖的书法很好，几次主动为牙高峰和施工队写条幅赞誉，还主动送给他关于管理方面的书籍，并且多次在管理方面给牙经理提建议。两年多的施工过程使他们结成了好朋友。在笔者采访中，肖主任深有感触地说："中国现在十分缺乏诚信，因而导致市场交换成本大大增加，有时甚至做不成生意。诚信就像汽车轮胎里的空气，摸不着，看不见，但没有它汽车就跑不了。由于我们和牙高峰项目部互相讲诚信，既提高了工程进度和质量，又降低了成本。"

建筑工地是使用农民工最多的单位，牙高峰从未忘记自己是庄稼院里走出来的孩子，对他们和正式职工一视同仁，从不歧视。许多工地都建立小食堂，供经理和管理人员专用。而牙高峰却不允许这么做，他和民工一起就餐，吃一样的饭菜。他还采纳肖主任的建议，狠抓食堂饭菜质量和卫生，使大家用有限的伙食费尽量吃得好些，更未发生过食物中毒事件。大家吃得好，身体健壮，心情也愉快，无形中提高了劳动效率。同时，牙高峰项目部多年来，从未拖欠过农民工工资。因此民工都愿意跟着他干，有的甚至跟了他七八年，形成了一支施工队伍中的子弟兵。真正是招之即来，来之能战，战之能胜。

功夫不负有心人，经过上上下下一年多的拼搏，招生考试院综合业务楼终于以自治区优质工程竣工，同时获得南宁市建筑质量最高奖"邕城杯"。

让每一幢楼房都成为无字的纪念碑

西方格言说：建筑是凝固的音乐。可见建筑既是科学，也是艺术，是二者相结合的产物。而学建筑出身的牙高峰则把自己施工的每一个楼盘都看作一座纪念碑，他认为，几年或者几十年后，你的工程经得起时间的考验，那么这栋楼就是你的纪念碑，更会在人们中留下良好的口碑；如果竣工几年楼房就破败不堪，那么它就是你的耻辱柱，当你走过它时，即使人们不认识你，自己也会感到羞愧。为了不给自己留下羞愧，牙高峰力求把自己经手的每座大楼都建成纪念碑。

在这众多的纪念碑中，给牙高峰留下永难磨灭记忆的就是建兴苑小区。该小区是广西壮族自治区建委住宅区，牙高峰项目部能中标这个工程，充分体现了建委对他们施工质量的信任，一开始他就感到了肩上的压力，决心要在这里树立一座丰碑。

该工程总建筑面积达122907平方米，属于钢筋混凝土框架——剪力墙结构，整个小区共有A、B、C三栋楼，均有两层地下室，建筑高度为99.6米。开工之前建设厅领导问牙高峰什么时候主体能够封顶。他说："给我一天时间考虑后答复。"他回去后和项目部全体管理人员深入研究，对这个工程做了总体策划和部署。在具体操作上，做好各单位、各部门、各工种的协调调度及工序衔接，安排好施工节奏和速度，确定了以天保周、以周保月的方案。在做好全盘规划后，次日他向建设厅领导回复，把主体封顶的时间确定在当年的12月26日。实践证明，封顶日子一天不差，充分证明牙高峰计算的精确，也体现出他一诺千金的诚信作风。

建设厅要把建兴苑小区作为样板工程来抓，因此牙高峰对工程质量要求十分严格。仅就抹灰这个很常见的工序，他也毫不放松。他几乎召集了整个南宁市的抹灰高手集中到这个项目，经过严格筛选，认真考核才留下几十人。抹灰时正赶上梅雨天气，空气湿度大，不容易干，再加上施工任务重、抹灰的面积大，进度一下子耽搁了好几天。为了确保他向建设厅领导承诺的工期，牙高峰和技术及管理人员经过研究，把工作时间做了调整，每天凌晨5点开工，到半夜12点收工。工人两班轮换，而牙高峰却整天坚守现场，把好每道质量关。从控制沙浆配比到控制和易性，从狠抓黏结强度到防止墙面空鼓，他逐道工序关注过问。在赶进度的同时更要求保证质量，强调要分层抹灰，把平整度偏差控制为1—2毫米。通过上上下下的齐心协力，终于按期完成了任务，为下一道工序做好了准备。

建筑工地脏乱差几乎是全国通病，而牙高峰偏不信这个邪，就要搞出个净齐新的样板，给广西建筑行业带个好头。他听人家讲过，德国的建筑工地管理得井井有条，既干净又安静，有的工地甚至开展工业旅游，成为游客参观的景点。我们目前虽然还做不到这一点，但取法乎上，总是应该的。至少要心向往之，力争一流。他除了开展全员工地安全文明教育外，还制定严格的《项目部安全管理条例》《文明生产责任制》；按管理人员，施工队、组的权限，逐一分工，分区负责，把安全文明工作落实到人头。这个工地，从始至终安全作业，不扰民，无扬尘，无化学品污染，令甲方满意，监理部门认可，周边群众更是好评如潮。凭着这过硬的文明素质，该项目荣获2006年“全国施工文明工地”称号。

老天好像要故意考验牙高峰及其项目部的应急能力和打硬仗的本事。2005年春节前夕，农历腊月二十九晚上，正在施工中的建兴苑小区工地的大门口到施工区的临时运输道路突然塌方，不但影响现场施工，而且威胁相距不远的市政燃气管道安全。当时工地已经放假，民工都已回家过年。牙高峰夜里接到工地值班人员电话后，立即联系家在市内的管理人员和住在近郊的民工，然后赶到工地。这时已从四面八方陆续来了一些工友，郊区的民工也骑着摩托往市里会聚。住在附近的自治区建设厅领导也赶到现场，他见牙高峰项目部人员在年关之夜，能在这么短的时间内会聚，不由得称赞这支队伍的凝聚力很强，关键时刻冲得上，确实能打硬仗。牙高峰临阵不乱，勘察现场后很快拿出抢险方案，组织人员和机械各司其职，有条不紊地开始作业。挖土运石、抡锤打桩、填装沙袋……紧张而有序地进行。大家在春节的鞭炮声中奋战了五天五夜，终于控制并修复了塌方，避免了更大事故的发生。他们的节日苦战不但保证了春节后的施工顺利进行，而且确保了全市人民过一个平安祥和的春节。为此建设厅领导特意到工地慰问。

牙高峰是位具有开拓精神的项目经理，不论在管理上还是在技术上他都不断追求创新，在建兴苑小区施工中也充分体现了这一点。这个小区的建筑采用了圆弧剪力墙外墙设计，因而加大了施工难度。针对技术难题，牙高峰成立了QC小组（全面质量管理小组），经过群策群力，研究出解决方案，决定采用泡沫玻璃，来应对圆弧剪力墙的特殊要求。泡沫玻璃具有质轻、保温、隔热、隔音等优点，但安装中控制平整度是关键。于是又针对这个技术难点进行攻关。这种新型建筑材料第一次在该项目部使用，经过样板施工，再进行检测和统计分析，总结出造成泡沫玻璃质量问题的主要原因是立面垂直度和表面平整度偏差较大。针对这个问题，经过反复试验，他们摸索出科学的施工方法：在确保泡沫玻璃粘贴牢固的前提下，把立面垂直度合格率由77.3%提高到90%以上；平面平整度合格率由84.7%提高到100%。为了实现这一目标，他们编制了专项施工组织设计，专业队伍编制了泡沫玻璃施工方案，经过审批认可才能组织施工。泡沫玻璃粘贴由经过业务培训的专业队伍负责施工，并有专业技术负责人在施工现场指导和管理，严格控制好每一个环节。通过大家的共同努力，泡沫玻璃的安装合格率超过目标值，偏差值均在控制范围内，质量合格率达到100%。这项QC成果取得了较好的经济效益和社会效益，节省工时2170人/日，节省资金109574元。得到建设单位、设计单位、监理单位和小区居民的一致好评，为企业赢得了信誉，获得2007年全国优秀QC小组奖。2009年建兴苑项目获得广西优质工程奖。2009年10月，广西建设厅将该项目申报全国建筑质量最高奖——鲁班奖。

让每一项工程都获得高等级的奖励

建筑不是为了获奖，而是为了实用，但把目标定为获奖至少可以促使施工方严把质量关，干出优质工程。就像运动员一样，把夺奥运金牌定为奋斗目标，就能够增加自己刻苦训练的韧劲和信心。向先进看齐，总归是前进的动力。牙高峰几年来就是奉行这一施工理念，在每个项目开工之前，就全面分析各种主客观因素，确定夺奖的目标。实践证明，他担任项目经理8年来施工的每一个工程都获得过层次不同的奖励，最低的也是南宁市的“邕城杯”。有许多项目甚至一个工程就获得几个奖项。牙高峰说，一个工程质量好坏，开工之前就要定好目标。这就像演奏乐器一样，只有事先定好调子，才能演奏出你预想的效果。我们搞建筑也是这样，你要它好到什么程度，你要拿什么奖，必须事先心中有数，这就是我们的质量目标。套用一句报刊上常用的老话，牙高峰是这么说的，也是这么做的。事实证明，他当初想拿什么奖，最后就拿到了什么奖。这其中的范例当属南宁饭店的锦绣楼项目。

随着南宁成为2004年中国-东盟博览会的主办方，南宁的高档饭店接待能力显得严重不足。为了解决这个矛盾，南宁市决定扩建南宁饭店。这个工程质量高、工期紧，在这种紧急关头，甲方在众多投标单位中选中了牙高峰带领的这支队伍。

这个项目不光是土建，连室内装修也承包给了牙高峰项目部。牙高峰当年在广西建筑工程学校学的就是建筑装饰专业，这回正可大展所长，立志要拿全国建筑工程装饰奖。该项目主要用于接待外宾，所以业主要求按照五星级标准建造，对工程质量的要求也相对很高。当时设计图纸还没出来，有的人为了抢工期建议先进行基础施工，牙高峰却坚决不同意。不管工期如何紧张，他历来坚持“五不准”的原则：不按照设计不准施工；不按照规程规范不准施工；上道工序不合格下道工序不准施工；没有质量保证措施或措施不到位不准施工；质量责任不明确不准施工。他派一名技术员去跟踪设计单位的设计进度，保证在第一时间拿到图纸，拿到图纸后马上组织施工。

在施工过程中，他们遇到大截面柱模安装质量控制这个难题，经过反复研究、试验，决定采用电渣压力焊。这种压力焊不仅能保证钢筋接头质量的稳定，也大大节约了钢筋的用量。这一成果获得2004年广西工程建设优秀QC小组二等奖。

主体完成后，接下来的更大考验是室内装修。此前，牙高峰向负责装修设计的北京四五酒店设计有限公司提出几点建议，希望整个设计能体现广西民族特色和地方特色，整体风格要体现壮族民族风情，并拿出具体设想，得到业主认可，被设计方采纳。

有了一流的设计，还要有一流的施工，才能把纸上蓝图变成现实的杰作。施工中牙高峰对一木一石、一砖一瓦都要严格把关。哪个位置搞清水混凝土墙柱都严格布置安排，这样既降低了模板费用又提高了装修质量。天花板吊顶接缝不密合是装修中的老大难问题，处理不好，板与板之间容易开裂。为了解决这个问题，他动了许多脑筋，召集技术人员反复研究，多次试验后摸索出可行的方法：采用他们在实践中摸索出的几种材料，按比例调和，用它填补接缝，等自然风干后，在缝隙衔口留有半厘米地方，然后把优质的确良布裁成10厘米宽的细条贴在缝隙衔口上，最后再刮面层。这个过程中还要考虑吊顶和墙面间留缝，防止天花板收缩，同时解决了天花板吊顶这个问题。

该楼九层安装的是落地玻璃，每块都是2米×2.4米。牙高峰考虑到主体完工后再搬进现场十分困难，于是他决定提前把装饰材料运进场。玻璃属于易碎品，搬运中容易损坏，放置在现场以后施工中也难免碰碎。他这么做无疑是主动把风险揽到自己身上，但他义无反顾地这么做了，令业主深受感动。在整个搬运过程中，他派专人负责监督，嘱咐工人谨慎从事。在他的精心组织下，几十块巨型玻璃在搬运和放置中无一损坏，叫人不得不服牙经理的管理水平和职工的素质！在安装前，他们经过反复测量，对每个预留口都实地测量。由于测量精准，安装时预留口无一剔凿，准确率均在控制范围之内，玻璃安装一次成功。

这个项目本来工期就紧张，施工中业主又缩短了15%，牙高峰知道接待东盟会议事关自治区和国家形象，因此咬牙答应。但他在质量上毫不放松，终于按期交工，使南宁饭店顺利完成接待中国-东盟博览会任务，真正做到了又好又快，受到业主的赞赏和自治区领导的表扬。锦绣楼的室内装饰装修工程2006年获广西建筑工程装饰工程优质奖，2007年被评为全国建筑工程优秀装饰奖，真的实现了开工之初牙高峰定下的夺奖目标。

让每一个工程都为企业创造最大效益

看了上面的事迹，读者也许会产生一个疑问：牙高峰时时处处为业主着想，对质量一丝不苟，用料从不掺杂使假，这样一定会影响企业的效益吧？是啊，现在建筑市场竞争十分激烈，每项工程都要进行公开招投标，甲方留给乙方的利润空间很小。再加上回扣、垫资、拖欠工程款等行业惯例作祟，很多施工企业往往赔钱赚吆喝。为了获取利润，只好动各种歪脑筋，偷工减料，因而才会出现开篇说过的楼倒倒、楼歪歪、楼脆脆、楼酥酥，豆腐渣、烂尾楼等盛世怪相。认真追究起来，责任并不单独在施工企业，而是社会上种种不正之风综合作用的结果。只不过施工企业处于这条利益链的末端，因而更引人注目，往往成为挨扳子的替罪羊。对这些，在建筑领域摸爬滚打了十几年的牙高峰深有感触，更是满腹苦水。但他的难能可贵之处就在于，面对艰难的社会现实，没有随波逐流，而是另辟正途，以质量求生存，终于杀出一条血路，如今走上坦途。

在市场经济条件下，不断提高经济效益是每个企业的中心任务，是企业负责人追求的根本目标和生存之本。作为项目经理，牙高峰感到肩上的担子十分沉重。他常说，我是一根扁担挑两家：一头是社会效益，要全心全意为业主、为住户建放心工程、称心工程；另一头是企业效益，保证员工的饭碗。我想以诚信精神为企业创造效益，绝不能靠高估冒算、偷工减料、粗制滥造这些歪门邪道，而应走正道。多少年来，他始终没有放弃在激烈的市场竞争中，在低造价中标的挑战前，在价格战的角逐中靠正道为企业创造最大效益的求索。

在南宁饭店锦绣楼的施工中，他大力推广新技术、新工艺、新材料。在电梯井内模施工中采用内撑式自动提升钢模，利用WG-HEA（高效抗裂防水剂）的补偿收缩作用，提高了混凝土的抗裂强度；利用计算机对现场钢筋配料加工、工程量计算、施工组织设计编制、劳动力调度等工作进行精细管理，降低了成本，提高了效益。事后经过计算，仅在该项工程中，由于牙高峰采取了上述一系列科学管理措施，节省机械费52.59%，材料费降低6.85%，人工费降低3.38%。他还通过点点滴滴为企业降低成本，创造利润。基础排水井，许多施工队都填掉，而他们却留下来，抽地下水浇砖浇墙养护混凝土；沙石筛漏回收起来，用粉碎机粉碎后代替沙子；垫塔吊路轨的石头筛选干净，用在工程上；绑扎钢筋的铅丝按需要截成不同长度，把甩头降到最短；十几厘米宽的竹模下脚料一条条收集起来，用来支设圈梁模板；主体砌墙，严格控制垂直度、平整度，避免因质量不合格返工的现象，无形中就提高了效益。由此可见，牙高峰和他的团队赚的真正是血汗钱、良心钱！

牙高峰项目部现在正施工的德国外商的赢创美诗药业厂房工程也是企业通过正道追求效益最大化的样板。众所周知，德国人一向以科学、务实、严谨、认真著称于世，所以牙经理要求标书计算得非常精确。在开标现场牙经理阐述得既科学准确，又入情入理，尽管他们的投标额不是最低的，德国老板考虑到牙经理以往的业绩，还是以合理低价为理由，最终选择了他们。德国老板对牙经理提出的一个特殊要求是，他必须保证每天在施工现场。为了企业的利益，他慨然允诺。尽管施工场地就在南宁市境内，但为了兑现诺言，更为了保证工程质量，牙高峰坚持不回家。即使儿子高烧病危、岳父发生车祸，他也只是回去看一眼，交代给爱人，就急匆匆赶回工地。他的敬业精神令德国人也十分钦佩和感动。

牙高峰吃住在工地，不是做样子，而是实实在在抓管理、抓质量。在此仅举笔者亲历的两件小事便可见一斑。笔者采访他，按社会流行的应酬礼节，他应到市里迎接，但由于确实离不开，我只好到在郊区的工地去见他。在工地上查看时，我和陪同的公司宣传部何部长都戴了安全帽，而司机没有戴，值班的安全员毫不含糊地对他处罚，何部长说情也没管用。我们进到施工车间，两位工人正在刷地平漆。为了不留下任何痕迹，他们发明了自造的“钉子鞋”，穿这种鞋在地面上行走，刚刷过地平漆的地面仍光滑如镜。一滴水可见太阳，两件小事，可见证牙高峰管理的严格和精细！

采访中，德方负责该项目的黄田康经理告诉笔者，工程2010年1月底将竣工，德国老板对工程质量十分满意，知道施工方付出了许多辛劳，决定主动追加工程款58万元，并以赢创工业集团（世界500强企业名列第100位左右）的名义给牙高峰项目部写封感谢信。这对他们在今后的投标中，尤其对外资企业的投标中十分有利。“夫唯不争，故天下莫能与之争。”老子的名言，在21世纪的今天，在讲诚信的德国人面前，在同样讲诚信的牙高峰身上，再一次得到验证。甲方主动为乙方追加工程款，这类似天方夜谭的神话确实发生了。许多人感到不可思议，我想唯一合理的解释就是，精诚所至，金石为开。事实证明，只要精心耕耘，就一定会获得可喜的收获。

牙高峰有句口头禅：人心换人心，八两换半斤。你为别人着想了，别人才会为你着想。

双方关系的和谐友好，能更好地解决问题。能做到就做到，做不到就言明，绝不能敷衍了事。

这不仅是对对方的尊重，也是对自己负责。几年来，诚信服务在他和业主之间架起了一座座相互合作、相互理解、相互信任、相互支持的桥梁。牙高峰正是凭借始终如一的诚信，做到了干一项工程交一批朋友、创一方信誉、占一片市场。

让每一个员工都成长进步

员工不是企业的工具，而是活生生的人，他们出来打工不仅是为了养家糊口，还要追求发展和进步。保证他们及时领到工资，关心他们的生活和安全，这属于最基本的以人为本；为他们创造发展进步的条件，使他们成长起来，甚至超过自己，这才属于高层次的以人为本。只有做到这个境界，具有这种博大的胸怀，才算得上一名合格的企业家。而牙高峰就是这样的高档次企业家！

国家要发展，个人也要发展。企业不但要创造效益，还要培养人才，使建筑事业后继有人。牙高峰历来把这项工作当成大事放在心上。有人说牙高峰项目部是“魔鬼训练营”，有人说是广西一建的“黄埔军校”。尽管见仁见智，但这个项目部培养出一大批项目经理确是不争的事实。

牙高峰项目部成立于2002年，是个年轻的团队，现有管理人员28名，平均年龄为33岁，年轻人占71%。他自己才35岁，成为项目经理仅7年，因此十分理解年轻人的心态，关心他们成长，为他们的进步铺路搭桥。几年来，从他手下已成长起来杨文雄、邓照成、杨阳、林琳等数位项目经理，成为一建公司的生力军。

邓照成技工学校毕业刚来牙高峰项目部时才25岁，是名测量工。牙高峰看他是个好苗子，就在工作中有意给他加担子，在建兴苑小区施工中大胆让他担任一栋楼的栋号长。他毫无思想准备，极力推辞，而牙高峰却鼓励他迎难而上。在施工中牙高峰随时随地给他指点，遇到困难鼓励他群策群力去解决；出现问题主动为他承担责任；遇到个别员工的不理解、不支持，他背后说服化解；看到他有一点进步，鼓励的同时也提醒他戒骄戒躁。正是在他的悉心栽培下，邓照成2007年就成为独当一面的项目经理。

青年技术员林琳一入职就跟着牙经理，时时处处留心学习。他看到，牙高峰每天都是很早来到工地，第一件事就是拿起施工图，把工地仔仔细细查看一遍，发现问题，马上解决。在锦绣楼工地巡查时，他看见一个工人没有把正在粘贴的陶瓷砖砖面尘土刷干净，立刻严肃批评，要求他立即返工。小林从旁看到工人满脸通红，便产生恻隐之心，认为经理太严苛，小题大做。牙高峰就向他解释慈不掌兵的道理，当领导必须敢做主，否则就有害于企业，最终也影响职工的生计。正是这些日常的言传身教，培养了他们的领导能力。

把技校生培养成项目经理固然不容易，而把打工仔培养成大老板则更具有传奇色彩。来自福建的黄志阳1997年到南宁打工，第一个工作地点就是牙高峰的工地，负责切割和安装大理石。他身材单薄，但干活踏实卖力，人也机灵，业余时间爱学习建筑知识。牙高峰很鼓励他学习，后来安排他负责工地材料采购。在采购中小黄熟悉了建材知识和购销经验，也结交了许多从事建材的商人。久而久之，他不满足于当个打工仔，要自立门户卖建材。牙高峰得知他的意向后，十分理解和支持，鼓励他自主创业，并帮他介绍一些关系。这些无私的帮助，对异乡创业的小黄，真正是雪中送炭。如今，黄志阳的公司有300多台混凝土搅拌运输车，他已成为资产上千万的建筑设备租赁公司老总。

牙高峰对当年的打工仔有如此大恩大德，他却从未提起，是笔者在采访广西招生考试院办公室主任肖强时，肖主任无意中提起这段往事。当牙高峰项目部在承建招生考试院时，黄志阳正在这里打工，肖主任目睹了牙高峰帮助小黄的许多事例。黄志阳在接受我的电话采访时，对牙高峰当年对他的提携仍十分感念，由衷称赞牙经理是位待人诚恳的老大哥，胸怀宽广、深谋远虑的企业家。

看了这些事例，我不得不由衷感叹，牙高峰获得全国诚实守信道德模范，可谓实至名归，当之无愧。读者朋友，你以为如何呢？

2010年3月21日

卖良心药　创百年店

——记全国道德模范、海南广安堂药品超市连锁经营有限公司董事长刘成才

众所公认，中国有两个地方的人最会做生意，一个是浙江温州，一个是广东潮汕，被并称为“东方犹太人”。仔细比较，这两地的商人也有所差别：温州人做生意小而巧，高调张扬，但成大气候的少见；潮汕人则大而实，低调内敛，成大气候者屡见不鲜。提起潮汕商界名人，李嘉诚、林百欣、陈伟南、庄世平……财人代出，名震中外。在香港上市企业中，潮汕商人企业就占1/3；国内富豪排行榜前10名中就有2名是潮汕人；国美电器、合生创展、潮盛钢铁、扑克大王、雅士利、纳爱斯等品牌，国人更是耳熟能详。尽管社会对潮汕人的评价见仁见智，但认为这些“经济野生动物”会做生意则是没有异议的。

水是有源的，树是有根的，笔者之所以在介绍刘成才之先要为潮汕商人大唱赞歌，也是有原因的。这个原因聪明的读者可能早已猜到了——刘成才就是正宗的潮汕人。

有出息的男人不会待在家里

有海的地方就有潮汕人，有潮水的地方就有潮汕人，有钱赚的地方就有潮商。潮汕人信奉“有出息的男人不会待在家里”，他们天生为了经商而存在，他们的血液里流淌着商业细胞，经商成为他们的本能。他们为了经商宁可走遍千山万水，吃尽千辛万苦，说过千言万语，使用千方百计，赢得千家万户，成就千万富翁。

一方水土养一方人。潮州的地势为西北高而东南低，北部山峦重叠，东南面海，形成了依山傍海的地势。潮汕人由于生存空间狭小，就利用通向海外的便利的地理条件，在从事海外贸易和移民过程中远走他乡，从而形成了顽强拼搏的冒险精神和开拓进取的坚韧意志。他们从潮汕平原出发，到达东南亚，再辗转到欧洲、美洲、非洲、大洋洲。潮汕人走到哪里，就把生意做到哪里，最终把生意做到了全球。从古至今千百年的积累沉淀，终于培育出独具特色的潮汕商业文化，为潮汕子孙在全国乃至全球创出了品牌。

刘成才1957年出生于广东潮安，他的身上自然遗传了潮汕人善于经商的基因，家乡的商业文化氛围潜移默化地影响着他。可惜，他生不逢辰，他的青少年时代恰逢极“左”思潮猖獗的“文革”时期。那年代不要说经商，人们搞点副业都要担惊受怕，只能在人民公社的集体牢笼中苦熬，连温饱都难以维持，因此潮汕人经商的天分受到极大压抑。但是潮汕人终究是经商的天才，即使在那么严酷的社会环境中，他们也把经商的天分发挥到极致，利用一切可能突破禁区。刘成才所在的大队20世纪70年代办起了食品厂，他1976年中学毕业后不久，就凭着踏实肯干、头脑灵活被厂里选为业务员。这个厂生产五香粉、味精等调味品，这些不起眼的小生意却被他做得风生水起，他带着这些小商品走遍了大半个中国。

鸟不高飞怎知蓝天的广阔，人不远行怎知世界的广大？19岁的刘成才在南跑北奔中感知了中国的辽阔，认识到社会的丰富多彩，更受到了最基础的商业启蒙。前面说过他生不逢辰，而从另一个角度看，他又生正逢辰，因为就在他步入成人的时候，中国开启了改革开放的大幕，为第一代企业家提供了施展身手的舞台。

刘成才从小就信奉好男人不能待在家中，一颗年轻的心对未来的生活充满了幸福的渴望，他那躁动的青春怎能安分？虽然他那时对前途还没有明确的目标，但隐隐约约感到，希望在前面，希望在远方。自己的人生要有个突破，首先就是要勇敢地“走出去”。因此1980年他新婚不久就只身闯荡海南。当时的海南还是广东省属下的一个地区，但在行署专员雷宇的领导下，已初步崭露头角，经济比内地活跃。这就是刘成才选择海南的原因和理由。人们常说，有海的地方就有潮汕人，有潮水的地方就有潮汕人，有钱赚的地方就有潮汕人。刘成才当初并没有刻意选择有海的地方，但不自觉中还是重复了前辈的道路，印证了民间格言的准确性。

海南当时经济比较活跃，但不等于遍地是黄金就等着你去捡。对于既无独立经商经验，又没有本钱的刘成才说来，只能从打工干起。底层历练，经历从打工仔到做老板的全过程 。先做打工仔，后当大老板。靠打工积累创业资本。特别能吃苦，特别能创业。一无所有造就自立精神。潮汕人这些成功的格言，在刘成才身上一一应验。

他卖过烟酒、卖过水果，待过海口、走过昌江，在艰难中摸索，在奋斗中积累。他第一次独立经商是1989年承包了海南省工会印刷厂。他既是厂长又是业务员，一天到晚蹬着自行车出去跑业务。这时虽说依然艰苦，但比起当年的摆摊小卖已不可同日而语，不但收入增加，社会地位也大为提高，毕竟可以整天出入机关事业单位洽谈业务了，无论大小，总是个老板了。生活稳定了，他把自己小家也搬到了海南，真正成为一个海南人了。这时的刘成才有自己的事业、有自己的住房，已进入小康阶段。

不当老板才是最大的风险

在市场经济观念已经深入人心的今天，没有谁不想当老板，真正敢于把这一理想付诸实践的却很少，而敢于付诸实践又取得成功的则少之又少。而刘成才则是这少之又少的幸运儿之一。他的成功当然不是靠运气，而是顽强拼搏的结果。潮汕男人过了30岁就要自立门户，千方百计当老板，哪怕只开间小店 。他当然也认为自己到了30岁必须独立，就是要有自己的生意。当时，刘成才的印刷厂办得还算可以，他却毫不满足。实践告诉他，印刷行业利润微薄，如果发展高档印刷上设备又投资巨大，他无力承担。更主要的是，这个印刷厂毕竟是承包的，不是自己的产业，所以不可能为此倾注全部心血。自己已年过三十，必须有自己的企业，当一个名副其实的老板。

他当然深知当老板存在巨大的风险，但在潮汕人看来，不当老板才是最大的风险。不当老板就要给别人打工，而打工仔的命运是由老板决定的，尤其到了年老力衰或知识陈旧之时，你想打工也没人用了——你说这难道不是最大的风险吗？决心下定，刘成才打定主意要自立门户。

接下来的问题就是做什么。市场五花八门，令人眼花缭乱，选择真是伤透脑筋。潮汕人一般信奉“不熟不做”的原则，但也有人从陌生的领域入手取得成功的。哪条路子都有成功的，也有失败的。运用之妙，存乎一心。

在市场经济条件下，市场供求总是有一定差异的，这些差异就是商机。创业经营者应具有超前的意识，预测市场的潜在需求，捕捉发展的商机，拓展新的市场。做生意，许多时候根本没有套路可循，全靠投资者的眼力。在充满迷雾的市场上，偶然性随时可能出现，却不是每个经营者都能捕捉到，进而创造出奇迹。机不可失，时不再来。一些人之所以成功，不是因为他们得到了幸运的机会，而是因为他们有一双慧眼，善于捕捉机会。

对于上面这些投资理论，刘成才可能谈不出高深精辟的心得，但潮汕商人更注重实践经验和直觉。潮汕商人一般没有太高的理论水平，也不会在理论上耗费多少时间。他们相信三分靠天命，七分靠打拼，说一千道一万，关键是要干起来。经过一番考察和权衡，他最后选择了药品经销这个行当。

那时个体户办公司有诸多限制，但潮汕人的特点之一就是善于变通。潮商坚持的“生意无禁区”不仅体现在交易内容上，还指交易对象上也无禁区。作为商场上的“世界公民”，潮商绝不受各种民族、风俗、政治环境因素的影响，只要有钱赚，他们都愿意和对方达成生意往来。于是刘成才也和当时许多商人一样，给自己的公司戴了顶“红帽子”，挂靠在海南省民政厅社会福利医药供应站旗下，终于注册成功。从此刘成才第一次有了自己的公司，他像养育子女一样精心打理这个企业，使它不断做大做强。

药品经销是一门很深的学问，刘成才对此一无所知，完全是从零起步。他凭着潮汕人的韧劲和刻苦精神，认真学习有关知识，时时处处留心观察，在干中学，在学中干，业务水平不断提高，经营管理也逐渐成为行家里手。

他起初做药品批发业务，在经营中自然要与制药厂和零售商打交道。在这个中间环节的几年历练，使他对药品的产供销的各个环节都有了充分的了解，掌握了中药材、中药饮片、中成药和化学药制剂、药品与保健品等基本药理、药性知识，也熟悉了这些药品的批发和零售的各种经营方式，积累了药品零售行业从货源、质量控制到市场开拓等各方面的经验，更积累了许多人脉资源。从1991年到2001年，刘成才整整做了10年药品批发，业务遍及海南全省，不但掘到第一桶金，更从药品经销这所大学校中学到了丰富的医药知识和经营之道，为日后企业更大的发展奠定了基础。

机遇总是垂青有准备的人，随着国家医药政策和医保政策的变化、人民生活水平的提高，药品销售市场出现了新变化。刘成才敏锐地意识到这种变化，在经历一番周密的市场调研和审慎的思考后，他萌生了从事平价药品零售业的意向。他从实践中得知药品零售的市场更广阔，利润更丰厚，于是做出战略转移，从2002年起，进军药品零售市场。

比别人先到五分钟

这句看似直白的话，却包含着深刻的经营理念。其实质就是凡事要领先，要创新。与他们显赫的产业相比，潮汕商人的言辞就如同他们简朴的生活，非常平淡，几乎不会有一句话让人感觉到高深。事实上，刘成才对自己的战略转移并没谈出什么高深的观点，他说知其然不一定要知其所以然，能采取一两个实招就行了。拿破仑曾说，他成功的秘诀在于比对手早到五分钟。在海南特殊的经商环境里，潮汕人能够通权达变，能注意到别人还未曾发现的商机。刘成才从药品批发转移到药品零售，并不是依靠多么高深的市场营销学理论的指导，更多的是凭借多年经商实践培养出来的商业敏感和市场直觉。

到了2002年，不但在全国，就是在海南，零售药店早已是遍地开花。有人曾戏谑地说，在许多城市药店比公厕还多。在这么多的药店中，作为后起之秀的刘成才，如何才能具有后发优势，闯出一条新路呢？

如果说从印刷业转移到药品经销业是刘成才比别人在市场上早到五分钟，那么从药品批发业转移到药品零售业，还要取得成功，他必须比别人早到十分钟。而他这个“十分钟”就是在海南首创了药品零售业的连锁经销模式，并一举大获成功。研究竞争对手，从中找出其产品的弱点及营销的薄弱环节，也是捕捉商机的有效方法之一。积极参与市场竞争，取竞争者之长，补竞争者之短，找准市场切入点，开发性能更好、价格更低的产品或服务，就能发现赢利的机会。刘成才开辟药品零售连锁经营方式，在不自觉中贯彻了营销学上的这一理论。

零售药店直接面对终端消费者，因此开店之前取个店名乃当务之急。古今中外的商家历来重视门店的字号，一个好的字号就是价值连城的金字招牌。刘成才也不例外，他为了给药店取个好字号可谓煞费苦心。他知道许多老牌药店都冠以“某某堂”，例如北京同仁堂、天津达仁堂、杭州胡庆余堂、广州杏春堂，因此他决定自己的药店也必须有个“堂”字。他想到广大老百姓买药的最终目的就是为了保平安，于是决定把自己的药店叫作广安堂，以寄托让广大百姓都安康的良好心愿。此外，他内心还有一个想法，那就是以这个字号来纪念中国改革开放的总设计师邓小平，因为小平的故乡就叫广安县！和千百万靠改革开放改变命运的人一样，刘成才从内心对邓小平充满了感激之情。

名正而言顺，言顺则事成。从此刘成才的经商史翻开了崭新的篇章，海南药品零售市场也进入了广安堂时代。

2002年10月1日，借着国庆的喜气，广安堂第一家零售药房、一个不足100平方米的门店在海口道克村开张了。药品零售是个充分竞争的行业，不论在内地还是在海南，零售药店都达到饱和程度。在这种态势中，广安堂作为半路杀出的程咬金，如何能脱颖而出？在药房开办后的几个月里，刘成才走访国内其他省市药品零售店，并吸收国外药品零售业的成功经验后，开始了他在海南药品零售行业的创新举措，即实施“早到五分钟”战略，就是在经营上走创新之路，而这个新举措就是开办药品超市。

刘成才以一名企业家长远的目光审视药品市场，凭借多年来积累的宝贵经验意识到：药店早已不是单纯的卖药窗口，它所针对的是一个健康产业的大市场。他高瞻远瞩地看到，以“产品品种+服务品种=大卖场”的模式经营药品，像大卖场那样组织丰富的健康产品，以平实的价格面对消费者，将是今后药店发展的一个趋势。“做市场永远要有特色，要先人一步，否则就无法在市场竞争中取胜。”这就是刘成才在商场屡屡制胜的法宝。2003年4月18日，广安堂的第一家药品超市——海口海秀路药品超市顶着众多亲友和同行的反对压力开业了。

亲友之所以反对在这里开店，是认为地点不好。谁都明白“一步差三市”的道理，位置对零售商店太重要了。该店地点位于海秀东路3号，没有任何区位优势，海口人管那里叫“阴阳街”。阳的这面靠近望海楼，包括DC城，人气极旺；阴的这面行人稀少，夜里没人敢走。尽管98%的亲友反对，但刘成才依然坚持己见不动摇。事实证明他是正确的。由于广安堂药价实惠，许多顾客慕名而来，人气很旺。由于当初大家都不看好这个地方，使得租金节约不少。

再好的战略，也要经过实践的检验。第一家药品超市开业后的头几个月里，刘成才的心里始终惴惴不安，因为药品超市在海南是新生事物，没有先例可借鉴，这种销售模式是否适应海南市场？他的心情一直在自信与犹疑间徘徊。这种顾虑终于在开业几个月后打消了，并于来自顾客的肯定中得以坚定。而同行有的已开始效仿这一经营方式，使他更加坚信自己当初的判断是正确的。

海秀店当时是海南省销售规模最大的药品超市，它的开业开创了海南药品零售行业的先河。它首次将百货超市的经营模式引入医药行业，并逐渐形成药品超市连锁经营的模式，让海南百姓享受到了实惠的药价。药品超市按照刘成才的构思，借鉴新兴百货业的超市销售模式，开架销售，面积大，品种多，选择范围广。新颖的营销模式吸引了络绎不绝的消费者。实践告诉他，也告诉别人，药品超市模式适合海南的市场，有着强劲的生命力。

采访中笔者曾问过刘成才："现在药品超市这种模式在海南已被许多同行所模仿和拷贝，你不认为这会对你们构成威胁吗？"他微笑着说："如果全海南乃至全国只有广安堂一家药品超市，其实不见得是好事。大家都搞药品超市了，会逼迫我们在内容上不断创新，才能吸引消费者，才能推动行业进步。再说，形式好学，内容难学。肯德基、麦当劳的形式被许多国内快餐业模仿，但都没能超过它们。

自信中包含着睿智，成功时想到危机。刘成才独到的眼光令人由衷钦佩。他以自己的实际行动践行了潮汕商人敢为天下先的创新精神和开拓勇气。这个成功案例是潮汕商人具备独特商业眼光的一个佐证，也是潮汕商人善于发现机会、把握机会、创造机会的天赋的完美体现。

只有疲软的商人没有疲软的市场

潮汕商人做生意的特点就是不墨守成规，力戒死板僵化，善于随机应变。做生意的学问就是举一反三，把原来的经验灵活运用。刘成才把百货业的超市模式引入药品零售业确实是个创举，但药品毕竟不同于百货，不能对百货超市那些做法死搬硬套。但究竟应如何运作，没有现成经验可借鉴，只能在实践中摸着石头过河，在探索中前进。

广安堂首创药品超市零售模式确实有其新颖性，一时间也吸引了众多眼球，积聚了人气。但是这种模式很快就被其他同行所克隆，因此要使广安堂长盛不衰，必须为这个模式不断注入新的内容。仅海口市就有500家左右药店，竞争的激烈程度早已白热化，许多药店难以为继，惨淡经营。但刘成才秉承潮汕商人的一贯理念，始终认为只有疲软的商人，没有疲软的市场。本着人无我有、人有我精的原则，在药品超市这块沃土上精耕细作，新招迭出，创意翻新，保持了旺盛的活力。

招法之一是经营范围广泛。广安堂药品超市连锁店里，除传统的药品销售外，还有美容品、卫生用品、营养食品、医疗器械等10多类品种以及坐堂问诊、保健咨询等服务项目。笔者到海口和三亚店走访时，都看见附近居民到广安堂买了注射药后，就近在楼上门诊部打点滴。

招法之二是价格实惠。广安堂对卖场产品的价格定位也体现了潮汕商人经营的灵活性。为适应不同经济能力的消费群体，广安堂对普通药品、常用药品按进价销售，或平价销售，对老百姓实行优惠让利销售；通过保健品等非药品取得合理利润，同时满足中高层收入群体的需求。

物美价廉永远有竞争力，是屡试不爽的营销策略。药品超市的最大优势就在于价格实惠。如何才能让消费者购买到质优价廉的产品？为了保证实惠的价格，广安堂建立了价格管理机构：成立了以总经理为组长，有关部门负责人参加的价格管理领导小组，对广安堂的产品价格实行统一管理，成立了价格管理部；广安堂的每个连锁店都配置了1名物价员，将物价信息反馈到广安堂的业务部和采购部，并安排4名信息员实时调查价格、收集信息和顾客反馈。另外，广安堂还聘请300多名离退休老干部担任物价监督员，随时对物价和服务进行监督。为使价格管理有据可依，广安堂制定了《价格制定与调整的管理办法》，并制定了对价格管理人员的奖惩措施。在广安堂的连锁店里，药品实行明码标价，相同的产品，统一价格，统一标签，明码实价。广安堂对价格体系的严格控制，为消费者带来了更多的实惠，消费者对广安堂的信任逐渐提高。同时，广安堂的价格管理也得到地方政府的肯定，2003年，广安堂被海口市物价局授予“明码标价示范单位”称号；2007年，被国家发改委价格信用认证中心认定为“全国价格信用AA单位”。

不怕不识货，就怕货比货。同样的东西，甲店贵乙店贱，人们自然对后者趋之若鹜。真理是平凡的，事实胜过任何广告。这是广安堂最大的竞争优势。笔者实地考察了该店的价格，仅以北京同仁堂产的360粒装六味地黄丸为例，广安堂每瓶9.2元；海口众康大药房13元；北京鹤丹堂药店12元，而金瑞堂更高达15.8元——不要忘了，它们可是北京的药店，比海南节省了很大一笔运费呢。无怪乎俗语说，卖药的，劫道的。那意思是，卖药像劫道一样属于暴利。2010年3月11日《南方周末》载文《一盒药的价格历程》披露：一盒左氧氟沙星片，出厂价2元，而经过许多环节，最后到消费者手中竟高达12元。翻了6倍！这个报道充分印证了上述俗语的真理性。如今医药费已成为国人头上的三座大山之一，在众多药商都见利忘义的社会环境下，广安堂能实实在在让利于民，可谓善莫大焉！

招法之三是售后服务。售后服务一般见诸家电和汽车等行业，而药品实行售后服务广安堂是第一个倡导者和实行者。服务是行业竞争力的核心。刘成才在广安堂建立了一套售前、售中、售后服务体系，努力为顾客提供满意的服务。售前要了解顾客对药品的要求，对药价是否接受；售中就是向客户推荐适用的药，尽量说明药理、药性；售后就是询问药品疗效。服务无止境，刘成才仍在不断完善服务体系，以期为顾客提供更加专业化、贴心化、人性化、差异化的服务。

为了亲自领略广安堂的售后服务，笔者到几家店面体验，并与服务明星金晖、陈叶、胡海花和王海霞面谈。陈叶接待的顾客有位王淑琴大娘，79岁，中风抢救过来后留下多种病，高血压、高血糖。陈叶针对她的病情合理调配药品，服用半年效果很好。陈叶还经常领着她锻炼、跳健身舞。2009年春她得了重感冒，不去医院，专门给陈叶打电话，让陈给她送药。有位张丽阿姨，由于陈叶精心为她服务，主动邀请陈住到她家，为陈节约了房租。

金晖的顾客中有个老太太是山西人，2009年6月回山西探亲，不久就拉肚子，一个多月也没好，看了中西医都不见效。回海南后找到小金，她让老人服用丽珠肠乐，并让她多喝水（而大夫让少喝水）一周就止住了。从此老人特别信任小金，家搬到很远的地方也来这里买药。有一次烫伤了，就打电话让金晖送药。我们只听说明星有粉丝，而售货员也能培养出粉丝，那该是多么精湛的服务水平！广安堂能培养出这么优秀的售货员，又该是多么高超的营销艺术！

为维护顾客利益，广安堂向顾客做出郑重承诺：不以劣质、假冒产品欺骗顾客，如有劣、假产品，逢一赔十；不以虚高价格欺骗顾客，如产品价格超出国家物价部门有关规定，十倍赔偿；不唯利是图，不故意推荐高价产品，损害顾客的利益。凡是顾客对购买的产品不满意的，只要产品包装完整、出示购物小票，都采取合理的换货、退货和赔偿措施。广安堂的每一位员工，都被灌输着从顾客角度出发，为顾客健康着想，少花钱，治好病的思想，以诚信接待每一位顾客，根据顾客的需求，提出合理化建议。各连锁店内的销售人员没有来自产品厂家的，是广安堂多年来坚持的作风，进一步保证了公平客观地为顾客推荐产品。

信誉是企业能否向前发展的关键

每一个成功的潮商，都以诚信为立足之本。诚信是传统潮商最大的特点，潮商精明，但不失诚信精神，有远见的商人都老实经营。潮商最看重关系，最在乎信用。失信的生意，赚多少钱都不做。信任是实现合作的基础，“信”是竞争取胜的法宝，顾及对方的利益，是赢得信任的关键。货物的交易只是形式，信誉的推销才是根本。一个“信”字，撑起了潮商的家族事业，诚信让潮商家大业大。

潮汕商人一贯奉行品牌要长寿质量不能丢的圭臬。刘成才秉承这一理念，他认为作为药品经销商，最大的诚信就是保证药品的质量。药品超市，药品质量安全至关重要。为了把好质量关，做到无假药、无劣药、无次药，广安堂成立了以总经理为组长、有关部门负责人参加的质量领导小组，设立了质量管理部门专门从事质量管理工作。公司在产品采购、配送、销售、连锁环节实行严格的“八统一”，即统一采购、统一配送、统一标识、统一价格、统一服务、统一人力、统一管理、统一核算。其中最关键的一环是统一配送。广安堂建立了4400平方米的配送中心，由其质量管理部门统一采购，审查厂家的经营许可证、GMP（良好生产规范）证书、资质、生产手续等，统一验货，检查入库后再用专车配送至各连锁店，在店内按照质量管理部的指导，对药品进行储存和养护。广安堂还建立了质量追踪制度，一旦发现药品问题，可以追溯到责任人。

除了保证药品的质量，员工的质量即员工的职业道德和素质同样也是需要保证的。刘成才反复强调这一观点：“医药行业人命关天，从业人员道德素质的一点偏差，都会造成非常严重的后果。”在广安堂，医药知识培训已经制度化，员工的业务知识随着培训不断积累与提高。为使少数非医药专业的员工能掌握专业知识，广安堂与海南省科技学校合办了200人规模的中专药学班，为他们提供深造的机会。

近年来，广安堂相继获得海南省食品药品监督管理局授予的“放心药店”称号、海南省质量协会授予的“海南省质量信得过企业”称号；刘成才个人被海南省质量协会、海南省总工会授予“海南省杰出质量人”称号。

广安堂还定期举行送医送药进社区的爱心营销活动，由专业知识丰富的员工接受群众的咨询，向群众讲解健康知识，详细介绍药品性能，通过面对面这种亲和的交流方式，树立广安堂在社区群众中的形象。

刘成才多年以来，一直秉承潮汕商人讲诚信的优良传统，落实在经营活动中。他始终坚信，谋事在人，成事在德。在竞争激烈的市场经济时代，诚信，对于企业而言，不仅是一种道德的表现，更是企业长远发展的根基。刘成才深知诚信之于企业的重要意义，确立了“以人为本，诚信经营”的企业宗旨，用行动诠释了他对诚信的理解。

诚信对待员工。刘成才尊重员工人格，维护员工权益，关心员工利益。当有些用人单位在设法逃避为员工购买各种保险时，刘成才却按照有关规定，与员工签订用工合同，按时足额给员工缴纳各类保险。当金融海啸席卷全球，许多企业开始裁员减薪时，拥有1500多名员工的广安堂却没有辞退一人，反而给部分员工加薪。在广安堂，员工得以不断成长，诸如经常举办的专业技能大赛、业务培训、业余读书等活动，就是员工成长的土壤，它不仅丰富了员工的业余生活，也为员工提供了一个更好的发展空间，同时，也为广安堂培养了一支精良的后备军。刘成才把每一位员工当成广安堂大家庭里的一员，成立“党、工、团”组织，关心员工生活，体恤员工忧患，排解员工困难。

诚信对待顾客。顾客，是企业生存发展的衣食父母。广安堂诚信对待顾客的事例前面已有介绍，不再赘述。

诚信对待合作伙伴。多年来的业务发展，广安堂与全国众多的药品生产企业建立了互惠互利的业务合作关系。无论供货商大小，刘成才一律平等对待。出现问题，及时出面解决。尽一切可能，不欠合作伙伴一分钱，这是他对合作伙伴坚定的承诺。刘成才的诚信逐渐获得合作伙伴的信任，信用交易逐渐成为广安堂经营的主线。目前，广安堂所经营的产品有95%是赊账，应收账款、坏账率在营业额万分之三以下，远远低于国际上先进企业的千分之三。诚信使广安堂在激烈的市场竞争中得以从容面对，节约了运营成本。由于一贯的诚信经营和管理，广安堂被海南省商业信用管理服务中心认定为商业信用AA+企业。

诚信，使广安堂拥有了1500多名具有强烈归属感的员工，突破100万名的忠实会员顾客，遍布全国各地的上百家药厂和代理商。2009年9月，刘成才光荣地被评为第二届全国诚实守信道德模范，是海南省此项荣誉的唯一获得者。他以实际行动，为身边的员工树立起了良好的道德风范，使员工主动加入到争做诚实守信好员工的行列中来，在企业内掀起一股向全国道德模范学习的良好风气。

左手精于算计右手慷慨大方

对待金钱，潮汕人有一种天然的洒脱。在他们看来，只要不违背法律，不是不义之财，就应该大胆赚钱，什么钱都能赚。那种视金钱如粪土的想法，千万要不得。生活中，有的人为了得到财富而作奸犯科，幡然醒悟后却把罪孽归结到金钱头上，其实这是一种逃避责任的借口。令人遗憾的是，这种观念在中国老百姓的头脑中根深蒂固。

不过，潮汕商人是个例外。他们认为，爱财但不要贪财，要看到金钱给生活带来的美好，要学会踏踏实实赚钱，正确使用金钱。潮汕商人的金钱观，表现了他们崇尚财富、热爱生活的理念。所以，他们无拘无束地赚钱，把挣钱当作一件开心的事，对未来充满了希望。因此，生活中的潮汕人不断创造、积极进取。

商道的基本准则就是赚钱第一，潮汕商人天生热爱金钱，不对金钱设限，所以他们大大方方赚钱，变得十分富有。金钱无善恶，贪婪才是万恶之源。

人的一生都离不开金钱。金钱能够让人接受更好的教育、医疗，能够帮助人们改善生活、建立自信，还能使人们有能力帮助更多的人，实现理想和抱负。

今天，评价一个人是否成功，财富是个很重要的指标。因为在获取财富的过程中，一个人要有能力去面对困难、挑战。所以，一个人获得更多的财富，必然要付出更多努力，也代表着他赢得了更多胜利。

一个人创造财富的同时，也帮助了周围的人。在潮汕商人眼里，赚钱的过程，就是为别人提供有价值的服务的过程；而花钱的时候，则给别人提供了工作机会。这一切，都对社会有益。

刘成才借鉴了潮汕商人科学洒脱的金钱观，因此不但生财有道，花钱更有方。企业利润来自社会，也必须回馈社会，这是市场经济条件下的新型社会关系。广安堂坚持取之于民、用之于民，倾注了极大的热情参与到社会慈善公益活动中去。2004年，为希望工程捐赠青少年知识读本10万册；2006年，组织“广安堂爱心之旅”文明生态村巡演活动，大力宣传文明生态城建设，赠送250万元医药给文明生态村和贫困群体；从2006年11月到2010年2月，已安置300名下岗职工；2007年为先天心脏病女孩举行大型慈善义演；向中国健康扶贫工程捐款2000万元；2008年为汶川地震灾区捐款捐物100多万元；2009年与团省委、省就业局联合开展“海南省百店千人”青年创业药店创建活动，目前，已创建广安堂青年创业药店25家；2009年9月，与工商银行联合在省内发行工商银行牡丹广安堂信用卡，该卡的发行，在国内首创药品分期付款的方式，使顾客买药也能像买房、买车一样分期付款，缓解部分贫困患者看病贵、看病难和买不起药、治不起病的难题。几年来，广安堂先后向社会捐款累计2475万元。广安堂的公益行动，在社会引起强烈的反响。对于企业的社会责任，刘成才有着自己的见解：作为成长中的企业，广安堂的经济实力与许多企业相比是十分有限的，但他坚信，对社会承担责任并不是一定要在功成名就、经济实力雄厚之时，一切从现在做起，从身边做起，这是身为民营企业家不可推卸的责任。

在广安堂所做的社会贡献中，刘成才最看重的是先后聘用300多位下岗工人。他说捐助钱物都很快会用完，而给“四〇五〇”人员解决一个就业岗位，就是保证了他后半生的温饱，同时也救助了一个家庭。对此笔者深有同感，这真正是为民造福，为构建和谐社会做贡献。在广安堂总部，我亲眼看见那位下肢残疾的女会计，她是该公司招聘的众多残疾人中的一位。她蹒跚的身影反衬出广安堂的高大，宣示着刘成才对残疾人拳拳的爱心。

企业文化就是企业的品格

刘成才对潮汕商人的传统在新形势下继承，又在继承的基础上发展。潮汕商人有重实用轻文化的偏颇，而刘成才则对这一弊端有清醒的认识，深知这已不符合时代潮流，因此在实践中力避这一缺憾，特别注重企业文化建设。

为了提高广安堂的知名度和凝聚力，他在海南企业中独领风骚，创办了广安堂艺术团。许多人仅仅把艺术团看作广安堂在营销方式上的独辟蹊径，而没有认识到它对企业文化建设的潜移默化的作用。歌舞表演这种文化营销方式可谓广安堂的一个创新。广安堂有一支自己的歌舞团，这支以“欢乐海南岛，健康广安堂”为宗旨的歌舞团，以一种流动性的文化特色树立起广安堂的企业形象。每每新店开业、店庆、送药下乡、日常的营销活动等，就是歌舞团一展风采的时候，歌舞团的表演每次都会吸引邻里乡亲的热情参与。洋溢着欢歌笑语的表演，无疑成了广安堂最生动的品牌推广方式，提高了企业的知名度。企业员工每当看到艺术团表演时，便会不由自主地说，咱们广安堂的艺术团如何如何，自豪喜悦之情溢于言表。这种发自内心的对企业的认同感，胜过老板千百次的说教和鼓动。一个企业能养起一个艺术团，那经济实力自然不可小觑。这其中蕴含的潜台词明眼人都会体味到。其社会效益和美誉度，具有自吹自擂式的广告无法达到的效果。刘成才的高明之处就在这里。正可谓此时无声胜有声。艺术团还培养出陈晨辉这样优秀的团员，她参加“我型我秀”节目选拔赛，获得海南赛区第一名。又到央视参加了“非常6+1”，成为小有名气的新秀。

广安堂的企业文化的另一个特点是外圆内方，即以中国优秀的传统文化为核心，支撑企业现代化的理念。公司将《道德经》和《论语译评》印发给每个员工，作为职业道德规范教材，并且请相关学者来公司讲课。定期举办考试，提高员工素质，培养员工的职业道德感。员工素质的提高，有力推动了广安堂产品质量管理工作的开展，形成了良性循环。

广安堂和海南东升健康社区文化传播有限公司合办了《健康周刊》；先后和《海口晚报》《海南经济报》《特区文摘报》等媒体合作，向消费者赠报；支持赞助儋州诗词征文大赛；广安堂和海南日报报业集团南海网合作，在广安堂主要门店设立了新闻报料站。由这些举措，可见广安堂重视企业文化建设之一斑。

思想决定出路，眼界决定高度；眼光有多远，生意就有多大；人脉决定财脉，人缘就是财缘。广安堂已在海南扎下根基，但刘成才并不满足于已有的成就。他制定了第二个五年规划，预计在全国建立3800家连锁药品超市，使广安堂跨越琼州海峡，走向全国。我们相信，这个目标一定能够实现；我们预祝这个目标早日实现。我们期待，广安堂像同仁堂一样，做成百年老店，成为中华金字招牌。

2010年3月28日初稿，4月1日修改

一位大爱的母亲

——记唐山市常记家具有限公司董事长常玉珍

完全是偶然巧合，绝非刻意安排，5月9日，我利用周日休息去采访常玉珍。经她女儿提醒，我才意识到今天是2010年母亲节！经过两天的数次交谈和现场走访，我对常玉珍有了比较全面的了解，此时她在我头脑中形成的最突出的印象就是，这是一个具有大爱的母亲，她对孤残儿童、对孤老革命军人的种种关爱，无不体现了博大而崇高的母爱，闪现着人性的光辉！

母爱是伟大的，也是常见的。爱孩子，这是母鸡都会的事情。但能把母爱推而广之，施惠于与自己没有任何亲缘关系的革命老区的孤残儿童和孤老革命军人，则体现出她博大的爱心和善良的天性。

深沉而悲凉的父女爱

在常玉珍一生中，对她影响最大的莫过于父亲。她父亲叫常殿普，1920年出生于唐山东缸窑村，幼年家道小康，因此念到中学，在20世纪30年代那算得上很高的学历了。他青年时代就追求进步，他18岁当村干部，参加了党的地下工作，在日本人占领冀东后，党组织又将他调到敌占区工作。由于工作的需要，他学会了日语，做了日本人的翻译官。每当东缸窑逢集，他都要将获取的重要情报交给交通员张玉琴（现已80多岁，生活在常记功臣幸福院）。常殿普的上级是建国后唐山市第一任公安局局长蒋志齐。蒋局长了解常殿普，他被分配到市公安局工作。因昼夜蹲守侦察敌特分子而累坏了身体，患上了胃穿孔，经抢救脱离了危险，但体质大不如以前，组织上为了照顾他，将他调离了公安系统，分配到辽宁本溪煤矿工作。

由于他做过日军翻译，在“三反五反”运动中被当作日本特务遭审查。他的战友都在关里，无人证明他参加地下党工作的经历，加之极“左”思潮日渐抬头，没人肯认真调查，使他蒙受不白之冤。将他关押9个月，最后免除职务，背着处分，安排到河北省平谷县工作。1962年国家经济困难，又把他下放到老家唐山农村，开始了贫困而屈辱的“四类分子”生涯。

常玉珍生于1947年，她刚懂事就跟着爸爸颠沛流离，在社会底层挣扎，尝尽了生活的辛酸苦辣，看遍了白眼侮辱。由于家里生活困难，她只读了三年半小学，就辍学和父母一起挑起生活的重担。爸爸虽然屡受打击和磨难，但他对党始终充满信任，教育孩子们不要对党和政府失望。他常说，比起那些牺牲的战友，我是很幸运的，我毕竟看到了解放。

那时常玉珍家住在一个羊圈旁的房子里，一天全家人正吃饭时，一只羊竟踩破房顶掉在炕上，把一顿清汤寡水的午饭搅得一塌糊涂，引得全家人抱头痛哭。爸爸当时对全家人说，民以食为天。现在连种地的农民都吃不饱，这样的政策必须得变！你们记住，早晚会有让老百姓放开手脚过日子的那一天。到了那个时候你们可要敢于抓住机会冲上去。干大事不要犹豫不决，比我们当年干革命风险小多了，至少没有生命危险。

父母是孩子第一位老师。爸爸虽然当时挣扎在社会最底层，但毕竟是位有较高文化、见过世面、懂得政治的人，事实证明，他说的话大多是正确的。因此，常玉珍对爸爸的话铭记在心。1971年，在物质贫困和精神压抑的双重打击下，年仅51岁的父亲英年早逝，给作为长女的常玉珍留下了永难愈合的心灵创伤。1972年，已经结婚的常玉珍在婆家所在的郑各庄供销社当上了炊事员，临时工，每月28元。常言说众口难调。这个供销社93人，前7任炊事员都是没干满一年就被撵走了。而常玉珍竟凭着自己的勤劳和钻研，把

93人的大锅饭做得花样翻新，受到众口一词的赞誉，一直干到1978年。

那一年全国开始平反冤假错案，常玉珍父亲的冤案也平反了。她的工作表现无可挑剔，现在摘掉了压在头上的政治帽子，单位决定给她转正，并且要提拔重用。而此时的常玉珍却不识这个抬举，非但没同意转正，反而主动辞职，要去干个体户！她这叛逆的举动遭到亲友、同事的一致反对，大家都劝她不要冒险，安心本职。可她铁了心要自己闯天下。说起当年的冒险抉择，常玉珍说："并不是那时我就有什么英明远见，只是认准按爸爸的话去做。爸爸1970年就说过，早晚会有让老百姓放开手脚过日子的那一天。到了那个时候你们可要敢于抓住机会冲上去。现在这一天真的来了，我不冲上去，既对不起爸爸，也对不起自己。这些年，爸爸始终是鼓舞我在人生道路上前进的动力！"说到这里，常玉珍眼中沁满泪水，流露出对父亲的一往情深。

说起对父亲的钦佩，常玉珍提起一件往事。20世纪70年代，他们还在乡下，冬天冒着严寒在野外看露天电影，爸爸就说，外国人早就坐在家里看电影了，咱们也会有那一天。看到今天走进千家万户的电视机和家庭影院，她由衷佩服父亲的远见。正是透过这些小事，常玉珍对爸爸的话坚信不移。她感叹道："正是听了爸爸的话，我当年毅然下海，才打拼出这么一片天地。现在每当遇到难事时，我就想要是爸爸在跟前多好啊，他就会帮我拿主意。他老人家应该是'常记'最适合的董事长！"

树欲静而风不止，子欲孝而亲不待。这是从古至今的人生最大憾事。如今的常玉珍荣耀风光，生活富足，爸爸却没有机会享受这一切。这是她心中永远的痛！为了弥补这一缺憾，她才萌生了供养孤残革命军人的念头。他们和父亲一样都是革命前辈，照顾他们，既是为政府分忧，也算是为父亲尽孝了！

这，就是常玉珍一切善行的出发点和动机。尽孝，是她十几年如一日敬老爱幼的逻辑起点！

浓烈而久远的拥军情

常玉珍童年艰难生活的经历，在她的心灵深处涂上了悲天悯人的底色，培育了她善良的天性。她见不得别人受苦的可怜相，见不得乞丐那无助的眼神。每逢看见乞讨的残疾人、老人和孩子，她都禁不住要表示一些。有人提醒她这些人也许是骗子，但她总认为富豪家的人绝不会来乞讨。总不能为施舍几元钱还去调查人家的身世。她知道世界上需要帮助的人太多了，但自己财力有限，只能帮助极少部分人。能力有大小，只要有这种精神就可以告慰自己的良心了。但是，这一小部分人选择谁呢？她想到和爸爸年龄、经历相似的只有那些孤老的革命军人了。于是建立“常记功臣幸福院”的构想便于1995年形成了。

她把想法一提出，许多亲友都反对：有的说，供养这些人是国家的责任，咱们管这闲事干吗，万一出点麻烦，不但没有功，反倒有过了；也有的说，就算你有这份善心，也再等几年，咱们公司实力还不够，别把好事做个半途而废，那就让人笑话了。对于这些劝说，常玉珍说：“这些人是应该由国家养，但国家财力有限，咱们替政府分担一点，也是应该的——没有党的好政策，哪来咱的公司？至于公司能力，咱们有多大碗吃多少饭，量力而行就是了。现在连抗美援朝的老军人都70来岁了，再等就没尽孝的机会了。”

从一个人如何赚钱，可以看出他的能力和才识；从一个人如何花钱，则可看出他的性格和人品。常玉珍勤劳致富后主动救助孤残革命军人，展现了她高尚的孝敬先辈的爱父情结，浸透着浓浓的拥军情怀。

常玉珍说服了亲友，开始实施计划。她向唐山市有关部门提出了申请，得到市委市政府的大力支持。于是一边批地皮、搞建筑，一边到本省老区寻访孤老革命军人。那些日子里，她既要管理公司，又要筹办幸福院，忙得紧张而又充实。

1995年6月6日，常记功臣幸福院奠基。1996年7月，在唐山市路南区繁华商业区，一座占地2.6亩、投资460万元的常记功臣幸福院竣工。第一批9名参加过抗日战争、解放战争和抗美援朝的老功臣被请进这里。几年来幸福院的老功臣由9位增加到56位，已去世了37位，去世一位补进一位，永远保持19位。每人每月除了300元的伙食费外，每月还可领到600元的零花钱。常玉珍说众口难调，如老人吃不好食堂的饭菜，自己有钱就可以在外面买点可口的。

常玉珍建常记功臣幸福院不惜工本，而硬件建设更是千方百计、用足心思。常记功臣幸福院里的设施堪比五星级酒店，各种用具全部是一流的。老功臣们房里都是一水的高档红木家具、高级席梦思床、液晶电视、暖气、空调。公共活动厅里的树根沙发一个就值2万多元。有人曾劝常玉珍把硬件设施的标准降下来，这样可以扩大幸福院的规模，可常玉珍说，我办公益事业量力而行，要办就办最好的，不能贪大图名让老人们跟着我打肿脸充胖子受罪。参观功臣院的许多人也许不会注意到这样的细节：在老功臣的屋子里不但有收音机、冰箱、电暖气，甚至连指甲刀、掏耳勺、老头乐都准备好了。老人们吃穿全部免费，衣服四季随时换，由服务员定期洗熨。吃的每日三餐不重样，应时蔬菜花样翻新，房间里不断应时水果。每天开饭时由录音机播放军号音响，让人仿佛置身军营，体现出军人之家的特色。吃饭时，每个老人都戴上雪白的围裙，保证老人们就餐卫生。房间由服务员每天打扫，屋子里整洁清新。

幸福院不但考虑到老人们的衣食住行，还关心他们的健康和安全。院里和附近的解放军255医院建立合作关系，发现老人生病，就通知医院来人诊治。走廊里除了在各单位常见的灭火器外，还摆放着一排盛着水的塑料桶，桶盖上放着干净的白毛巾。高副院长告诉笔者：万一发生火灾，老人们在服务员的引导下，可先用湿毛巾掩住口鼻，赢得宝贵的逃生时间。看到这里，任谁也不能不赞叹：这里为老人考虑得太周到了！

幸福院里设有棋牌室，老人们随时可来此娱乐。为了提高娱乐兴趣，老人们玩麻将有时要带点彩。可是有的老人输了点钱后，心情就低落，甚至产生矛盾。常玉珍得知这个情况，心想我们做的一切都是为了让老人们高兴，现在适得其反，那不是违背初衷了吗？于是她宣布：每月另外拿出1000元给老人们作为游戏资金，按输赢由服务员发放。好事终于办得更好，最后皆大欢喜。这种体贴入微，亲生儿女又有几人能做到？

采访中常玉珍动情地说：“看到这些老功臣上楼下楼颤颤悠悠的身影的时候，我就联想到电影里那些生龙活虎、冲锋陷阵的军人们。他们为了共和国的今天舍去了一切，可当他们老了，连走路都颤颤巍巍，有的想吃点什么都嚼不动了，心中就感到酸楚。打心眼里感到应当为他们尽一份孝心。”

都说“久病床前无孝子”。可常玉珍却用自己的一颗真心和来自五湖四海的功臣老爸们共同演绎了令人动容的父女亲情。到今年，功臣幸福院已经走过了15个年头，接纳的老军人也从最初的9位增加到了80多位。送老人看病，在医院陪床，为老人洗脸、喂饭，无论多苦多累，常玉珍始终没有放弃过，她觉得，这是儿女对老人应尽的义务。

以前有一位老功臣，患了食道癌，特别想吃凉东西，常玉珍就给他买来凉粉，他却吃不进去。她说：“你吃不进去，你想吃就吃，吃完了就吐。”他就咬一口嚼嚼之后再吐出来，第二天晚上就去世了。她为自己能在老人临终前尽一份孝心而欣慰。

她陪老人看电视，当看到金碧辉煌的天安门城楼时，一位老人无意中感叹了一句：“咱为革命出过力，可是到今天都没看过天安门。”平淡的一句话，引起常玉珍思想的巨大震动，她立刻产生一个想法：组织这些老人去北京游览。2007年3月30日，常玉珍租用3台大客车，拉着幸福院老功臣和唐山市民政系统给联系的其他荣复退转老军人（其中包括唐山市军分区干休所的老军人），共计170人浩浩荡荡奔向北京。这群穿着旧军装、胸戴勋章的老军人所到之处都受到最高礼遇。他们以耄耋之年不甚健壮的身躯，站在这共和国的心脏面对国旗，致以崇高的军礼。面对此情此景，人们耳边不由得响起那感人的歌声："共和国的旗帜上，有我们血染的风采。"他们在天安门前留影，把老人和共和国的象征定格在宝贵的瞬间。这些老功臣还去军事博物馆参观了纪念红军长征胜利70周年展览，回顾了他们的峥嵘岁月。

一要温饱，二要发展。这是人类普遍的需求，幸福院里的这些功臣们也是如此。自从到了这里，他们衣食无忧，身体硬朗，对精神需求相应提高。老人们现在物质生活得到极大满足，自然喜笑颜开。但她还要关心老人们的精神生活，看到孑然一身的老人们，常玉珍总是觉得，少了那么点温情。一次她听到老爸们议论"活了大半辈子了还不知道成家的滋味"。闻听此言，常玉珍怦然心动。她本人原来的婚姻就不幸福，对老人们的心境感同身受。她知道婚姻在人生的道路上是非常重要的。如果一生没有结过婚，可以说就没有一个完整的人生。为了更好地照顾老人，让他们同样享受到天伦之乐，常玉珍踏上了为"老爸们"征婚的道路，一直走到今天。

2001年是常记功臣幸福院最轰动、最喜庆的一年。这年的3月和8月，"闺女"常玉珍给这些最小也是已过耳顺之年的功臣老爸们征婚找老伴。这成为全国数家媒体上最抢眼的新闻。

给老功臣们征婚决不是儿戏，也不是哗众取宠。常玉珍想到如果这次征婚失败了，对他们是一种打击，会给他们的心灵带来创伤。所以在征婚启事中特别加上了一条：只要跟老功臣结婚，即使老功臣故去，幸福院也负责其夫人的养老送终，跟老功臣一样待遇。2001年3月26日，《唐山晚报》头版二条发出一条新闻《常玉珍为老功臣征婚》，9位老人的简历公布出来，很快有了回应，幸福院陆陆续续有36位老妈妈前来应征。

一时间，许多老年妇女前来相亲。"一辈子穷得没媳妇，说来就来了这么多，老眼昏花挑不过来啦！"张玉田和王志才乐得合不拢嘴。婚期定在5月13日，眼看日期要到了，王志才却突然病倒，高烧不退。"老闺女，我的事儿就别操心了。"话说得很绝望，常玉珍心头一震，一时没说出话来。

王志才相中的李桂花也心里一沉："老王的病万一好不了，我俩的婚礼还办不办？"常玉珍带着哭腔找到李桂花："您能不能配合我、配合大夫，给他一些精神上的力量，把他救过来。这可是有功的人啊。"

李桂花被感动了："我一定好好照顾他，集体婚礼不要改期。"李桂花提前进入幸福院，王志才精神一振，居然第二天不用打吊针了，到了第五天，人们见到，在李桂花的搀扶下，王志才出去遛弯了。随着"老妈新娘"嫁入，功臣幸福院的欢声笑语更多了。经过"闺女"的撮合，最后有8位配对成功。

2001年5月17日，一场倾城婚礼在唐山举行。那天省市各部门和部队的领导、来宾、媒体记者，加上各界群众，婚礼现场足有上万人。常记功臣幸福院门前真个是车水马龙，人山人海，比集市还热闹。就在婚礼举行之中，门前的高压电线突然断了，掉在地上，把马路都烧出个坑。当时常玉珍正在台上现场指挥，听到这个消息，她想马路上挤满了男女老少，这下子不知会电死多少人！出了这么大的事故，我怎么向社会、向领导交代？我这是办好事，老天怎么这么和我作对？想到这里她悲从中来，不由得掉下眼泪，心虚气短，突然晕厥！

常记公司的工作人员一边安抚群众，一边抢救常玉珍。那天驻唐山的解放军255医院两名大夫正好在现场，他们危难之时显身手，立即对她急救，赶忙送往医院。常玉珍被抢救过来，一睁开眼睛就急切地问："事故死伤了多少人？"女儿艾虹欣喜地告诉她："妈，一个伤亡都没有，你放心吧！""真的吗？你们别骗我。""真的，这么大的事谁敢和你说假话！"身边的领导和部下也都众口一词。54岁的常玉珍听到这些，一跃从病床上起来，精神抖擞地重返婚礼现场。她一边走一边感叹："天老爷真关照我常玉珍啊！革命先烈真关照这些老功臣啊！"身边的领导也说："是啊，吉人天相，做好事就是有好报。"一场有惊无险的事故，为老功臣的婚礼平添了传奇色彩和感人的花絮。

说到这里，细心的读者也许会提出一个疑问，婚礼那天解放军255医院的大夫到现场干什么？提起这事还有段动人的插曲。人生的可悲之处在于，有牙时没花生吃，有花生时又没牙了。有几位老功臣，一直没有结婚，现在要结婚了，却年老力衰，心有余而力不足。为了弥补这一缺憾，常玉珍为老人准备了壮阳药。又担心他们年纪大，头一回服用这种药，怕出意外。因此向解放军255医院求助，派来大夫为老人们保驾护航。没想到老人们没用上这些大夫，倒是为她自己救了急。医院专家都说，若不是抢救及时，常妈妈真可能出危险。什么叫好人有好报？什么叫帮人就是帮自己？这就是最直观的诠释，最生动的例证！她为老功臣们如此尽心竭力，让多少儿女感动和羞愧？

2001年8月16日，幸福院又推出6位老人征婚。两年多时间里，常玉珍先后3次为老功臣们征婚并操办了隆重而热烈的婚礼。2008年11月，常记功臣幸福院为韩玉楼等7位老功臣征婚，11月底有14人赶到功臣幸福院，参加征婚老功臣见面会。其中，最远的来自沈阳市，年龄最小的58岁，最大的72岁。令人欣喜的是，4位老功臣赵景月、马万俊、韩玉楼、宋振堂找到意中人。

于金山是董存瑞的战友，经《承德日报》记者推荐到常记幸福院后，常玉珍立即着手为他寻找“新娘”。经过先后两次挑选，于金山终于看中了74岁、端庄又大方的山东籍老妈妈王金兰。王金兰21岁随丈夫到唐山落户，老伴已经去世28年，2008年8月进入唐山市养老院。一个月前，王金兰应征到常记幸福院寻“新郎”。“她先和老冯谈来着，后来没成，又和我谈了，我看她心眼不赖，也知道疼人，脾气挺随和，就谈上了。没承想，成了！”于金山大爷一边向笔者介绍一边乐，幸福溢满脸上。

常记幸福院高副院长向我透露，于金山特幽默，经常说点笑话，大伙儿都喜欢他。她还向我介绍了于大爷当初的婚礼盛况。那天上午10时30分，新郎新娘们携手走向主席台，10位老军人身穿绿军装、头戴镶嵌着红五星的绿军帽，胸前斜挎的红绸缎带上别着一朵盛开的大红花；身边的新娘头一天在唐山市新娘婚纱影楼化好妆，据说当时望着镜子里返老还童的面庞，74岁的王金兰和68岁的周秀英高兴得跳起了迪斯科。婚礼上的新娘们身穿红色绣花半长衫、米色皮鞋、白色绸裤，头上盘着一圈鲜花，人人脸上洋溢着幸福的笑容。岁数最大的新郎王子兰已经94岁，但身手矫健，腰杆挺得倍儿直，他的手一直紧紧地攥着新娘的手，并不时转过头，用爱慕的眼神望着身边的新娘，新娘则娇羞地躲闪着他热辣辣的目光，引出台下观众阵阵笑声。院长常玉珍宣布："婚礼开始!"此次婚礼的主题是"感恩功臣"。于金山、王金兰夫妇站在10对新婚夫妇的正中间，成为常玉珍介绍的第一对新郎新娘。胸佩6枚军功章和纪念章的于金山举起右手，向"干女儿"常玉珍敬礼!

每一对新郎新娘眼里都闪着幸福喜悦的泪花。在证婚人常玉珍的指挥下，他们共唱一首歌《歌唱祖国》。出生后7天便遭抛弃、后被常玉珍收养、至今已13岁的男孩党归向每位新娘献上一束粉玫瑰："祝愿爷爷奶奶幸福长寿!"新郎们掏出常玉珍替他们买的珍珠手链，按照传统习俗，作为信物戴在新娘们的手腕上。鞭炮齐鸣，军乐声声，在《我们是一家人》的乐曲声中，白发苍苍的新郎新娘们放飞了手中的和平鸽，也放飞了他们对生活新的期望。入洞房了：10对新人慢慢步入"军人之家"，10套婚房装饰得金碧辉煌。"你们太美啦!"婚庆主持人连声赞叹，"这是总统套房的标准啊!"常玉珍搀扶着于金山走进洞房，亲手为他们的婚床铺好被褥，并将于金山、王金兰扶上床："祝老爸老妈度过一个愉快的新婚之夜!"引得周围一片笑声。"真没想到啊，80多了还有这一出，不好意思，太幸福了，上天堂里来啦!"于金山激动得不知说啥是好。78岁的新郎赵景月和72岁的新娘杨玉华走进自己的新房，被眼前的温馨布置惊呆了。"太好啦！太好啦!"老夫妻俩念叨着，不时摸摸枣木沙发靠背上的雕饰。赵景月看着墙上的对联："国有军人国运昌，家有军人家荣耀"，眼泪不由自主流下来。

在喜宴现场，常记助残养老公益村的员工为10对新人奉献了一场别开生面的文艺节目。"常记"的百余名员工在阵阵欢呼声中跳起了长蛇舞，两条“长蛇”穿梭在28张宴桌间，被幸福包围的10对新人望着墙上自己的大幅结婚照，个个笑出了眼泪。于金山和王金兰按捺不住内心的喜悦，欣然上台，和孙子孙女们一道扭了起来，掌声和欢笑声交织成一首人世间最动听的乐曲。

现在走进常记功臣幸福院，于金山等16对老人相敬如宾，尽情享受天伦之乐。10多个服务员照料着他们的生活起居。幸福院里，一幅祥和美好的晚景图会映入眼帘：身着军装的老爷爷、服装艳丽的老奶奶，或牵手散步，或下棋听戏，生活得悠然安逸。

常玉珍用自己的行动，证明了她的信条：欢乐着老人们的欢乐，幸福着老人们的幸福。

火热而真挚的母亲心

一次学校的孩子们来慰问老功臣，她发现这些老功臣跟孩子们在一起，一个个变成了老顽童，幸福院里充满了欢声笑语。突然一个想法涌上常玉珍心头：为什么不能认养一些孤儿来为老人们做伴，既为国家减轻负担，又给老人们带来快乐呢？老吾老以及人之老，幼吾幼以及人之幼。她的想法与中华传统尊老爱幼的美德暗合。

1997年6月，常玉珍先后把24名迁西等革命老区的孤儿领进了幸福院，承担了他们的衣食住行和上学的一切费用。最大的13岁，最小的只有7天，还有21名残疾孤儿。这些残疾孤儿，小的由保姆照应，大的就近上学。

2009年4月，常玉珍历时8年在唐山市丰润区邱庄水库旁建起了常记助残养老公益村，公益村以收养孤残儿童和无偿赡养孤老为主，现已收养残疾孤儿13名，安排残疾人就业8名。笔者在邱庄水库边的常记助残养老公益村采访时，正赶上学生放学，一辆面包车把他们接到常记公益村。孩子们一下车，正在干活的哥哥、姐姐们就迎上去。孩子放下书包就和哥哥姐姐们一起栽花，边干活边说笑，真是亲如一家。

在孤儿们的房间里，无论男孩女孩，“常妈妈”都为他们准备了大宝营养霜和花露水，每个孩子的床头也都挂着用精美镜框镶着的孩子生身父母的照片。说起这些照片的来历，幸福院工作人员小秦告诉我，有一次，常玉珍偶然看到一名还不懂事的3岁孤儿拿着生身父母的合影撕着玩，常玉珍一把抢下来，看着照片掉下了眼泪：将来他长大了该多后悔啊！常玉珍说：“虽然他们管我叫妈妈，但我永远替代不了他们的亲生父母。”于是她吩咐小秦负责为孩子们制作生身父母的相框。为找齐这些照片，小秦用了近一年的时间，大部分孩子父母的照片是从亲戚朋友处找来的，有的没有合影，就把两张单人照通过计算机特技制成合影。

走进公益村幼儿园，照顾孩子的阿姨就是已经长大的孤儿，她们从常妈妈身上继承了深沉的母爱，精心照顾这些不幸而又万幸的小弟弟小妹妹。这不是单纯的照顾抚育，更是爱心的接力传递。

当初，常玉珍领养孤儿时与他们的亲人和民政部门约定，抚养到18岁成人送回出生地。如今，这些孩子中一个已应征入伍、一个考入河北科技大学计算机专业，还有两个送到了唐山市凤凰职业技术学校学习。来自迁西县的孤儿王志海，从河北科技大学计算机专业毕业后，本可以在外面找到很好的工作。但他割舍不下与公益村的情缘，还是回来工作。他说：“我是公益村走出的第一个大学生，要用学到的知识帮助弟弟妹妹们成长。”他已和孤儿同伴王丽媛结婚，有了可爱的宝宝。

凡是孤儿结婚，常妈妈都给他们摆婚宴，每对新人送12000元彩礼，一台轿车，一套两居室楼房和全套家具。生了孩子送5000元贺礼，还要摆喜宴。我曾到王志海家里做客，亲自领略了他们温馨的爱巢，看见停在他家不远处的轿车，感受到常妈妈不是母亲胜似母亲的拳拳爱心。说起常妈妈，王丽媛讲述了许多感人的往事，连帮她照看孩子的姨妈也啧啧连声地赞叹：“我这做妈妈的对自己的孩子也没做到这样啊！”

百人百性，即使一母所生，志趣、秉性也会有差别，何况这些孤儿来自不同的家庭，有各种差异也属正常。王志海学成后主动要回来工作，也有位女孩在外面学了美容美发后要在唐山市里就业。常妈妈不同意她的想法，提醒她美容美发业比较复杂，在那里工作难免上当吃亏。但女孩子执迷不悟，常妈妈也不好勉强，只好尊重她的选择。但是工作一段后，由于她单纯幼稚，果然上当吃亏。受不了这个打击，自己出走他乡。常妈妈得知情况，万分焦急，派出许多人四处寻找，终于把她接回公益村。常妈妈耐心开导她，让她不要一蹶不振，吸取教训，重新开始新的生活。现在她已在公益村工作生活得安心惬意。孤儿日渐长大，逐步需要就业，而眼下工作又难找，常妈妈就利用公益村靠近旅游景点邱庄水库的优势，办起旅游公司和饭店，为孩子们提供就业岗位。凡是在公益村就业的孩子每月工资不少于1500元，年底还有红包，还上养老、医疗、工伤、失业、生育保险。

对收养的孤儿常妈妈包揽了衣食、治病、上学、就业、结婚、住房等一切，但她对自己的亲生儿女没有做到这些。她只有一个儿子，却从不溺爱，1996年她鼓励自己的儿子应征入伍。12月18日她正在石家庄，得知12月20日全市最后一批355名新兵入伍，她立即给商场打电话，要马上赶做355个花环欢送这355名新兵。常玉珍当夜赶回唐山，带领百余名商场职工和幸福院的功臣们乘4辆卡车和4辆小汽车高举“保家卫国，参军光荣”的横幅敲锣打鼓到火车站广场为新兵送行。

她的三个女儿全嫁给当兵的人。她资助了那么多的人和公益事业，却没有对儿女有太多的补贴，全由他们自己凭能力工作生活。在2000年1月24日，常玉珍又做出惊人举动。她来到唐山市路南区公证处办理了一项特殊的公证手续，把功臣幸福院和度假村、军人疗养院作为公益事业留给社会，而不是作为遗产留给儿女。这体现了常妈妈多么宽广的胸怀，多么博大的母爱！

常玉珍的特立独行引起种种赞誉和怀疑，早已习惯让人们议论的常玉珍面对理解和不理解，袒露心声：“我要让各个历史时期的功臣品尝到改革开放的果实，我要让改革开放的果实服务于军人回报于社会，造福人类，不把它作为私有财产传给子女。”这份洒脱是常玉珍的性格使然，也是她另类母爱的真实升华。人们都说常玉珍为老人和孩子们付出太多，而她却说自己收获最大。常玉珍经常说：“功臣们幸福我就幸福，孩子们欢乐我就欢乐。谁也没有我老爸老妈多，谁也没有我儿女多，我觉得这是一笔最大的财富。”老功臣们的幸福生活和孩子们的欢乐童年，给了她无穷的力量，让她执着地走下去。身为常记家具有限公司的总经理，常玉珍坦言，其实她并不喜欢大家叫她老板，常玉珍最喜欢的头衔还是功臣的女儿和孤儿的妈妈。

常玉珍总结出自己的快乐定理：幸福在老人们的幸福中，快乐在孩子们的快乐中。她的大女儿艾虹说：“在成长的过程中，我们四姐弟深深地懂得了妈妈。我们是幸福着妈妈的幸福，快乐着妈妈的快乐。”

在当今成功的企业家中，做常玉珍这种善举的也大有人在，像常玉珍这样做得尽善尽美的却绝无仅有！一个人无论做什么，如果能做到极致，无疑就是伟大的。而常玉珍就把善行做到了极致，这就是她的过人之处。

请相信我，做一个女人，我一直想做一个好女人！

请相信我，做一个母亲，我希望自己是最好的母亲！

关于母亲这个角色，我想任何一个女人都是后知后觉的。因为，她们都经历着从孩子到大人、从女孩到女人的蜕变，再到母亲的洗礼。这中间的学问很大，需要不断学习，才能学会更好地做一个母亲……

一位女哲人说，男人永远是孩子，真正强大的是女人。女人之所以强大，因为是母亲，做母亲是一个具体、细致、漫长的过程。

看了常玉珍以上种种爱的奉献，你不觉得她确实是一位具有博大爱心的母亲吗？

2010年6月12—20日初稿，24—25日修改

诚信通四海　创新铸伟业

——记河北省诚实守信道德模范、鑫合生物化工有限公司总经理张禹

在坦荡无垠的冀中大平原的腹地，有个面积只有367平方公里、人口仅17万、经济欠发达的蕞尔小县——新河县。在这个知名度不高的小县城里，却有个在业界闻名遐迩的企业：河北鑫合生物化工有限公司。该公司之所以著名，并不是因为规模多么大、利润多么高——1.5亿元的年产值、1300万元的年利税，在当今中国的企业中真个是不足挂齿。那么它的特殊之处在哪里呢？在于产品的高技术含量，在于产品的独创性。鑫合的产品有四种：黄原胶——该产品生产企业全球不超过十家；结冷胶——该产品生产企业全球仅两家，另一家在美国；温轮胶——该产品生产企业全球仅一家，除了鑫合，别无分店（国外只有文献资料，但鑫合最先将其产业化）；三赞胶——该产品从理论到实践均由鑫合全球首创，已获国家发明专利，即将投产。全球企业千千万万，能成为某种产品的全球唯一生产厂家，难道不值得自豪吗？它的知名度还能不高吗？

说起这四种生物胶，读者可能不了解，在此笔者也没必要做更多讲解。简单地说，它们都是生物制品，广泛应用于油田、食品、药品、建筑等领域。鑫合产品80%出口，公司每年都要接待许多外商，销售和技术人员也经常出国参加有关展会，走访用户。因此说，鑫合是冀中平原腹地一家世界知名企业是毫不夸张的，是恰如其分的。

在新河这个经济欠发达的小县，为什么能诞生这样一家世界知名企业呢？这不能不说，应归功于公司总经理张禹。

友谊带来机遇

张禹和鑫合的缘分好像是天注定的，事先就匹配好了。张禹是土生土长的新河人，从小就喜欢下象棋、打篮球，并且水平不错。鑫合的前身是新河县柠檬酸厂，成立于1979年的国企。到他读高中时，柠檬酸厂已转产生产黄原胶，厂长是位军转干部，叫马志恩。马厂长也喜欢下象棋、打篮球，共同的业余爱好使张禹和马厂长成了忘年交。即使张禹考上大学，寒暑假回来，也常和马厂长切磋球技和棋艺。多年的交往使彼此十分了解，马厂长对他的知识、能力和人品都十分欣赏。因此当张禹面临毕业实习和设计时，便按马厂长的提议，到该厂实习，围绕该厂生产需要，设计新型黄原胶干燥机。

干燥需要100摄氏度以上的高温，而黄原胶是生物制品，超过100摄氏度，其生命活性就将丧失。因此黄原胶干燥的技术关键就在于，既要使产品迅速干燥，又不损伤其生物活性。张禹的设计，成功地解决了这个两难的问题，显示出他的聪明才智和创新精神。一个本科生能做出这样高水平的毕业设计，再次验证了“自古英雄出少年”的名言。张禹毕业设计的成功不但得到老师和同学的好评，更得到马志恩厂长的赏识，使得他不得不对眼前这个相识多年的毛头小伙子刮目相看。他庆幸自己独具慧眼，没有看错人，决定动员张禹留下来，为家乡的工厂做贡献。

外面的世界很精彩，尽管也知道外面的世界很无奈，但年轻人向往更广大的世界乃是与生俱来的天性。张禹自然也不例外，他渴望留石家庄，并且他也有条件留在省会。学校想留他，在外面也联系好了接收单位。更重要的是他已在同学中处了女朋友，她家在邯郸，能愿意到贫困的新河县安家落户吗？面对这些优惠的现实条件的吸引，再对比新河的贫困面貌和新河县生物制品厂的落后状况，张禹陷入艰难的抉择。他从小就常到厂里玩，和马厂长相识后对这个厂感情更深了，尤其经过半年毕业实习，他对这个厂更有了血肉相连的关系。经过反复思考，对新河生物制品厂的真挚感情战胜了利弊得失的权衡，又做通了女友和双方老人的思想工作，张禹毅然决然地告别了省会，和女友一起回到家乡新河县。女友进了县政府机关，他却义无反顾地进了新河县生物制品厂。

综观张禹和新河生物制品厂的关系，有偶然，更有必然。到目前为止，他只工作过这一家单位，真可谓从一而终。从这里我们可以窥见张禹心灵深处的闪光之处，就是他很念旧、很重感情。

拼搏成就事业

张禹进入新河生物制品厂时，该厂还是一家纯粹的国企，他只能按照当时的体制，在厂里按部就班地从最底层做起。车间技术员、生产科科员、技术科副科长、销售科科长、厂长助理、副厂长，到1996年1月4日，他正式成为该厂厂长。在5年多里，他几乎一年一个台阶，厂里的各主要部门都曾涉猎，受到全面的锻炼。这其中不排除马志恩对他的青睐和提携，但更可看出他本人的刻苦和努力。这期间还应特意写上一笔：1992年他加入了中国共产党，为他后来的发展奠定了有利的政治基础。

尽管张禹年富力强，力求上进，千方百计想把厂子搞好，也确实下了苦功，动了许多脑筋；全厂干部职工也都齐心协力，外拓市场，内挖潜力，革新技术，狠抓质量，强化管理。但由于传统的计划经济体制过于僵化，企业没有经营自主权，不能充分调动人的主观能动性，所以企业效益一直下滑。该厂原来生产柠檬酸，市场销路不好。1989年改上黄原胶，厂名也改为新河县生物化工厂。这个产品远景很好，但由于厂里是第一次生产，技术、设备、职工技能都要有个磨合期，产量不大，质量不稳定，销路不很通畅。因此张禹接班时，面临着严峻的考验和艰难的课题。

为了摆脱困境、增加效益，更为了提高职工生活，为国家多做贡献，张禹总结在企业工作5年多的经验，认识到要从根本上解决问题，企业必须改革！计划经济年代我国的经济管理体制的一个严重缺陷就是权力过于集中，企业基本没有经营管理自主权。因此作为经济体制改革的核心环节，便从扩权让利开始。此后经历了生产经营责任制、厂长（经理）责任制、承包经营责任制、股份制等一系列改革，使企业经营机制日益灵活。1992年10月，中共十四大明确指出，我国经济体制改革的目标是建立社会主义市场经济体制。1993年11月，中共十四届三中全会通过了《中共中央关于建立社会主义市场经济体制若干问题的决定》，明确指出，我国国有企业的改革方向是建立“适应市场经济和社会化大生产要求的、产权清晰、权责明确、政企分开和管理科学”的现代企业制度。要求通过建立现代企业制度，使企业成为自主经营、自负盈亏、自我发展、自我约束的法人实体和市场竞争主体。

为了对企业产权进行改革，一个重要的突破口就是进行股份制改造。在这种大背景下，国有企业改制工作在全国起步，1996年新河县委县政府决定在新河生物化工厂进行股份制改革试点。新河生物化工厂本着“产权清晰、权责明确、政企分开、管理科学”的要求，在清产核资、明确企业法人财产权基础上，初步建立了国有资产出资人制度和现代企业制度雏形。在保持国有控股60%的前提下，职工全员入股，最少一人1000元，上不封顶。但那个时候职工收入普遍不高，职工认购后不足的股份，由张禹全部认购，为此他向多位亲友举债筹款。企业进行了公司制改造，建立了现代企业领导体制和组织制度，初步形成了企业法人治理结构。改制后企业开始使用河北鑫合生物化工有限公司的名称，张禹也从国企的厂长转变为股份制公司总经理。企业所有制的改变，带来了经营机制的转变，充分调动了干部职工的积极性，企业效益稳步提高。

张禹既当过国企的厂长，也当过股份制公司总经理，他对改制前后的对比感触最直接，体会最深刻。他最大最深切的感受就是企业经营自主权扩大了，企业不再是政府的生产车间，而是真正成了独立自主的法人。有两件事充分证明了这一点，公司老职工至今说起来仍印象深刻。

企业转制的过程是艰难的，而提高职工素质、适应现代企业制度的过程更漫长。为使职工的经营理念、管理方式、市场意识、质量意识与时俱进，适应企业发展，他采取了非常规的手段。

1993年6月，公司生产的黄原胶第一次批量出口美国。公司上下全力以赴完成了生产任务，交货前夕他们突然发现公司有一项检测标准和美国企业的不一致。这就是耐温性指标：合同规定要耐121摄氏度高温，并且达到16个小时。但双方都疏忽了一点：没有规定检测方法。按照鑫合公司的检测方法，产品质量完全符合这一标准。因此从按合同办事角度说，他们这样交货也完全可以。但他们后来得知美国企业对这批黄原胶是按食品级标准检测，有可能达不到该企业生产要求。如果这样该企业购进这批货物就没用了。如果鑫合坚持按合同交货，对方只能吃哑巴亏，但今后的生意肯定就做不下去了。为了长远利益，为了树立企业诚信经营的品牌，为了强化全体员工的质量意识，张禹做出了一个惊人之举：全部销毁这批产品！

这批货物价值100多万元，而当时的鑫合经济实力还很弱小，已经欠了4个月工资。在这种情况下张禹的决定一宣布，立刻遭到许多职工的激烈反对。面对重重阻力，张禹毫不动摇，铁心加铁腕，终于付诸实施。在公司广场烧毁货物那天，许多老工人都流了泪，也引来阵阵骂声。但不可否认，从此公司上上下下的质量意识和诚信意识极大增强，更赢得用户的一致好评。那家美国公司更是深受感动，成为鑫合铁杆合作伙伴。海尔的张瑞敏为了强化全体职工的质量意识和诚信意识，也有过一次砸冰箱的壮举。当时张禹并不知道此事，他的举动和张瑞敏不谋而合，正可谓英雄所见略同。

鑫合公司近邻是县纺织厂，该厂1998年破产，占地32亩的厂区要拍卖。当时鑫合公司资金紧张，几位老工人的医药费都不能及时报销，在这种情况下张禹竟决定贷款买下这片土地。这一决策自然受到部分员工甚至管理层的反对。他们的意见一是公司资金紧张，应把钱用到扩大生产上；二是目前自己场地足够用了，不亟须扩大；三是新河地点相对偏僻，土地升值潜力不大。但张禹力排众议，咬定青山不放松，出手96万元，大胆贷款拍下这块土地。如今这块地已升值20倍，为后来公司的扩建留下了广阔的发展空间。

实践是检验真理的唯一标准。时间证明这两项决策都是正确的。如今说起这两件往事，张禹在感到欣慰的同时，并无志得意满之色，而是由衷感叹："我承认这两件事情是看准了、做对了。但光有见识是不够的，还得有好的机制保障你的见识能付诸行动。如果还是在计划经济体制下，我作为厂长对这么大的决策没有自主权，根本无权拍板。待到层层请示审批下来，机遇也早就丧失了。"时势造英雄。正是改革开放的社会环境，为他提供了广阔的舞台。

时代在发展，改革无止境。2001年7月鑫合公司进行第二次股份制改革，国有资本全部退出该企业，由张禹为首的50名员工（《公司法》规定有限责任公司股东不能超过50人）认购了公司的全部股份。张禹为了筹资，用自家的和妹妹家的房子抵押贷款，收购了公司里的大部分国有股份。为了稳定骨干队伍，公司送给7个科研人员一定股份，把公司利益和员工利益紧密捆绑在一起。改制为民营企业后，机制更灵活，真正具有独立自主的经营权，为企业的腾飞插上了翅膀。舞台已经搭好，人们期待张禹演出更加精彩的威武雄壮的活剧。

诚信开拓市场

企业要生存，必须开拓和占领市场。为了开拓市场，每个企业都有自己的招法。鑫合公司除了采取惯常的营销策略外，最大的利器就是以诚信开拓市场，吸引用户。诚信说起来容易，但实行起来难。时时处处能始终如一坚持，则更难。鑫合公司一直信奉“质量是血，客户是命”。实践中他们用自己的模范行动为这个口号做了最真切的诠释。

黄原胶一个重要用途就是油田钻井时用于固井。在钻井中，会遇到各种复杂地质结构，如遇到流沙层就会出现塌方、井喷等事故。众所周知的大庆王铁人跳进池子里用身体搅拌混凝土的情景，就是在钻井过程中发生井喷，用特殊混凝土固井。那时如果有了黄原胶就不用混凝土了，王铁人也不用做出那么大的牺牲了。黄原胶在钻井中有如此重要作用，因此全国许多油田都用过鑫合公司的这个产品，鑫合的产品质量和诚信在业界有口皆碑。中原油田在冀东油田承揽工程，2001年4月的一天，在钻井中发生塌方事故。在这危急关头，他们第一个想到鑫合公司，立刻电话求援。张禹得知这一信息后，在没有任何合同、连价格都没谈的情况下，果断下令给中原油田调运20吨优质黄原胶，派得力人员即刻押运送到数百公里之外的施工现场。由于他们及时送去抢险急需的黄原胶，使险情没有进一步扩大，并且很快转危为安，为国家挽回300多万元的经济损失。中原油田领导由衷感激说，这像在战场上没有弹药你们及时送来子弹一样，这场战斗能够胜利，你们立了头功！由此开始，两家的合作关系也日益密切。

同样的事情在2006年也出现过，鑫合公司也是危难之时显身手，为用户解了燃眉之急。一天，公司销售部门接到电话，陕北油田一家公司在钻井时出现流沙，急需黄原胶固井。公司以最快速度安排货物和车辆。因为路途遥远，路况较差，为了确保安全，张禹亲自带队押运，昼夜奔驰近千公里，以最快速度将黄原胶送到事故现场。当用户设宴款待感谢他们时，竟有两名司机趴在酒桌上睡着了，令对方大为感动。

鑫合的热诚服务在全国石油系统赢得了极高的赞誉，被中国石油总公司授予“油田化学剂网络供应成员企业”，产品占领国内石油行业70%的市场份额。

鑫合公司讲诚信，这种美誉不但传遍国内合作伙伴，也在国外合作企业中得到认可。荷兰的奥威斯公司2007年向鑫合公司订购了5吨温轮胶。原定从天津港发货，但那年冬季一连多日大雾，高速公路封闭，耽误了船期，再走海运就不能按时交货。为了信守承诺，兑现合同，张禹宁可多付运费少赚钱，决定从首都机场空运发货，保证了客户的生产需求。那时温轮胶刚刚投产，多数客户对该产品还缺乏认识，销路不广。经过这次考验，奥威斯公司对鑫合十分赏识，向同行大力推介，使该产品迅速打开销路，占据了很大的市场份额。美国的孟都恩贝公司、歌德公司都先后成为鑫合的用户，保持了长期合作关系。

鑫合公司与国外客户有许多长期合同，都是约定以美元结算。2008年下半年全球爆发金融危机，美元贬值使公司利润下降。这属于不可抗力，按理公司可提高价格，但张禹宁可自己吃亏，坚持按金融危机前的价格执行，不给国际客户转嫁负担。由于他讲究诚信，恪守合同，在国际上赢得良好口碑，产品如今已销往欧美、中东、大西洋东北部的北海周边等18个国家和地区，连续6年在8个国家的石油天然气钻采工程招投标中中标。名誉就是无形财富。经过张禹多年苦心经营，不但鑫合及产品在国际上有很高的知名度，也为中国创立了一个良好的民族品牌。

2009年鑫合试制出一个新型号的黄原胶，渤海油田购买了10吨。发货两天后，检验人员发现该产品有结膜现象，担心质量有问题。有关人员马上和渤海油田联系，幸好这批货还没使用，他们主动说明原因，并且无条件换货。

在市场经济条件下，基本是买方市场，用户是上帝。因此有人会说，鑫合对用户讲诚信并不完全出于高尚的风格，似乎也有取悦用户的利益动机。倘若如此，那么鑫合对供货商无私援助又该如何解释呢?

鑫合是生物化工企业，主要原料是淀粉。他们有一家供货商就在邻县，有多年合作的历史。2006年该厂因污水排放不达标，被当地环保部门下令停产整顿。这对任何企业都是致命的打击，淀粉厂陷入困境。想治理污染却没有资金。万般无奈，他们只好向鑫合公司求援。张禹作为总经理，十分理解淀粉厂的难处，在本厂尚需贷款保持流动资金的情况下，决定以购货预付款方式给淀粉厂200万元用于建污水处理站，并且把本公司当年建污水处理站的图纸无偿借给淀粉厂使用，还派去当年负责建污水处理站的技术骨干前去现场指导。由于他的无私援助，淀粉厂一个多月就走出困境。张禹的仁爱之心挽救了一个企业，保住了几百工人的饭碗，为构建和谐社会做了件功德无量的善事。

对其他原材料供应商张禹也都一视同仁，维护良好的关系，从未利用买方的优势地位搞特权。他言必信，行必果，承诺不废一言，义务不取一巧。鑫合公司每年召开两次供应商座谈会，商讨友好合作、共同发展大计。近20年来，鑫合的供应商有几十家，从未发生违约和拖欠材料款等情况。大家真正是精诚合作，互利共赢。

当今世界已经成为地球村，信息交流十分便捷。在这种社会环境下，企业和企业家的一举一动都在公众掌握之中，因此企业的形象十分重要。企业信誉就是金质名片和通行证。张禹对此十分认可，极端重视，真个视信誉为生命，十几年如一日，终于培育出鑫合诚信的美誉度，靠诚信开拓出广阔的市场。

由于鑫合公司多年坚持诚信经营，连续16年荣获文明单位、诚实守信单位、信用优秀企业、重合同守信用单位等称号。2009年被河北省诚信企业评选委员会评选为诚信企业，被河北省政府命名为文明单位。张禹本人被授予中国经济建设杰出人物、河北省劳动模范、河北省新长征突击手、河北省十佳优秀青年、河北省优秀企业家和优秀共产党员等荣誉称号，2009年被评为河北省诚实守信道德模范，并荣获全国诚实守信道德模范提名奖。这些闪光的荣誉里面，凝结着张禹多少心血和汗水啊！

科技奠定伟业

科技是第一生产力。对邓小平的这一论断，张禹感同身受，在经营企业中也努力践行。鑫合本身就是一家高科技企业，他们的结冷胶世界只有两家企业能生产，另一家在美国；他们的温轮胶为全球唯一生产商；即将投产的三赞胶为全球首创，获得6项发明专利，注册商标12项，开发新产品9项。被河北省评为高新技术企业和全省十大优秀发明企业之一。“鑫合”商标被评为河北省著名商标。

走进鑫合公司办公大楼，迎面的标语就是“发展是硬道理　创新是真本领”。这是公司企业文化的核心，充分说明他们对创新的高度重视。如今世界已经进入高科技时代，企业要在激烈的市场竞争中立于不败之地，必须占领本行业科技制高点。学理工出身的张禹对此有清醒的认识，因此他始终高度重视企业的科技研发工作。当初1989年公司决定上黄原胶时，国内并没有成熟的技术，他们只是在国外的专业杂志上找到有关的资料，但介绍的只是基本原理。公司组织科研人员攻关，用两年多时间实现了黄原胶的工业化生产，打破了美国企业的技术封锁和对市场的垄断。

温轮胶是21世纪才出现的一种性能优良的生物胶，只有美国一家企业形成了工业化生产。该厂的技术当然是保密的。张禹看好这个产品的前景，决定自主研发。在研发温轮胶时，他们仅找到国外文献中的一句话：温轮胶的菌种是属于乔胺醇类的一种菌，生长在碱性土壤中。于是他们就开始了大海捞针式的筛选，历经三年多的苦苦寻求，终于找到这个菌种。接下来设计配方、优化工艺、集成技术，终于试制出产品。他们买来标准样品比对，各项指标均无差异。这说明他们真的研发出一个全新的产品，用实绩昭示同行：在一个名不见经传的县城里、在条件简陋的实验室里，鑫合人开发出世界领先的新型生物胶，让美国同行大跌眼镜。他们干当前想长远，在开发出温轮胶之后，又开始研发三赞胶。经过两年努力，现已达到工业化生产水平，即将投产，成为三赞胶全球唯一生产商。这种科研能力岂可小觑？

科技是第一生产力，但任何科技都是由人掌握的，因此张禹对科技的重视首先体现在对科技人员的重视。鑫合公司有员工300来人，其中研发中心就有科技人员39人，占13%。研发中心各种科研仪器价值500多万元。说起鑫合研发中心的人员学历结构，有个与时下流行的文凭高消费现象不同的务实做法，那就是这里的科研人员绝大多数都是大专学历，只有3位是本科。现在大学生就业难，以鑫合的实力，别说招本科生，就是招聘研究生、博士生也不是没有，但张禹在这方面一直本着“实用第一”的原则，不好高骛远，不图虚名。你别看这支队伍学历不高，但由于他们对客户的需求理解得充分，能够把需求上升为理论，加之大家集中精力围绕企业产品搞研发，术业有专攻，在生物胶方面一直处于国内外领先地位。为了充分利用社会资源，公司和南开大学、华东科技大学等高校开展科研合作，先后取得几项成果，实现了优势互补和双赢。

对这支科研上的子弟兵，张禹一直关爱有加。2001年公司进行股份制改革时，他就主动提议为7位新来的大中专毕业生赠送股份，为他们解决食宿，使他们在这里能够有尊严地工作、生活，一心扑在科研工作上。他还建立董事长基金，奖励在研发中有突出贡献的科研人员。

刘学珍是2000年招聘来的大学毕业生，她很快融入鑫合的企业文化，工作踏实，能力突出。为了解决她的后顾之忧，公司把她男朋友张朝铸从南宫县招聘到销售部门工作，并解决了住房。小刘知恩图报，全心全意钻研业务，在几次开发新产品中发挥了重要作用。去年被公司送到北京化工大学读在职研究生，为她今后更好发展攒足了后劲。张朝铸也不含糊，学市场营销专业的他，为公司开拓市场殚精竭虑，成果显著，现已成为市场发展部经理。

鑫合的研发中心与生产紧密结合，每个车间也是研发中心的延伸，车间技术员也是研发中心的一分子。为了提高科研人员和业务骨干的知识水平，公司与河北科技大学合作，办起鑫合大专班，33名员工经过成人高考后被录取，经过三年的学习，他们将于今年夏天毕业，获得大专文凭。公司为每位学员报销了学费，承担老师的讲课费，并安排他们来公司讲课的食宿。当集中面授时，33人全部停产学习，而工资照发。为了这个大专班，公司几年来共投入30多万元。

除了办正规的大专班外，公司还经常请各方面专家来讲座，从技术到管理，从环保到法律，从各个方面提高员工的素质。为了开阔科研人员的眼界，公司还派科研人员和销售人员共同参加国内外的各种展销会、专业展览和专业研讨会，让他们了解本行业的前沿动态。

张国沛1992年中专毕业来到鑫合，张禹看他是个好苗子，便着意培养。先是1993年送他到河北轻工研究院进修三个月，1995年又送他到南开大学生物系学习一年，2003年派他到河北科技大学读了两年，现在他正读着北大的工商管理硕士。张国沛没有辜负张禹的培养，在干中学，在学中干，带着问题学，学以致用，进步很快，现已成为公司的副总经理。

张禹倡导培育了鑫合公司诚实守信的企业文化，铸就了“忠诚、责任、学习、创新”的企业精神，建立起“专注专业铸鑫合，守法守约誉五洲”的经营理念。正是在这种企业文化的支撑下，企业的创新才有了源源不绝的动力。张禹把“我们在与世界上最有实力的对手竞争，在为世界上最有影响的顾客服务”作为座右铭，打造生物胶国际市场的领航舰。

责任塑造形象

张禹有一个人生信条：男人必须有责任感，作为家长要为家庭负责，作为厂长要为企业负责，作为企业家要为社会负责。一个人如果只会赚钱却没有社会责任，只能叫作商人，而算不上一个企业家。听其言，观其行，张禹确实践行了自己的信条。

作为公司掌门人，张禹要对每一位员工负责，关心他们的衣食住行、酸甜苦辣。从宏观上讲，他办好企业，让大家有个稳定的工作，就是对他们的最大负责。但从微观上讲，他还要关心每一位职工的具体情况，尤其是弱者的生活状况。他从参加工作就在鑫合公司，是大家的信任把他推上了总经理的位置，是工厂给他提供了人生的广阔舞台。因此他对鑫合、对鑫合的员工有着发自内心、难以割舍的感情。

张俊安是个孤儿，从小由哥哥抚养大，中专毕业后来到鑫合公司工作。张禹知道他的身世后十分同情，多方关照，在工作中鼓励他上进学习，使他成为厂里骨干。张禹还为他介绍一位本厂姑娘，两人成家后过得很和美，孩子也读高中了。他们经济不宽裕，厂里照顾安排了一套楼房。张俊安对公司对张禹十分感激，工作尽职尽责，尤其在公司对外交往方面成为张禹的得力助手。

退休老职工刘坤，83岁突患脑溢血，张禹得知后马上为他联系石家庄大医院，并垫付医药费。由于抢救及时，老人转危为安。

职工韩圣辉供养父母和岳父母四个老人，而四个老人中两个患癌症，家里住着土坯房。张禹在2009年春节家访中发现这个情况，立刻对他予以救助，帮他摆脱困境。家访中他还了解到部分职工生活窘迫，供养孩子上学都困难。张禹针对这一情况，建立董事长基金账户，他拿出每月一半的工资放入基金，除奖励有贡献的科研人员外，还用于资助困难职工子女读书。焦光明女儿上大学，高金涛儿子读中学，张奎光女儿读小学，都先后得到资助，先后帮助特困职工子女9人上大学，解决学费26万元。公司招工也向困难家庭倾斜，近三年就从贫困家庭招用了90多人到鑫合公司就业。

在张禹倡导下，从2002年公司设立了特困职工救助制度，制定了评定条件和补助办法。每年在公司内部为特困职工捐款两次，累计捐款8万余元，郑宏达等20余人得到救助。受救助的职工都非常感恩，都以勤奋的工作报答企业；没有受救助的职工也深受感动，感到公司大家庭的温暖，他们坚信如果自己有困难，张总一定会伸出援手。这些善举潜移默化中增强了企业的凝聚力。

张禹对本厂职工充满爱心，对社会公益事业也十分热心，本县号召的各种公益活动，如捐资助学、送温暖、慰问敬老院，等等，鑫合都积极参加。连续12年以“鑫合”冠名赞助邢台市、新河县乒乓球、篮球、台球等比赛和五一、十一、元旦、春节文艺晚会以及书法展览。2008年南方冰冻灾害、汶川大地震、玉树地震，他本人和公司都踊跃捐款，他还交了特殊党费。

说起为地震灾区捐款，还有一段感人的插曲。2008年5月18日，中石化干部唐安全带领几位沙特阿拉伯的客商来鑫合谈生意，中午吃饭时老唐百般谢绝喝酒，在大家执意劝说下，他才说出原因：老唐家乡就在汶川，他的姐夫被埋在废墟里至今生死不明，此时此刻，他哪里有喝酒的心情？闻听此言，大家都沉默了，撤掉了酒杯。饭后，客人到厂里考察，正赶上职工为灾区捐款，张禹自然带头捐款，唐安全也捐了1000元，几位外商分别捐了200—500美元。客人们说：“你们的爱心感动了我们。”张禹答曰：“你们的举动更感动了我们!”爱心通行世界，善行温暖人心。

张禹就这样把诚信融入到企业发展中，融入到全员的行动中，以高度的社会责任感践行企业的诚信。诚信在鑫合公司已经成为融进全员言行的企业文化。

张禹能把一个县城的小工厂做强做大，当然要靠本事，但笔者认为他更是靠的诚信、爱心和责任。

鑫合化工是一家年轻的科技型化工企业，张禹总经理是一个年富力强德才兼备的企业家，我们相信在这位具有社会责任感的当家人的带领下，它的前景将更广阔，他的业绩将更辉煌!

2010年6月15日初稿，19日修改，28日定稿

和谐社会的忠诚卫士

——记解放军某部边防团团长刘礼智

2010年1月28日凌晨，刘礼智作为全国第四次边海防工作会议表彰的全国边海防工作先进个人，刚来到北京就赶到天安门广场，观看升旗仪式。从温暖如春的南疆乍到寒冷的北京，他还有点不适应，但站在金水桥畔，遥望伴随朝阳冉冉升起的五星红旗，他致以庄严的军礼，心中却荡漾着暖流。眼前的国旗和他守卫着的友谊关前边防哨所上的国旗叠印在一起，在他眼前并立飘扬，他仿佛置身于边防前沿，脑海中又浮现出在边关度过的那些战斗岁月。

刘礼智所在的部队驻守在广西某市，主要担负中越边境广西某区段数百公里边境一线执勤和守备任务。他自1983年11月入伍以来，就一直在边防基层一线工作，27年来，他始终牢记边防军人戍边使命，积极践行当代革命军人核心价值观，矢志扎根边防、建设边防、奉献边防，履行了一名边防军人应尽的职责。任现职以来，先后迎接过多位党和国家领导人的视察，部队先后被总后勤部评为“全军边远艰苦地区部队‘菜篮子’建设先进单位”；被广州军区评为学习贯彻科学发展观先进单位、人才建设先进单位、士官队伍建设先进单位、节油先进单位、装备管理先进单位；连续4次被军以上单位评为“全面建设先进团”，4次被广州军区评为“先进团党委”。个人先后在广州军区科技大练兵和“教练员大会操”活动中被评为“科技练兵先进个人”“优质课目负责人”，多次被广西军区评为“优秀共产党员”“优秀参谋”“优秀团级单位主官”，6次荣立三等功。这些成绩的取得，是全团官兵共同努力的结果，更凝聚着他的无数心血和汗水。

一、坚定理想信念，矢志戍边无怨无悔

1983年入伍仅两个月，刘礼智就参加了广西主要作战方向的对越炮战。到20世纪90年代初，中越关系开始正常化，边境恢复和平，边防部队大规模裁军，不少干部转业或交流到内地驻城市部队工作，面对进退去留，他也曾犹豫徘徊过。当时，沿海和内地经济已经飞速发展，而硝烟刚刚散去的边境地区，到处是战争的创伤。战争刚结束，双方边民和边管部门还没有完全从敌对情绪中解脱出来，边防部队仍处于戒备状态，加上战争遗留下的大片雷区、争议敏感地区，给边防巡逻执勤带来诸多危险，精神压力比较大。他刚入伍就参加对越旱季炮战，在前线战斗了近7年，长期让父母和妻子为之担忧。当时妻子独自带着不满两岁的小孩在老家湖南，很希望他能转业或调回湖南工作。因此当时刘礼智也有回家为父母尽孝，为家庭尽责的念头。但想到边境虽然和平了，可边境斗争仍然存在，仍然需要守卫，自己守过边、参过战，对边境情况熟，守边责无旁贷。经历短暂彷徨后，他选择继续留在了南疆边陲。

1990年，刘礼智到桂林陆军学院参加参谋业务集训，他研创的“四会”教学很受学院领导赏识。因此1993年，该学院从部队选调教员，他便在选调之列。当教员待遇好，条件好，环境好，许多人梦寐以求，但刘礼智没有动心。2000年，组织上考虑到刘礼智长期在边防工作，夫妻长期两地分居，想照顾他到湖南衡阳军分区系统提升任职，调令已下达广西军区。但他已习惯火热的边防生活，主动向组织申请继续留在边防，同时说服妻子放弃老家优越工作，带着小孩随军来到边防，一家人在广西边防落地生根。

刘礼智在几次人生重要转折关头，之所以能够心无旁骛，扎根边疆，既与他个人的理想追求有关，也是部队前辈熏陶教育的结果。他所在的边防团是“法卡山英雄营”所在部队，“为人民甘愿吃亏、

乐于吃苦、勇于献身”的法卡山精神，就产生于他们这支部队，法卡山精神一直熏陶和激励着他。当年他一入伍就在“法卡山守备连”，当时团队有10个英模单位和12位英模，“战斗英雄”梁天惠的事迹深深地鼓舞着他。一班长曾生服役期满后，本可出国继承百万遗产，但他选择了留在边防。曾生的崇高境界至今影响着刘礼智的人生。20世纪80年代，边疆人民在极度贫困的情况下拥军支前、冒着生命危险运送弹药和反映情报的场面永远铭刻在刘礼智的记忆中。这些都在潜移默化中促使刘礼智做出了扎根边疆的抉择。

二、不辱守边使命，军事强边主动作为

在刘礼智所在部队防区东路19号界碑前，有一块副碑，因当年主事立碑的清朝官员昏庸懒惰，竟然嫌累不肯上到山顶，把本该立在山巅的界碑，立在了我方一侧的山坡上，致使山坡到山顶之间的一块我国领土，成了两国争议地区。他经常把官兵带到这块界碑前，用昏庸误国史料教育官兵守土有责、寸土必争，也时常告诫自己守边责任重大，绝不能给祖国边界留下任何“糊涂账”。防区位于中越广西边境主要方向，边情复杂，敏感争议地区多、管边控边难度大。为了掌握边境管控的主动权，他注意研究管边控边的新情况新特点，采取灵活手段，加强边境管控。比如，针对勘界后界碑增多、执勤任务加重的实际，他多方协调，整合武警、外办、边防办等力量，并在边境一线建立了一支军民结合的控边员队伍。又比如，针对勘界立碑后对方“超前管控、争夺资源”等新问题，建立了边管部门联席会议制度，搞好一级研判，摸索了“三个第一”的联管联控措施。

为加大边防部队信息化建设力度，提高边防执勤效率，2000年以来，该部先后组织铺设了数百公里光缆线路，构建了以机关为中心、辐射数百公里边防线的基础信息网络平台。他们利用网络平

台，加强信息人才培养，开发边境管控应用软件，构建了“边境监控可视化、信息传输数字化、情况显示真实化、指挥决策实时化”的信息化管控模式。2004年以来，刘礼智先后组织稳妥处置边情160余起，无一错情漏报，始终掌握了边境管控的主动权，其中18起边情处置，受到外交部、总参谋部通报表彰。

作为边防部队的一名军事主官，刘礼智始终把提高部队打赢能力作为首要责任。为了解决一线阵地“训练人员难落实、内容难训全、质量难调控、保障难跟上”的老大难问题，2004年，他带课题攻关小组驻在549阵地达6个多月，摸索总结了边防部队不脱离敌情、不脱离任务、不脱离阵地的“三不脱离”阵地练兵法，广西军区在该部召开现场会，并将训法在广西边海防部队予以推广。针对一线分队“训勤矛盾”突出的问题，他带机关人员摸索出“训勤结合”的练兵方法，《华南军事》刊发了他们的经验做法。2009年4月，以该练兵方法为背景的“边防巡逻的组织与实施”教学课目，代表广西军区在广州军区教练员会操中进行了现场演示，被评为“优质课目”，他被表彰为“优质课目负责人”。近年来，该部还根据防区特点，摸索了“军警民联战联训”路子和10多种新战法，部队整体作战能力明显提升。2005年以来，该部连续被评为军事训练一级单位和战备执勤先进单位，司令部先后被总参谋部、广州军区评为“先进司令部”。

三、维护友好大局，外交睦边主动作为

维护国家发展的重要战略机遇期，是我军一项重要历史使命，边防部队处在两国边境斗争第一线，担负这一使命任务更为直接。近年来，刘礼智着眼中越陆地边界实地勘界立碑工作的全面展开和完成实际，提出把外交睦边作为贯彻党中央对越关系“十六字”方针和胡主席“经略周边”思想的重要举措，努力实现边境管控和睦

邻友好双促进。为推进外交睦边，他积极探索新形势下对越军事外交工作的做法，建立了与越现地会晤、节庆会晤、定期会晤、临时会晤及军事联络电话相结合的机制，增进双方边管部门的互信和友谊，广西军区予以推广；投入近百万元，在友谊关口建成集会谈、办公、生活、娱乐等功能为一体的会谈会晤站，为军事外交工作提供了良好的基础设施；每年定期选送一批一线连队干部骨干到广西民族学院进行越语培训，邀请驻地东南亚外国语学院老师到部队进行越南语“小翻译”培训。现在每个连队都有2—3名越南语“小翻译”，一线连队70%以上官兵会讲一些基本的越南礼仪用语。2004年以来，他们先后组织指导与越正式会谈会晤40余次，处理各类边情百余起，都做到了有理、有利、有节，确保了边境地区安宁稳定，维护了中越友好大局。

四、深化军民共建，富民兴边主动作为

在边境作战中，他亲身感受了边疆人民的善良纯朴，对边疆人民始终有着深厚的情感。在边防工作的20多年里，他时刻牢记服务人民的根本宗旨，把富民兴边作为报答第二故乡的实际举措。从1996年开始，他坚持每年资助两名驻地家庭困难学生，逢年过节都要到支前老民兵和一线村屯联系户家中看望慰问，为他们解决一些实际困难。2006年，拥军优属模范李秉珍患癌症后，他发动官兵开展“爱心献模范”活动，累计为李秉珍捐款2万多元。他还注意抓好部队拥政爱民教育，带领官兵积极开展支援驻地“三个文明”建设和扶贫帮困工作。2004年以来，该部先后出动官兵1.5万人次、机械车辆800台（次），参加了2008年抗击“黑格比”台风洪灾，支援天等县抗击雨雪冰冻灾害、凭祥市拦河筑坝饮水工程、驻地“城乡清洁工程”等20余项急难险重任务；援建了板小屯军民共建社会主义新农村、礼茶国门小学，挂钩帮扶凭祥市福利院；

为边民种植松树、龙眼树等经济作物10万株，挖沼气池200个，绿化土地千余亩，修路10余公里；资助家庭困难学生262人，累计捐款16.5万元，为驻地学校赠送文体器材8000多件、书籍2万册等，受到驻地广大群众的高度赞誉。

新中国成立60周年庆典刚刚过去，新春佳节就要来临，天安门广场上充满着祥和欢乐的气氛。升旗仪式结束后，刘礼智徜徉在广场上，看到身边来自全国各地的游客，心中充满了自豪和满足。当南疆的硝烟化作天安门广场绚丽的礼花，当人们脸上洋溢着幸福的微笑，刘礼智意识到了自己责任的重大和职责的荣光。边防无小事，事事连北京。在祖国各条战线取得的每一项成就中，都凝结着他和千百万边防军人的无私奉献。面对庄严巍峨的天安门城楼，刘礼智在心中暗暗宣誓：祖国，请你放心，我愿永远做你忠诚的儿子，为你守卫边疆，做和谐社会的忠诚卫士！

2009年10月3日初稿，2010年1月21日定稿

黄土恋歌

你晓得天下黄河几十几道湾哎，
几十几道湾里，几十几只船哎，
几十几只船上，几十几条杆哎，
几十几个艄公哟嗬把船扳，
几十几个艄公把船扳。

黄河，作为炎黄子孙的母亲河，可以算得上中华民族的图腾。因此，中国与黄河有关的歌曲不下千百首。窃以为在众多赞颂黄河的歌曲中，论气势、神韵，论气质、内涵，论历史文化含量，论对心灵的震撼力，都首推由陕北佳县农民出身的水手李思命创作的《天下黄河九十九道湾》。而把这首歌演绎得酣畅淋漓、出神入化，使之风靡神州大地，远播五洲四海的演唱者，就是具有西北民歌王中王之美誉的民间歌手王向荣。

作为一个音乐爱好者，你可以不知道王向荣这个名字，但是你绝不应该不知道《天下黄河九十九道湾》；你可以不知道《天下黄河九十九道湾》这个歌名，但是你绝不应该不熟悉它的旋律。至少从今以后，你再听到这个旋律，就应该想起把它传遍天下的民间歌手王向荣。

在中国九亿多农民中，像王向荣这样全国知名的人物实属凤毛麟角。今天的王向荣，报刊有名，电台有声，电视有影，网上流行，是个名副其实的大腕明星。他的走红在生活中时时处处都可以得到印证：2004年11月6日，笔者和王向荣打的去央视接受采访，司机师傅很快认出了他是那位唱民歌的高手，并且由衷地称赞他唱的“是真正的中国歌，真正的老爷们的歌”！11月23日晚我在看央视10频道对王向荣的专访，邻家大嫂正巧赶上，她竟如数家珍地说出一大串这个西北歌王演唱的代表性曲目。滴水可映太阳。王向荣知名度之高，由此可见一斑。

今天的王向荣可谓功成名就，生活富足。但有谁知道他从一个陕北山沟沟里的放羊娃成长为一个全国知名的民歌手，经历了怎样艰辛的历程，付出了多少心血和辛酸？让我们乘着歌声的翅膀，穿越时空隧道，回溯他的人生轨迹，追寻他自强不息的奋斗历程。

民歌——童年的由衷痴迷

陕北，这片黄土深厚却又荒芜贫瘠的土地，不产粮食，却产革命；不产富裕，却产爱情；这里的人们生活贫困，精神却十分富足；这里缺少雨水，却从不缺少民歌。悲愤出诗人，贫愁出歌手。千百年来生活在这块土地上的人们，他们的生活越是凄苦，对美好生活的向往就越加迫切和强烈。他们没有文化，抒发情感、记录生活的最便捷方式就是唱歌。

陕北的黄土高原地表干旱贫瘠，地下却埋藏着丰富的煤炭、石油和天然气。这方水土养育的陕北人也像这土地一样，外表憨厚木讷，内心世界却十分丰富，感情炽热而真挚，他们把充沛的情感化作了一首首民歌，使生活中处处充满歌声。在陕北人的生活中，无时不可歌，无处不可歌，无事不可歌，无情不可歌，民歌已成为他们生活的一部分——陕北确实是一片民歌的海洋。

这位西部歌王五十多年前就出生在陕北这块庄稼歉收而民歌丰饶的土地上。他的家乡府谷县新民乡马茹疙瘩村位于陕晋蒙交界处，这里多种文化交融碰撞，使得民歌的内容和形式更加丰富多彩。这里的男女老少人人都能吼上两嗓子，歌声成了这里人们生活中必不可少的调味品。生活如果没有了歌声，就像炒菜没有盐一样淡而无味。王向荣生活在这样的环境中，唱民歌完全是无师自通。生活这个最好的教师，把陕北民歌这种人间天籁自然而然地植入他的心田。

王向荣的父母都是嗓音极好的民歌手，也是著名的二人台、山曲艺人。可以毫不夸张地说，他在娘肚子里就接受了很好的音乐胎教。不论是纺麻绳还是纳鞋底，不论是打猪草还是喂鸡鸭，歌声总是不时从妈妈口中流出，更是从妈妈心中飞出。在妈妈的肚子里，在妈妈的怀抱中，在妈妈的后背上，在妈妈的被窝里，王向荣在不自觉中接受了音乐启蒙。三四岁时，奶声奶气的王向荣已经可以像模像样地唱好多首民歌了。民歌伴随着妈妈的乳汁滋润着他的心田，民歌和粗陋的饭食一起滋养他发育成长，更塑造着他的人格和灵魂。王向荣今天之所以成为西北民歌王中王，与这扎实的“童子功”是密不可分的。

六七岁时，王向荣像邻家娃娃们一样，开始和爸爸上山放羊。放羊要翻山爬岭，登高远眺，长城逶迤西去，黄河蜿蜒南流，远处城乡星罗棋布……他开始朦胧地认识了一个比村庄更大的世界。春天站在山梁上，碧空湛蓝如洗，白云如羊群滚动，黄土高原上的塬峁沟梁四处点缀着绿色和星星点点的野花，南风送来布谷啼叫，信天游时断时续，忙着春耕的人们，一边劳作一边吟唱。民歌使单调辛苦的劳作有了一点诗情画意，稀释着人们的愁烦和劳累。置身于此情此景，哑巴也禁不住想吼上几嗓子，更何况天生一副好歌喉的父亲，自然激情勃发，挺起略显佝偻的脊背，情不自禁地引吭高歌：

对坝坝的那个疙梁上那是一个谁，
那就是咱要命的那二妹妹。
羊啦肚子手巾哟三道道蓝，
咱见面那个容易哎呀拉话话难。

歌声此起彼伏，你唱我和，弦歌互答，此乐何极！这些优美深情的民歌，伴随着当时的情景，永远定格在王向荣宛如一张白纸般纯洁的脑海中。正是这种生活经历，使得王向荣无论在人民大会堂的舞台上，还是在戛纳国际艺术节的竞技场上，每当唱起这些歌，他的脑海便不由自主地浮现出第一次听到这些歌曲时的境况，身边的羊群似乎伸手可及，空气中仿佛也夹杂着陕北乡间特有的煤烟和牛羊粪混合的气味。因此他演唱中的乡野风味，泥土芳香自然流露出来，以不可抗拒的魅力征服了海内外听众。

提起爸爸唱过的歌，王向荣印象最深的莫过于他唱妈妈改编的《打马茹茹》。这是一首叙事民歌，描写一对青年男女边摘马茹茹边谈情说爱的故事。马茹茹是一种灌木丛，夏天结出樱桃大小的浆果，酸甜可口。王向荣的家乡因盛产这种浆果，所以叫作马茹疙瘩。盛夏时节，马茹茹漫山遍野一簇簇、一丛丛，一片红艳。伴着宜人的清风，边摘浆果边听爸爸吟唱《打马茹茹》，真是人间难得的享受。浆果酸在口中，歌声甜在心里。源自家庭的耳濡目染和家乡文化氛围的熏陶，使王向荣将家乡民歌融化在血液中、浸透在灵魂里。可惜的是，由于贫困交加，在王向荣十三岁时爸爸便告别人世，使他稚嫩的心灵第一次受到失去亲人的重创。但是爸爸教给他的歌永远留在他的记忆中，每当思念爸爸时就独自吟唱。

村里的红白喜事，是人们大展歌喉的舞台，也是王向荣学习民歌的课堂。每逢这时他就挤在人群里，好奇地看着叔父和一些乡邻穿着五颜六色的服装，手里摇着羊皮鼓，念念有词地唱起神秘兮兮的神汉歌；天旱少雨时，他们几个又领人抬着神楼子，虔诚地唱着祈雨歌。也许是父母的遗传吧，王向荣从小便有一副好嗓子，不自觉中跟父母、乡邻学会了不少民歌小调，在同龄人中已显得不同凡响。刚上小学时他就在学校登台演唱郭兰英唱过的《蓝花花》，他唱得声情并茂，形似而神更似，赢得了平生第一次掌声。后来他还唱过原汁原味的当地民歌《五月散花》，更是红遍全校。

从八岁登台演唱，王向荣便与陕北民歌结下了终生不离的缘分。他天资聪颖，记忆力超群，不但功课学得好，而且对民歌学得如醉如痴。随着年龄的增加，生活范围也逐渐扩大，他学唱民歌的老师也越来越多。除了向父母亲属学习之外，还随时随地向邻里乡亲学习。偶尔到外村去，听到一首新歌，他也会用心地默记于心。那些走村串户的手艺人，如铁匠、木匠、皮匠、瓦匠等，更是他紧追不舍的老师。这些人走南闯北，见多识广，会很多地方的民歌，也会讲许多奇闻逸事。夏天像树阴，冬天像火盆，走到哪里都吸引一大群人，成为陕北乡下流动的文化中心。从这些不知名的老师身上，王向荣学到了许多外地民歌，也间接地了解了外面精彩的世界。

爱好是最好的老师。王向荣十多岁就对民歌如醉如痴，时时留心，处处留意，遇到新歌就写到小本子上，更记在心上。他的大脑就像一架高性能录音机，将听到的民歌全部录在了记忆的磁带上。王向荣今天头脑中存储的民歌至少有上千首，而这其中一多半都是在他记忆力最旺盛的少年时代存储在头脑中的。由此可见，王向荣之所以能成为西北民歌王中王绝非一日之功。

民歌——青年的热切追求

在贫寒的生活中，王向荣却保持着旺盛的求知欲，像山上的野草一样，竭力吮吸着大地的营养。他在小学读书名列前茅，以优异的成绩考入府谷中学。从闭塞的马茹疙瘩来到县城，王向荣进入了一个崭新的天地。他除了努力学好功课，业余时间和星期日一如既往地学习民歌。县城里汇聚了来自四乡八村的人，也有一些外县、外省的人，这里的民歌资源比家乡更丰厚。他一头扎进这民歌的海湾，捕捉那些鲜活的民歌之鱼。

20世纪60年代的府谷县城可以说就是一个大集镇，因此城里也有许多爱唱民歌的人。比较知名的有柴根、丁希材、闫桂英等几位，王向荣向他们讨教，记录他们传授的民歌，借鉴他们各自的演唱特色。同一首歌，不同的人演唱，就有不同的韵味，其奥妙何在？王向荣曾反复对比揣摩，终于得其中三昧，掌握了民歌的神髓。

中学时代虽然清苦，但有书读、有歌唱王向荣已别无所求，一门心思扑在学习上。升入高中后他的人生目标更加明确了，那就是考上大学跳出农门，做个吃红本粮的国家干部，那样一辈子就衣食无忧了。这个今天看起来十分渺小的希望，那时足可称之为远大的理想。笔者曾问过王向荣："你那时想过考音乐学院吗？"他出乎我意料地回答："根本没想过。"其一，那时他根本不知道天底下还有专门教唱歌的大学，在陕北人看来唱歌纯粹是自娱自乐的一种方式，是与生俱来的本能，怎么还用高等学校教呢？其二，在那时乡下人眼中，一个人靠唱歌吃饭，游走江湖，属于吃张口饭的，难登大雅之堂，是没有办法人才干的营生。一个前程远大的高中生怎么会当个演唱艺人呢？那时王向荣仅仅把唱歌当作一种业余爱好，从未想过会以此为业，更不会想到借此扬名。甚至1981年榆林民间艺术团调王向荣去工作时，他的堂哥还坚决反对。堂哥说："蚂蚁越跑越瘦，食心虫钻在梨心里却吃得白白胖胖。"当地人在20世纪80年代的观念尚且如此，60年代思想之保守更可以想见。

然而时代的发展往往不以个人的意志为转移，狂飙突进的"文化大革命"粉碎了万千学子的大学梦，把王向荣从校园赶回了马茹疙瘩的田间。背着行李卷走在返乡的小路上，王向荣心中五味杂陈，苦闷彷徨，不知人生的路在何方。此时他的境况与影片《人生》中高加林何其相似！王向荣说80年代当他看到电影《人生》时，觉得分外亲切。同样的陕北生活环境，同样的"文革"时代背景，同样半途而废的高中学业，同样面临青春道路的抉择……王向荣觉得高加林就是自己，自己就是高加林。每看一次他就流一次热泪，用泪水祭奠自己逝去的青春岁月。

青春是一个多梦的时代，每个青年都充满了憧憬和幻想。当幻想被现实粉碎后，往往又陷入苦闷和怅惘。然而，严酷的现实没有给王向荣提供更多的抒发小资情调的空间，面对生存这个人生第一道课题，他必须放下一切幻想，挽起裤腿走向农业第一线，当一名光荣的人民公社社员，成为一朵“向阳花”。

在人民公社大锅饭年代，生产队的主要农活都是社员集体来干。这种生产方式效率不高，但对王向荣来说有一个意想不到的好处，就是整天能和村里的男女劳力聚在一起，听他们唱民歌。当时虽处于“文革”时期，文化控制较为严格，民歌被视为封建腐朽文艺，遭到批判，但陕北人千百年沿袭下来的喜爱民歌的天性绝不是一纸文件、几次批判就能够扼杀的。劳动中，休息时，妹子后生，汉子婆姨唱民歌的仍然不少。要知道，唱歌本来就是陕北人生活中的一个重要组成部分啊。日子过得那样艰难，文化生活又十分贫乏，再不唱几支山曲小调，生活还有什么滋味？日子还有什么色彩？就是在年复一年、日复一日的劳动中王向荣学会了更多的民歌，同时也从这些普通农民的言行中更深刻地理解了民歌的思想内涵。

两年的社员生涯，王向荣干遍了所有的农活，严寒酷暑，风吹雨打，在恶劣的自然条件下，在高强度的农活中摔打成一个标准的庄稼汉。寒风凛冽，他细脖子上挂着藤条筐给地里抓粪。烈日炎炎的夏季，他下煤窑淘炭。村里的小煤窑煤层薄，窑口便挖得窄小，在低矮的巷道中佝偻着身子挖煤、拉煤，其难受程度不亚于受刑。同时吸进大量的粉尘，还要冒着塌方的生命危险。

为了多挣几个工分，为守寡的母亲分担忧愁，十七岁的王向荣把这一切都置之度外。他曾学着李铁梅的腔调唱道：“年龄十七不算小，也该为妈妈操点心。”危险艰巨的挖煤生涯不但淬炼了王向荣的筋骨，更磨砺出他坚韧的性格，也培养出他对社会底层的同情之心。笔者在陕北采访王向荣期间，正值陕西铜川陈家山发生矿难。看着电视中的有关新闻，王向荣深有感慨地说：“我曾下过煤窑，深切知道挖煤是天下最苦的工种，矿工们是拿命换钱，他们是最值得同情的人。如果有机会我真想为煤黑子们演出几场。”他在说此话时语调深沉，眼中闪着泪光。

艰苦的劳动损伤王向荣的体肤，前途无望更摧击着他的心灵。他毕竟是个读过高中的知识青年，整天忙于修理地球，怎能不苦闷？每当此时他就爬到高坡上，尽情地唱民歌，只有身心全部沉浸在歌声中，他才能暂时忘记心中的忧烦。民歌伴随着他度过了那些艰难的岁月，艰难的岁月又使他更深刻地理解了那些民歌。

在两年的农业劳动中，乡亲们通过劳动和唱歌更加了解了王向荣，都说他是个好后生。1970年村里小学需要一名民办教师，高一肄业的王向荣便在乡亲们的推举下接了这个班。那时民办教师也是挣工分，收入也不比社员高，但毕竟少了风吹日晒，轻省干净，是个令人羡慕的岗位。王向荣感到自己的生活进入了一个新天地，对这个工作倾注了极大的热情和心血。农村小学教师个个都是多面手，语数政、体音美样样都得教。王向荣靠着中学时代打下的扎实功底，加上勤勉敬业，很快就胜任了本职工作。

王向荣最爱给孩子们上音乐课，因为这门课可以充分发挥他的音乐天赋。他除了给同学们教些革命歌曲和毛主席语录歌外，还经常夹带些私货——给学生们教些陕北民歌。同学们当然爱听王老师唱歌，有时一堂音乐课就变成了王向荣独唱音乐会，吸引别班同学也来分享耳福。后来学校就让他兼了几个班的音乐课，真可谓人尽其才，皆大欢喜。

如果说以前唱歌，仅仅出于单纯的爱好，那么当了民办教师，已经年过十八岁的王向荣，此时对民歌已有了更深刻的认识，开始了理智的追求和研究，并且隐隐约约地觉得，从唱民歌中也许能搞出点名堂，说不定会寻找出个前程。出于这一动机，也为了高质量地上好音乐课，他开始学习识谱和乐器。经过数年努力，他学会了识简谱，也学会了弹三弦、拉二胡，还尽可能地看了一些当时能找到的关于音乐的书籍。

民办教师业余时间较多，又有星期日、寒暑假，王向荣把这些时间全都用在了学习民歌上。他由本村到外村，由本乡到外乡，由本县到外县，最后竟突破省界到邻近的晋北向民间艺人学唱民歌。有一次，王向荣从一位老艺人处借到一张录有陕北民歌的胶木唱片。但是，周围找不到唱机。他多方托人帮忙，好不容易才在公社广播站借用唱机听了一回。听一回不过瘾，他又硬着头皮再去借用一次。经过多年努力，他走遍了陕晋蒙交界一带的许多乡村，拜访了近百位民间歌手，吃着民歌的百家饭，滋养起他强健的艺术体魄。这一带流行的山曲、小调、晋剧、秦腔、爬山调、信天游、二人台、漫瀚调，他无所不学，学无不精，总是信手拈来、随口就唱。

王向荣的成功之处在于能够博采众长，为己所用。他的原则是既要保持原汁原味，又不盲目照搬，在继承的基础上有所创新。河曲二人台艺人李有狮，作戏十分讲究，但嗓音差，每遇高音顶不上去时，就切断不唱，一闪而过，闪得很巧，巧出神韵。泥瓦匠杨六顺唱山曲，高音全部用假声，形成音区、音色上的对比，坚实嘹亮，响遏行云。对这些新颖独特的唱法，王向荣都认真学习，仔细揣摩，虚心借鉴。他在博采众长的基础上，逐渐形成自己的风格。

他的演唱特点是旋律上翻高落低，润腔上吸收融化。比如他唱《三十里明沙二十里川》，在第六、第七小节上，用很有穿透力的假声，翻高八度演唱在高空飘荡，感情像洪峰铺天盖地涌过来，很有气势。第九小节以后，落低又翻高，跌宕起伏，恰到好处地表现了激动不安和深切的思念之情。他对不同的歌在速度、润腔、情感的处理上都做出不同的设计，均能达到得心应手，出神入化。总之，王向荣的独特风格是，大起大落，淋漓酣畅，委婉隽永。

王向荣的艺术实践说明，民间歌手并不像某些学者认为的那样不懂发声科学，光凭一副好嗓子干号硬吼，而是有一套自成体系的特殊发声方法。

他不仅能唱老辈传下来的歌，还能推陈出新，加以改编。比如他在20世纪90年代唱遍国内外的名曲《哪达达也不如咱山沟沟好》，就是他创作的新民歌，虽是创作，却又地方韵味十足。了解了他青少年时代的经历，才会认识到，他能唱能写，这全赖早年练就的基本功。

在向民间艺人学习的过程中，他曾拜访过著名的陕北说书艺人韩起祥。这位曾经给毛主席说过书的民间艺人向他传授了说书中与唱歌有关的技艺，供他借鉴。更重要的是，这位饱经沧桑的老人语重心长地叮嘱他，别看现在民间艺术不受待见，将来总有走红的时候。他向王向荣阐述了民间艺术的博大精深和历史文化价值，希望他把这些民族瑰宝继承下来，传递下去。韩老的教诲使他深受感动，他学习民歌的决心更加坚定了。今天民歌果然又走红了，可惜韩老没能等到这一天，每当想到这一点，王向荣心中就充满了遗憾。

王向荣在当民办教师期间不但在学习、研究民歌方面有了很大收获，而且收获了他那甜蜜而又苦涩的初恋。十八九岁的王向荣长得一表人才，人品正派朴实，又是个高中生，在众多乡下后生中算得上出类拔萃，自然吸引了许多姑娘的目光。再加上他那副好嗓子，更是迷住了十里八村的多情少女。

有一次他在山梁上边走边唱，竟吸引了一个过路的姑娘循声追出七八里，吓得王向荣钻进树丛才躲过这一“劫难”。然而真情是不可抗拒的。二十多岁的王向荣以歌为媒结识了邻村一位姓杨的姑娘，两人从相识到相爱，真正成了一对知心人。

那时王向荣为了方便学习，晚上住在村子边上的学校里。杨姑娘就三天两头趁晚上赶来和他幽会，学校那间简陋的宿舍，留下了他们多少柔情蜜意！杨姑娘的村子离学校有七八里路，她白天在生产队劳动，收工后还要在自家的自留地里忙上一阵子，吃过晚饭后往往已是晚上八九点钟。这时她只身往返十五六里路，中间还要经过两座坟地。为了见到心上人，姑娘既忘记了劳累，也忘记了害怕，这一切在爱情的魔力面前显得那么渺小、那么微不足道。

有一天晚上王向荣有事回家了，杨姑娘又来到学校找他。但屋内无人，她就从窗户钻进屋内在黑夜里默默地等待。为了抵御孤寂中的恐惧，她想点灯，可是学校限量供给的宝贵煤油早已用光，她只好不停地划火柴，直到把六盒火柴都划光了。时近午夜也不见心上人归来，只好怅惘地离去——那年月姑娘私自在外面过夜是连想都不敢想的大逆不道之举。第二天，王向荣看到桌上的那堆火柴梗，深深地被姑娘的痴情所打动，不由得泪沾衣襟。他把那堆火柴梗收藏起来，保存了很久很久。

听了这段动人的故事，我故作轻松地调侃道：“那时要有手机就好了。”王向荣却深沉地说：“有了手机就无法验证这纯真的爱情了！”闻此言，我不禁为之一震。是啊，纯真的爱情往往是与贫困为伴的。在网恋盛行的今天，还有如此纯真的爱情吗？

王向荣与杨姑娘的爱情虽然纯真牢固，却经不起现实生活的摧残。杨姑娘家生活贫困，其父为了给儿子换取聘礼，只好狠心把女儿嫁给一个生活富裕、小有权势的人家。王向荣家贫如洗，拿不出高额彩礼，在强大的物质力量压迫下，只好屈从于现实，一对真挚的恋人因贫穷而被迫分手。分手的那个夜晚杨姑娘冒雨前来相会，两人彻夜厮守，说不尽山盟海誓，流不尽相思热泪，唱不尽情歌酸曲，甚至想到了双双殉情。杨姑娘决绝地表示：生是他的人，死是他的鬼！王向荣用理智战胜了感情，苦口婆心才劝阻了心上人。

杨姑娘用自己的青春为哥哥换取了聘礼，终因感情不和，婚后两年即离婚，而此时王向荣也已结婚。有情人难成眷属，她含泪远嫁内蒙古，从此两人再未相见。以王向荣今天的条件，找到杨姑娘并非难事。但为了不扰乱她的家庭生活，他只好把这种念头深深埋藏心底，留下此恨绵绵的不尽思念。

王向荣对流行歌曲不大欣赏，但是对《心雨》却情有独钟。

女 我的思念是不可触摸的网，
我的思念不再是决堤的海，
男 为什么总在那些飘雨的日子，
深深地把你想起？
女 我的心是六月的情，
沥沥下着心雨。
男 想你想你想你想你，
最后一次想你，
女 因为明天我将成为别人的新娘，

合 让我最后一次想你。

他觉得这首歌就是为他和杨姑娘写的，每当私下吟唱，便禁不住泪湿青衫。

正是因为有了这种感情的经历，所以王向荣每当唱起《走西口》《蓝花花》《三十里铺》《小亲疙蛋》《五哥放羊》这些描写陕北民间爱情故事的民歌时，他便能对歌中的丰富内涵体察入微，表达得委婉细腻、哀怨缠绵，唱出别一番韵味。声音是一种形状，而感情始终是歌者的生命线。所有艺术都是感情的凝聚与发散；所有的凝聚与发散都具有打动人心的力量；所有打动人的力量中，最直接、最强烈的就是音乐。王向荣的演唱实践，再次印证了这一观点。

王向荣利用业余时间学习、研究民歌引起了公社教育专干的不满，说他不务正业，多次对他提出警告。尽管他教的班在全公社会考中总是名列前茅，但他就是评不上先进教师，转正更是毫无指望，反而屡受打击。但王向荣不把这些放在心上，仍然痴心不改，更加勤奋地搜集、整理民歌。他的“一意孤行”激怒了教育专干，竟对他下了最后通牒：马上停止不务正业，否则“下课”走人。此时王向荣已视唱歌为第二生命，怎能轻易放弃？面对这一两难选择，他毅然决然地扔掉捧了六年的民办教师的泥饭碗，于1975年夏回归乡间田野，重新务农。他的举动乡邻不理解，家人更是极力反对，但他去意已定，决不回头。儿大不由娘，妈妈只好骂他是个犟种。

王向荣重当农民，绝非意气用事的鲁莽之举，而是理智的抉择。他已二十三年岁，身心已基本成熟。经过多年的探索，他对民歌的价值和自己的水平都有了比较客观的认识和评价。他知道依目前的状况，由于教育专干的排挤，他转成公办教师的希望几乎为零，与其这样干耗着，不如趁着青春年华，干一点自己喜欢的事，说不定在唱歌上可以闯出一条出路。此时王向荣唱民歌，已不单纯出于业余爱好，而有求得生存、改变命运的企盼。看过电影《人生》的人都记得，高加林当民办教师被顶下来后那种抑郁的心情和绝望的境况，而1975年夏天王向荣的遭遇与高加林毫无二致，他从高加林身上看到了自己当年的影子。正是这些挫折，更加激发了他自强不息，决心靠奋斗改变命运。

所有的人都有自己的青春；所有青春都有难忘的记忆；所有难忘的记忆中，最令人动情的恐怕就是你心底的那首老歌。王向荣在青春苦闷期，也充满了许多动人的老歌。正是这些流淌自心灵深处的民歌医治好他心灵上的重重创伤，使他在人生的道路上艰难而坚定地跋涉。王向荣的这种经历，再次印证了陕北流传的“男人难活唱曲子，女人难活哭鼻子”的俗语。

王向荣重当农民不久，被生产队指派和几个社员一起赶着一队牲口驮着草籽去内蒙古推销。他先后去过准格尔、托克托、和林格尔等地。他赶着牲口，带着干粮，在人烟稀少的内蒙古荒原上踽踽缓行，见景生情，不由自主地唱起一首首民歌，排遣着旅途的孤寂。晚上住在乡村小店，有时则借宿农家。苍茫辽阔的塞外风光令他大开眼界，蒙古人豪爽的民风更令他留恋，乡村小店里的村姑少女更和他们产生了许多令人难忘的故事，当然这其中绝少不了那些美妙传情的民歌。相同的自然环境，类似的生活经历，使王向荣身临其境体验到了《走西口》《赶牲灵》《脚夫调》《三天的路程两天到》一类民歌的特定意境。有了这种生活阅历后，当他再唱这些历久弥新的名曲时，便自然而然进入了歌中的氛围，带有以前不曾体验到的韵味。他的《走西口》，不论唱到哪里，听的人都是泪巴巴的。这就叫功力，不服不行。

这次远行开阔了他的视野，此后他又多次跑口外，干农活、打小工、下煤窑、上砖窑、当瓦工，为了养家糊口，他什么脏活、苦活都干过。跑口外的路上，相跟的有背着扬琴卖艺的，有穿着长袍看相的，有驮着土特产做买卖的，有自带工具打工的……三教九流，形形色色。这些行路人大都会唱些调调，王向荣从他们身上学会了蒙晋等地的民歌，汲取了更丰富的艺术营养。

可以说是生活造就了这位西北民歌王中王。王向荣坦率地说：“我的声音并不是多么的圆润明亮，之所以从本地到外地，从北方到南方，从城市到乡村，从国内到国外，各行各业，不同层次的听众都比较喜欢我的歌，都认为我的歌中有一种能揪人心的东西，就是因为我在这片黄土地上经历过酸甜苦辣，把对生活的感悟、对黄土地的情感渗透到了歌声中。”事实证明，他的这种自我评价是十分中肯的。

黄土地，黄河畔，长城外，古道边，地处边塞的陕北，似乎自古就是一方产生悲歌的圣地。当那些诞生在这块贫瘠又充满热望、表达陕北人喜怒哀乐的民歌山曲，由浑身上下散发着黄土气息，身心内外浸透着黄河水韵的王向荣来演绎时，你会打心眼里确信：这些歌就是专门为王向荣写的，而这些歌只有王向荣演唱才会传达出那只可意会不可言传的神韵和味道。真可谓：民歌本天成，妙手偶得之。王向荣不是用嗓子在唱歌，而是用心灵在演绎，他在用自己全部的身心，用五十多年的陕北生活底蕴，用他对黄土地的一片深情，对美好生活的无限向往来传唱每一首民歌。他用真善美的神矢，射中每个听众的灵台，在台上歌者感动的同时，也感动着台下的听众。

有一种声音，只能使人佩服——比如眼下某些当红明星；而另一种声音，却能使你由衷感动——王向荣的歌声就具有这种牵人魂魄的魅力。这就是王向荣之所以被称为西北民歌王中王的全部理由和根本原因。

1975年正是农业学大寨的高潮时期，公社成立了一支青年创业队，转战全社各大队，专干一些农田基本建设的大工程。这支创业队白天劳动，晚上排练文艺节目，不定期到各村演出。王向荣重当农民的那年冬天，被选到创业队，和全公社抽调来的文艺骨干一起到各村搞宣传。就是从这时起，王向荣第一次正式登上了舞台。辛勤努力终于得到了报偿，他一登台便一炮打响，成为演出队的台柱子，成为家乡新民公社的知名人物。

个人的命运总是与国家和民族的命运紧密联系在一起的。王向荣进入公社创业队将近一年并且已小有名气时，恰逢粉碎“四人帮”的历史新时期，文艺迎来了一个繁花似锦的春天，民歌已不再被视为封建“四旧”，开始登上大雅之堂。机遇总是偏爱有准备的人。王向荣在民歌园地中十多年的播种耕耘，终于迎来了收获的金秋。

1977年王向荣代表新民公社参加府谷县文艺会演获得一等奖；

1978年王向荣代表府谷县参加榆林地区文艺会演获得一等奖；

1979年王向荣代表榆林地区参加陕西省文艺会演获得一等奖。

一年一个新台阶，王向荣名扬三秦大地，正可谓十年不鸣，一鸣惊人。

1980年王向荣代表陕西省到北京参加全国农民艺术调演。那次调演在北京工体举行，能容纳数万人的偌大体育场座无虚席。刚从“文革”十年文艺禁锢中挣脱出来的人们，对这次演出给予了足够的关注。但同时见多识广的北京人也没有对它抱太大的期望。说了一溜十三遭，这终究不过是场农民文艺调演，农民，唉……那潜台词不言自明。

然而事实证明他们低估了这些农民艺人，他们用各自的拿手好戏征服了挑剔的北京观众。尤其当王向荣演唱时，唱得那么舒展自如、荡气回肠，悠扬婉转的旋律，伴之以他那别有韵味的陕北普通话，确实有一种征服人心的魅力。现场观众简直疯狂了，全部站起欢呼，把手中的帽子、报纸、杂志扔上天空。一向矜持的北京人在言行还比较拘谨的1980年，能达到如此疯狂的程度，王向荣歌声的魔力便可见一斑了。

工体演出后王向荣一发而不可收，接着被挑选进人民大会堂做汇报演出。演出结束后老作家丁玲走上台和他紧紧拥抱，满含深情地说：“离开陕北几十年了，今天总算听到了真正的陕北民歌。想起延安时代，我真是百感交集啊！太感谢你了！”听到这里，笔者告诉王向荣，本刊的办公地点就是丁玲的故居。王向荣闻此也顿生亲切之感，表示有机会定当登门拜访。

在人民大会堂的演出再次轰动，引起中央有关部门的重视，王向荣和另几位农民演员又被请进怀仁堂为中央领导演出。老一辈革命家们，大多有在延安的生活经历，因此听了王向荣唱的陕北民歌后格外动情。谢幕时他们纷纷上台和王向荣握手祝贺，邓小平握着王向荣的手，连连称赞他唱得好。演出结束后，党和国家领导人姚依林、万里、薄一波、王任重和谷牧亲自宴请了这些农民歌手，这是许多专业演员也没有得到过的殊荣，充分体现了党和政府对这些民族文化传播者的重视和关怀，给王向荣以巨大的鼓舞，他决心以更突出的业绩回报领导的厚爱。

作为农民歌手，获奖的演员们最想为农民弟兄们演几场。调演组委会很理解大家的心愿，安排在北京郊区巡回演出。在昌平演出时，露天舞台四周聚集了数万来自四面八方的观众，简直比今天“心连心”艺术团的演出还火。王向荣一曲未完，掌声、欢呼声便如潮声涌动，一连返场好几次才得以下台。许多观众感叹道：“听王向荣唱歌，就像当年听马连良唱戏一样过瘾。”

北京到底不愧为全国文化中心和国际大都市，一个人在北京出了名，立刻天下轰动。王向荣从自身经历中深切感受到了这一点。这不，他从北京载誉归来，刚到西安，省文化厅领导就让他马上飞往兰州，并且早就将机票买好了。原来，兰州军区政委肖华在电视上看到了王向荣的演唱，这位爱好并擅长文艺的将军对这位青年农民歌手十分欣赏，于是请他来兰州，为军区战斗歌舞团做辅导。王向荣在战斗歌舞团工作了一个多月，将自己的技艺、绝活倾囊传授。他朴实的作风，精湛的演唱技巧，深得歌舞团演员们的敬佩和爱戴。这期间，他还随团下连队演出，为听惯了军旅歌曲的官兵们送去来自黄土地上的天籁之声，使他们耳目为之一新。同时也给陕西籍的官兵送去乡音。他们都说王向荣是来自家乡的慰问团，纷纷让他签名，合影留念。写过《长征组歌》的肖华政委对王向荣的工作很满意，亲自设宴款待、致谢、饯行。

这次北京之行，确立了王向荣西北民歌王中王的地位。王向荣出名了，王向荣成功了。1980年作为一个转折点，从此王向荣走上了专职演唱民歌的道路。

作为一个民间歌手，他到过全国二十多个省、区、市演出；作为一个民间文化使者，他的足迹遍及亚欧美非四大洲二十多个国家和地区，他的身影经常出现在英国、法国、瑞士、巴西、南非、俄罗斯、意大利，东南亚国家和港澳台地区的舞台上；作为一个民间文化使者，在向海外人士展示中国民歌魅力的同时，也传递着中国人民对五洲宾朋的友谊。20世纪80年代初，中越关系还十分紧张，在戛纳国际艺术节上，王向荣与越南民间歌手相遇，双方都表现得很友好。尽管语言不通，用手势加形体，却交流得酣畅淋漓。越南歌手将左右两拳相对击，嘴里发出“轰轰”的打炮声——以此表示中越两国正在打仗，接着他与王热烈握手拥抱——以此表示两国人民的友好。这种民间交往起到了官方外交无法替代的作用。在交流中，王向荣也从外国歌手身上学到了一些独特的演唱技艺。从多次交往中王向荣感到，天下的农民都是淳朴善良的。

民歌——中年的理智传播

王向荣是一个民间歌手，但又不是一个普通的民间歌手，他同时也是一位颇有见地的民间音乐理论家。他毕竟是20世纪60年代的高中生，当过多年民办教师，也读过许多书，具备较好的文化素养；他学习研究民歌长达四十多年，了解西北民歌的各种流派和风格，亲自拜访过各地各种流派的代表性人物，对西北民歌产生、传播、演变的历史也有一定的了解；他有过到全国各地演出的经历，兼收并蓄各地民歌之长；他也到过许多国家演出，借鉴了国际同行的精华和经验；他更有过从乡村草台班子到国家大剧场乃至国际大舞台的多种演出实践，积累了大量的心得……正是这些条件，使得他对民歌超越了本能的爱好，而进入理智传播弘扬阶段。

说起对陕北乃至西北民歌的研究，王向荣认为在这方面给他帮助最大的当数恩师孙宾。孙宾生于1890年，和王向荣属同一个乡。孙老师出身于地主家庭，受过良好的教育。但他既无意做官，也不善经商，更不会持家，只是一门心思爱好民歌，以一个公子哥儿的身份四处拜师访友学习民歌，并且登台演出，成为远近闻名的演唱大家，同时也成为不受家里待见、被乡邻视为异类的怪人。他却对世俗不屑一顾，自行其是，自得其乐。他在外出演唱中结识了一位也喜爱民歌的姑娘，两人喜结连理。

他在20世纪50年代以前一直活跃在府谷县西部的农村舞台上，成为王向荣童年的偶像。后来，随着极“左”思潮日渐泛滥，孙宾作为四类分子，被严格管制，更不能再登舞台。“文革”结束后，他重新焕发艺术青春，以古稀高龄再现舞台。从这时起，王向荣投到孙宾门下，跟他学习了五六年，受益匪浅。那时王向荣经常十天半月地吃住在孙老师家，和他们老两口朝夕相处，简直是半拉儿子。孙老师年过八十，记忆力减退，有些歌词记不准了，师娘就及时提示，情不自禁地演唱示范。王向荣说，师娘也是我的半个老师。

其他民间歌手传授民歌，都是照葫芦画瓢，而孙老师则不但知其一，而且知其二，对许多经典名曲都能讲清来龙去脉、承传关系、词曲特点、演唱要领。正是在孙老师的指点下，王向荣才对民歌在知其然的基础上而知其所以然，由必然王国而进入自由王国。经过孙老师的教诲，他才深刻认识到，数百年流传下来的民歌，是一块块活化石，具有极高的文化价值。

民歌就是当地人们生活的写照；民歌就是一幅色彩斑斓的风俗画；民歌就是历史变迁的记载；民歌是人们情感密码的记录……尤其西北民歌，具有很强的写实性，所以社会文化价值更高。不但是研究音乐和文艺的人，即使是搞历史学、社会学、民俗学、人文地理学的人，也可以从丰富的民歌中找到宝贵的资料。总之，浩如烟海的西北民歌是一座蕴涵丰富的文化宝库，如果在我们这一代手中失传，就将成为历史的罪人，上负祖宗，下愧子孙。

王向荣从孙老师身上不但学到了唱歌，更学到了做人，老两口宽厚善良的人品和相濡以沫的爱情都令他由衷感佩。新中国成立前孙老师是富家公子，师娘是农家村姑，然而二人以歌为媒，自主结合。丈夫对婆姨恩爱有加，从未喜新厌旧。新中国成立后孙老师沦为四类分子，遭受管制，师娘仍对丈夫举案齐眉，精心呵护。那时日子过得恓惶，没有好吃食，师娘每天早晨给老伴烧一碗淡盐水，几十年如一日，从未间断。

1983年孙老师以九十三岁高龄谢世，此后师娘便不吃不喝，三日后平静地追随丈夫而去，两人同一天出殡，真正做到了不能同日生，但愿同日死。他们这种真挚的爱情，至今被乡邻传为佳话。陕北民歌中所描述和歌颂的忠贞不渝的爱情在这两位喜爱民歌的老人身上得到真实而完美的体现，使王向荣深切认识到民歌在陶冶性情、培养道德方面潜移默化的作用。无怪乎古人曰："移风易俗，莫善于乐。"

近几年随着现代化进程的加快，一座座老建筑被高楼大厦所取代，一件件民间工艺品在损毁，一宗宗民间手艺已失传，一处处宝贵的文物遭破坏……至于众多的非物质文化遗产日渐湮灭，更是不胜枚举。所有这些都令众多有识之士痛心疾首、扼腕叹息，更促使千百万喜爱传统文化的人积极行动起来，投身于这场利在当代、功在千秋的传统文化保卫战。正是在这种社会背景下，王向荣才意识到孙老师的睿智和先见之明，才越发意识到自己肩上担子的沉重。现在王向荣被西安交大、陕西师大、长安大学、西安文理学院等高校聘为客座教授，他每次讲课时除了分析西北民歌的历史、流派、演变、特点、演唱技巧之外，更多的是从历史文化的角度阐述陕北民歌和西北民歌以及所有民间艺术的不可再生性、独特性、重要性，告诫莘莘学子珍爱祖宗留给我们的宝贵文化遗产。

当下人们的怀旧之情日渐升温，胡同游、老照片等文化现象蔚然成风。与此相映成趣的是，传统民歌也大受欢迎，因此近几年王向荣的民歌演唱事业达到了巅峰。他成年累月穿梭于大江南北，长城内外，用歌声给人们送去美的享受，同时也传播着优秀的传统文化。他用原生态的西北民歌给日渐污浊的都市送去一缕清风，给日渐燥热的城里人注入一丝清凉。

现在，每当站在舞台上，他并不把自己简单地看作一个演员，更把自己视为优秀民族文化的传播者，肩负着历史的重任，胸中充满了神圣的使命感。今天，他才深刻地认识到，王洛宾老人称自己为“传歌者”的良苦用心。谈到民歌的前途，王向荣不禁喜忧参半。谈到自己的未来，他除了继续演唱外，还计划出自己系统的演唱光盘，写一本书，记录自己的成长历程和艺术心得及观点。他认为，自己头脑中关于民歌的知识属于社会财富，有责任把它公之于世，传递下去。

王向荣多才多艺，除了唱歌外，还参与了二十多部影视剧的演出。他在舞台艺术片《泥土芬芳》、影片《黄河在这儿转弯》、电视剧《毛泽东在陕北》《中国出了个毛泽东》《到一斗谷当村长》《半个红月亮》中担当角色，在《毛泽东在陕北》中扮演毛主席的马夫，以平实本色的表演荣获“五个一工程”奖最佳配角提名；为电视剧《悬崖百合》《刘志丹与谢子长》《西行漫记》配唱主题歌和插曲，《悬崖百合》因音乐极具特色而荣获电视剧飞天奖二等奖。他现在忙于演出、拍片、讲课，三天两头在国内外飞来飞去，一年到头很少回家。2005年1月中旬，他刚应邀参加中央电视台录制的全国农民新春联欢会，1月31日又在人民大会堂参加2005年北京新春音乐会。眼下，他正处于事业黄金时期，真可谓任重而道远，艺术生涯正未有穷期。

一个普通农民成为名人当然不容易，而成为名人后还能保持一颗平常心，朴实平易地处世为人，则更不容易。而王向荣就做到了这一点。

笔者不论是在北京还是在西安，不论是在府谷还是在榆林，不论是去剧场还是前来采访，每次见到王向荣，他手里提的总是一只塑料袋，里面装着随身物品。

不论出入高楼大厦，还是名人聚会，王向荣总是穿着圆口布鞋、夹克衫，从不西服革履。

在北京一家小吃部就餐，王向荣听说一位女服务员来自家乡神木，立刻答应和她合影，并为她签名留念。

在榆林烩菜馆吃饭，王向荣一进去，从服务员到顾客都和他打招呼，熟悉得就像同村的邻居。在府谷采访，恰遇内蒙古达拉特旗一位朋友来找他，想请这位名人帮他打官司申冤。王向荣只是当年到那里演出时与他相识，但朋友如此信任他，足见他的为人热诚。

从这些生活小事，从一个个真实的场景，便可以看到王向荣本色的风格和朴实的人品。

王向荣曾满怀深情地说："我到过国内外许多地方，什么皇宫王府、官邸豪宅，什么高山大川、名胜古迹都曾游览过。但事后我从没有梦过这些地方，而经常出现在我梦境里的全是陕北的山山水水、家乡的父老乡亲。黄土地是我的根基，那里是我的生命之源，也是我的艺术之源。"

"为什么我的眼里常含泪水？因为我对这土地爱得深沉。"扎根在家乡的黄土地上，王向荣的艺术之树必将枝繁叶茂、欣欣向荣。

刊载于《民族文学》2005年第2期

在曹操故乡讨债

冬夜，列车在京沪线上奔驰，许多旅客进入了梦乡，我却毫无倦意，与这次“远征”讨债有关的情景，像飞转的车轮在脑海中盘旋。

我们文化馆按照上级文化部门的指示，搞“以文补文”，增加收入以弥补经费不足，其中一个项目是制作奖状镜框。制作奖状镜框需专用压花木条线，县工艺美术制品厂介绍，安徽亳州市制镜厂有这种镜框条。七月，文化馆派人到该厂看样协商，签订了购货合同。购宽4厘米、厚1.5厘米的镜框条2000米，计3600元；购宽6.5厘米、厚2.5厘米的镜框条2000米，计4800元，总计8400元。签订合同后立即付给卖方定金3000元，定于九月底交货。

八月初，馆里根据市场预测，发现后一种规格木条做成的奖状框销路不畅，想全部改成前一种规格的。当即给该厂去电报通知更改规格，该厂复电同意。然而时过年末，我方也没有收到这批货物。

新年前后各单位都开总结表彰会，是销售奖状框的黄金季节，现在已错过了良机，不单没有挣着钱，反而积压了一批与奖状框配套出售的稻草板和玻璃，占用资金近万元。在这种情况下，我方要求对方退还定金，但经过几次函电交涉，对方却以我方中途更改所需货物规格才造成至今没有发货为理由，将违约责任推给我馆，拒不退还定金，在这种情况下，只好诉诸法律了。

文化馆都是些文人，写画弹唱各有一套，可是说起打官司讨债都没了章程，有的同志建议到法律顾问处请律师，到那里一打听人家要按照总金额的5%收费，此外，还得负担该处经办此案的律师去亳州的差旅费。这样里打外算至少得花近千元还不一定要来钱。

另外，该处积案太多，得到明年四五月份才能轮上办我们的案子。这下子全馆同志都傻眼了。

今天大伙又议论起这事儿，管图书的小雪半认真半开玩笑地对我说："你平时不是自学过法律吗？这工夫发挥你的专长，给馆里把这笔款要回来，那才证明你没白学。"让她这么一将军我真来劲了："只要领导同意我就去一趟，欠债还钱，天经地义，我就不信要不回来！"领导病急乱投医，真的就让我这个小青年出马了。于是我在危急之际接受了这个棘手的使命。

来订货笑脸相迎，来讨债冷眼相对，这是许多企业的一贯作风。而此刻坐在亳州市制镜厂厂长办公室里的我，正面临这后一种场面。在我等厂长的时间里，该厂的女会计连杯开水都没给我倒。不一会儿王厂长来了，寒暄之后，我直陈来意，王厂长以爱莫能助的口气说："这个合同是主管生产的张副厂长负责签订的，不巧他母亲昨天病故了，现正在家里料理丧事，请你等两天，他上班后再交涉好吗？"虽然他的话真假难辨，也不在理，但为顾全关系，只好同意。

在等待的两天中，我先后走访了亳州市工商行政管理局的经济合同仲裁委员会（该委员会和后来根据《仲裁法》设立的仲裁委不同，属于行政裁决）、亳州市法院经济庭，就我馆与制镜厂的合同纠纷介绍了情况，征询了他们的看法，了解了他们以往处理这类案件的惯例。虽然我没明说来意，但对方都心领神会，不约而同地表示，一旦双方协商不成到该处仲裁或起诉，一定秉公依法处理，决不偏袒本地企业。得到这样一个许诺，我思想上减轻不少压力。

第三天，我刚进办公室，王厂长就告诉我："张副厂长母亲的丧事已料理完了，但哥几个为分遗产又发生了矛盾，正在家调解，一两天还不能上班，你是不是再等一等？"

我已经做到有礼有节了，现在必须发起反攻："王厂长，你应该懂得，我到贵厂追还定金，是按照《经济合同法》办事的正当行为，不是来乞讨的，没有理由要看你们的脸色行事，任凭你们摆布。我两次到贵厂，你们的态度很不友好，从这种小家子气的做法上，表现出贵厂长不具备一个企业家应有的气度。重合同、守信用是企业家的根本守则，可贵厂长的做法实在叫人不敢恭维。来订货就待如上宾，来要账就冷若冰霜，这样下去，贵厂的生意怎能做活?”

“我们是个小厂子，有些同志没见过大世面，接待上有些失礼，请你谅解。”王厂长见我勃然作色，连忙道歉。

“这些都是细枝末节，我只不过顺便提一句而已。咱们书归正传，还得谈这定金问题，再过五天就要过年了，单位让我单身一人从辽宁来贵厂交涉此事，这是领导和同志们对我的高度信任，我必须完成任务才能回去过年。现在时间紧迫，不容我继续等下去。”

“可是厂长不上班，我也没办法呀。”

“你这种借口是不值一驳的。不错，合同是张厂长和我馆老李经手签订的，但是他们俩只是经办人而已，合同上盖着双方单位的公章，两个单位作为法人理应对这份合同负责，而不是由合同的签订者负责。因此，你作为法人代表的一厂之长完全有责任也有这个权力解决这件合同纠纷，况且你也参与了签订这份合同的全过程，更有不容推卸的责任。说句不客气的话，如果张厂长发生不幸，那么这份合同难道能随着他的消亡而取消吗？咱们打开天窗说亮话，你用张厂长不上班来搪塞我，只不过是个缓兵之计罢了。”

“张厂长确实有事，这绝不是撒谎。”

“我现在要说的是，张厂长不来上班，你是否对此事负责？如果你不管，我马上去找你们的上级主管部门。”说着我就去看挂在墙上的奖状，其中有上级主管部门发给该厂的，我要按图索骥，按照奖状上的公章找该厂的主管单位。王厂长见我真的要走，忙把我拉住，同意和我谈判。

开始他还是以我方中途改变货物规格才造成该厂没能按期交货为理由，认为违约的责任在我方。我当即反驳：“我方要求更改部分货物的规格，已用电报通知了你们，你厂回电表示同意，因此理应按回电履约。况且我们来电询问时，6.5厘米×2.5厘米的镜框条你们还没有开始加工，因此更谈不上因我方改变规格而影响交货日期。”接着我拿出随身携带的《法律手册》，指着《经济合同法》第三条说：“你看，这是上面的规定：‘当事人协商同意的有关修改合同的文书、电报和图表也是合同的组成部分。’”

“我们厂没有发过同意的电报。”王厂长竟矢口否认。

“王厂长，我想提醒你一句，不论作为一厂之长，还是作为一个共产党员，或者作为一个五十来岁的男子汉，都要对自己说的话负责。你以为时过半年，当时我们也不会想到今天会发生纠纷，所以不会留下那份电报。恰恰出乎你的意料，这份电报，我们至今保存完好。”说着我从公文夹中拿出那份电报复印件，放在桌子上，“你可以仔细看看，这不是我们伪造的吧？——不过我提防你给撕了，原件在我公文包里。”我半真半假地笑着说，“这不是我把你的境界看低了，你既然能矢口否认，就有可能夺去销毁。”说着我把电报原件从公文夹中拿出，在他面前展示了一下，接着说，“退一步讲，就算我们把电报丢了，到邮电局查收发报底稿也会找到的——他们至少存档一年，你不要聪明反被聪明误。面对这确凿的物证，王厂长还有什么可说呢？”

“这个电报是张厂长发的，我确实不知道。”

“你知道与否属于你们厂的内务，我无权干涉，但这并不妨碍这份电报的真实性和法律效力。”最后我综述几句，“通观这份合同签订、履行的过程，根据《经济合同法》的有关规定，可以认定违约的责任完全在贵厂一方，因此按该法第十四条第二款和第十六条的规定，你厂应返还我馆双倍定金6000元，并赔偿我馆因你方违约所造成的损失，其中包括已购的稻草板、玻璃变卖后的亏损部分，我为讨债来此地的差旅费。我方提出的这些要求都是合理的，如果你们厂子不答应，咱们就到工商局去仲裁，或到法院经济庭起诉。到那时你们如果败诉了，不但照样赔偿我们的损失，而且还要支付诉讼费。”说到这里，我见王厂长神情渐趋紧张，于是把话锋一转，“当然，这是没有办法的办法，不到万不得已我们也不想去打官司。尤其是在你们本地打官司，对贵厂和王厂长本人的声誉都会有不良的影响。实不相瞒，前两天我已到工商局和法院咨询过，他们表示将秉公处理。亳州是著名法家曹操的故乡，亳州人讲究法治是有历史的传统的，王厂长当然也不例外。”

“那当然，法律面前人人平等嘛。”

王厂长见我真要打官司，他明知理亏，只好认输，一再表示尽量争取协商解决。我也说：“买卖不成仁义在，我也力争和平解决，只看你是否有诚意了。”最后他答应退还我们3000元定金。

“至于双倍定金和其他损失，请考虑我们厂的经济条件，请不要追索了。”根据我所见到的该厂经济状况，确实不太景气，况且要计算稻草板和玻璃变卖后的亏损部分，还得该厂来人到我馆核实，旷日持久，得不偿失，于是表示变通接受王厂长的请求，增加1000元以弥补我方的差旅费等维权损失。王厂长权衡再三，咬着牙同意了。要回定金，这是临走时单位领导交代给我的奋斗目标，现在已超额实现最低纲领，于是达成协议。我要求王厂长让会计马上去银行办理转账手续，我也跟着去了银行，亲眼看会计把信托汇款手续办好，这才放心地与王厂长告别。

车轮滚滚，像我的心情一样欢快，总算不负重托，胜利返回，可以过个愉快的春节了。

1988年4月7日

一簇报春的映山红

——访高屯农民文学社

阳春三月，和煦的春风吹开牵马岭上的第一簇映山红。几天工夫，漫山遍野便流丹溢彩！红艳艳的花束，像一支支火炬照亮了点翠缀绿的山川，也照亮了山里人的心田。映山红，你这春天的使者，在山里人的心目中，你就是春天的象征！

漫步在牵马岭南麓，观赏着山坡上的花丛，我和山里人一样喜爱报春的映山红。然而，更令我喜爱的是这乡村文学园地中报春的映山红——高屯农民文学社。

盖县高屯镇坐落在绵亘的牵马岭下。在这个山区小镇中，蕴藏着丰富的民间文学宝藏。牵马岭、赶马河、英守堡、落水寨、庙后沟、和尚沟……几乎每个村庄、每条河流、每座山峰、每幢古庙，都有一个美丽的神话或动人的传说。在这片神奇的土地上，丰富的民间文学乳汁，滋养出一批文学新人。正因为有了这片丰饶的沃土，在十一届三中全会的春风吹拂下，才生长出“高屯农民文学社”这株新苗。

这株度过六个春秋的新苗如今已是枝繁叶茂，然而人们不会忘记园丁当初培育它曾洒下的辛勤汗水，这个园丁就是高屯镇文化站站长金献厚。金站长今年四十五岁，受过大专教育，当过多年中学语文教师，文学修养较高，写过一些作品，对扶植文学新人十分热心。他担任文化站长不久，就在高屯镇街上开设了图书阅览室，周围群众常到这里读书看报。这些读者中绝大多数是爱好文学的青年，他们一有时间就到这里来顿精神加餐，边读书边探讨。久而久之，这三间临街的阅览室变成了高屯文学爱好者的沙龙。

文学是一个神奇的世界，历来对青年具有极大的吸引力，庄稼院的孩子对它更是心驰神往。在常到阅览室看书的青年中，颇有几个对缪斯顶礼膜拜者。杨昆山、鹿原晖、高生堂、李承富就是这样的青年。这些终年在土地上劳作的新农民，也想用挥锄抡镐的双手在文学园地上耕耘一番，播下希望的种子。

一双泥腿要迈入文学殿堂，没个引路人怎能行？住在闭塞的山区，看不见大师，遇不到名家，他们只好向土圣人金站长求教。当过多年教师的金站长一如既往，诲人不倦，于是四乡弟子纷纷登门求教，阅览室便成了山村的文学讲习所。

实行家庭联产承包后，农民生活日渐富足，并且有了生产自主权。民富而好乐，又有时间乐，何不尽情地乐他一番！这帮爱好文学的青年农民，不满足于零打碎敲地学习探讨了，他们要堂堂正正地成立个农民文学社！青年们要求迫切，金站长完全赞同，乡党委热情支持，这株文学新苗便破土而出。

文学社的成员们谁都不会忘记一九八一年八月十二日，这天是高屯镇农民文学社的生日。山乡的早晨清新而安静，披着朝霞，迎着清风，踏着晨露，十四个年轻的农民走在七沟八岔的乡间小路上：他从绿浪翻滚的禾海中走来，他从开花结蕾的棉田中走来，他从绿树成荫的果园中走来，他从山高林茂的蚕场中走来……崎岖曲折的山路上走来了——走来了八十年代的新农民！青年们像一条条欢快的小溪，汇聚到文化站——这座通向文学海洋的港湾。

从祖辈耕种的田地走向文学殿堂，这是可喜的第一步，历史性的第一步！这是从愚昧走向文明的一步，这是从小农经济向现代化迈进的一步！

三间低矮的阅览室，洋溢着青春的活力，飞扬着欢声笑语。会议的第一项内容是大家做自我介绍。这位四十多岁的中年人，与会者的老大哥，他叫高显昌，是乡兽医站站长；这位二十多岁、外地口音的青年杨昆山，是从内蒙古草原搬到辽南山乡的外来户；这位小伙子大家都认识，他叫鹿原晖，因为他虽然是个农民，却兼任乡团委副书记；她是今天与会者中的唯一“三·八”代表，名叫常淑荣；这位不用介绍，大家都认识，他是乡报道员石忠英。在今天这些人中，他是唯一曾把自己的文章变成铅字的人。他还是个颇有造诣的雕塑家，他的根雕和泥塑作品，曾参加过县里的美展和省农民美展。他今天并不是“光临指导”，而是以文学社成员之一的身份来参加成立大会。

你、我、他、她，大家都认识了。他们不是在普通场合中认识的，这种喜悦是他们的前辈们从来不曾体验过的。从今天起，他们就是农民文学社的成员了。自豪吧，八十年代的新农民！

古往今来，文学结社总是文人骚客的雅事，而今天，这些年轻的农民竟成立起文学社，这是一个多么了不起的变化啊！占中国人口绝大多数的农民，历来只是文学家描写的对象，却不能成为文学的主人。今天，只有今天，当农民真正成了土地的主人的时候，才有可能成为文学的主人。高屯农民文学社的诞生，已经开始向人们证明了这一点，它虽然是一株初浴春风的小草，但必将扎根沃土，在阳光雨露的哺育下，在风吹雨打中，绽放出绚丽的花朵。

成立文学社可以凭一时的热情，而几年如一日地坚持卓有成效的活动，却需要坚韧的毅力。文学社的成员们不是把文学当作业余的消遣，而是当作生活的一个组成部分。按照大家约定，文学社每月一号和十五号聚会两次，翻开那厚厚一大本的文学社活动记录，那一个个内容生动活泼的活动日的情形依稀可见。

这里是文学社，然而他们从不忽视政治，经常在一起学习有关农村和文艺方面的方针政策，他们懂得在文学海洋上试航决不能离开指南针。当然，他们在一起更多的是交流文学动态，学习文学基础知识，金站长和文学基础较好的石忠英、高显昌当仁不让，分别担任各课的主讲人。他们虽然没有广博的知识、高深的理论，但讲得深入浅出，联系实际，通俗易懂。这些山村的青年农民，就是这样开始了文学启蒙；他们就是从这最底层的台阶起步，向文学殿堂迈进。

大家聚会时最主要的内容是互相评改习作。对每个成员的每篇习作，不管多么幼稚、粗糙，大家都仔细阅读，反复推敲，然后各抒己见，帮助修改。你引经据典侃侃而谈，他旁征博引振振有词；你与生活真实对照，他与同类题材类比。批评者直陈胸臆，绝没有人认为他尖刻严厉；作者也可坚持己见，也绝没有人指责他骄傲固执。其争论气氛之热烈，决不亚于全国短篇小说评委会在评奖。就是在这间充满旱烟味、汗气味和泥土味的小屋里，孕育着八十年代的农民文学新人；就是在这种面红耳赤、粗声大气的争论中，大家提高了文学修养和写作水平。在这里，每个人的作品，同时又都是大家的作品，为改好一篇稿子，每个成员都倾注了自己的心血，有的作品曾反复修改五六次，甚至十多次。高显昌的短篇小说《温暖》《蚕乡儿女情》，石忠英的短篇小说《冰释果园》等作品之所以能在《辽河》和市报上发表，是与大家帮助精雕细刻分不开的。

红杏出墙去，引得蜜蜂来。高屯农民文学社的活动日益活跃，吸引了更多的文学青年，本镇的一些青年陆续加入这支向文学进军的行列。邻近榜式堡乡的钱坤、钱玉兄妹，宋伟、王显英夫妇也来了，他们还带来了同乡的杨庆功等其他几位同志，成为高屯农民文学社中一支重要的友邻部队，就连远在百里之外的营口县汤池乡卞家沟村的韩昌也慕名而来，并且坚持按时参加文学社的活动。不到两年，文学社已发展到三十多人，活动时间也由原来的每月两次增加到三次。

作为农民，文学社的每个成员都担负着繁重的劳动，结婚的同志家里家外的负担更重。尽管如此，文学社每月三次的聚会却极少有人缺席，即使确实因故来不了，也要传信请假。不论农忙季节还是雨雪天气，六年来他们始终如一，坚持不懈。一九八四年夏的一个聚会日正值下大雨，宋伟夫妇把吃奶的孩子托付给老人，冒雨步行二十多里赶来学习。文学社负责人高显昌，身为兽医站站长，家里上有老下有小，又有承包地和果树，工作和家务压力很大，但每次学习，他都拨冗参加，从不缺席。陈新在读高中时就被打成了右派，多年的坎坷使他日益消沉，连落实政策都不能使他振作起来。但是文学社却吸引了他，年轻人的激情感染他焕发了青春，重新拿起了搁置二十多年的笔。杨昆山很有社会活动能力，许多人请他合伙做买卖，并让他出任经理，但是为了追求文艺女神，他只好谢绝了赵公元帅。作为文学社主持人的金站长，自然要付出比别人更多的精力。他负责全镇的文化工作，还要下乡蹲点。爱人常年生病，两个孩子读书，家里承包的十二亩水田全靠他一人耕种。他工作家务一肩挑，仍以极大的热情主持文学社的工作。每次聚会，他都事先安排好有关事宜，认真备课，评改大家的习作。他虽然不是教师，却具有蜡烛精神，凭着这种精神，他赢得了大家的真诚爱戴和尊敬。至于克服各种困难，排除各种干扰，在繁重的农活家务之余，刻苦学习，辛勤笔耕的事更是不胜枚举。文学社的每个成员都可以给你讲出几件苦中带甜、甜中含苦的趣事。

文学社并没有严格的纪律约束，他们之所以如此持之以恒，全靠高度自觉，全凭对文学的执着追求。亲爱的读者，从这几位同志的几件小事中，你难道不可以看到当代农民崭新的精神风貌吗？你难道不能嗅出一股清新而又带有泥土芬香的时代气息吗？那些总是把愚昧、狭隘、自私、守旧和农民联系在一起的人们，到这里走一走吧，对八十年代的新农民，难道不该刮目相看吗？

农民文学社这株新苗之所以能够茁壮成长，既洒满了全体成员的汗水，也浸润着一些有关领导和文学界老师们的心血。县文化馆、文化局、市文联的老师们，先后多次到文学社讲课；市文联每逢办创作班，都通知他们来人学习。《辽河》杂志社编辑初学文老师曾亲自来为他们辅导创作；全国知名作家宋学武来营口市文联讲课，也特意到这里为大家讲了一课小说创作谈。作为当地领导，高屯镇党委对这株幼苗更是十分珍爱。党委申书记、顾书记多次参加文学社的活动，鼓励大家积极创作，并给予一定的经济帮助。一九八四年末和一九八五年末，镇里先后拿出近百元，为文学社召开了茶话会和表彰会，对在市县发表作品的同志予以奖励。正可谓：众手浇开文艺花，才得今日新苗壮。

映山红花开花又落，杨柳树叶青叶又黄。时光在流逝，幼苗在成长。文学社的青年们没有虚度年华，没有辜负老师的培育和领导的关怀，都有了不同程度的进步。现在，他们中已有几个人在市县文坛崭露头角。十七岁的乡村姑娘钱玉，以其独具风格的作品受到了文学界老师的青睐。宋伟、杨庆功的诗歌已登上外省文学刊物。几年来，文学社的成员们先后在全国各地的省、市、县各级报刊上发表作品九十多篇，用成绩证明了文学社的价值和生命。他们这些土秀才在家乡也日益被人们看重，先后有十多位同志被聘为中小学教师和乡镇企业的干部。他们发表的作品是可以用数字计算的，而他们所形成的巨大精神冲击波却是无法估量的。高屯农民文学社的创作成就与创造社、太阳社是不能相提并论的。但是这件新生事物的本身，像它们一样具有划时代的意义，为中国当代文学史增添了新篇章。

汽车在公路上行驶，牵马岭向车后闪去，坡上的映山红在春风中摇曳，仿佛在向我挥手告别。映山红，你这辽南山乡的报春花，你向人们报道着自然界的春天；高屯农民文学社，你这簇文艺园地的映山红，向人们报道着文学的春天！

映山红，愿你在这阳光明媚，生机盎然的春天里开放得更加艳丽火红！

刊载于《辰州文化》1986年5月第1期

《农村青年》1987年第2期

孤女千里寻父　八方亲人相助

生活像浩瀚的海洋，从远望去，海洋平静坦荡，可是当你航行海上，就会发现海洋时刻都在汹涌奔腾；表面看来，生活平淡无奇，然而当你深入其中，就会发现生活每天都在发生变化。如果说生活是海洋，我们这小小的盖州镇就是海洋的一角。海洋时刻卷起浪花，小镇每天都有新事。在这里向大家讲述的就是不久前发生在盖州一件真实而动人的事情。

一九八二年五月二十三日上午七点零九分，从佳木斯开往大连的客车正点驶进盖县车站。下车的旅客都急匆匆地向街里奔去，可是一位刚下车的姑娘却呆呆地伫立在站前广场上。她扎着短辫，头发蓬乱，面容憔悴，神情沮丧，茫然四顾，暗自流泪。

这位奇怪的旅客，很快引起了三轮车夫刘树敏的注意。他走上前去，主动和这位姑娘打招呼，问她为何啼哭，热情而诚恳地表示，如果她有难处，一定尽力帮忙。主动而真挚的关心，打消了姑娘的疑虑，她向面前这位素不相识的大叔，诉说起自己不幸的遭遇。

这位姑娘叫毕克凤，今年十八岁，家住黑龙江省林口县五星公社五岗大队。她的生身父亲毕树亮（后来查明叫毕树良），是盖县（后来查明是庄河县）人。毕树亮年轻时搬到五岗大队，和毕克凤的母亲结婚，但在毕克凤出生前夕又离婚返回原籍。毕克凤刚满周岁时母亲便带着她改嫁了。

前不久，毕克凤的母亲和继父为图彩礼，私下把她许配给一个有精神病的男人。毕克凤不同意，母亲和继父就打骂威逼，她被迫跳井自杀，幸被本队一位小伙子救了上来。那个有精神病的男人，竟趁毕克凤刚被救起仍然昏迷之机，将她抢到家中，没有登记便强行结婚。毕克凤极力反抗，乘机逃出，不敢回家，只好暂时住在伯父家，但这毕竟不是长久之计，于是按着伯父的指点，来盖县寻找生身父亲。

毕克凤把自己的手表卖了五十元，作为旅费。可是屋漏偏逢连夜雨，船破又遇顶头风。在火车上她仅剩下的二十九元钱和写有毕树亮地址的信封一起被扒手偷去。现在她想找父亲，不知地址；想回老家，没有路费。孤身一人，流落他乡身无分文，无处安身，因此伤心流泪。

毕克凤的不幸遭遇，激起刘树敏对她的深切同情，决心帮助她寻找父亲。毕克凤只记得毕树亮住在农村，于是刘树敏就让她坐上三轮车，拉着她到盖州镇附近各大队查找。从上午九点到下午四点，刘树敏拉着毕克凤走遍了盖州镇附近的八个大队，也没有找到叫毕树亮的。他又领着毕克凤到城关公社派出所，请派出所同志查阅全社户口簿，仍然一无所获。傍晚，刘树敏把毕克凤送到宿费比较便宜的客运站旅社。刘树敏非但没跟毕克凤要车费，反而送给她四元钱、二斤粮票，以解决眼前的食宿问题。

晚上，毕克凤在旅社听人说青石岭公社有个毕家屯大队，她估计生身父亲毕树亮可能住在那里，便于二十四日前去寻找，但还是无功而返。下午回到县城，毕克凤在街上到处打听线索。这时两个小痞子从口音听出她是外地人，又没有同伴，便不怀好意地尾随不放。毕克凤又气又怕，不知如何是好。在这危急关头，恰巧刘树敏蹬着三轮过来，她赶忙去求救。刘树敏听说这事，顾不上蹬车挣钱，也不怕危险，立刻奔了过去，两个痞子吓得狼狈而逃。

生活像浩瀚的海洋。海洋中既有珍珠，也有沉渣；生活中既有热情助人的高尚者，也有乘人之危的坏家伙。真善美与假恶丑，在刘树敏和两个痞子身上，表现得不是泾渭分明吗？

刘树敏的帮助，使毕克凤增添了寻找父亲的希望。可是奔波一天仍毫无结果，坏人又乘机欺侮，刘树敏给的钱也作为食宿费花完了。这一连串的打击和困难，使她又一次陷入困境，毕克凤有家不能归，有父找不到，孤立无援，走投无路，思前想后，悲观绝望。这个曾跳过井的姑娘，又一次决定结束自己年轻的生命。

二十四日晚九点左右，毕克凤来到旅社水房，摔毁了牙具和化妆用品，烧掉了换洗的衣服，然后拿出白天在街上买的耗子药，就要吞下去。在这千钧一发的时刻，正巧服务员金成花进来打水。她一看见地上摔坏的东西和毕克凤黯然绝望的神情，再看见她手里的毒药，立刻意识到一场悲剧就要发生。

金成花把毕克凤领到接待室，把旅社负责人高素芹找来。高素芹向毕克凤询问自杀的原因，毕克凤含着泪水讲述了自己不幸的婚事和寻找父亲的曲折经历。在场的五位服务员听后都对她深表同情。高素芹告诉毕克凤，不收她的宿费，还给她买来饭菜，并拿来自己的毛巾、香皂给她用。服务员彭艳小时候受过继父虐待，和毕克凤同病相怜，把身上仅有的二斤粮票送给她。五名服务员轮流陪伴毕克凤，诚恳安慰，劝她不要轻生。友谊的春风融化了毕克凤胸中的冰霜，使她看到了人生的希望，增强了生活的勇气。

二十五日，高素芹领着毕克凤到县政府办公室，请求协助查找毕树亮。高素芹“文化大革命”中蒙冤被下放到农村，最近才平反重新上班，多年的底层生活，使这位饱尝艰辛的大婶富有强烈的同情心，因此才主动管这件分外的“闲事”。那天正值县里开人口普查会议，县政府办公室让各公社的普查员查阅本公社户口簿，发现在杨运公社八道河大队有个叫毕树亮的，便通知他到客运站旅社来。

毕克凤听说找到了父亲，激动得不知说什么好，旅社服员们也都为她高兴，可是一直等到二十六日下午，毕树亮也没有来。在这种情况下，高素芹又领毕克凤找县民政局。民政局给毕克凤五元钱以维持目前生活，为慎重起见，给她伯父发了电报，询问毕克凤生身父亲的准确姓名和详细地址。

二十八日，毕树亮来到客运站旅社，但他说没有流落在外的女儿。心直口快的高素芹以为他是怕添累赘而故意推，便直率地把他抢白了一顿，可是毕树亮仍说毕克凤不是他的女儿。通过了解他的经历，证明这个人确实不是毕克凤的生身父亲。至于姓名相同，纯属巧合。在这种情况下，毕树亮对毕克凤说："虽说你不是我的亲闺女，可总归是一家子，就算是侄女吧，你眼下这么难，到咱家住几天也没什么。"毕克凤深为这淳朴的大爷所感动，同意到他家住几天。临走，高素芹用自己的钱买了一斤糖块、五个面包，让毕克凤带上，作为到毕家的见面礼。这位心地善良的大婶，对这位素不相识的女孩照顾得多么周到啊！

二十九日，高素芹到县广播站播发了寻找毕树亮的启事，但直到三十一日也没人来认女儿。三十一日下午，毕克凤从毕树亮家返回客运站旅社。毕树亮不但为她买了车票，而且给了四元钱。正好这天傍晚收到了毕克凤伯父的回电，原来她的生身父亲叫毕树良，现住庄河县步云山公社龙潭大队和顺小队。毕克凤在这些好心人的帮助下，历经千辛万苦，终于找到了生身父亲！

六月二日，高素芹请了假，给毕克凤买了车票，并且给毕树良买了礼物，领着毕克凤前往庄河。彭艳、金成花等四名服务员一齐来为毕克凤送行。临别之际，毕克凤含着热泪对大家说："这些天要不是遇到刘大叔、高大婶、毕大爷和姐妹们这些好心人，我不但找不到爸爸，而且早就不在人间了！你们的恩情，我一辈子也忘不了啊！"听着这发自肺腑的心声，不但服务员们禁不住热泪盈眶，就连周围的旅客，也都为之感动。

毕克凤在短短的十天里，确实遇到了许多好心人。然而，不是毕克凤走运，尽遇上好人。如果她遇到另外一些人，也会有人帮助她，因为好人总是占绝大多数。也不是这些人和毕克凤投缘，这完全出于人性之爱。这些偶然性中包含着深刻的必然性。这些普通群众对毕克凤主动而热情的帮助，正是社会主义社会人与人之间同志式关系的生动体现。

汽车徐徐开动，车上的毕克凤和车下的姐妹们洒泪告别。汽车离客运站越来越远，可是刘树敏、毕树亮、彭艳、金成花和那些不知姓名的好心人的面容，却更加清晰地浮现在毕克凤的眼前，永远铭刻在她的记忆中。毕克凤站在车门口，向送行的姐妹们频频招手，默默念诵：再见吧，盖县！再见吧，亲人！

1982年6月6—8日，6月23日营口人民广播电台播出

诗歌篇

诗歌是文学中的文学，是最难掌握的文体。可是文学青年谁没尝试过几首呢？每个青年都是天生的诗人，千百年来即使大字不识的乡村青年男女也会见景生情唱起酸曲，这就是从心田流淌出的诗歌。这里收录的十几首青涩之作，就是自己青春年少时率尔操觚的产物，总体风格质朴直白，缺少含蓄隽永的诗味。作为文学道路上不成功的探索轨迹，采撷这些，算是立此为证，作为自己青春的记录。年过半百，回望卡路里洋溢的燃情岁月，诗仍在远方向我招手微笑。

返乡途中

回家，回家
又一次踏上返乡的旅程，
药品营养品血压计，
吃的穿的用的，
塞满背包和行李箱——
行李沉重，心情轻松，
沉重的行囊装满儿子对父亲的深情。
这次返乡，
轻装而行，不用大包小裹，
肩扛手提，
离去的老父已不能享用这些。
行李轻盈，
心情却铅一样沉重。
从此，每一次返乡，
都是一次精神上的酷刑。

2016年11月13日晚10:45于列车上

她和茶

江南
初春
细雨
新绿
这就是
茶
在辽南山村少年心中
遥不可及的意象

十九岁
在省城旅馆
第一次喝袋泡茶
竟把纸袋撕破
将茶末倒在开水中
却埋怨这“面茶”爱呛喉咙

茶
对塞北乡下小伙子
像公主一样陌生

是她
让我认识了茶

是她
使我知道
茶不但可以喝
更应该品
是她
使我知道
茶不但能解渴
还有N多奇妙的功能
是她
教我辨别出
杯中茶长在阴坡还是阳坡
是她
告诉我
“虎跑问茶”中的pǎo应该读作páo
是她带我走进新昌茶诗互换的“唐诗之路”
领我漫步历史烟云笼罩的浙江御茶院
开始了茶文化的启蒙
是她告诉我
产茶的故乡别名叫甬
因为她
一位曾在四明山麓采茶的
右派女儿
宁波
每当在地图上看到你
我都久久心绪不宁

2006年12月15日

春天，在责任田里

只念了三年书的孙子，
边哼唱《纤夫的爱》边拉着木磙，
为种子把相亲必经的垄台轧耙；
爹爹戴着电子表的粗手，
扶着从生产队分来的曲辕犁，
在泥土里为种子悉心寻找婆家；
妈妈挔着苕条编的土篮，
装着比白面还贵的复合肥，
撒进垄沟当作种子的陪嫁；
爷爷敲着传了三代的点葫芦，
将花高价买来的优良谷种，
送进洞房在土巢里成亲安家。
为庆贺种子与土地的婚礼，
布谷鸟把祝福的山歌唱遍田野坡崖。
汗水伴着种子刚刚埋进沃土，
却已在庄稼人的心田生根发芽；
希冀——宛如田埂上刚钻地皮的草尖；
期盼——恰似地堰上婆婆丁初绽的黄花……
祖孙同耕一块责任田，
爷爷眼露无奈……
孙子口哨吱喳，
土里刨食，汗水漂白了黑土，

责任田里的庄稼人啊，责任重大。
遥听：一曲嘈杂而又和谐的
九十年代民间吹打乐；
近看：一幅新旧重叠的
辽南山乡风俗画。

刊载于1996年5月9日《中华合作时报》

松树，十万火急

“高高的兴安岭，一片大森林”……
这支歌给人们留下多少绿色的记忆？
当你这次出现在千家万户的荧屏，
却是周身火光流溢。
多少人在为你惋惜焦急，
恨不得一盆水向那彩电泼去。
此刻你身上的烈焰已经熄灭，
我心中的怒火却正在升起。
在这有十亿人旁听的法庭上，
我以受害者的身份向缺席的被告宣读证词。

迷信的老人说丁卯主火，
祝融今年光顾本是意料中的事。
我当然不相信什么火神，
却又分明看见一个幽灵游荡在这里，
时而鬼鬼祟祟，时而道貌岸然，
煽风点火毁咱林区。
有识之士早对防火发出呼吁，
主宰森林命运的人为何漠然置之？
闯关东的盲流为何轻易当上了伐木工？
林业工人为何无视严禁烟火的法纪？
火神已经表演过一场序幕，

为何让它稍事休息又演出了更长的闹剧？
县常委会为何火烧不散？
女书记为何拒不报警告急？
驰援的森警为何四天找不到火头？
四醉汉为何把酒临火心旷神怡？
灾前为何火警戏百姓？
灾中为何装扮市容迎上级？
灾前连座气象哨也说建不起，
灾后为何敢吹仨月建筑二十万平方米的牛皮？
面对火头一些决策者束手无策，
为何压制批评却有恁些办法和魄力？
为何百万公顷林海烧成灰烬，
县长家的红瓦房却能在废墟中傲然独立？
为什么啊为什么？
法律要求你回答这些严峻的问题！
就是你呀就是你
罪魁祸首在这里！
你是个屡教不改的惯犯，
这些伎俩我们多次领教，似曾相识。
“渤海2号”平台上你做过充分表演，
京山线交叉路口你也曾登台献艺，
哈尔滨亚麻厂的巨响是你引爆，
南通客轮翻沉是你导演的悲剧。
你四处流窜作案，
神出鬼没，无孔不入。
人们早已识破你狰狞的面目，
每次却都让你溜之大吉。
就是这次跑得也够麻利，
大火只燎了你一层皮。

你随时都会重新犯罪，
你化险为夷的道行已登峰造极。

火急！十万火急!!
急就是火，火就是急，
从“心急如焚”到“燃眉之急”，
急和火从来就是孪生兄弟。
看过近年几十次各种火灾的报道，
我真切地理解祖先创造这个词的深意。
数亿元的学费总该使那些留级生懂得：
等火烧眉毛才急已经为时太迟。
但愿雄鸡能在这场大火中涅槃，
除了森林外再烧掉些肮脏的东西。

1987年6月26日

站在信筒前

手捧情书——像一包炸药，
面对信筒——似扑向碉堡。
一旦拉开爱情的导火索，
幸福路上的鹿砦能否炸掉？
邮局门前脚印铺了十几层，
出击前把作战方案反复思考。
此刻我像勇士一样果敢，
又像懦夫一样胆小。
一步，一步——信筒就在眼前，
像爆破手突然接近了目标。
爱情的力量抬起手臂，
一颗心在邮筒里面怦怦直跳。
此刻我投信的勇气，
绝不亚于董存瑞托起炸药包！

1982年

庄稼院的诗（诗三首）

检查团

检查团，忙不闲，
一年全社转两圈。
夏奔西瓜地，
秋进苹果园。

收电费

公社电工本姓魏，
骑车来到生产队，
声称局里督催急，
必须马上交电费。
队里眼下没有钱，
会计直把小话赔：
“眼下抗旱正用电，
渴死庄稼坑全队。”
大队电工心眼活，
借钱招待酒灌醉。

临走黄豆载百斤，
“约好种菜送化肥。”
伏果装上一提兜，
没收电费收小费。

两座新房

两座新房同时建，
一墙之隔紧相连，
东家门窗油漆亮，
西屋窗上挂草帘。
上前打听老大娘：
“东家支书西社员。”

1981年夏

写在砖墙上

板刷涂掉了墙上的“打倒刘少奇”，
怎能把它从人们记忆中抹去？
写遍全国的五个大字，
给人们留下多少痛苦的回忆！
从“大跃进万岁”，
到“把文化大革命进行到底”。
砖墙上层出不穷的标语，
写下了一部发人深省的编年史。
愿砖墙像长城永远屹立，
给后人留下深刻的启示。

1981年国庆节

信 任

喧闹的候车室里，走进一位农村大嫂。
她要去排队买票，无法照看两个提包。
她在人群中寻觅，看见一顶红星军帽。
托他照看一下提包，脸上露出放心的微笑。
年轻的战士啊你可晓得，
她这托付胜过千万句赞扬解放军的口号。

1981年10月23日上午于营口市客运站候车室

新年之夜

风雪敲打县委食堂的门窗，
单间里火锅正旺，美酒飘香。
在这辞旧迎新之夜，
值班常委和部下畅饮琼浆，
酒足饭饱，
把卡拉OK欢唱，
端来果盘，
摆上麻将。
此刻友谊关前，
红帽徽在夜雨中闪闪发亮；
这时珍宝岛上，
红领章在夜色中映着雪光。
当公仆们尽情地痛饮人民的血汗，
可曾想到战士在啃着干粮？
那一双双警惕的眼睛，
难道是为了守卫你们“搬砖砌墙”？

1980年12月4日

水

——写给张志新

在明媚的春天里，
数你最温柔；
在寒冷的冬季，
你却变得坚如磐石。
岁月风雨的剥蚀，
把你刻成了雕像。

1980年

哲理诗一束

致医生

愿你的心地，
像你的工作服一样洁白。
病人的心脏长在左胸，
你的良心可要放在正中。
你用X光察看患者的胸腔，
你是否有勇气向病人敞开心扉？
你可以望闻问切，
但不要察言观色。

1982年1月20日晚

信　筒

你胸中装着许多人的机密，
却从来不透露小道消息。
正因为你忠诚可靠，
人们才把你当成知己。

听，连初恋的少女，
都在向你弹奏心曲。

投票箱

你可以成为民主的象征，
也可以成为专制的装潢。
愿你成为人们的传声筒，
切不要成为长官的废纸箱。

锁　头

你虽然能锁住箱柜房门，
却锁不住一颗贪婪的心。
切莫禁锢真善美的心扉，
应把假恶丑锁进地狱之门。
愿您早日进入博物馆，
让人间充满信任和纯真。

档案袋

一张牛皮纸包着纸一捆，
它是一个生命的存根。
活人浓缩在表格里，
凭它就可以决定你的命运。

香 烟

名曰香烟，味实辛辣。
名不符实是常见的现象。
人人都懂得你可致癌，
久吸成瘾却难戒掉。
我们对社会种种弊病，
岂不也是这种矛盾心态？

扑 克

不知哪位大师授你一顶桂冠：
“54号文件”——听，多么新鲜。
学习你的花样不断翻新，
学习你的场所上自飞机下至轮船。
当年的“天天读”确实人人厌烦，
随时随地学习你却个个由衷所愿。
你胜过古今中外所有名著，
男女老少百学不厌。
你这永学不完的“54号文件”，
耗费了人们多少宝贵的时间?!

1981年5月9日

红墨水

你溶进了老师的心血，
写在作业本上才如此殷红。

粉　笔

洁白的身躯消失在黑板上，
形象永远留在学生的记忆中。

1981年12月9—10日

向日葵

一张妩媚的笑脸总是随着太阳转，
于是你变成了无限忠诚的典范。
在你眼中永远是红日高照，
总看不见菜园墙角的阴暗。
多年来人们都把你赞美，
殊不知趋炎附势才是你内心坚定的信念。

灯　蛾

先天的趋光性使你见亮就去，

没料到在灯火中竟把命丧。
你的同伴应吸取血的教训：
发光的不一定就是太阳！

1980年12月19日

图书在版编目（CIP）数据

带着乡愁进北京：初克堡作品选 / 初克堡著. -- 北京：作家出版社，2019.6（2023.2重印）
ISBN 978-7-5212-0414-8

Ⅰ. ①带… Ⅱ. ①初… Ⅲ. ①中国文学 - 当代文学 - 作品综合集 Ⅳ. ①I217.2

中国版本图书馆CIP数据核字（2019）第042552号

带着乡愁进北京

作　　者： 初克堡
责任编辑： 韩红兴
装帧设计： 曹全弘
出版发行： 作家出版社有限公司
社　　址： 北京农展馆南里10号　　**邮　　编：** 100125
电话传真： 86-10-65067186（发行中心及邮购部）
86-10-65004079（总编室）
E-mail:zuojia@zuojia.net.cn
http://www.zuojiachubanshe.com
印　　刷： 固安兰星球彩色印刷有限公司
成品尺寸： 152 × 230
字　　数： 360千
印　　张： 27.75
版　　次： 2019年6月第1版
印　　次： 2023年2月第2次印刷
ISBN 978-7-5212-0414-8
定　　价： 82.00元